劍來

第二部 二 劍符在扁舟

烽火戲諸侯 著

高寶書版集團

目錄

第一章　夜宿古寺有妖氣

胭脂郡，一條陰暗巷弄內，一名少年雖然衣衫樸素，可是唇紅齒白，皮囊好似妙齡少女。他靠牆而坐，懷裡抱著一個不斷嘔血的將死男子，兩人身旁還蹲著個望風的男人。三人正是米鋪的店夥計，都是米老魔的弟子。

少年懷中的師兄正是等於與崇妙道人互換了性命的魔道中人。不愧是魔頭，他咧開嘴笑了，臨死前最後一句話竟然是：「小師弟，我與你二師兄，你更喜歡誰？」

少年動作輕柔地扶住男子下巴，低下頭，眼神中滿是深情，哽咽道：「當然是你。」男子伸手從懷中掏出一本泛黃的書，顫顫巍巍交給俊美少年。少年接過那本祕笈後，懷中男子已經死去。少年一手攥緊祕笈，高高拿起，喊了一聲「二師兄」，轉過身去。

二師兄的注意力幾乎全部都在祕笈上，少年驟然加速轉身，一手持書，一手迅猛戳向二師兄的脖子，原來是袖刀。一戳一拔，如此重複了三次，二師兄幾乎整個脖子都被少年戳爛，少年俊美的臉龐上濺滿鮮血，嘴角卻滿是笑意。

二師兄雙手摀住脖子，癱靠著牆根，瞪大眼睛望著那個暴起殺人的小師弟。

少年先收起那本祕笈，伸手抹了抹臉龐，不斷將鮮血擦拭在二師兄的衣服上，然後從二師兄懷中又掏出一本祕笈，嬉笑道：「二師兄，我方才騙大師兄呢，其實我更喜歡你一些，不過呢，我當然是最喜歡自己了。大師兄常說，人不為己天誅地滅，雖然咱們那個脾氣古怪的臭師父總譏諷大師兄沒讀過書，根本不曉得這句話的真意，但我覺得大師兄理解得挺好，反正我也是這麼覺得的。再說了，咱們本來就是邪魔外道，所以二師兄千萬別怪我啊，你大不了就當是陪著大師兄一起走趟黃泉路。到了下邊，告訴大師兄，就說其實我是更喜歡你一些的……」

二師兄死不瞑目，少年仍是念念叨叨，搖頭晃腦，在兩具屍體上摸來摸去，看有沒有漏網之魚。

少年的身體突然變得僵硬，他停下手，乖乖從懷中掏出兩本祕笈，放在自己頭頂。

一個少年熟悉到了骨子裡的滄桑嗓音，帶著更熟悉的那種譏諷意味在少年頭頂響起：「真夠出息的，不愧是我米老魔的得意高徒，本事沒學到幾兩，大魔頭的氣概倒是學到了好幾斤。」

少年牙齒打戰，這次是真的怕了。

米老魔轉頭重重吐出一口血水，血水沾到牆壁上後，立即化作一團黑色血霧。這個在胭脂郡城蟄伏將近二十年的老人低聲咒罵道：「好你個琉璃仙翁陳曉勇，就算你這次逃得出胭脂郡，我也要打死你這條落水狗！」他一臉嫌棄地看著少年：「起來吧，收好那兩本東西。既然你兩個師兄都死了，你現在就是我的大弟子了。」

少年戰戰兢兢起身，米老魔從袖中拿出一盞燈油黏稠的小油燈，重重吸了一口氣，兩名弟子的魂魄被從屍身中抽離出來，全部飄入油燈之中。弟子的面容在黏稠燈油上浮現出來，露出痛苦不堪的扭曲神色，但是很快一閃而逝，融為燈油的一部分，看得俊美少年背脊發寒。

小巷兩端各自出現一人緩緩逼近，正是之前前往米鋪的那對夫婦。

婦人腰肢扭擺得比大風中的柳條幅度還要大：「米老魔，這麼巧，又見面了。」

米老魔眼神一凜，冷笑道：「怎麼，要反悔？咱們雙方可是事先說好了，琉璃盞歸我，陳老兒的其餘家當全部歸你們。」

婦人一隻手五指如鉤，在牆壁上緩緩劃過，媚笑道：「話是這麼說，可如今琉璃仙翁當了縮頭烏龜，他能裝死，我們夫妻兩個總不能陪著他在這裡等死吧。米老魔，你是不是得分出點好處來，總不能讓我們夫妻白跑一趟吧？」

米老魔臉色陰晴不定，俊美少年低著頭，貼著牆根站立，眼珠子悄悄轉動。

東邊城樓之上，隨著馬將軍帶兵離開城頭馳援城內，這邊已經無人看守。

一個身穿粉色道袍的年輕人站在城樓頂樓的廊道外，面帶微笑，望向米老魔所處的那條巷弄，嗤笑道：「一個小破琉璃盞，我當年用來喝酒的不值錢物件，也能爭得如此頭破血流？過了一千年，彩衣國就已經變得這麼沒意思了嗎？」他看了一眼就不願浪費時間，轉頭望向那座郡守府：「龍虎山天師府……呵呵，沒想到吧，你派人在兩百年前添加的那張符籙，以天師印章的形象放在胭脂郡城內，人家彩衣國皇帝出於私心，根本就不願好好加持靈氣，而且亂葬崗的出現應該也打亂了你們雙方的布局，使得我終於脫離牢籠。人算到底不如天算啊。」

他一手扶住欄杆一手掐訣，以胭脂郡為起始，從五百年前的彩衣國國勢推演到現在，突然笑了，望向整個寶瓶洲的最北方，嘖嘖道：「高人、高人，彩衣國少了一件傳承已久的鎮國之寶，庇護彩衣國的靈犀派也元氣大傷，被人偷走那件鎮派之寶的彩衣仙裳。包括古榆國在內的三個鄰國豈會袖手旁觀？趁人病要人命，很簡單的道理。彩衣國皇帝長年怠政，朝野早已非議不斷，只要彩衣國京城一帶再出現一場天災，必然是民怨沸騰，說不定就要動盪大亂，而且這一亂，就是數國混戰。」粉色道袍的柳赤誠點頭道：「既然大勢如此，我也要收幾個弟子才行。」

他一步跨出，身影飄幻，轉瞬即逝，下一刻便從那條狹窄陰暗的巷弄走出，正要打生打死的米老魔和夫婦二人嚇得紋絲不動。那種氣勢上的碾壓，就如幾隻小蝦小蟹在原本緩緩流淌的寂靜河道之中遇見了一條身軀幾乎塞滿整座河床的蛟龍。

柳赤誠根本沒有廢話，隨手一揮袖，巷弄中的夫婦二人就當場灰飛煙滅了，連一點灰燼都沒有留下，至於什麼靈器、法器和小雪錢之類的，當然也是一併消失於天地間。

見慣了風雨的米老魔仍是滿頭汗水，問道：「仙師為何不一併殺了我？」

柳赤誠微笑道：「穿了件道袍，就要除魔衛道啊？就不許我覺得它好看才穿的？」

米老魔無言以對。他娘的，絕對是魔道巨擘，並且是傳說中站在山巔最高處的那種。

柳赤誠一彈指，將米老魔彈得從巷子中間倒飛至巷子盡頭：「別礙眼了，趕緊滾蛋。還有，你這個弟子，我收下了。」

他走到少年跟前，雙手負後，低頭望去，笑咪咪問道：「小傢伙，姓甚名誰？」

俊美少年遲遲抬頭，咽了口唾沫，怯生生道：「回稟仙師，我叫元田地。」

「嗯？」柳赤誠略帶疑惑，「是『天地』的天地？」

少年搖頭，臉色發白，生怕自己下一刻就要頭顱粉碎。

他不敢騙人，老實回答道：「我娘親懷上我的時候，家裡窮，懷胎九個月的時候，她還在田地裡做農活，結果不小心就早產把我生下來了，我爹就給我取名『田地』了。」

柳赤誠笑容燦爛，輕輕拍了拍少年肩膀：「那你的名字真是不錯，我喜歡。以後你就是我的弟子了，師父先送你一件門派入室禮。」

只見他抬手打了個響指，四面八方的猩紅瘴氣就瘋狂湧來，絲絲縷縷彙聚成一個巨大的紅色球體。柳赤誠兩根手指隨便一搓，這顆大球就變成了拳頭大小。

柳赤誠輕輕拍了拍少年額頭，笑道：「忘了告訴你，做我的弟子，得活著才行，如果你能成功撐到天亮，你就是咱們這個大門派的第……二位大人物了。」

少年的背撞在牆壁上，疼痛感難以言喻，眉心如開裂一般。

柳赤誠對此無動於衷，閉上眼睛深呼吸一口氣，睜眼後遙望西邊，自言自語道：「還是大師兄你的白帝城氣味更好啊。」

這場無妄之災爆發得快，讓人措手不及，可是落幕得也快，讓人覺得不可思議，以致整座郡守府和馬將軍麾下入城精銳都誤以為大妖魔頭們是不是還有更加迅猛的後手。

當朝陽升起時，霞光萬丈，郡城開始恢復正常，入魔障的百姓人數自行銳減。眾人惴惴不安地等待著靈犀派仙師乘坐彩鸞來此安定軍心，他們卻「失約」未至，從正午時分一直到晚上，都沒有看到半點身影。

再就是劉太守「病倒在床」，所幸子時過後，胭脂郡城再沒有妖魔作祟的慘事發生，中間只有幾起街痞無賴的渾水摸魚，入室打劫，被在氣頭上的馬將軍直接讓人帶兵鎮壓，當場擊殺了兩個持械反抗的歹人，其實那兩個可憐蟲只是下意識拿起兩根木棍而已。

又一夜過去，胭脂郡還是安靜祥和，但是沒人敢掉以輕心，大批披甲將士日夜不歇，一隊隊在城內戒嚴巡守。第二天清晨，彩鸞依然沒有駕臨郡城上空，只有一老一少兩名劍仙御劍凌空而至，其中一個陳平安三人都認識，正是姓傅的圓臉少女，另一個則是靈犀派的太上長老。

兩人落在郡守府，劉太守的病立即就好了，那位太上長老雖然氣度不俗，談吐儒雅，可是眉宇之間難掩憂色，坐了沒多久，在確定胭脂郡已經清除瘴氣後，很快就與姓傅的少女告辭，御風遠去，趕回靈犀派山門。

原來他們在南下救援胭脂郡的途中突然得到師門飛劍傳訊，傳承千年的鎮派之寶竟然不翼而飛了！只不過這等涉及門派生死存亡的機要密事，他當然不會跟外人說出口。事實上，如果不是礙於顏面，主要是怕給神誥宗少女留下不好的印象，這名中五境劍修根本就不會去胭脂郡，彩衣國一郡安危哪裡抵得上那件彩鸞衣裳重要？這可是門派之根基所在。

再之後對於郡守府又有一樁天大的好事發生，就是那位來自神誥宗的少女劍仙看中了劉太守的小女兒劉高馨，說可以親自幫她引薦，讓她進入神誥宗外門，而且極有機會直接成為內門某位祖師爺的嫡傳弟子。

整座郡守府歡天喜地，唯獨少女悶悶不樂，然後就被她爹、娘、大姐、二哥罵了，甚至還被她的師父痛罵了。

圓臉少女雖然在神誥宗輩分奇高，在趙鎏、楊晃那邊臉色冷淡，但是到了劉高馨這邊還真是好說話，樂哈哈、笑呵呵的，還拉著劉高馨逛蕩郡城，買一些少女的閨房用品。

不像去年的春去極晚，夏來極遲，今年的春天，初春來了，暮春走了，明天馬上就是立夏時節，那麼今年的整個春天，就算這麼過去了。

這一天拂曉時分，少女劉高馨離開了郡城，她沒有依依惜別，只留下了一封封書信在房間。少女紅著眼睛，跟那個來自仙家的傅姐姐各自騎乘著一匹雪白駿馬，馬蹄聲陣陣，迴蕩在青石板上，她與家人和家鄉越行越遠。

她心有靈犀地猛然轉頭望去，看到一個背負劍匣的少年站在遠方一座屋脊上，正在對她輕輕揮手告別。她噘起嘴，猛然轉回頭，滿臉的淚珠兒就那麼一粒粒摔成碎瓣兒，心情卻驀然轉好，高高揚起腦袋，背對著那個悄悄為自己送行的傢伙，又開心地笑了起來。

圓臉少女轉頭瞥了眼，只覺得遠方屋脊上的少年似乎有些眼熟，但是沒什麼印象，便懶得再想了。

陳平安為劉高馨送行後，便獨自坐在屋脊上，摘下腰間的酒葫蘆，一口一口喝著酒，懷念著齊先生，便有春風縈繞少年袖。

陳平安三人還是被郡守府強行挽留了三天。

劉高華經此風波，好像脫胎換骨了，再沒有初見時的那種頹態，經常去找他爹討教學問，既有道德文章，也有經世濟民，想到什麼就問什麼。

劉太守還是不待見這個兒子，可是劉高華再不會他爹一流露出不耐煩就心裡發虛、打退堂鼓，反正這兩天他把劉太守給煩得不行。更多時候，劉高華還是黏在徐遠霞和張山峰身邊，再就是防賊一樣緊緊盯著那個窮書生柳赤誠。

他不介意這個白水國寒士娶他大姐，但是在柳赤誠把他姐用八抬大轎娶進家門之前就想要占便宜，他可不會答應。

既然是共患難的朋友，劉高華就沒了那麼多講究約束，把一些彩衣國的廟堂事、官場事當作下酒菜，私底下說給陳平安他們聽。

胭脂郡城這場殃及千家萬戶的劫難，雖然大妖魔頭已經紛紛銷聲匿跡，或被鎮壓打殺或是遠遁潛伏，但是對於胭脂郡那些百姓人家的影響，深遠且綿長。百姓人心惶惶，許多富貴門庭開始偷偷著手準備搬離郡城，去往州城，甚至是京城。哪怕不是舉家遷移，這些有錢有勢的門戶也都想著絕不能把雞蛋放在一個籃子裡，這本就是世情常理。

據說彩衣國朝廷那邊得知消息後，已經有禮部和兵部的人，官兒都不大的那種，慢悠悠離開京城衙門，南下胭脂郡，說是調查案情，安撫人心。不過在官場摸爬滾打了半輩子的劉太守知道，這不過是那位皇帝陛下做做樣子罷了，撥款賑災的戶部銀兩，那是一兩都不用奢望的。要收拾胭脂郡這個爛攤子，官邸存銀遠遠不夠，而他又不是那種橫徵暴斂的無良官員，所以還得靠他這個郡守的一張大髯老臉去求人，靠什麼載入地方縣誌的美名、撰文立碑以供後人瞻仰來跟城內的郡望豪紳們求銀子，而且必須趕在京城兩部衙門的那些個欽差大人進入郡城之前把銀子的事情敲定，千萬別給皇帝陛下心裡添堵，更別給本就日子難熬的戶部衙門添麻煩，他這個太守才有可能保得住官帽子。

人生有起有落，不管是官場、商場，還是修行路上，都是一樣的。比如這次陳平安等三人出手，不管是出於義憤還是惻隱之心，大概是好人有好報了一次，徐遠霞和張山峰最終一合計，竟然各自收穫頗豐。

徐遠霞新得了一把神兵利器，是米老魔大弟子遺落的一把短刀。這把短刀原先的主人是貨真價實的魔道中人，不承想這把短刀出鞘之後卻是刀氣雪亮，光明輝煌，絲毫沒有邪祟氣息。

再就是馬將軍的副將——那名披甲武人，在兩場並肩作戰後，對徐遠霞一見如故，硬是「報失」了一張軍中頭等強弓和官邸庫藏的五支墨家特製箭矢，將其一起偷偷贈送給徐遠霞。徐遠霞起先不願接受，「軍法如山」這四個字，彩衣國別處不好說，看那個馬將軍帶兵治軍，多半是不含糊的。

副將知道他的顧慮後，哈哈大笑，覺得與他實在是脾氣相投，乾脆就洩露天機，說這本就是馬將軍點頭答應的。一開始自己只敢要一支箭矢，是馬將軍先跟劉太守通了氣，打了聲招呼，之後大手一揮，將那份遞交給朝廷兵部稟報戰損的官文在箭矢一項直接從十六改成了二十一。

張山峰收繳了兩件品相不好的靈器，一件破損得厲害，是一只薄如瓷片的白玉酒杯，能夠自行汲取天地靈氣，每半旬時光就可使天地靈氣凝聚為一粒靈氣飽滿的露珠。他將酒杯收入囊中的時候，酒杯給磕出了一個缺口，想必會一定程度影響凝氣的速度。還有一雙傳說中的青神山竹筷，一根筷子篆刻有「青神山」，另外一根則篆刻有「神霄竹」，一看就是有些年頭的老物件了，至於是不是真的取自青神山，暫時無從證實，但是竹筷確實蘊含著充沛靈氣。不管如何，它們都是所有下五境鍊氣士夢寐以求的靈器。

陳平安沒有拿出青色木盒和金銀兩色金身碎片，事關重大，福禍相倚，這些東西，可不是當年在家鄉小鎮抓到的山龜或是捕蛇鷹。他只是拿出了那截焦炭似的烏木，和繪有五嶽真形圖的白碗。

徐遠霞沒看出白碗的門道，但是對那塊沉甸甸的木頭嘖嘖稱奇，說這是雷擊木，不是尋常的雷電劈中樹木就能夠生成，必須是某些蘊含著天威的特殊五雷之屬。被雷劈中的樹木必須存活下來，不能是死木，因為死木根本就留不住那份玄之又玄的雷法天威。

徐遠霞掂量著手中烏木，笑道：「陳平安，你信不信，只要將其送給農家鍊氣士，人家回頭就能幫你變成一棵生機勃勃的小樹苗？」

陳平安立馬懂了，是值錢貨！

郡守府象徵性贈送了這些「豪俠義士」每人五百兩銀子作為賞金，徐遠霞不願收，張山峰也不願，唯獨陳平安收下了。為此，張山峰調侃陳平安是真財迷，陳平安一笑置之。

趙府那男孩叫趙樹下，女童叫鸞鸞，如今因禍得福，都脫離了賤籍，跟隨了那位綽號「漁翁先生」的老者，鸞鸞更是成了老者的關門弟子。

陳平安每天清晨在住處的院子裡練習走樁，趙樹下就蹲在院門口，托著腮幫仔細看，陳平安對此睜一隻眼、閉一隻眼。這是撼山拳譜上的東西，他本來就沒把拳譜當作自己的東西，更不好隨便傳授別人拳法，但是趙樹下有心「偷師學藝」，他覺得其實不是什麼壞事。這個孩子，心地很好，所以他就故意放慢了走樁速度，並且走了一遍又一遍。

最後一天，日頭高照。立夏已至，萬物長成。

陳平安在暮色裡對趙樹下說道：「你能不能把那個走樁的拳架認認真真練習一百……練習十萬遍？」

趙樹下使勁點頭。

陳平安叮囑道：「不可以求快，只能求穩，並且每次都不能出現差錯，在三、五年之內練習十萬拳，走完六步只算一拳。記住，如果覺得哪一步走岔了，就要從頭再來一遍，不可以有半點含糊。」他仔細思量了一番：「練拳是……很笨的事情。趙樹下，你人可以聰明，當然，你確實很聰明，比我強多了，但是拳要練得越笨越好。知道嗎？」

趙樹下眼神堅毅，雙手握拳道：「知道！吃得苦中苦，方為人上人！」

陳平安被逗樂了，問道：「做了人上人，想做什麼？」

趙樹下想也不想就脫口而出：「給鸞鸞買好多冬天穿在身上都暖和的好衣裳！」

陳平安又問：「那你自己呢？」

趙樹下抹了抹嘴，憧憬道：「頓頓吃上飽飯！」

陳平安收斂笑意，微微皺眉：「就這樣？」

趙樹下是底層窮苦出身，最擅長察言觀色，當下便有些難為情，害怕這位大恩人覺得自己沒出息，可是他是真的沒啥雜念，也不願欺騙陳平安，便耷拉著腦袋，愧疚道：「真沒了。」

「吃上飽飯怎麼夠？」陳平安故意板起的臉一下子便柔和了許多，伸手揉了揉他的腦袋，「還得餐餐有肉！」

趙樹下頓時咧嘴傻樂呵。

張山峰、劉高華、柳赤誠三人肩並肩蹲在廊椅上，鸞鸞被劉高華姐姐抱在懷中，離三個大老爺們兒稍稍有點遠。看到這一幕後，大家都忍俊不禁。

這一場萍水相逢，雖有波折，可是好聚且好散，殊為不易。

這天正午時分，柳赤誠跟隨陳平安等人一起離開郡城，劉高華和他大姐，還有趙樹下和鸞鸞，以及漁翁先生都來送行，一直送到城外五里的路邊行亭。

行亭附近楊柳依依。

柳赤誠跟劉姑娘在樹蔭下依依惜別，不知說了什麼情話，劉姑娘雖然傷感，卻也有些笑意，眼神中明顯帶著許多念想和盼頭。

陳平安單獨找到了漁翁先生，交給他五百兩銀票和一張金色材質的符紙，說這些是趙樹下和鸞鸞的拜師禮，懇請他務必收下。漁翁先生也是豁達的性情，毫不扭捏地收下了，笑著說讓陳平安放心，他一定將樹下和鸞鸞兩個孩子視若己出，絕不會委屈了他們。

陳平安最後抱拳道：「先生之風，山高水長。」這是陳平安的肺腑之言，所以他頭一回把話說得文縐縐，卻毫不難為情。

漁翁先生一手牽著一個孩子，目送四人步行遠去，輕聲笑道：「仙氣俠義兼具，真國士也。」

劉高華用手肘輕輕推了一下大姐胳膊，笑問道：「姐，柳赤誠給妳灌了什麼迷魂湯，竟然能讓妳憋著不哭？」

劉姑娘微笑道：「柳郎說等他功成名就了，一定會回來娶我，到時候一定要跟老丈人把臂言歡，讓咱爹在酒桌上一口一個賢婿。」

劉高華齜牙咧嘴：「讀書人的屁話，妳真信啊？」

劉姑娘雙手捧在心口，癡癡望向那個頭頂柳條花環的書生背影，喃喃道：「書上都是這麼說的呀。」

劉高華無奈道：「一個大老爺們兒，多大歲數的人了，戴著個柳條花環也不害臊，這種窮秀才能有啥出息？」

劉姑娘一腳踩在弟弟腳背上，氣惱道：「不許這麼說你姐夫。」

劉高華疼得趕緊縮回腳，站遠一些，雙手抱住後腦勺，優哉游哉，結果腦袋給人重重一巴掌拍下。

劉高華轉頭就要破口大罵，結果整個人像是給人勒住了脖子，死活開不了口，漲紅著臉憋了半天，悻悻然喊道：「爹。」

劉姑娘更是緊張萬分。

脫了官服換上一身文士青衫的劉太守站在兒女之間問道：「你跟陳平安是朋友？」

劉高華一時半會兒吃不准老爹的名士脾氣和言語深意，小心翼翼道：「算是？」

劉太守瞥了眼兒子，呵呵一笑，不再多說一個字，轉身走向漁翁先生，與老人一路聊起了道德文章。

劉姑娘偷偷拍著心口，如釋重負。

劉高華輕聲問道：「姐，我又說錯話啦？」

劉姑娘幸災樂禍道：「債多不壓身，就這樣了，你怕什麼？」

劉高華一聲哀號。

姐弟二人不敢湊到父親身邊去，怕遭白眼更怕自投羅網，就在後邊不遠不近地跟著。

趙樹下突然放慢腳步，來到劉高華身邊，悄悄道：「劉大哥，我家先生誇你好呢，說你有孝心，秉性純良，你爹說哪裡哪裡，勉勉強強不辱家風而已。」

結果，劉高華恁大一個大老爺們兒，剛在背後說柳赤誠沒出息，現在自己快步跑向河邊，說是洗把臉去了。

一行人難得偷閒，沿著官道緩緩走回胭脂郡城，先後與一個俊美少年擦肩而過。少年手中甩著一大把柳條兒，眉心處有一抹棗紅印記，長得真是漂亮。

三天後的夜晚，陳平安四人在往梳水國的一條僻靜山路上，落腳在一個破敗古寺內。

劉太守之前說過一件事，聽說梳水國地龍山有一處不見於官府記載的古怪「渡口」，極有可能就是陳平安想要找的那種地方，是山上神仙乘船在雲海中御風遠遊的出發點。徐遠霞到時候會在那裡跟兩人告別，獨自去往寶瓶洲東南的青鸞國，將朋友的那罈骨灰送回家鄉。

徐遠霞喜歡步行遊歷山川，而且還喜歡寫山水遊記，記錄那些奇險雄怪的風景地貌，所以一直不願意乘坐仙家渡船。柳赤誠則是要去寶瓶洲西南的一個誰都沒聽過的地方，就連見多識廣的徐遠霞都從未耳聞。

夜間這座荒廢已久的古寺有些瘮人，佛家的四大天王神像俱已倒地，而且寺廟占地很大，空蕩蕩的，穿堂風、過廊風，加上山林之間偶有鴞聲驟然而起，嚇得柳赤誠嘴皮子一直打戰，哪怕點燃了一堆篝火，還是拚了命往徐遠霞身邊靠，總覺得這哥們兒長得最凶，肯定能夠鎮住鬼魅陰物，而陳平安和張山峰那樣的少年，多半靠不住；至於暫居他體內的那隻「脂粉老鬼」，柳赤誠從來不覺得他有多厲害。

連金丹境神仙都不是，只會躲起來吹牛，要是真厲害，還會給人鎮壓那麼多年，需要他柳赤誠去救？再說了，真正的神仙，哪一個不是仙風道骨，誰他娘的披上一件粉色道袍招搖過市？反正他柳赤誠臊得慌。

柳赤誠所思所想，被他取了個「脂粉老鬼」綽號的傢伙一清二楚。老鬼披上粉色道袍長久現世後，柳赤誠幾次都是徹底失憶，直到老鬼願意返還身軀為止，這讓柳赤誠恨得牙癢癢。

他撅起屁股蹲著，伸手烤火取暖，滿臉愁容。過會兒又揚起腦袋左看右看，覺得古寺在夜幕籠罩下越發可怕。好在徐遠霞在喝酒，小張道士在那邊練劍，讓柳赤誠略微心安幾分，至於陳平安，則去了遠處找生火煮飯的枯枝。

柳赤誠確實佩服這個姓陳的少年，天不怕、地不怕的，而且一根筋，每天來來回回地練習那兩個拳架，雷打不動。他覺得自己要是讀書能有陳平安練拳一半用功，早就是觀湖書院的讀書種子了。

柳赤誠很快看到陳平安一路小跑回來，除了一大捧枯枝，還拎著個四、五尺高的古老物件。

陳平安詢問他這到底是啥，值不值錢，柳赤誠看得直翻白眼，沒好氣道：「就是個長檠，放油燈的，窮苦門戶只有短檠，可沒這麼講究。按照一些稗官野史的記載，在很久以前，佛家的寺廟比皇帝老子還有錢，這不是反了天是什麼，於是就有了幾次滅佛。你手裡這個長檠要是新的就還行，現在就是破銅爛鐵，不值幾文錢。」

陳平安有些惋惜，放下枯枝後，屁顛屁顛地將長檠重新給拿回原地放著了。

柳赤誠摸著額頭，覺得自己跟這麼一號土鱉行走江湖，挺丟人現眼的。

飯菜煮熱後，柳赤誠挑三揀四吃過了晚餐，就開始收拾被褥，準備做春秋大夢。

徐遠霞喝夠了酒，向後一倒就開始呼呼大睡，鼾聲如雷。

今天張山峰負責守前半夜，陳平安守後半夜。

陳平安先是把那些菩薩天王的破敗神像收攏起來，分別堆在能夠遮擋風雨的角落。做完這些，就開始在坑窪不平的空地上練習走樁。

如今陳平安的拳，按照柳赤誠的話說，就是一次出拳慢得能夠讓他睡一覺。可今夜卻突然開始加快打拳的速度，最終快若奔雷，身體四周呼嘯成風，片刻之後，才又開始放慢速度。

張山峰走過去看了一會兒，笑問道：「怎麼，有點心煩？」

陳平安站定收起拳架，無奈道：「摸到了一點門檻，可就是跨不過去，不上不下的，就覺得有些不痛快。」

張山峰笑道：「你小子這是要破境的意思啊，二十歲以下的武道四境小宗師，便是在我們北俱蘆洲的江湖，都很生猛了。」

陳平安嘆了口氣：「出門前有人告訴我，到達老龍城之前，最好能夠躋身純粹武夫的鍊氣境。」

突然間，遠處張山峰擱放在行囊上邊的聽妖鈴劇烈振動起來，張山峰心中一驚：「有妖氣接近寺廟！」

陳平安點點頭：「你先把聽妖鈴收起來，免得打草驚蛇。」

徐遠霞迅速坐起身，大笑道：「咱仨真是生意興隆啊，財運來了，擋都擋不住！」笑過之後，徐遠霞一抹絡腮鬍，雙手各自按住腰間長短刀的刀柄，沉聲道：「但是切記，斬妖除魔，還是保命第一。」

陳平安和張山峰相視一笑，張山峰嘿嘿道：「我還有一張神行符。」

陳平安愍了一會兒，悶悶道：「我跑得快！」

龍泉郡，小鎮謝家。

一名手中拿著幾本書的長眉少年跑入院中，開心道：「老祖宗，今天我跟師父學了一門新劍訣。」

天君謝實點了點頭，放下手中書籍。

與人言語之時，哪怕是少年這樣隔著無數輩分的晚輩，謝實還是會這般鄭重其事，絕不會左看右晃，心不在焉。少年如今還不知道這份氣度的意義所在，更多還是想著老祖宗的道家天君頭銜，想著此次南下返鄉的千秋大業，以及沉浸在謝家必然崛起的巨大喜悅當中，對於這類細枝末節，畢竟年少，反而沒有太大感覺。

謝實接過那幾本書，放在石桌上，伸手示意少年落座。

少年輕輕坐下後，問道：「老祖宗，可入得法眼？」

謝實輕輕拍了拍書，笑道：「怎麼會入不得，我若是去考取功名，拿到會試資格都懸乎。」

謝實雖然相貌粗樸，跟小鎮莊稼漢相差無幾，可事實上卻博覽群書，通曉三教學問，他待在謝家老宅這段時日就是在小院看書。

少年每天在阮家鋪子那邊打鐵、鑄劍歸來，都會捎帶幾本從小鎮新開書鋪購得的書籍。謝實早就告訴少年，不必拘泥於道家典籍，什麼書都可以買。

謝實突然站起身，少年自然而然跟著起身，一大一小就這麼站了約莫半炷香工夫，少年才驚駭地發現自己娘親言笑晏晏地領著一個「年輕道士」來到院子。等到婦人離開後，謝實正要說話，登門拜訪的蓮花冠道人伸手示意，讓他坐下。

陸沉一屁股坐在石凳上，以手掌作扇子，緩緩搧動清風，像是跟人拉家常一般，與謝實吩咐道：「等到寶瓶洲事了，你返回俱蘆洲之後一甲子，賀小涼那邊你多看著點，也不用如何幫她，只需保證她別死了就行。等她站穩腳跟，開宗立派，那個時候你倒是可以錦上添花。人也好，錢也罷，法寶、器物都行，多多益善，你們兩個也算結下一樁善緣。」

謝實再次起身，拱手行禮道：「謹遵掌教法旨！」

「你這古板脾氣真是不討喜啊。」陸沉調侃一句，轉頭對少年笑咪咪道，「長眉兒，來來來，給你一樣臨別贈禮。」

長眉少年戰戰兢兢，既有雀躍也有敬畏，趕緊望向老祖謝實。

謝實點了點頭，示意他放心收下便是。

上五境的玉璞境修士其實都不太敢隨便施捨福緣，但是掌教陸沉送人東西當然是好是壞早有定數，絕無差池。當著謝實的面送給長眉少年東西還能是壞事？註定是天底下一等一的幸事！這也算少年的莫大福氣。

陸沉手腕翻轉，手心很快多出一座玲瓏剔透的七彩寶塔，光彩流轉，妙不可言。若是細看，可以發現不過半尺高度的小小寶塔，光是各處懸掛的匾額就多達三十六塊。

謝實剛剛坐下，又一次猛然起身，對少年沉聲道：「還不跪下謝恩！」

這次陸沉倒是沒有勉強，由著懷捧小塔的少年迷迷糊糊跪下去，砰砰砰磕了三個響頭。

陸沉微笑道：「知道你是溫和的性子，不用擔心你仗勢欺人，這座小塔能夠鎮壓世間所有上五境之下的邪魔陰物，勉強算是一件半仙兵吧。只是切記一點，肉眼可見的邪祟陰物鬼魅不見得是最壞的，人心微瀾處，更有可能心魔橫生。」

少年面紅耳赤，朗聲道：「晚輩一定銘記在心！」

陸沉還是那副慵懶姿態，笑道：「以後你跟阮邛練劍大成，既然是劍修，就肯定要行走四方，到時候多多觀察人心。之所以送給你這座寶塔，為的就是讓你不用太顧及身外事，多思量一些自家事。佛家有個說法，叫作自了漢，挺有意思。對了，謝實，記得幫這孩子找一件好點的咫尺物，不揠苗助長是好事，可當長輩的太過吝嗇，也不好。」

謝實又要起身領命，陸沉氣笑道：「信不信一巴掌拍死你，還沒完沒了了！」

謝實只得乖乖坐在原地。

陸沉想了想，沉默片刻，站起身，再沒有笑意，鄭重其事道：「以後記得保護好李希聖，如果出了問題，貧道就算壞了兩邊的規矩，也要從白玉京返回這個浩然天下，唯你謝實是問！」

已經吃過掛落的謝實當下坐也不是、站也不是，陸沉一拍額頭：「有你這麼些不開竅的徒子徒孫，難怪貧道這一脈道統香火不旺啊。」

陸沉抬起頭，舉起手臂，屈指輕彈那頂蓮花冠，面帶笑意，輕聲道：「喂喂喂，七十，在不在？在的話，麻煩你開門送客啦！」

謝實臉色微變，趕緊順著掌教的視線抬頭望去。以他一洲道主的浩瀚道法，竭盡目力仍是只能透過重重雲海，最終在一處天幕穹頂看到些許波瀾漣漪。

陸沉一閃而逝，瞬間那處天幕穹頂開啟的「小門」就隨之關上。

道祖座下三弟子中的陸沉就這麼悄無聲息地離開了浩然天下，幾乎沒有半點動靜，但是這位頭戴蓮花冠的掌教老爺在青冥天下那邊鬧出的動靜可就大了。

同樣是天幕穹頂，只不過換成了道教坐鎮的青冥天下，一道粗如山峰的金色虹光破開一個大如山嶽的金色雲海洞窟後，轟然砸下，筆直落在了一座高達萬丈的高樓之巔。

一個手持竹杖、背負書箱的年邁文士行走於青冥天下的綿延山脈之中，身邊跟著一個剛收的少年書童。

這個清瘦老人伸手遮在額頭，仰頭望去，笑了笑：「看來給齊靜春氣得不輕啊。」

少年好奇問道：「先生，齊靜春是誰呀？」

清瘦老人笑道：「是我家鄉那邊的一個讀書人，年紀不大，學問很高。」

少年接下來的問題有些童心童趣：「那有多高？」

清瘦老人想了想，回答得貌似有些敷衍：「你家鄉不是有句諺語嘛，大水漫不過鴨子背。」

少年嘀咕道：「看來不太高。」

清瘦老人爽朗笑道：「讀書人的真正功夫可不能一味求學問高遠，一身所學還得能夠帶著老百姓一起跋山涉水才行。讀書人除了要讓自己有安身之地，也要讓老百姓有安身之地，否則一個人的學問再高，文章寫得再漂亮，於己有益，卻於事無補啊。」

少年無奈道：「先生，我看你的道理說得倒是挺高。」

清瘦老人伸手敲了少年一個爆栗，然後自顧自嘆息起來。

少年百無聊賴，反正無所事事，就乾脆也跟著老先生嘆息起來。

清瘦老人是想著自己故鄉如今的時節，應該是大地處處黃花了。

謝實在掌教陸沉離開這個天下後，雖然十分失落，但是整個人的心境明顯輕鬆許多。之前有陸沉身在小鎮，謝實其實很忐忑，唯恐哪裡做得不對，一不小心就會被那位掌教老爺看在眼裡、記在心裡。

謝實輕輕呼出一口氣，氣勢渾然一變，站在院子裡遙望西邊大山裡的梧桐山渡口。很快，那邊就會出現一艘冠絕北俱蘆洲的巨大渡船，上邊會有數位名動一洲的大人物。此次打醮山鯤船在寶瓶洲中部被人擊毀，除了打醮山的數位祖師悉數出動，還有幾大勢力一起南下，名義上是聯手調查此地沉船事件，至於真相如何，除了勢力最小的打醮山從頭到尾被蒙在鼓裡，謝實知道，大驪國師崔瀺知道，新渡船上的兩位大佬也心知肚明。

劍甕先生是最關鍵的那枚棋子，是死士。哪怕是北俱蘆洲也只有極少數人清楚這名散修的那頂貂帽其實正是法寶劍甕。劍甕在幫人溫養飛劍的同時，也孕育出無數縷劍氣，數百年積攢下來，劍甕裡邊的劍氣早已攢聚得密密麻麻。所以劍甕先生的傾力一擊，以澈底毀掉法器劍甕作為代價，幾乎相當於一位玉璞境劍修的全力一擊，足夠擊沉那艘打醮山鯤船了。

這一切，都是為了讓謝實順理成章地走出第二步，讓這位北俱蘆洲的道家天君親自去往觀湖書院以北地帶坐鎮其中，澈底掐斷寶瓶洲南北雙方的聯繫，不讓大驪吞併整個寶瓶洲北方的「大勢」出現任何意外。

謝實拍了拍少年肩頭：「陪我去一個地方。」

長眉少年跟隨自家老祖宗走進了楊家鋪子，走出來的時候身上就多了一件所謂的咫尺物，以及那個楊老頭的一個承諾。付出的，同樣是天君謝實的一個承諾。

回到家中小院，謝實便跟少年說了關於鯤船失事的大致脈絡。

少年看到老祖神色凝重的面容，好奇地問道：「老祖宗，既然咱們寶瓶洲是浩然天下最小的一個洲，而老祖又是北俱蘆洲這麼一個大洲的道主，還需要擔心什麼嗎？」

謝實搖頭笑道：「你把天下事想得太簡單了，以後註定會有無數人叫囂著『這是北俱蘆洲欺負我東寶瓶洲無人嗎』，然而這些人中的大半只會搖旗吶喊、隔岸觀火，小半會蠢蠢欲動，在這其中又會有一撥人因為各種各樣的原因從四面八方趕過來，裡面會隱藏著真正的高手，比如……一些個類似風雪廟魏晉的人物，而且這類人到最後會越來越多。不過你暫時只需要拭目以待。總之這件事，無論以後發展到何種態勢，你在成為上五境鍊氣士之前都不要插手，安心跟隨阮邛修行劍道。」見長眉少年心事重重，謝實啞然失笑：「就算發生最壞的結果，也不是一年半載就能出現的，你操心什麼？」

少年悶悶不樂，轉身走向院門：「老祖宗，我去練習劍術了。」

謝實獨自坐在石桌旁閉目養神，默默推演寶瓶洲的大勢走向。

另一邊，謝實和少年前腳走出楊家鋪子沒多久，曹曦後腳就找上了門。

店裡邊的夥計都沒當回事，如今小鎮繁華，有錢人見多了，不差這個胖子。

曹曦笑著詢問楊老前輩可是住在後院，一名年輕夥計正在藥櫃那邊稱量藥材，瞥了眼身材臃腫的富家翁，朝懸掛竹簾子的大堂後門揚了揚下巴，懶得多說什麼。

曹曦道了聲謝，往那邊緩緩行去，掀起簾子，四四方方的大天井，屋簷下四條廊道，比起曹氏祖宅是要稍稍氣派一些。後院正房對面的廊道裡頭放著一條長凳，彷彿專門為曹曦這種訪客準備的。

對面正房外，楊老頭坐在板凳上抽旱煙，青竹煙杆早已摩挲得泛黃古舊。透過煙霧，老人看著那個從南婆娑洲跨海而來的劍仙。雙方當然互相認識，曹曦離開小鎮的時候年紀已經不小，只是曹曦對這個躲在藥鋪後邊年復一年坐井觀天的楊老頭記憶極為淡薄，不過相信楊老頭對他曹曦絕不陌生，說不定當年他成功走出驪珠洞天都有老人的幕後安排。

曹曦來此當然不是為了報恩，他從來不是什麼滴水之恩湧泉相報的人，就算楊老頭找上門，他都未必願意搭理。楊老頭在驪珠洞天或者說龍泉郡，誰都要賣他幾分面子，可是曹曦做完了這次的一錘子買賣就要返回婆娑洲，厚著臉皮跟潁陰陳氏老祖討要報酬，楊老頭的身分再神祕，未來在寶瓶洲再牛氣，關他曹曦屁事。至於那支留在大驪王朝的上柱國曹氏將來是福是禍，看他們自己的造化，曹曦最多離開之前象徵性幫襯一二，至於大驪宋氏皇帝領不領情，無所謂。曹曦膝下子孫無數，更何況修道修道，從來不是為了修什麼子孫滿堂，這只是額外的彩頭罷了。

曹曦的第一個問題是：「楊老前輩，在數千年的漫長歲月裡，在這個天下的洞天之中，占地面積最小的驪珠洞天從你眼皮子底下走出去的人物，誰的成就最高？」

楊老頭反問道：「你算哪根蔥？」

曹曦揚起手腕，上邊繫著一根碧綠繩子，笑嘻嘻道：「這裡還真有『一根蔥』。」

楊老頭沒好氣道：「有屁快放。」

曹曦放下手臂，立即換了一副嘴臉，搓手諂媚道：「楊老前輩，晚輩聽說您神通廣大，您可知曉我那娘親的魂魄去處？是消散於墳塋旁的天地間，還是投胎轉世，還是……給老前輩您悄悄收攏了起來，以便待價而沽？」

楊老頭不理會那個陸地劍仙言語中暗藏的殺機，直截了當道：「你曹曦是想出價買走？只要你給得起，別說你娘的魂魄，就是你爹的，都沒問題。」

曹曦放聲大笑，一隻手指向吞雲吐霧的老人：「楊老前輩真是爽快人，好好好！這趟總算沒白來！嘿嘿，就是不知道老前輩的一條命值多少錢？」

楊老頭語氣平淡地道：「要做買賣，歡迎。登了門、見了人，不願意掏錢，趁早滾蛋。」

曹曦聞言後瞇起眼，拇指和食指輕輕摩挲起來，雙手都是如此，姿勢顯得極為滑稽。

曹曦殺機畢露，楊老頭根本就無動於衷。

曹曦驀然哈哈大笑起來：「買賣可以做，我曹曦生平最喜歡跟人做買賣了，只是希望老前輩的價格千萬別太高，那我是不會買的。我是什麼人，楊老前輩可能不太清楚，為了修行，親兒子、親孫子我都能賣了換錢。只不過如今闊綽了，發達了，衣錦還鄉，睹物思人，才有了一點點戀舊的念頭。」

楊老頭緩緩道：「有個丫頭叫李柳，跟隨她爹娘一起去了北邊俱蘆洲，你父母的魂魄如今都在她身上。你要願意公平買賣，我就跟你做生意，保證沒有紕漏，到時候全須全尾兒交給你。當然，你要反悔，強取豪奪也可以，現在就可以轉身離開，以後發生什麼，後果自負。」

曹曦苦著臉道：「全須全尾兒……楊老前輩，您說話也太不中聽了。好吧，您可以開價了。」

楊老頭用煙杆指了指曹曦的手腕，曹曦勃然大怒：「啥玩意兒？要老子將這把本命飛劍送給那李柳？楊老頭，你失心瘋了吧？」

楊老頭斜眼瞥去，繼續道：「你煉化這條大江之前的那把飛劍，一直留著吧？可以拿出來贈給李柳，記得連你的劍訣一併傳授給她。」

曹曦臉色陰晴不定，楊老頭冷笑道：「別覺得吃虧，你這輩子就沒收過好的徒弟，我等於無償幫你找到一個。說不定將來所有人提及你曹曦的時候，就都會是這麼一種說法：『曹曦啊，就是李柳的師父。』」

曹曦有了點興致，搓手嘖嘖道：「那閨女這麼厲害？」

楊老頭扯了扯嘴角：「你最好自己去找她，我相信你會心甘情願地交出那把飛劍。」

「這樁生意，老子做了！要賭就賭一樁大的，這才符合我曹大劍仙的身分！」曹曦一拍大腿，微微降低聲調，「除此之外，你我之間還有什麼買賣可做？」

楊老頭語氣淡漠：「你爹的魂魄。」

曹曦愕然，隨即翻白眼道：「免談免談，送我都不要。」

楊老頭開始吞雲吐霧：「不要拉倒，那就換一個。你去找真武山馬苦玄，當他的護道人，最近二十年裡不用時時刻刻盯著，只要湊夠十年時間就行了。」

曹曦皮笑肉不笑道：「一個有望躋身十二境的劍仙給一個孩子當護道人？我曹曦雖不太在乎顏面，在那婆娑洲確實是以厚顏無恥著稱於世，可這點面子還是要的啊！」

楊老頭沉聲道：「我可以讓曹峻投軍大驪，在沙場上砥礪破碎劍心，我還可以讓人暗中護著他二十年，直到劍心修補完整。」

曹曦神色凝重起來，楊老頭嗤笑道：「少在這裡得了便宜還賣乖，你曹曦的那點面子跟家族多出一個陸地劍仙，哪個更值錢？」

曹曦一臉為難地道：「曹峻那小子一看就是白眼狼，讓他成了陸地劍仙，豈不是要造反？曹家是牛氣了，一門兩劍仙嘛，擱在哪兒都可以挺直腰杆做人，哦，不對，應該是做神仙，可老祖我指不定要被那小子秋後算帳……」

楊老頭根本不接這一茬，直接說道：「曹峻成為陸地劍仙之後，必須答應為我做一件事。放心，不會要他去死，對那個時候的曹峻而言，不會太難。」

曹曦有些狐疑，問道：「楊老前輩，你為什麼不直接找曹峻？這裡面該不會有什麼算計吧？咱們哥倆怎麼也算半個同鄉，老鄉見老鄉的，不說兩眼淚汪汪吧，可也不能坑害老鄉啊，是不是？」

楊老頭直截了當道：「曹峻現在沒資格跟我談買賣，你曹曦有。」

曹曦半天說不出話來。

離開楊家鋪子後，曹曦站在大街上，回望一眼藥鋪，自言自語道：「這些事情，該不會也被陳淳安那個老傢伙算到了吧？」

泥瓶巷。深夜時分，一個滿身富貴氣的錦衣少年坐在院子裡發著呆。

那位陰陽家大修士，在京城被皇叔宋長鏡捶殺之前，曾經私底下找過他，發表過一番驚世駭俗的言論，老人甚至向他坦言自己對大驪現任皇帝的那樁天大陰謀。老人讓皇帝陛下擅自修行，違反儒家聖人訂立的規矩，以皇帝身分偷偷躋身中五境不說，甚至一路勢如破竹，達到了第十境。

皇帝是為了親眼看到大驪王朝吞併一洲，而陰陽家大修士是為了將大驪皇帝，也就是宋集薪的父親，製成一只牽線木偶，因為大驪皇帝正式閉關衝刺上五境門檻的時候，就是澈底失去靈智淪為傀儡的時刻。

阿良打斷了大驪皇帝的長生橋，皇帝在長生橋斷裂破碎之際極有可能看到了蛛絲馬跡，那些原本隱藏在橋身之中的種種機關和伏筆極有可能已經洩露。雖然大驪皇帝當時在白玉樓外的廣場上掩飾得極好，可是皇帝到底沒有想到，陰陽家修士在宋集薪身上也動了手腳。阿良的那一拳澈底打亂了老人這一脈陰陽家長達數十年處心積慮的深遠布局，只不過這一切遠遠沒有結束。

此時此刻，宋集薪回想那些言語，心情沉重至極。

稚圭披衣而出，問道：「公子，有心事？」

宋集薪轉頭笑道：「就是睡不著而已。」

稚圭「哦」了一聲，搬了條小板凳坐在宋集薪身邊。

宋集薪突然提議道：「月明星稀，風光大好，不如咱倆隨便走走？」

稚圭懶洋洋道：「好啊，都聽公子的。」

仍是主僕的二人一起走過了小鎮的街街巷巷，在齊先生教書的老舊學塾後院的石製棋桌旁，宋集薪伸手抹過冰涼的桌面。他次次坐在北邊，趙繇坐在南邊，當時不知道為何如此安排，如今水落石出，才知道原來如此。

宋集薪笑道：「不知道趙繇過得如何。」

到了這邊，稚圭有些沉默寡言。

之後，兩人繼續散步，走得漫無目的，隨心所欲。鐵鎖井的鐵鍊已經被一名外鄉男子取走，這就是仙家機緣；杏花巷的那隻黑貓好像跟著悶葫蘆似的傻子馬苦玄一起離開了小鎮；拆掉廊橋、恢復原貌的石拱橋，橋底下的老劍條不見了蹤跡；聽說聖人阮邛好像馬上就要在某座大山開宗立派，到時候註定是一場盛事，大驪禮部衙門將此事當作今年春末的頭等大事，精心操辦；騎龍巷相鄰的壓歲鋪子、草頭鋪子都姓了陳，這可是稀罕事，小鎮姓陳的傢伙幾乎人人是四姓十族的僕役婢女；神仙墳和老瓷山新建的文武兩廟已經竣工，分別祭祀袁曹兩家的老祖，昔年的大驪中興雙璧，如今也算葉落歸根，一副副楹聯出自大家手筆，就連遠在南澗國的文壇名宿都寄來了親筆手書的對聯，鐵畫銀鉤，風骨錚錚。

宋集薪在祭祀聖人的廟外扯了扯嘴角：「哈，風骨錚錚。」

最後這位出身大驪宋氏的天潢貴胄轉頭望向遙遠的西邊大山，好像是落魄山方向，那邊有一座香火極差的山神廟。

他突然變得神色黯然，也有些失魂落魄。

除去披雲山的北嶽正神大廟不說，西邊大山裡頭還有些尋常的山神廟。香火最旺的是最北邊的風涼山，因為靠近龍泉郡城，神道開闢得最為寬闊平整，入山方便，沿路的茶肆酒館以及供善男信女們半路歇腳的大小客棧，如雨後春筍一般冒出來。山腳有一個集市，販賣各種茶酒麵食和花鳥魚蟲，以至於小鎮的許多孩子一聽說爹娘要去那邊燒香就開心得很，不比過年差多少。

一個名叫董水井的少年在那邊擺攤子，只賣餛飩。蝦仁、春筍、豆干都極具風味，最後撒下一把蔥花，加上少年自製的一小碟辣椒醬，那滋味，真是絕了。

少年原來在龍尾郡陳氏新辦的學塾讀書，但是不知為什麼，哪怕不需要花錢，少年還是退了學。他將在小鎮的兩棟老宅賣了一棟，在新郡城那邊買了嶄新的大宅子，離著風涼山不過十幾里路。

餛飩攤從一大早開到黃昏，沒個準時，只要有客人，天色再晚，少年也會等客人慢慢吃完才收拾攤子推車返回。郡城如今不設夜禁，處處是塵土飛揚的熱鬧場景，若是夜間在風涼山之巔的山神廟眺望郡城，就像一盞大燈籠擱在大地上。

這天夜幕降臨，董水井已經開始收拾餛飩攤子，準備打道回府。不承想，從遠方走來一個奇怪的男子，不挎劍、不背劍，而是橫劍在身後。

他走到攤子旁，笑問道：「店家，還賣餛飩不？」

董水井咧嘴笑道：「賣！怎麼不賣！就是得燒水，客人要稍等會兒。」

男人笑著坐在桌旁，等來了一大碗熱騰騰的餛飩，漂在紅湯上的蔥花瞧著就很誘人。董水井問他能不能吃辣，男人說越辣越好，少年就遞過去滿滿一碟辣椒醬。

男人拿出一雙筷子，不急著下筷，先低下頭去，閉上眼睛聞了聞香味，嘖嘖道：「這味兒，對頭！」又隨口問道，「知不知道墨家？」

坐在不遠處的董水井點頭道：「當然，以前先生說過，墨家曾經是四大顯學之一，推崇的學問很了不起，就是知不易行更難，很考驗弟子的心性，再就是比較容易鑽牛角尖，先生說比較……可愛。」說到這裡，董水井撓撓頭，憨憨一笑，「是我家先生說的。」

男人嚼著一只餛飩，使勁點頭道：「說得真好。那你有沒有聽說過墨家游俠當中的賒刀人？賒欠的賒，刀劍的刀。」

董水井一臉茫然，輕輕搖頭，這個齊先生真沒有說過。

男人放下筷子，拍了拍肚子，重重呼出一口氣，很是愜意，然後笑道：「那你想不想當賒刀人？」

董水井眼神一凝，很快就恢復正常，笑著搖頭：「賣餛飩挺好的，能掙錢，還安穩。」

當初他、李寶瓶、林守一、李槐、石春嘉五個學塾弟子一起把真實身分是大驪死士的車夫騙得團團轉，雖說出謀劃策和查漏補缺的是李寶瓶和林守一，但事實上任何一個人只要露出絲毫馬腳就會前功盡棄，所以最終正式成為齊靜春嫡傳弟子的五個孩子，沒有一個是省油的燈。就像董水井，這麼大點年紀就知道找到阮秀姑娘，讓她幫著以一個天價賣出小鎮老宅，然後迅速去郡城那邊買地——不是一座宅子，而是一整條街！天上掉下的大錢有它的花錢法子，錢能生錢，養家糊口的小錢也該有它的掙錢法子。不花錢就等於是在掙錢了，兩者並不衝突。

「不用著急回答我。」男人擺擺手，微笑道，「至於為何選擇你，董水井，我已經觀察你挺長時間了，方方面面都談不上最好，但是都沒有什麼問題。這就足夠了。」

董水井無奈道：「你是？」

男人沒有藏掖，開門見山道：「我叫許弱，墨家子弟，來自中土神洲。我不是賒刀人，但是我有一個很要好的朋友，他在死前要我答應他，幫他選一個合適的弟子繼承衣缽。他是墨家上一代賒刀人的祖師爺，是一個很厲害的傢伙，曾經跟阿良喝過很多次酒，酒錢就是他付的。阿良在中土神洲遊歷的時候欠下一屁股債，還是他幫著還清的。」

「阿良又是誰？」

「你家先生的先生的死對頭的兒子。」

「啥？」董水井懵了，這是什麼跟什麼啊。

男人站起身：「我下次再來，你好好琢磨琢磨。」

董水井突然喊道：「等會兒！」

男人微笑道：「這碗餛飩的錢先欠著，說不定以後你答應做賒刀人……」

董水井堅持道：「這哪行，只要是做買賣，就要親兄弟、明算帳。」

男人點了點頭，掏出幾個銅錢：「哈哈，真像賒刀人的風格。」

夕陽西下，許弱揚長而去。

董水井坐在原地，目送他遠去，抬起手臂擦了擦額頭汗水。之所以壯著膽子要那幾枚銅錢，可不是董水井一根筋，而是一種充滿市井氣息的試探人心。

董水井默默坐在桌旁，一動不動地發著呆，沒有什麼天上掉餡餅的狂喜情緒，反而有些茫然。他不喜歡這種感覺。他的野心其實不大，就想著以後掙了錢，衣食無憂，在住人的那棟宅子裡有一口能夠汲水的水井，旁邊種著一棵柳樹，每年春天都會吐出嫩芽，風一吹，柳條兒就會晃悠起來，很……可愛。

荒郊野嶺，月黑風高夜，適合殺人越貨，也適合斬妖除魔，就只看是那道高一尺，還是那魔高一丈了。

梳水國的破敗古寺外，有鶯鶯燕燕的歡聲笑語傳來，最終響起了陣陣敲門聲。

徐遠霞看了眼陳平安，瞥了眼張山峰，調侃道：「你們倆誰去迎客？我去開門的話，怕嚇著了母妖精，到時候人家二話不說掉頭就跑，咋辦？」

張山峰拍了拍胸脯：「小道比陳平安相貌英俊一些……」

柳赤誠被聽妖鈴驚醒，迷迷糊糊，一聽母妖精，立即想到了神仙志怪小說裡的狐仙豔鬼，膽氣橫生，趕緊從地鋪爬起身，嚷嚷道：「我去我去，書上的古靈精怪們最喜好文弱書生，你們仨個個拿刀背劍的，還是我最合適。不過事先說好，碰上了好妖精，咱們有話好好說，若是人家願意與我共度春宵一刻，你們別攔著；如果碰上了吃人心肝的壞鬼魅，你們可得救我！」

柳赤誠屁顛屁顛跑去打開大門，呼啦一下狂風大作，吹拂得他睜不開眼。他只覺得香風飄過，身邊響起兩個銀鈴般的嬌媚嗓音，還有一條綢緞袖巾掠過他的臉龐，絲滑細膩，讓他有些陶醉，他趕忙關上門。

等到山風停歇，柳赤誠轉身定睛一看，看到了三個姿容美豔的女子，其中兩個嬌笑著奔向徐遠霞三人的火堆，她們體態豐腴，僅是背影就晃蕩得柳赤誠心神搖曳。還有一個年紀稍小的妙齡少女，身穿淡粉長裙，腳踩繡花鞋，怯生生地站在柳赤誠身前不遠處，手指使勁撚著衣裙，比起她那兩個性情豪放的美人姐姐，顯得小家碧玉，尤為動人。

徐遠霞正盤腿坐著喝酒，看見兩個美人過來，本來都已伸開雙臂，誰知她倆一個坐在了張山峰身邊，一個落在了陳平安身旁，讓徐遠霞的動作僵在那邊。他愣了愣，只得自顧自喝酒以掩飾窘態。

坐在張山峰身邊的妖嬈女子用肩頭蹭了蹭他，嬌滴滴問道：「喲，小道長，還背著把木劍哩，是不是傳說中的桃木劍？要不要拔劍出鞘，給姐姐瞅瞅是長是短？」

張山峰耳根子紅透，不敢搭話。

依偎在陳平安身邊的女子生了張瓜子臉，眉眼帶春，伸出纖細如青蔥的一雙手，嗓音輕柔道：「這位公子，奴家與姐妹們這次趕夜路，山嶺夜間好大的山風，吹得奴家小手兒冰涼冰涼，不信公子你摸摸看？」

陳平安指了指火堆，笑道：「姑娘手冷就烤火，很快就可以暖和起來。」

那個粉裙繡花鞋的妙齡少女沒有湊熱鬧，獨自蹲在篝火邊，低著頭伸出手去。

柳赤誠在她身邊坐下，主動套近乎，笑問道：「小姑娘，妳們可是梳水國人氏？」

少女輕輕點頭，抬起頭，睫毛顫顫，欲言又止。

徐遠霞看了一眼少女的繡花鞋邊沿，然後望向那兩個媚態女子，笑道：「除了這個小姑娘腳上沾了些泥土，為何兩位姐姐走了這麼遠的山路還是纖塵不染？該不會是山野而生的鬼魅精怪吧？那我們四人可就要遭殃了，到時候只求兩位姐姐給兄弟們一個痛快，牡丹花下死，做鬼也風流。嘿嘿，不知姐姐們意下如何？」

柳赤誠笑呵呵道：「兩位姐姐生得如此國色天香，怎麼可能是鬼怪呢？相由心生，不可能不可能。退一萬步說，即便真是鬼魅，那肯定也是素手添香的好鬼。咱們今夜對花對酒，雖是陰陽殊途，卻是人鬼相逢，能夠桃李春風一杯酒才是一樁真正的雅事。姐姐們，對不對？等會兒可千萬莫要喝著酒，一不小心露出嚇人的鬼魅本態，那可就不美了。」

兩個嫵媚女子相視一笑。在此禍害生人百餘年，還真是頭回遇上這麼些沒心沒肺的傢伙，是藝高人膽大，還是初出茅廬的雛兒根本不知山水神怪的厲害？她們中一個掩嘴嬌笑起來，一個乾脆就捧腹大笑。

那個少女猛然抬頭，露出慘白臉色，尖叫道：「你們快跑啊！她們是——」

對面掩嘴嬌笑的美人神色一凝，一只長袖一甩而去，擊中少女額頭，打得少女後仰倒地，眉心處紅腫一片。

少女身邊的柳赤誠嚇了一大跳。

幾乎同時，張山峰雙指併攏掐劍訣，背後桃木劍瞬間掠出，在空中疾速劃出一道圓弧，直接釘入出手女子的背部。女子被桃木劍貫穿嬌軀，撲倒在地，並無鮮血噴湧的畫面，靈光流轉的木劍就像釘中了一件鼓鼓蕩蕩的衣裳而已。

女子面容和身軀猙獰扭曲，顯然並非修練出人形的精怪，而是沒有實體依託的鬼魅之流。只見女鬼全身黑煙滾動，不斷掙扎，試圖逃離篝火附近，卻死活無法脫離斜立於地面的那把桃木劍的約束，就像是一頭被鐵鍊拴住的野獸。

張山峰口誦法訣，桃木劍靈光絢爛，女鬼再也無法維持人形。

一抹刀罡炸裂而起，原來是徐遠霞迅猛抽刀，那把長刀在火焰中一劃而過，如同仙人淬鍊神兵，直劈那個被桃木劍釘住魂魄的女鬼。黑煙遇上那把罡氣光芒遍布全身的神兵利器，立即消融殆盡，女鬼刺破耳膜的哀號聲響徹古寺。

另一邊，陳平安正一手做扯人脖頸狀，一手出拳如疾風驟雨，捶打另一個女鬼心口，打得女鬼煙消雲散。

柳赤誠也不傻，顧不上憐香惜玉，屁滾尿流地從倒地少女身邊跑開，繞過篝火來到三人身後。

少女掙扎著坐起身，泫然欲泣：「你們快跑吧，我們嬤嬤很快就會趕來的……」話音未落，聽妖鈴又開始劇震，大門被一股強勁陰風直接吹開，一縷陰寒山風當場砸中少女背脊。少女口吐鮮血，嬌小身軀掠過火堆，撲向年輕道士和大髯漢子。

徐遠霞趕緊收起手中長刀，以免傷及無辜，可就在這一瞬間，少女露出狡黠笑意，閃電般出手，在徐遠霞和張山峰胸口各自點了數下，身形反彈些許，就那麼站在火堆之中，用繡花鞋輕輕撥弄著熊熊烈火，那些滾燙炭火根本無法傷及她分毫。

她不再理會無法動彈的大髯漢子和年輕道士，只是一腳踢飛了那把桃木劍，繡花鞋尖觸及桃木劍的瞬間，出現了些許焦黑。她居高臨下地望向那個場中唯一還有一戰之力的背匣少年，笑道：「你要是願意逃命，我可以放你一馬。」

大門那邊，陰風呼嘯，出現數個手持黑幡、鬼氣縈繞的男女，望著寺廟內少女的眼神炙熱無比，高呼道：「嬤嬤神通蓋世，千秋萬歲！」

陳平安站起身，問道：「妳是人是鬼？」

少女模樣的嬤嬤陰惻惻笑道：「人心鬼蜮，人心在前、鬼蜮在後，由此可見，你們的人心更可怕一些。本仙在梳水國此處兩百年，有一拿手菜，名為爆炒心肝，必須用新鮮摘下的心肝，放入大量辛辣作料，否則腥膻味實在太重了，讓人根本下不了筷子。不過也有例外，幾年前有個路過此地的老道士，道行不弱，打殺了本仙手底下好些個乖巧丫頭。那個道士倒是生了一副上等心肝，難得的好味道，就是不知道你們四個身手不錯的外鄉人，心肝滋味如何？想來應該不會太差，練家子的體魄、神魂，到底比凡夫俗子底子更好——」

古寺門外，極遠處有一個極清晰的蒼老嗓音突然響起：「宜祭劍。」

少女臉色巨變，大門那邊劍光四起，那些橫行一方的陰物人頭滾滾而落。

很快，一個神色木訥的黑衣老人大步跨入門檻，他的腰間懸掛劍鞘，身邊跟著一把出鞘長劍。青銅劍身布滿裂紋，而且沒有半點劍氣流淌，但是安安靜靜懸停在老人身側的鏽跡斑斑的長劍，還是擁有一種無言的震懾力。

純粹的劍氣，充沛的劍意，凌厲的劍術。闖蕩江湖，往往一山還有一山高。

少女明顯知曉此人的身分，雙手指甲長如十支銀鉤，背脊彎曲，死死盯住黑衣老人，色厲內荏道：「宋雨燒，你一個江湖中人，難道要跟我們梳水四煞為敵？信不信我們聯手鏟平你的劍水山莊！」

老人神色平靜，看著這個惡名昭彰的梳水國魔道巨擘，緩緩開口道：「妳似不似個撒子。」

貌似少女的魔頭臉色陰晴不定：「宋雨燒，你今日鐵了心要與本仙掰掰腕子？」

名叫宋雨燒的黑衣老人從懷中掏出一本老皇曆，翻開一頁，手指抵住一處，默念道：「宜齋戒，宜求財。」而後收起老皇曆，收劍入鞘，向少女伸手道：「容妳破財消災。」

少女很清楚眼前這個老怪胎的江湖規矩，二話不說從袖中掏出一枚黃玉銅錢，銅錢正面篆刻有「出梅入伏」，反面則是「雷轟天頂」。這種玉錢，跟小雪錢一樣，都是山上神仙用來做買賣的貨幣。少女手心這枚玉錢的暱稱為「小暑錢」，小雪錢與之相比，價值就像市井坊間的銅錢對比銀兩，相差很大。

她將這枚小暑錢輕輕拋給黑衣老人，非但沒有撂下狠話，反而笑靨如花道：「不打不相識，希望以後本仙去劍水山莊登門拜訪，老莊主可別拒人於千里之外。」

宋雨燒面無表情，收起小暑錢，任由少女化作一股烏青濃煙，緩緩飄離寺廟。

他屈指輕彈，有一縷縷清風如箭矢分別擊中徐遠霞和張山峰心口的幾處竅穴。這是張山峰第一次見識江湖高手的點穴手法，他恢復自由後立即大口喘息，身體還是有些不適。

徐遠霞本就是武功絕頂的純粹武夫，此次陰溝裡翻船，難免面紅耳赤，對著老人抱拳道：「謝過宋劍聖的仗義相助！」

宋雨燒是個脾氣乖僻的，對他的話置若罔聞，徑直走到火堆旁，盤腿而坐，橫劍在膝，開始閉目養神。

徐遠霞便放低嗓音，為張山峰和陳平安大致介紹了一番江湖事。

在寶瓶洲中部地帶，即彩衣國及其附近的十數國，有四位劍道宗師名動一方。其中一位來自彩衣國，佩劍燭陽，劍術通神，只不過早已退出江湖，隱居山林三十餘年。近期傳出一個驚人噩耗，老劍神竟然死於仇家報復，這個消息在江湖上掀起了一陣驚濤駭浪，使得江湖中人人心浮動。

就是眼前這位黑衣老人，他身為梳水國劍水山莊的老莊主，性情古怪，比起彩衣國劍神要低一個輩分，有「劍聖」的美譽，佩劍鐵水。他創立的劍水山莊是梳水國第一大江湖門派，現任莊主是宋雨燒的嫡長孫，劍術造詣同樣驚才絕豔。

第三位來自古榆國的劍尊殺傷力極大，但武德極差，是一個居無定所的江湖散仙，並無開創門派，獨來獨往，傳聞跟古榆國皇帝關係不錯，佩劍綠珠。

松溪國還有一位年紀最輕的後起之秀，自封青竹劍仙。

四位劍道宗師閃亮於包括彩衣國在內的十數國江湖上空，便是山上仙家都不敢小覷。

宋雨燒驀然睜開眼睛，冷笑道：「鬼鬼祟祟，給我顯形！」

長劍鏗然出鞘，這位被尊崇為「劍聖」的老人，隨手向寺廟神臺方向劈斬而去，一大片耀眼的清亮劍氣驟然而起，本就殘敗不堪的神臺徹底碎裂，後邊露出一個模樣嬌俏的瘦弱少女。

少女雙手捧住小腦袋，好像這樣就誰也瞧不見她了。她一出現，張山峰的那串聽妖鈴又輕微顫動起來。

世間精靈妖怪、陰物鬼魅的修練之法幾乎全部道統不正，只要道行不深，境界不高，往往在聽妖鈴之下無處遁形，這也是聽妖鈴能夠成為僅次於白澤圖的鍊氣士必需之物，且備受推崇的原因。徐遠霞在躋身武道第四境之前，也曾有過一串類似的鈴鐺，用以防身示警。

徐遠霞和張山峰都將更多的注意力放在少女身上，而想要正式練劍卻一直不得其門而入的陳平安卻被老人這出鞘一劍所驚豔。這一劍看似輕描淡寫，隨手一揮而已，但是劍氣如虹，就像一條飛流直下的瀑布，所向披靡。

柳赤誠在那個嬤嬤出手後就變得異常沉默，始終蹲在篝火旁，一聲不吭，伸出雙掌低頭烤火。

「好好一處佛門清淨地，豈容妳這等小妖玷汙！」宋雨燒臉色冷硬，手腕一抖，只見青銅劍尖輕顫，瞬間激射出一抹刺眼白芒，像是山上仙師的縛妖索，扭扭曲曲，很快在空中撒開，又像是一張天道浩蕩的恢恢法網，對著那隻被斷定為妖物的膽怯少女當頭罩下。

陳平安不動聲色地將這幅畫面收入眼簾，大開眼界。

本該細緻入微的劍氣竟然也能如此嫻熟駕馭，變化萬千？老人單手持劍，一切信手拈來，尤其是那份沉靜氣度，最讓他神往。

少女被大網罩住，痛得滿地打滾，很快就不能保持人形，大半臉龐露出狐狸的面容，手背、脖頸生出一叢叢雪白絨毛，泛起淡淡的狐臊味。

那隻道行薄弱的雪白狐妖在地上掙扎哀號：「我沒有害過人，我一個人都沒有害過，我只逗弄、嚇唬過一些借宿古寺的書生，不要殺我，不要殺我……」

宋雨燒似乎有些心結，手中長劍虹光綻放，他厲色道：「妖就是妖，魔就是魔，今日不害人又如何？等妳道行高了，自然而然就會屠戮無辜，以此為樂！」

大半身軀變成白狐的少女匍匐在地，奄奄一息道：「我還從那個嬤嬤和她的手下手中救下過兩個讀書人！我將好些珍藏已久的東西送給了她們，才讓她們放過了讀書人。我不會害人的，我這輩子都不會的……」

宋雨燒冷笑道：「小小狐仙，死不足惜！老夫敢說劍下斬殺一百個妖魅，最多只冤枉一個！」

年幼狐仙已經無力辯解什麼，身體抽搐，衣衫破碎，渾身浴血，一雙原本黑黝黝異常發亮的水靈眼眸已經黯淡無光。彌留之際，少女卻並未怨恨老人的凶狠出手，只是癡癡望向古寺大門，像是在等待一個窮酸秀才的登門拜訪，然後她就可以又嚇唬一下這些秀才，得逞一次，就能讓她開心好幾個月。

柳赤誠緩緩抬起頭，深邃眼眸中金光流轉，嘴角有些冷漠笑意，還有些閱盡人世的無奈嘆息，只覺得人生再過千年，還是這般無趣。

就在他準備站起身的時候，陳平安先站了起來，輕輕顛了顛背後劍匣，開口問道：「宋老前輩，如果這狐仙剛好是那個被冤枉的妖魅，又該如何？」

宋雨燒扯了扯嘴角，笑道：「那正好，可以確定之前九十九個以及之後九十九個，板上釘釘都是禍害百姓的作祟妖魔了，因此老夫出劍，只會更加爽利。」

陳平安指向那個已經完全變作狐狸的少女：「那她怎麼辦？」

宋雨燒拍了拍胸口處，直截了當道：「若是老皇曆上說『宜下葬』，老夫便會把它葬了；若是不宜，那就曝曬屍體。它爭取下輩子投個好胎，莫要再做山澤妖魅了。當然，更不要再被老夫遇上。」

陳平安道：「老前輩遇妖殺妖，遇魔降魔，當然做得對，但是可以做得更對。」

宋雨燒仔細凝視著他，突然笑出聲：「瓜娃子，你似不似個撒子喲？不過是借宿古寺，就當自個兒是救苦救難的菩薩啦？」

陳平安猶豫了一下，問道：「宋老前輩，你要如何才能放過這個狐魅？」

宋雨燒站起身，沉聲道：「念在娃兒你也是個用劍的江湖中人，老夫就把本該斬殺狐妖的那一劍用來對付你。你如果接得住，這件事就算了了，這個狐妖將來無論是作孽還是行善，善惡報應，以後就由你來承擔；若是接不住，死於老夫劍下，你就怨自己本事不夠強出頭。咋樣？」

徐遠霞和張山峰也都站起身，如臨大敵。

宋雨燒哈哈笑道：「沒關係，你們兩個要出手，老夫大不了就多出兩劍，還是一樣的規矩。」老人聲音洪亮，中氣十足，震得古寺內一根根腐朽梁木隨之顫抖，撒落無數灰塵。

「可以！」陳平安點了點頭，然後對徐遠霞和張山峰搖搖頭，示意他們不用插手。

「小心了。」老人不是拖泥帶水的性格，出聲提醒之後，就是一劍揮下。

兩人相距不過一丈，劍芒罡氣轉瞬間就劈到陳平安身前。陳平安袖中早已滑落一張方寸符，劍氣近身的剎那，陳平安的身影原地消失。

宋雨燒嗤笑一聲，原來那抹劍氣劈斬在空處後，繼續前行，正好朝著那個雪白狐狸的方向。

出自李希聖所贈《丹書真跡》的方寸符玄妙神奇，但屬於一次性消耗物品。陳平安祭出此符後，已經出現在兩丈外的空地，當他發現劍氣繼續斬向狐魅時，已來不及再掏出一張方寸符，只得腳尖一點，向前迅猛躍去，同時向肩頭伸手，按住槐木劍除魔的劍柄，對著那抹劍氣當空一斬而去。

雖是出劍，其實歸根結底，陳平安還是以拳法為本，走的是崔姓老人所授鐵騎鑿陣式的剛猛路數。陳平安不過是武道三境的體魄、神魂，更不是那種能夠將拳法、劍意融會貫通的武道大宗師，落在真正的行家眼中，這次匆忙出手，以木劍取代拳招，就顯得頗為彆扭。

流淌拳意的槐木劍劈砍在老人的那道劍氣之上，強行阻止其斬殺那個年幼狐妖。

一時間劍光炸裂，劍氣四濺。

陳平安手持槐木劍，雙腳落定後錯步轉身，擋在狐妖身前，對著那些分裂開來的劍氣就是一頓胡亂揮舞，出劍架勢完全就是某人調侃過的好一通王八拳。

張山峰鬆了口氣後，不忍直視。

徐遠霞伸手摀住額頭，無奈道：「本以為這傢伙拳法相當不俗，背了這麼久的劍匣，肯定是一名深藏不露的少俠劍客……」

身前劍氣盡碎，陳平安打完收工，趕緊掂量了一下手中槐木劍。除魔雖是輕巧木劍，竟然極為堅韌，對上那位梳水國劍道宗師的磅礴劍氣，劍身上下沒有一處缺口，陳平安心中大定。

宋雨燒瀟灑然一笑，自嘲道：「不承想世間還有人能用一頓王八拳擋下老夫的一劍。行吧，老夫言出必行，小娃兒接住就是接住了，老夫便不再為難地上那個狐妖。你們一人一妖好自為之，須知報應不爽，希望你們好好珍惜這樁暫時不知善惡的緣分。」

老人收劍入鞘，一直盤腿而坐的他這才站起身，轉身離去。

走出寺廟大門後，他抬頭望向陰沉夜幕，喃喃道：「斬不盡的妖魔鬼怪，殺不完的魑魅魍魎，什麼時候是個頭啊？」

這位昔年創建了劍水山莊的開山鼻祖突然又轉頭笑道：「你們四人如果感興趣的話，可以去往老夫的莊子上。近期劍莊正在選舉梳水國的武林盟主，好歹算是一件江湖盛事。你們如果到了劍莊，老夫多半不在，可以直接找到年紀最大的楚管事，就說你們是我在江湖上新遇到的朋友，薄酒幾杯還是有的。」他最後望向陳平安：「今夜你這份『把一件好事，做得更對更好』的耐心，老夫在暮年之前，其實一直如你這般，只多不少。但是……罷了，老傢伙的喪氣話，便不說給少年郎聽了。總之，希望你能夠堅持下去。」

遲暮老人拍了拍腰間長劍，在夜幕中默然遠去。

陳平安怔怔出神，回神後，轉過頭去，瞪大眼睛，年幼狐妖不知何時已經不見了。

徐遠霞伸手指了指自己臉龐，打趣道：「陳平安啊陳平安，英雄救美，事後能否讓美人以身相許，還得看這個啊！」

陳平安將槐木劍收入魏檗打造的木匣，一路小跑至火堆，伸手湊近篝火，有意無意瞥了眼坐在對面打哈欠的柳赤誠。

柳赤誠嬉皮笑臉道：「瞅啥瞅，這會兒總算開始羨慕我英俊瀟灑啦?唉，其實我也羨慕你陳平安，我若是有你一半武功，早就在江湖上成為萬千女俠仙子的夢中情郎了！」

陳平安翻了個白眼，摘下酒葫蘆，仰頭灌了一大口酒，心情激盪。之所以沒有請動兩位小祖宗飛出養劍葫蘆，反而要以身涉險，並非是他意氣用事。

陳平安嘆了口氣，站起身去往空地。別好酒葫蘆後，閉上眼睛，仔細回味梳水國老劍聖的三次出劍——一次劈中神臺，讓狐妖被迫現身；一次手腕輕抖，劍氣成網；最後一次當然就是那直撲自己的當頭一劍。

陳平安緩緩抽出槐木劍，學那老人橫劍在胸前，如劍在鞘，將出未出。不知為何，他總覺得自己哪怕是依葫蘆畫瓢千次萬次都學不像，別說神似，恐怕形似都難，這跟他當年看著寧姑娘走六步拳樁大不一樣。

原來出劍到底跟練拳是不一樣的。陳平安嘆息一聲，只得再次收起那把兩次追隨自己遊歷江湖的槐木劍。

有人笑言：「陳平安，你的木劍太輕了，所以味道怎麼都不對。舉重若輕，是劍道高處的境界，你一個初學者，又不是什麼練劍的天縱奇才，當然會覺得哪裡都不對勁。不談登頂，只說入門，練拳一事，有個稍有名氣的師父帶路就行了，可是習劍，還是需要一位明師領路才行。你其實應該跟那個宋雨燒誠心問道，此人武道境界不高，但是已經走出了自己的劍道，這很不容易。」

陳平安轉頭望去。這番真知灼見，不是徐遠霞說出口的，也不是能夠駕馭桃木劍飛掠的張山峰說的，反而是最不跟江湖沾邊的書生柳赤誠說的。說這一席話的時候，柳赤誠站在添加了許多枯枝的熊熊火堆旁，整個人的修長身影隨著火光緩緩晃蕩。

張山峰正在跟徐遠霞請教江湖點穴的門道，一問一答，十分專注，便沒怎麼在意柳赤誠的言語，又或者說，兩人根本就沒有聽到柳赤誠的言語。因為從頭到尾，柳赤誠都未開口說話，但陳平安真真切切聽到了柳赤誠的嗓音，於是他問了一個奇怪問題：「是你？在胭脂郡城，我聽劉太守私底下說，你其實是一位金丹境神仙，在城外顯露過一手神通。」

柳赤誠擺擺手，緩緩繞過火堆，來到陳平安身旁，笑呵呵道：「行了，咱們倆就別勾心鬥角啦。你已經知道我是大妖，我也知道你背後所負之劍大有來歷，否則它方才就不會壓抑不住，在感知到我的氣息後自發顫鳴起來。你雖然很快就強行壓下它的動靜，可我又不眼瞎耳背。陳平安，你能否告訴我，這把劍，是何方神聖鑄造而成？你要送往倒懸山，交到誰手上？」

陳平安神色凝重，問道：「你要搶劍？」

柳赤誠笑著瞇起眼，像是聽到一個天大笑話。他雙手負後，搖頭笑道：「劍是好劍，可我還真沒興趣。我知道你不信這種話，沒關係，我比你強出太多，你只需要看我做的事情就行了。對了，你有沒有聽說過這樣一句話，世間好物不堅牢，彩雲易散琉璃脆。」

陳平安點頭道：「詩文中看到過。」

柳赤誠一揮袖子，煙水朦朧，雲遮霧繞。

從篝火另一邊，往這處看來是沒有半點異樣，柳赤誠和陳平安正相談甚歡。事實上，這名白水國寒士一身粉色道袍，玉樹臨風，此情此景，詭譎至極。

柳赤誠繼續道：「『彩雲易散』是說白帝城的彩雲間，雲霞聚散如飛煙，風景壯麗。

『琉璃脆』是說曾經有個出身白帝城魔教道統的大妖，就像今夜這般，為了一個看似無足輕重的小妖魅跟大師兄起了爭執。他為天下大勢，我為小小情理，師兄弟就此決裂。如今回頭再看，真是滑稽可笑，就跟兩個孩子鬧脾氣差不多。反正我一氣之下砸爛了白帝城彩雲間的一整棟琉璃閣樓，最後只留下幾只琉璃小酒盞而已，從此脫離白帝城，雲遊四方。沒了師門庇護，我被身為正道領袖的衛道士追殺千萬里，最終被打入大牢，被鎮壓了千年之久。我那個大師兄，從頭到尾，只是袖手旁觀。」

陳平安皺眉問道：「你與我說這些，是為了什麼？」

柳赤誠微微一笑，雙手一抖，甩了甩粉色道袍的兩只大袖，雙手疊放在腹部，氣象森嚴道：「因為我最近有了收徒弟的念頭，覺得你陳平安挺不錯的，想傳授你世間最上乘的劍法。我師兄身為魔教領袖，卻比神仙還神仙，便是許多正道仙家的高人，一樣願意對我師兄頂禮膜拜，所以我教你的劍法，亦是足以幫你登頂大道的正宗劍法。

機緣一到，你有望直達上五境。要知道『正宗』的這個『宗』字，可不是能夠亂用的字眼。宋雨燒之流，雖然摸索出了自己的劍道真意，可以他的武學高度，撐死了就是幫你躋身中五境。陳平安，你意下如何？可願意以弟子身分，隨我修習大道？」

陳平安反問道：「當魔頭？」

柳赤誠微笑道：「在我看來，大道崎嶇難行，唯有堅韌不拔之輩方能走到最後，甚至有望比那些才華橫溢的天之驕子走得更遠、更高。你陳平安跟我是同道中人，如今我已經幫你收取了一個大師兄。你放心，你是我最後一個弟子，最多百年光陰，我們師徒三人必然揚名天下，重返白帝城，在那裡占據一席之地。」

柳赤誠凝視著陳平安的眼睛，笑了笑，「我和大師兄所在的師門很有意思，大師兄是人，修行魔道術法；我是妖，修習人族神通。我們那位師父訂立下來的宗旨，正是『有教無類』四個字，這一點與身為道祖座下二弟子的那位真無敵很像。除了白帝城，天下魔教還有數大道統，一個個勢力大到驚人，盤根錯節，便是宗字頭的正道仙家，一樣要避其鋒芒。只要你拳頭夠硬、境界夠高，什麼魔道、正道都是無稽之談，根本無所謂的。」

陳平安咧嘴一笑：「認不認你當師父，我得問過才行。」他的額頭早已滲出汗水，但是這一刻的背匣少年，神色自若，並無半點畏懼。

「哦？」柳赤誠眼前一亮，「我就知道你小子必然有不錯的師承。沒關係，說來聽聽。審時度勢，良禽擇木而棲，不丟人。我也不勉強你，更不會拿話唬你，只要你的師承高於我，我絕不強求這樁師徒情分。」

文聖老秀才，不出意外早已離開寶瓶洲，陳平安上哪裡去找？齊先生又逝世了，彷彿已經沒了推託的藉口，但是陳平安絕不願意跟隨此人修行什麼通天大道。

陳平安深呼吸一口氣，那就賭一次。

成與不成，在此一舉，實在不行，大不了拚命；還是不行的話，就像阿良說的，天大地大，活著最大，認了柳赤誠當師父便是。不管如何，肯定要先把劍送到倒懸山，親手交給寧姑娘！

沒有人知道，陳平安第一次護送李寶瓶他們遠遊大隋，之後跟隨少年崔瀺返回黃庭國，再到這次在胭脂郡城目送劉高馨遠行，為何次次在高山之巔、大水之畔，都必定會練習立樁劍爐，而且哪怕練習完畢，也會長久站在原地，在今年最後的春風裡，喝著酒，喃喃自語。

陳平安在內心深處，知道那個人肯定去世了。

那個人曾說過：「遇事不決，可問春風。」

柳赤誠忍俊不禁，因為他看到眼前少年有樣學樣，學著他抖了抖手腕、抬了抬袖子，但是柳赤誠很快就笑不出來了，因為在少年高高提起的雙手之間，有縷縷春風歡快地縈繞雙袖，如一尾尾青色蛟龍在雲海游弋。

陳平安輕聲問道：「齊先生？」

柳赤誠心頭劇震，這一刻，簡直就像千年之前那場大戰，他對上了那位一手持仙劍、一手托法印的張天師！

一個溫暖醇厚的嗓音在陳平安身旁響起：「在的。」

柳赤誠一襲粉色道袍在微風中緩緩飄拂搖盪，這位千年之前的白帝城巨擘，破天荒地有些拘謹。

陳平安身邊由一縷縷春風凝聚而成的身影是一名雙鬢霜白的青衫儒士，虛無縹緲，面帶微笑。

柳赤誠觀其氣象，不過是一盞幾近枯涸的油燈而已，但氣象之外，又有一點說不清、道不明的味道，換成任何一名上五境之下的錬氣士，恐怕就捉摸不透其中關節。暫時依附於柳赤誠之身的他，在修為達到巔峰之際，是貨真價實的十二境仙人境。在尚未叛出魔教道統之前，他在那座黃河小洞天江水傾瀉之下、絢爛彩雲之間的白帝城，恰好見過太多屹立於群山之巔的能人異士，因此他一下子就束手束腳，不敢輕舉妄動。

越是看不出深淺虛實，柳赤誠越是不敢輕視。

齊靜春與陳平安並肩而立，以眼神示意陳平安只管放心，接著他對柳赤誠笑著自我介紹道：「齊靜春，文聖門下弟子，曾是山崖書院山長。」

柳赤誠有些茫然。眼前傢伙的架子倒是不大，溫文爾雅的模樣，只是文聖、齊靜春、山崖書院……什麼亂七八糟的，難道是自己被龍虎山張天師厭勝的這一千年中湧現出來的一對儒家師徒？只是「文聖」這個說法可不簡單，某個人的稱呼單以「聖」字作為後綴，例如禮聖、亞聖，無一不是有資格在儒家文廟裡豎立神像的傢伙，而且神像的位置必然極其靠前。

要怪就怪柳赤誠這個半吊子讀書人根腳太淺，成天不務正業，對於一洲形勢從來不感興趣，光想著靠肚子裡那點可憐的墨水去風花雪月，矇騙女子感情。當然，他自己也有責任，覺得東寶瓶洲這麼一塊蠻夷之地，哪怕耗上千年光陰積攢底蘊，上五境修士肯定還是屈指可數，自己根本無須上心。

齊靜春隨手揮袖，柳赤誠造就的禁制便消散一空。

君子待人以誠。

如此一來，徐遠霞和張山峰很快就發現這邊的異樣，一下子面面相覷。那個穿粉色道袍的傢伙，是窮書生柳赤誠？為何他還有這種脂粉味十足的古怪癖好？那個上了歲數的青衫儒士，又是何方神聖？

柳赤誠瞇起眼，這個青衫儒士竟然瞬間就破去自己布置的障眼法，他如今雖然只有半個玉璞境的修為，但是白帝城魔教道統傳承下來的高深神通，哪怕是一個實打實的玉璞境鍊氣士也沒辦法如此輕而易舉地破開。

張山峰要起身去往陳平安那邊，卻被徐遠霞一把抓住胳膊。

徐遠霞輕聲提醒道：「我們繼續聊我們的，那邊的事情，絕對不要摻和。咱倆最好就是非禮勿視，非禮勿聽。」

徐遠霞看到那個青衫儒士向他們望來，微笑著點頭致意，徐遠霞連忙抱拳還禮。

齊靜春笑問道：「前輩可是白帝城的琉璃閣主？」

柳赤誠點頭道：「怎麼，聽說過我的大名？是不是我在中土神洲早已惡名昭彰了？」

齊靜春搖頭道：「我曾經遊歷黃河大水，在河畔與白帝城城主見過一次，便聊到了前輩。」

柳赤誠突然破口大罵道：「放你的屁！我大師兄怎麼可能出城見人？就我大師兄那脾氣，就算是那些個文廟裡的老頭兒慕名而來，他也不會主動出城迎客，最多就是在城頭彩雲間露個面而已，這就已經算是賣了你們儒家天大的面子了。你還二人相見於大河之畔？好小子，吹牛也該有個底線！」

齊靜春啞然失笑道：「城主還曾邀請我手談三局，只是當時我臨時有事，必須馬上返回學宮，便先欠下了，不承想在那之後，我就再沒有機會重返白帝城，實屬無奈。」

柳赤誠抬起雙手，使勁揉著臉頰，一肚子火氣。他雖然與大師兄決裂，再無半點香火情，可內心深處對於那位白帝城城主始終心懷敬意，這是一種很純粹的仰慕以及崇拜。他在猶豫要不要果斷出手，一巴掌拍散這傢伙彌留人間的最後這點殘魂神意。

既然眼前這位琉璃閣主不願意相信他的話，齊靜春也就不再多說什麼。對於這個重新現世的白帝城大妖，他的觀感其實不差。此人第一次心生殺機，是梳水國劍客對那個年幼狐妖不分青紅皂白就痛下殺手。滿口仁義道德的讀書人中不缺道貌岸然的偽君子，魔道中人其實亦不缺大風流之輩。齊靜春當年數次跟隨左師兄一起遠遊天下山川，早有見識，當然不會非黑即白。何況白帝城千年前那樁琉璃崩碎的公案，齊靜春本就對眼前這個大妖心存肯定。

齊靜春拍了拍陳平安的肩膀，對柳赤誠笑道：「陳平安向你拜師一事，肯定不行，但是練劍一事，如果前輩願意教，陳平安願意學，我齊靜春樂見其成。」

柳赤誠伸出一根手指，輕輕搖晃：「你現在什麼處境，你我心知肚明。幾縷春風凝聚而成的那點魂魄罷了，哪怕你生前是上五境的儒家聖人，可今時不同往日，你覺得自己有本事跟我討價還價？」

齊靜春看了眼身穿粉色道袍的大妖，看到了他的殺機湧現。

妖族本心易搖不易定，他們在做許多抉擇時，更傾向於順從先天而生的暴躁本性，這便有了許多世間慘狀。浩然天下對世間大妖鎮壓、束縛極多，並非沒有緣由。曾有人提出

「非我族類，其心必異」，以及「妖魅精怪，天生苟且偷生，喜歡奪萬物生機，唯有人族教化，願意慷慨赴義」，這些觀點言論對於妖族自然不是很中聽。

事實上，在禮聖坐鎮天下期間，不乏有學宮聖人提出建議，乾脆對所有躋身上五境的大妖進行圍剿，全部拘押在牢獄之中，永絕後患，只是最終禮聖沒有接納而已。

齊靜春有些感慨，歸根結底，世間妖物的道理，全落在一個「活」字上，即孜孜不倦地追求自己成為強者，無拘無束，無法無天。

浩然天下的道理，則落在「規矩」兩個字上，在規矩之內，澤被蒼生。

齊靜春伸出一隻手，笑道：「你如果不講理，只想要以力服人，那我可就要借劍斬去你一半道行了。」

陳平安背後的槐木劍匣，那把被他私底下取名為「降妖」的長劍，如久旱逢甘霖，歡快顫鳴，一寸寸緩緩出鞘，氣沖斗牛！

柳赤誠的粉色道袍鼓鼓蕩蕩，眼眸裡充滿戾氣，渾身上下充滿了磅礴妖氣，笑問道：「姓齊的，你確定有機會握住那把專門針對妖族的神兵？我就算一拳打不爛你的魂魄，你就不怕我一拳將陳平安打成肉泥？」

齊靜春神色如常，像是在講述一個最為天經地義的道理：「我齊靜春尚且在世一時半刻，就沒有誰能欺負小師弟一點半點。」

柳赤誠哈哈大笑道：「我還真不信這個邪！」

他瞳孔劇縮，整個人籠罩在淡金色的光球之中。在他的頭頂上方，就像當初一座黃河小洞天被那人一劍劈砍出大洞的光景，庇護柳赤誠的這座白帝城混元金光陣先是露出一點破綻，顯露出小如芥子的一粒黑點，然後是一條細微黑線，最終嘩啦一下金光大陣被徹底劈開。

劍尖直指柳赤誠眉心處，相距不過寸餘。柳赤誠紋絲不動，並非失去了先手，他就沒有一戰之力，恰恰相反，白帝城向來以道法駁雜、神通繁多著稱於世，僅是身上這件媲美半仙兵的法袍，就能夠讓他站著不動，力扛那一劍。但是那個單手持劍的青衫儒士手中所持長劍不是那把阮邛鑄造的長劍，而是那把簡簡單單的槐木劍。柳赤誠選擇退一步，息事寧人，因為那個名叫齊靜春的傢伙，本就沒有太過咄咄逼人的意思。

齊靜春緩緩收起木劍，放回陳平安背後的劍匣，笑道：「如果這一劍是阿良出手，或是左師兄，那就是另外一番光景了。」

柳赤誠問道：「大師兄當真出城見你，還主動邀約下棋三局？」

齊靜春點了點頭。事實即是如此，既不用引以為傲，也無須藏藏掖掖，何況齊靜春從來沒把這些經歷放在心上。這樣的心性，與崔東山至今還對曾與白帝城城主在彩雲間下棋十局沾沾自喜，有著天壤之別。

柳赤誠喟嘆一聲，神色恍惚，就好像心中有一只琉璃盞「砰」的一聲碎裂，既有些失落，又有釋然。在他心中，不管如何怨恨、憤懣於大師兄的大道無情，但是那個眼高於頂的男人，終究是無敵的存在，是琉璃無垢的風流人物，不該為了誰而破例。

柳赤誠有些心灰意冷：「既然跟陳平安做不了師徒，就不教他劍術了，我的道法還沒那麼廉價。姓齊的，既然你本事這麼大，自己傳授便是。」他像是有些賭氣，徑直轉身，大步走向古寺大門。

齊靜春突然出聲道：「暫且留步，我有一言相贈。」

柳赤誠轉過身，有些疑惑不解。驟然間，他的心湖之中，有奇光異彩的陣陣漣漪微漾，隨後他的臉上浮現出驚駭和狂喜。

百感交集之後，他輕聲問道：「好一個齊靜春，你這等人物，在任何一座天下都是了不得的山巔仙人，怎會淪落至此？」

齊靜春笑著反問道：「何來淪落一說？」

柳赤誠微微一怔，心悅誠服道：「我自愧不如。這次就算我欠陳平安一個人情，以後等我在中土神洲重新揚名，可以讓陳平安去白帝城找我。」

他離開之前，大袖一揮，將一個躲藏在暗處的年幼狐妖抓住，帶著狐妖離開了古寺。

年幼狐妖先前換了一身嶄新衣裳，臉上塗抹了好幾兩重的胭脂，紅一塊、綠一塊，滑稽可笑，大概這就是她誤以為的紅粉佳人了？她懷中還有一本常年貼身珍藏，最心愛的祕笈，刊印粗劣，錯字連篇，名為《才子佳人》。這本書寫了一個個男女情愛的故事，順便說了些大家閨秀的賢淑禮節，比如與人說話要嗓音酥軟溫柔，初次看見英俊書生的時候要先羞赧低頭一次，然後怯生生抬頭偷看一次，再臉紅低頭一次……裡頭的學問可大了，讓她受益匪淺，有些結局傷感的故事，她還會看一次落淚一次。

柳赤誠強行擄走她，她本來嚇得不輕，只是當她看到古寺外邊站著一個俊美少年後，又雀躍起來，覺得老天爺待自己不薄。

柳赤誠帶著徒弟和狐魅下山遠去，不知去往何方。齊靜春環顧四周，也帶著陳平安離開古寺，在門外空地，借助月色，一起眺望遠處的山嶺夜景。

齊靜春輕聲道：「人有三魂七魄，三魂為胎光、爽靈、幽精。我死後，將一身魂魄氣運，絕大部分都還給了此方天地；李寶瓶、李槐他們這些弟子，我分別給了一個『齊』字；而在你、趙繇和宋集薪三人身邊，都以殘餘三魂偷偷留下了一縷春風。我現在這個身分，其實不能算是完整的齊靜春，只算是護送你們走上一段路程的護道人。宋集薪選擇的道路與儒家正統越行越遠，世事如此，各有緣法，不可強求。

趙繇當時被崔瀺阻攔，迫於形勢，不得不交出那方『天下迎春』印章，這本就是我早已算到的事情，所以我事先就跟趙繇說過，要他無須拘泥於一方印章的存亡。但是在那之後，趙繇去往別洲途中另有機緣，他的心境還是隨之出現了一點紕漏，以後說不得還要你這個名義上的小師叔幫他一次。」

陳平安欲言又止。

齊靜春笑道：「你是說沒答應我先生的要求，所以不算我的小師弟？沒關係，你不認老秀才當先生，我還是要認你做小師弟的。」

陳平安撓撓頭，點頭道：「好！」

齊靜春拍了拍陳平安的肩膀：「這一路行來，累不累？」

陳平安搖搖頭道：「精彩得很，除了練拳，還會逢山遇水，結識了徐大俠和張山峰這樣的新朋友，見到了許許多多的精魅神怪，不累。」似乎害怕齊先生不相信，他又強調：「真的不累！」

齊靜春「嗯」了一聲。他知道，這只是少年自己覺得不累而已。怎麼可能一路坎坷顛簸，半點不累？日復一日的枯燥練拳，單薄肩頭上挑著的大多是別人的期許和世道艱辛，少年還需要處處提防人心的險惡，所面對的人和事全是莫名其妙的存在，不累才是怪事，不過是少年自己肩挑重擔，卻想著莫讓別人擔心罷了。

得知齊先生不是事事知曉後，陳平安就一股腦跟他說起了神奇的過山鯽、黃庭國客棧的那條行雲流水巷，說了胭脂郡城隍殿的沈溫對齊先生的仰慕，還說了那對山浮水印的厲害，說了從棋墩山搬到披雲山的魏檗，說了性情各異的嫁衣女鬼、枯骨豔鬼們。當然，陳平安說得最多的，還是戴斗笠的那個男人，說了那個男人在說起齊先生的時候，分明笑容燦爛，卻好像極為傷感；還說了他給一個叫道老二的傢伙一拳打回了人間的事。然後陳平安告訴齊先生，重逢之後，阿良告訴自己，不用著急練劍，練拳練到了極致就已經是在練劍了，所以他不是特別著急……

齊靜春與滔滔不絕的少年並肩而立，笑問道：「是不是很想念阿良？」

陳平安抬頭望向天幕，喃喃道：「阿良總會回來的。」他又轉頭望向齊先生：「對吧？」

齊靜春笑著點頭。

陳平安便又問道：「那麼齊先生呢？」

齊靜春嘆息一聲，搖頭道：「送君千里，終須一別。我齊靜春這輩子就只能這樣了。」

陳平安低下頭，默默望著腳下。就像當初在楊家鋪子，雖然陳平安早有預感，可他聽到楊老頭親口說出「不值得」三個字後，還是會照舊傷心，而且不是一般的傷心。

齊靜春將手輕輕放在少年腦袋上：「此次我以這些魂魄殘餘，說是擔任你們三人的護道人，最後所有春風齊聚於此，其實何嘗不是讓你代替我齊靜春走了一趟江湖，我已經沒有遺憾了。」齊靜春會心一笑，「可以傷感，但也可以喝酒嘛。」

陳平安摘下腰間的養劍葫蘆，紅著眼睛，遞給齊靜春。

身形越發渙散不定的齊靜春伸了個懶腰，搖頭笑道：「我那份就當餘著吧。」

陳平安自己也沒有喝酒，別回腰間。他怕自己真喝成了一個酒鬼。

齊靜春突然說道：「陳平安，我最後陪你練一次拳？」

陳平安納悶道：「六步走樁？」

齊靜春點點頭。陳平安深吸一口氣，緩緩前行，悠然出拳。

月輝素潔，青衫儒士在陳平安身側，跟隨他前行出拳，亦是悠然。

陳平安走完一趟拳樁後，輕輕停下腳步，他沒有轉頭望去，就那麼看著遠方，雙袖再無春風縈繞。

他知道，齊先生，真的走了。

第二章　觀瀑

陳平安守後半夜，他回到古寺內，徐遠霞和張山峰都沒有開口問什麼，陳平安也就沒有說什麼。一夜到天明，陳平安一直對著篝火，火光映照著那張略微白皙幾分的臉龐，不知道他在想些什麼。

天濛濛亮，徐遠霞還在酣睡，張山峰收拾好被褥後，發現陳平安不在古寺。

張山峰走出大門，發現陳平安破天荒地沒有練習拳樁，而是手持槐木劍，一動不動。

陳平安聽到腳步聲，回頭笑道：「起了？」

張山峰點點頭，攤開手臂，一番舒展筋骨。清晨山風吹拂，還是有些寒意，張山峰摘下背後的那把桃木劍，開始練習一套萬年不變的劍術，輾轉騰挪，人隨劍走，身姿輕靈。

張山峰臂長如猿，劍招銜接圓轉如意，按照江湖高手的眼光來看，天生就是練劍的好胚子，當然，在山上仙家看來，恐怕就沒有這個說法了，更多是注重「養氣鍊氣」，講究一個登山夠快，快到在同輩人當中好似一騎絕塵，快到連百歲千年的老傢伙都望塵莫及。

在張山峰收劍之後，陳平安還是保持持劍姿勢，猶豫不決，就是遞不出一劍。

吃早餐的時候，三人一合計，打算去一趟宋雨燒創建的劍水山莊，稍作休整，打聽清楚那座梳水國仙家渡口的具體位置後，再動身也不遲。

山莊離此七百餘里，多是崇山峻嶺，好在入夏之後，風和日麗，三人放開手腳趕路，很快就到了劍水山莊轄境——莊子建在一座秀美大山的山腳。

去往山莊之前，他們經過一座川流不息的繁華小鎮，陳平安獨自去買了酒裝入養劍葫蘆，徐遠霞去了趟書肆，張山峰負責購置添補乾糧肉脯。錢到用時方恨少，大髯漢子看上了一本定價極高的梳水國前朝孤本，品相極好，沒奈何囊中羞澀，懊惱自己當初在胭脂郡臉皮太薄，就應該跟陳平安一樣，大大方方收下那五百兩銀子。

三人繼續趕往劍水山莊的途中，張山峰提及了價值還要在小暑錢之上的穀雨錢，說他這輩子還沒能見過一次，只聞其名。一枚小暑錢等同於百枚小雪錢，一枚材質珍稀的穀雨錢又價值百枚小暑錢。金丹境、元嬰境的地仙們，好像都是用這種錢幣來交易法寶，而且穀雨錢本身就是鍊氣士的大補之物，能夠讓鍊氣士快速補氣，恢復元氣。

徐遠霞提醒他們兩個，這次在胭脂郡斬妖除魔的收穫，若是無益於自己當下的修行，最好找一處山上店鋪出售，哪怕折價，只要別太賤賣，所得之錢都應該足夠購置一、兩件裨益修行的靈器。落袋為安，錢財是如此，實打實的境界提升更是如此。

張山峰對此心中早就有數，說要購買幾張夢寐以求的攻伐符籙，若是雷法符籙最佳，再就是希望能找到一把價格公道的法劍。桃木劍雖然也能降服鬼魅陰物，可受限於桃木材質本身的孱弱，萬一遇上力大無比的山澤大妖，他鐵定遭殃。

陳平安有些犯嘀咕，他當然是恨不得世間萬千法寶，只進口袋不出口袋。他跟張山峰不太一樣，他的立身之本是純粹武夫的體魄和拳法，還有養劍葫蘆裡的兩位小祖宗，所以暫時沒想著賣出那些繳獲而來的小物件，或是與鍊氣士以物易物。

到了車水馬龍的劍水山莊，三個人發現處境有些尷尬，劍莊是有一個年紀很大的楚管事不假，可門房和負責待客的外府管事一聽說三個陌生外鄉人開口就要見楚老祖，雖然臉上沒有流露出什麼，但還是一口回絕了。要知道楚老祖將近百歲高齡，是跟老莊主一起打天下的功勳元老，早已不理俗務，甚至可以說，老莊主在將莊子交到嫡長孫手上後，神龍見首不見尾，經常一出門就是三年五載不回莊子，德高望重的楚老祖就是劍水山莊的二莊主，是想見就能見的？當咱們劍水山莊是小鎮的街邊店鋪呢？

三人吃了個不軟不硬的閉門羹，張山峰問徐遠霞，能否給那個管事點銀子，讓他通融通融。

徐遠霞苦笑道：「江湖中人，尤其是劍水山莊這種江湖執牛耳者，你隨便掏銀子，是打人家的臉，只會適得其反。」

張山峰笑道：「實在不行，徐大哥你就在大門口耍一套刀法，保管咱仨立即成為座上賓。」

寶瓶洲的江湖，水其實不深，比不上頂尖劍客輩出的北俱蘆洲，徐遠霞這種四境的純粹武夫，在彩衣國、梳水國這種小國江湖，已經屬於橫著走的宗師，又有趁手的神兵利器在身，如虎添翼。當初在破敗古寺，如果不是著了道，被那貌似少女的嬤嬤偷襲，而是堂堂正正傾力一戰，徐遠霞未必就會輸給那名梳水國四煞之一的嬤嬤。

徐遠霞用手心抹著絡腮鬍子，覺得實在不行，就只能出此下策了。

張山峰突然扯了扯兩人袖子，徐遠霞和陳平安轉頭望去，一駕裝飾豪奢的巨大馬車緩緩停下，氣勢凌人，馬車上走下了一名少女和一名魁梧壯漢，少女是熟面孔，正是古寺中設計逞凶的魔頭「嬤嬤」。當時她對梳水國劍聖宋雨燒說，她要親自拜訪劍水山莊，沒想到就真來了，半點不含糊。

壯漢身高九尺，赤手空拳，氣焰驚人，所到之處，遠道而來的各方江湖豪客、門派高手和武林名宿，紛紛主動讓路。

陳平安三人看到了少女魔頭，她也看到了他們。少女跟壯漢說了一聲，就徑直走向三人，身姿婀娜地施了一個萬福，然後微笑道：「三位英雄好漢，不打不相識，此次做客劍水山莊，咱們雙方不如在酒桌上一笑泯恩仇？」

徐遠霞跟陳平安、張山峰對視一眼後，轉頭笑道：「可以啊。」

很快，山莊那邊就有一個佝僂老人出門迎接少女和壯漢。原來壯漢在登門之前，投了拜帖，山莊不敢怠慢。

徐遠霞借這個機會，跟老者轉告宋雨燒的那番言辭，這老者正是劍莊大管事楚姓老人。他一聽就確定這是老莊主的語氣，相比對待少女和壯漢的小心謹慎，就多出了許多真誠熱絡。能夠入了老莊主法眼的江湖朋友，在這個節骨眼上，多多益善，少莊主的那把盟主交椅，說不定就可以坐得穩當了！

進了莊子，穿廊過道繞影壁，劍莊建造得別有洞天。三人被楚管事親自安排在風景優美的一座獨棟大院，少女和壯漢剛好下榻在鄰近的一座院子。

陳平安在進院子前就聽到了水聲，一問附近是否有溪澗，才知道原來院子後邊，沿著石板路一路前行，離此不算近，有條飛流直下的大瀑布，是劍水山莊名動梳水國的一處美景勝地。雨後天晴，瀑布上就會有彩虹掛空，景象壯麗，動人心魄。

徐遠霞和張山峰暫時不想出門走動，陳平安就獨自去觀看瀑布。

張山峰在院子裡練習劍術，徐遠霞坐在石凳上，自嘲道：「好嘛，我一個四境武夫，都沒聽到瀑布聲，你小子倒是耳朵尖。」

那名楚姓老人在走出一段路程後，停下腳步，轉頭望著瀑布方向，自言自語道：「這背劍少年，難道是一位返老還童的大宗師？」

龍泉郡迎來了一支車隊，絕對是稀客。

車隊人馬來自大隋官方，雖然輕車簡從，並未大張旗鼓，但是在大驪廟堂中樞還是掀起了大風浪。大驪方面的迎客隊伍中，有兩位上柱國，分別姓袁和曹，還有出身山崖書院的禮部尚書，以及數名京城大佬，他們無一例外，都是大驪皇帝的嫡系親信，郡守吳鳶身處其中，實在不起眼。

大隋那邊的主心骨，是一位名不見經傳的年邁老人，只知道姓高，與大隋皇帝同姓，只看相貌氣度，更像是一個四海為家的說書先生，沒什麼富貴氣焰，身邊帶了一個少女隨從。其餘兩輛馬車，分別乘坐著皇子高煊和蟒服宦官，以及一位身分清貴但是品秩不算太高的禮部侍郎。

兩撥人在一處驛站匯合之後，只享用了一頓簡單的清茶淡飯，就火速趕往被新敕封為北嶽的披雲山。北嶽大神魏檗，黃庭國官宦出身、如今一躍成為林鹿書院副山長的程水東，一神祇、一老蛟，在山腳耐心等候大部隊。

三方聚頭，依次登山。大驪宋氏要與大隋高氏，雙方結盟於披雲山！

此次「山盟」，東寶瓶洲北方僅剩的兩大王朝，要簽訂百年攻守同盟。

在雙方按照儒家禮儀結盟的時候，有兩名同齡少年面對面站著，同樣是皇子，一個叫宋集薪，身後站著心不在焉的婢女稚圭；一個叫高煊，身後有一位白髮蒼蒼的蟒服貂寺斂容恭立。

高煊微笑道：「又見面了。」

宋集薪對於這名初次相逢於泥瓶巷的大隋貴胄，印象極差，並沒有開口說話。

高煊愁眉苦臉道：「風水輪流轉，如今你比我更神氣了。」

宋集薪冷笑不語。

高煊轉而望向亭亭玉立的少女，微笑道：「我跟陳平安如今是很要好的朋友了，他在大隋的時候，只要說到家鄉，就會經常提及妳。」

稚圭很不客氣地翻了個白眼。

高煊好像記起一事，詢問宋集薪：「當初我跟你買這個婢女，如果沒有記錯，你是標價黃金萬兩，如今還是這個價格？」

宋集薪這才開口說道：「整個大隋是什麼價錢，說來聽聽，以後我有錢了，說不定會買。」

高煊嘖嘖道：「人靠衣裳馬靠鞍，如今你這口氣真是嚇人。」

宋集薪冷笑道：「那你嚇死了沒有？」

高煊撇撇嘴，不再跟這個傢伙鬥嘴，轉頭望向氣勢巍峨的大驪北嶽山神廟，輕聲道：「北嶽廟在這裡，南嶽呢？」

在山崖書院所在地的大隋京城東山，也有一樁更加隱蔽的另一半附屬山盟，雖然看似規格不高，而且沒有對外走漏半點風聲，但是大隋京城內外緊張萬分，從皇帝到六部衙門以及山上、山下，外鬆內緊，將山崖書院盯得嚴嚴實實。

好在書院副山長茅小冬像一隻護雞崽兒的老母雞，強力要求大隋朝廷不可因為此事耽擱書院的正常授業，這才使得書院絕大部分的夫子、學生，沒有察覺到絲毫異樣。

大隋之所以如此風聲鶴唳，怪不得大隋小題大做，委實是大驪此次負責簽訂東山盟約的人，來頭太大——大驪國師崔瀺。

山崖書院的一棟雅靜院落，如今在大隋京城名聲大噪的少女謝謝，跪坐在門口，大氣都不敢喘。

屋內兩人對坐。

準確說來，其實是一個人——白衣飄飄的少年崔瀺、一襲文士青衫的老崔瀺。

兩人見面之後就沒有任何言語，只是下了一盤棋，最終改名為崔東山的少年，棋輸一著，只是少年心情不壞，嬉皮笑臉地獨自複盤。

老崔瀺臉色肅穆，接過少女謝謝戰戰兢兢遞過來的一杯熱茶，緩緩喝茶，看也不看棋局。他突然開口道：「是不是哪怕如今有了神魂合一的法子，你也不願答應了？」

崔東山不斷彎腰拈子收入棋盒，沒好氣道：「還用問？崔瀺什麼脾氣性格，寧為雞頭不做鳳尾，一百年前是這樣，一萬年以後還會是這樣！」

崔瀺唏噓道：「世事難料，荒誕不經。」

崔東山笑問道：「如今我消息不暢，東寶瓶洲中部彩衣國那邊，亂起來了嗎？」

崔瀺點頭道：「雖然出了點小意外，但是不妨礙大勢，亂局已定。」

崔東山收拾了半天棋局，斜眼看著正襟危坐當大爺的老頭子，有些憤懣，就也不當苦力了，四肢攤開，躺在編織精緻的大竹席上，嘀咕道：「你運氣比我好多了，老秀才是個欺軟怕硬的，不願跟你撕破臉皮，就來收拾我一個天真無邪的青蔥少年。你是不知道，從驪珠洞天到這大隋京城，老子受了多少白眼委屈。」

崔瀺默不作聲。

崔東山仰面躺在席子上，摸了摸額頭，彷彿現在還隱隱作痛，這是給李寶瓶那個臭丫頭拿印章拍出來的心理陰影！

崔東山蹺起二郎腿，唉聲嘆氣：「大隋皇帝也是個有魄力的，忍辱負重，肯受此奇恥大辱，跟大驪簽訂這樁盟約。大隋弋陽郡高氏，就要因此龜縮百年，寄人籬下，讓出黃庭國在內的所有附屬國，眼睜睜看著大驪鐵騎繞過自家門口，一路南下，奠定寶瓶洲自古未有的大一統格局。」

崔瀺淡然道：「百年之後，寶瓶洲形勢如何，你我看得到？就算看得到，就一定是對的？今日大隋高氏之隱忍，未必不會是後來者居上的第一步。」

崔東山搖頭道：「換成我，咽不下這口氣。」

崔瀺冷笑道：「原來我崔瀺的少年時代，無論是心性還是眼光，都是如此不濟事，難怪會有我今天的慘澹光景。」

崔東山也不惱，晃蕩著一條腿，雙手枕在腦後，直愣愣地望向天花板：「不知道為什麼，你看不起現在的我，我也不喜歡現在的你。對鏡照人，相看兩厭，哈哈，天底下還有這麼有趣的事情。」

崔瀺猶豫了一下：「爺爺到了龍泉郡，住在落魄山一棟竹樓內，如今已經清醒許多。但是——」

「就知道會有個挨千刀的『但是』！」崔東山雙手摀住耳朵，在竹席上滿地打滾，學那李槐哀號道，「不聽不聽，王八念經。」

崔瀺不理睬他，自顧自說道：「陸沉離開浩然天下之前，找到了他，在竹樓內交上手了。你應該清楚，以他那種練拳練到走火入魔的性格，他生平最大的願望，就是想知道武夫十境的道，與十三境甚至十四境鍊氣士的道，孰高孰低，就算低了，又到底相差了多少。所以哪怕是面對道家一脈掌教……」

崔東山轉頭望向隔著一張棋盤的老人：「陸沉在浩然天下，也得遵守文廟訂立的規矩吧？撐死了就是十三境，爺爺重返十境，如果能夠恢復巔峰，不是沒有一戰之力。」

崔瀺搖頭道：「陸沉耍了一點小手段，將他帶入了小洞天之內，如此一來，戰場就不在浩然天下了。」

崔東山猛然坐起身，滿臉殺氣，語氣卻極為內斂沉穩：「爺爺他死了？」

崔瀺喝了口茶，緩緩道：「沒有。他事後走出落魄山，在小鎮像個尋常百姓，忙著購置文房四寶。我找到他的時候，他說在那處小洞天內，陸沉以玄妙道法，祭出了多達十名十境武夫。試想一下，一人雙拳，被十名歷史上的十境武夫圍困，明知必死，你會不會出那一拳？」

崔東山站起身，又盤腿坐下，伸手抓著頭髮，懊惱道：「我當然不會，可他會的。爺爺難道會不知道，不遞出這一拳，就等於放棄了傳說中的武道十一境？那一輩子的追求，豈不是都放棄了？」

崔瀺放下茶杯：「那你有沒有想過，哪怕他出拳，還活了下來，甚至順勢躋身十一境武夫，那麼你我，還有陳平安，以後還能有安生日子嗎？那些個千百年躲在幕後的大佬，容得下一個寶瓶洲的十境武夫，可未必能夠接受一個新的十一境武神。所以這一拳，他是跟掌教陸沉，或者說跟中土神洲做了一筆買賣，用一個純粹武夫的十一境，來換一個去往市井購置雜物的機會，換一份平平安安的太平歲月。」

崔東山噗通一聲後仰倒地：「沒勁。」

崔瀺心弦微顫，猛然望向門外，崔東山亦是如此。

崔瀺冷笑道：「齊靜春！陰魂不散，直到這一刻才願意澈底消停。我倒要看看，你是否還留有後手，與我下棋！」

崔東山有氣無力道：「老崔啊，你樂意瞎折騰就折騰，我反正是不跟齊靜春下棋了，更沒勁。」

崔瀺冷哼一聲，站起身俯視著少年模樣的自己，譏笑道：「爛泥扶不上牆！」

崔東山眼睛都不眨一下，樂呵呵道：「躺在爛泥裡曬太陽，其實也挺舒服的，千萬別扶我，誰扶我我跟誰急。」

崔瀺伸出一隻手：「拿來！」

崔東山眨了眨眼睛：「啥？」

崔瀺臉色陰沉：「那件咫尺物！」

崔東山側身用屁股對著崔瀺。

崔瀺臉色陰晴不定：「暫借你二十年。之後哪怕你還沒有躋身上五境，我照樣取回。」

崔東山麻溜轉身，伸出一隻手掌，討價還價道：「最少五十年！」

崔瀺走向門口，大袖翻搖：「三十年，再敢得寸進尺，我現在就打死你。」

崔東山在崔瀺離開院子後，一路在竹席上翻滾著來到門口。

跪坐在門檻外邊的少女謝謝從頭到尾像個木頭人。

崔東山懶洋洋坐起身，瞥了一眼少女的坐姿，笑道：「謝謝，原來妳屁股蛋生得挺大啊，難怪想要當我師娘。」

少女老老實實坐在原地，姿勢依舊，置若罔聞。

崔東山一個跳起身，跑到少女身邊，一腳狠狠踹在少女屁股上，踹得少女整個人摔入院子。

白衣少年雙手叉腰，放聲大笑；少女默默起身，就連身上的塵土都不去拍掉。

崔東山嘆了一口氣，伸手輕輕捶打心口：「看到妳這副可憐模樣，公子我心如刀割啊。」

謝謝強顏歡笑，擠出一個笑臉。

崔東山趕緊一手捂住眼睛，另外一隻手使勁搖晃：「趕緊轉過頭去，白日見了個鬼，妳家公子的眼睛快要瞎了！」

少女轉過頭去，視線上挑，晴空萬里。

她小時候總是不明白為何「萬里無雲」才是最好的天氣，彩霞絢爛不是更好看一些？

直到她上山之後，才知道原來無雲便無風雨。

李寶瓶以一塊木製的「盟主令」召集眾人，這源於她最近剛看完一本講述江湖大俠的小說，被尊奉為武林盟主的人，只要一出權杖，就可以號令江湖，十分威風。她手持自製的那塊木牌，大搖大擺去敲響一扇扇房門，見著了人也不說話，只是板著臉高高舉起手中權杖，然後就走向下一處。

最後林守一、李槐、于祿、謝謝，甚至連崔東山都來湊熱鬧，聚在李寶瓶學舍內，等待這位「武林盟主」的發話。

李寶瓶咳嗽一聲，將小木牌掛在脖子上，桌上放著一份厚厚的信封。

她動作緩慢地打開信封，神色肅穆道：「小師叔給我們大家寫了信，作為龍泉郡總舵下轄的東山分舵舵主，我現在要開始念信給你們聽，你們記得不要大聲喧嘩，不可漫不經心，不許……李槐你給我坐好！還有崔東山，不許蹺二郎腿！于祿，先別嗑瓜子！」

一群人只得乖乖坐正，洗耳恭聽。

小姑娘先讀過了小師叔給她寫的那封信，讀得抑揚頓挫，然後小心翼翼折好信紙，放在手邊，從信封裡抽出第二封信，是給李槐的，之後是林守一，給于祿和謝謝的寫在另一張信紙上。

陳平安在信上寫的內容，大多是家鄉小鎮在新年裡雞毛蒜皮的小事，還有就是要他們不許鬧矛盾，出門在外一定要團結，好好相處，不要讓家裡人擔心，讀書也不要太累，適當下山散心，可以結伴逛逛大隋京城，諸如此類，此外就是寫了一些離開大隋京城後遇到的奇人異事，以及描繪了一些乘坐鯤船、俯瞰大地的風光，半點談不上文筆，平鋪直敘，措辭寡淡，只不過情真意切，眾人甚至完全可以想像陳平安在提筆寫信的時候，比他們此刻還要正襟危坐，神色一絲不苟。

李寶瓶讀完所有信，雙手做了一個氣沉丹田的姿勢：「完畢！」

李槐納悶道：「李寶瓶，反正陳平安差不多是人手一封信，妳直接把信交給咱們，不就行了？」

李寶瓶一瞪眼，李槐縮了縮脖子。

崔東山伸手指了指自己鼻子：「我的呢？」

李寶瓶雙臂抱胸，盤腿坐在長凳上，搖頭道：「小師叔沒給你寫信。」

崔東山仰起頭做淚流滿面狀，喃喃道：「世間竟有此等無情無義的先生。」

李寶瓶驀然哈哈一笑，從信封裡抽出幾張大驪老字號錢莊的銀票：「方才在我的信上，小師叔有交代過這件事，我忘了讀了。喏，拿去，小師叔說欠你的兩千兩銀子還你了。崔東山，以後你不能賴帳，說小師叔沒還你錢，我會給小師叔做證的！」

崔東山接過幾張輕飄飄的銀票，一臉傷心欲絕，突然眼中浮現一抹希望的神采：「寶瓶，妳小師叔有沒有提及春聯的事情，我寫的，先生可曾在大年三十張貼起來？妳再仔細翻一翻書信，萬一有所遺漏呢？」

李寶瓶斬釘截鐵道：「沒有！小師叔的信，我已經翻來覆去看了九遍，都能倒背如流了！」

崔東山一臉狐疑，起身彎腰，伸手就要去拿信，打算自己翻翻看。

李寶瓶一巴掌按住那些仔細疊放在一起的信紙，對這個手下敗將怒目相向道：「狗膽！」

一物降一物。崔東山悻悻然收回手，重新一屁股坐定，長吁短嘆，只覺得生無可戀。

李槐小聲道：「崔東山，嫌棄銀票礙眼啊？那給我唄？」

崔東山收起銀票，斜眼道：「銀票不礙眼，你小子礙眼。」

李槐學李寶瓶雙手抱胸，得意揚揚道：「說話小心點，你知不知道，我如今是龍泉郡總舵下轄東山分舵的戊字學舍分分舵的舵主？」

崔東山起身拍拍屁股，對這個小兔崽子笑罵道：「滾蛋！」

李寶瓶收起所有信紙，裝入信封：「信我先幫你們收著，免得你們弄丟了。散會！」

崔東山打著哈欠離開學舍，林守一和李槐一起離開，于祿和謝謝走在最後。

于祿輕聲笑道：「陳平安寫給咱倆的信，我比妳多出二十四個字哦。」

謝謝黑著臉道：「于祿，你幼稚不幼稚？」

于祿笑得很欠揍。

劍水山莊深山之中，聲勢驚人的瀑布，如一條白練從天而降。瀑布底下是一座幽綠水潭，深不見底，隱約有紅色游魚的模糊身影一閃而逝。

瀑布聲響如雷鳴，四周水氣瀰漫。

陳平安站在深水潭旁邊一座精巧的水榭中，在想一個問題：如果自己一劍砍去，能夠劈開那邊的瀑布水簾嗎？

陳平安掂量了一下瀑布水勢，再想到自己連正確出劍都不會的尷尬境地，答案是不能。

陳平安腳尖一點，踩在這座水榭的紅漆欄杆上，本想練習立樁劍爐，可是一隻手已經情不自禁地摘下了養劍葫蘆。他順勢喝了口酒，仰起頭，望向瀑布之巔，視線緩緩下移。

就像一道從仙人袖中垂落人間的劍氣。

觀瀑有所感悟的陳平安，最終還是沒有拔出槐木劍，劈出齊先生在古寺對峙粉袍大妖的那一劍。

陳平安自言自語道：「到底是怎麼回事？為什麼會覺得出了劍，就肯定是錯的？難道說練拳跟練劍是截然不同的兩回事，一個能夠勤能補拙，一個就只講天賦資質？」

陳平安當下還不知道，這不是因為他悟性太差，更不是因為他沒有練劍的天賦，而是他所看到的劍，無論是持劍之人，還是他們的劍術神通，對於武夫三境的陳平安來說，實在太高、太遠。

問題在於陳平安的眼力很不錯，看得清楚許多尋常武夫看不到的地方，這就更給陳平安帶來了一種無形的負擔。每當他想要遞出一劍的時候，習慣了追求盡善盡美的陳平安，就會覺得鞘中長劍重達千鈞。

陳平安這一路所見所聞，無論是躋身陸地劍仙的風雪廟魏晉，人未至、劍先到，一劍劈開嫁衣女鬼的地界天幕，還是之後墨家豪俠許弱的長劍出鞘些許，借助觀想而得的一條山脈，來抵禦魏晉的出劍，以及齊靜春那隨手一劍，輕鬆寫意，便斬開白帝城道統傳承的混元金光陣。

這跟寧姚在泥瓶巷祖宅走了幾次撼山拳譜的基礎走樁，陳平安就勉強能跟上寧姚的動作甚至琢磨出幾分拳道真意，大不相同。崔姓老人在翻閱過拳譜後，早已蓋棺定論，撼山拳的拳架其實很粗劣，不值一提，所以誰都可以模仿，就像胭脂郡的趙樹下偷看陳平安走樁後，也可以淬鍊體魄，強身健體。撼山拳最可貴的地方，是「我輩武夫」那一口氣，所以撼山拳屬於入門易，把拳法練高、練透，難。

有多難？就說那撼山拳的宗旨，是「習我拳者，迎敵道祖，可敗不可退」。崔瀺的爺爺——重返十境巔峰的頂尖武夫，遇上陸沉後，可曾出拳？沒有，不管老人有什麼顧慮和理由，若是只看結果，老人到底還是沒有遞出那一拳。以此可見，撼山譜推崇的拳法精髓，後輩習拳之人想要完全掌握簡直難如登天。

瀑布撞擊水潭，水花四濺，如百萬顆珍珠齊齊崩碎，霧氣升騰。

「阿良，練劍好難啊。」

陳平安怔怔出神，撓撓頭，喝了口悶酒，有些無奈。他站在水榭欄杆上，環顧四周，最後視線依舊凝聚在瀑布上。他記起那位幫助自己打熬三境體魄的光腳老人，提及雲蒸大澤式的拳架，就坦言此拳第一次現世，就打得天地間的雨幕倒退天上。

陳平安此刻看著那條飛瀉而下的巨大瀑布，想知道如果竹樓老人遞出一拳，是否能夠打得瀑布激盪上揚，大水退轉？

一旦由很陌生的拔劍，轉入再熟悉不過的出拳，陳平安立馬就有了信心，這股信心來自數十萬次走樁，來自一次次迎敵不退。

陳平安望向那條壯觀瀑布，突發奇想，倘若自己傾力一拳，能否一鼓作氣打穿那道瀑布水簾？能否僥倖打穿之後，猶有絲毫拳罡砸中瀑布之後的堅韌石壁上？不知道徐遠霞這些已經躋身鍊氣境的江湖武夫，能不能一拳在石壁上砸出一個坑窪來？

陳平安有些意動。不過陳平安卻跳下了欄杆，坐在水榭長椅上喝起了酒，就像是一個慕名觀景的山莊遊客。

陳平安望向道路那邊，片刻之後，衣著鮮亮的一行人緩緩走來，有人高聲笑語，氣概豪邁，有人溫文爾雅，風度翩翩，也有女子儀態雍容，笑靨如花。

為首三人，居中是一名面如冠玉、氣宇軒昂的俊逸公子，腰間一側懸掛玉佩，一側懸掛了一把不常見的短劍。他左手邊是一名佩刀漢子，龍驤虎步，顧盼自雄；右邊是一名頭戴方巾、手持摺扇的年輕書生。

三人身後，有數名婦人和少女，姿色儀態都極為不俗。再往後，是一群扈從隨侍，多是雙目精光、氣勢凌人的青壯男子，其中一人背負著一張牛角硬弓，最為矚目。

一種難以言喻的江湖氣息，往水榭這邊撲面而來。

劍水山莊的觀瀑道路是一條斷頭路，終點就在這座水榭。對方那些人簇擁在小路上，幾乎沒有空隙，陳平安只好暫時待在水榭，想著等他們進了水榭，再找機會離開。為首三人和女子們先後拾級而上，那些扈從則各自占據一方，守在水榭外，對於水榭內背負劍匣的陳平安，大多只是瞥過一眼就不再上心。

氣質像是一位豪閥世族子弟的為首公子，見到陳平安後，視線微微停留，似乎在等待陳平安主動開口。只是陳平安與其視線交匯後，顯得有些木訥，公子哥微微一笑，點頭致意，實則內心有些奇怪——進入山莊的各路江湖豪傑，竟然還有不認得自己的人物？陳平安這才點頭還禮。

在陳平安打算趁勢走出水榭的時候，一個坐在俊逸公子身邊的年輕婦人，望向陳平安柔聲道：「公子若是來此賞景，尚未盡興的話，無須離開。」

陳平安愣了愣，因為婦人所說的梳水國官話，他完全聽不懂。婦人心領神會，立即以寶瓶洲雅言重複了一遍。陳平安這才聽明白。

一名約莫十七、八歲的女子，身高不輸男子，臉色冷若冰霜，腰間懸掛有一柄刀鞘精美、裹纏金絲的長刀，只是挎刀的姿勢很稀奇，屬於反向懸掛，這一點跟那個中年漢子如出一轍。她瞥了眼陳平安身後的槐木劍匣，又看了眼陳平安別在腰間的「朱紅酒壺」，沒有看出江湖根腳和境界高低，便沒了興趣。

佩刀漢子大大方方道：「小兄弟，只管坐著便是，該喝酒喝酒，該賞景賞景，不用拘束。若說先來後到，是我們叨擾了小兄弟的閒情逸致才是。當然，如果等會兒嫌咱們說話吵鬧，小兄弟再走不遲。」

一般人也就只好坐在原地了，可陳平安抱拳告辭道：「我到這裡已經半天了，看過了瀑布，這就要原路返回。」

佩刀漢子爽朗大笑，站起身抱拳相送：「無妨無妨，小兄弟自便。」

一名年紀最小的少女瞪大眼睛，覺得這個陌生少年真是好差的眼光，好大的架子。難道他當真不知道水榭內的那位東道主，正是梳水國江湖上第一流的小劍仙，劍水山莊的少莊主宋鳳山？傳言梳水國一位公主都仰慕得差點同他私奔了。哪怕客人不認得主人，可梳水國膽敢如此反向挎刀的大人物，也不認得嗎？抱拳相送的那位漢子，別看如此平易近人，半點不像江湖大佬，其實是與劍水山莊齊名的橫刀山莊現任莊主。他是梳水國首屈一指的刀法大宗師，大名鼎鼎，曾經闖蕩過十數國江湖，何等地威名赫赫，就連老劍聖宋雨燒都親口稱讚過此人的刀法只差絲毫就能夠達到出神入化的武道之境。

少女心中偷著樂，心想這個一身窮酸氣的少年，該不會是個初出茅廬的江湖雛鳥吧？難不成是膽大包天偷溜進劍水山莊的小賊，所以根本不敢逗留？哈哈，如果真是如此，那就好玩了。

陳平安走出水榭，走下臺階，身後突然傳來一個清冷嗓音：「稍等。」

陳平安轉頭望去，是那名反向挎刀的年輕女子。她走到臺階頂部，俯瞰著自己：「你師從何人？可是彩衣國或者古榆國的劍術門派？」

女子言語略顯氣勢凌人，陳平安轉過身搖搖頭，還是盡量說一些不傷和氣的客氣話：「我來自更北的地方，這次是跟朋友一起來的劍水山莊，聽說少莊主要被推選為梳水國武林盟主，就想著找機會道個賀。」

那個俊逸公子哥微微一笑。

搖動摺扇的年輕書生輕聲調侃道：「神仙在前人不識啊。」

佩刀漢子望向女子背影，笑道：「妳這個小武癡，不許對客人無禮！之前跟妳怎麼說的，出了自家莊子，就不可以隨便找人比武切磋！」

挎刀女子掌心按住刀柄，刀鞘頂端便隨之微微揚起，剛好指向了臺階底部的陳平安。她對於漢子的言語置若罔聞，盯住陳平安，問道：「你是武道二境還是三境？習劍幾年了？」

陳平安皺了皺眉，拱手抱拳，轉身就走，不打算理會這個出身梳水國江湖豪門的年輕女子。陳平安好說話，並不意味著對誰都沒有原則，恰恰相反，對於陌路人，陳平安一向不招惹，卻也不忌憚。蔡金簡、苻南華、搬山猿、那條頭顱爆炸的棋墩山大蛇、繡花江渡船上的官家侍衛，當然還有待在黃庭國古井底下、死活不敢冒頭的崔東山，以及前不久在古寺內被掐住脖子、拳拳打爛神魂的女鬼，都已經領教過了。

挎刀女子面帶冷笑，輕輕撂下一句話：「這種廢物，也好意思背劍走江湖，還敢進入劍水山莊，想必教你練劍的人，只教了你膽小怕事吧？」

挎刀漢子有些無可奈何，自家閨女這從娘胎裡帶出來的臭脾氣真是害人不淺。但是埋怨歸埋怨，漢子對於自己獨女的武道天賦，向來引以為傲，毫不遮掩自己的期許，直接揚言以後女兒絕不會外嫁，夫婿只能入贅，因為他女兒註定是要繼任莊主的。挎刀漢子不願意仗勢欺人，站起身，就要勸說女兒不要再挑釁那個外鄉少年，練武之人，應當以武德為首，武功高低是其次。但是漢子也知道，這些江湖老話，不單是自己女兒不太聽得進去，其實如今江湖上的年輕一輩天才們，誰不是左耳進、右耳出，滿臉不耐煩，在老輩背後嗤之以鼻？

梳水國最近十年最鋒芒畢露的年輕高手，可不就是坐在自己身邊的這位少莊主？年紀輕輕就躋身武道四境，早早為自己贏得了小劍仙的美譽。宋鳳山每次出劍之前，不管是被人挑戰還是主動找人試劍，必然會焚香沐浴更衣，換上一襲從未穿過的嶄新衣衫，而且出劍之後，劍下絕不留活口。

就是這麼一個殺伐果斷的劍道天才，極有可能會是梳水國歷史上最年輕的五境宗師。三十歲的五境宗師，到時候再打敗青竹劍仙，宋鳳山就可以名正言順地獨占「劍仙」頭銜，到時候他的爺爺、老劍聖宋雨燒應該還健在。如今彩衣國劍神已死，十數國疆域，還有誰能夠抗衡劍水山莊？這也是梳水國江湖願意對一個晚輩俯首稱臣的關鍵所在。

但是，老莊主宋雨燒數十年間極少露面，未嘗不是對於這個新人新氣象的江湖，心懷失落。相傳這對爺孫之間關係並不太好，尤其是老劍聖對那個綿裡藏針的孫媳婦，更是不喜歡。

聽到反向挎刀女子陰陽怪氣的言語，哪怕是泥菩薩脾氣的陳平安，也猛然停下腳步，轉頭望向水榭那邊。他是不太知道所謂的江湖規矩，更不清楚梳水國的風土人情，但是陳平安覺得天底下有些個道理，放之四海而皆準，有些個事情，更是對錯分明。

好在挎刀漢子已經走到女兒身邊，板著臉教訓道：「如此氣焰驕縱，爹怎麼敢讓妳獨自行走江湖，推遲一年再說！」

女子勃然大怒，冷若冰霜的神色越發寒意森森，但是眼前之人終究是她爹，更是親手傳授她武道刀法的師父，亦父亦師，從小耳濡目染江湖人事的挎刀女子，哪怕再不甘心情願也只能冷哼一聲，不再繼續出口傷人。

她轉身走向水榭長椅，一屁股坐下，扭頭望向那條瀑布，心煩意亂。

漢子向陳平安致歉道：「小兄弟，我王毅然替女兒跟你道個歉。」

陳平安點了點頭，轉身前行。心中對於這個年輕女子的觀感差到了極點，因為她讓陳平安想起了朱河、朱鹿父女。父輩分明都是通情達理、豪爽待人的好人，教出來的女兒，為何偏偏如此蠻橫自我？奇了怪哉！

陳平安一想到刺殺自己的朱鹿，就想到了幕後主使人——李寶瓶的二哥李寶箴，這是一樁繞不過的仇怨，這讓陳平安忍不住嘆息一聲。

陳平安沒有說話就離開，頓時讓那個一肚子火氣的挎刀女子，澈底無法忍受。她猛然起身，厲色道：「堂堂橫刀山莊的莊主親自跟你道歉，你這廝竟然一個屁都不放？有娘生沒爹教的東西！」

陳平安面無表情地轉過身，繫緊了綁縛背後劍匣的細繩：「妳要切磋，那就切磋。」

陳平安從古寺到劍水山莊這段七百里路程，一直沉默寡言，心情實在不算好。徐遠霞和張山峰也看出了端倪，徐遠霞就連喝酒都克制了許多，酒話、葷話更是不再講了。所以這次陳平安說要觀看瀑布景色，其實有所心動的兩人，都心有靈犀地說不願意動了，就是為了讓陳平安獨自散心。

女子大步走到臺階頂部，冷笑道：「好啊，就等你這句話！」

陳平安接下來一句話，讓水榭內外所有人都刮目相看：「口頭的生死狀，算不算數？」

名動梳水國的刀法宗師王毅然沉聲道：「小兄弟，切磋可以，無論勝負，我都不會插手，但是我希望不要打生打死，點到為止就好了，如何？」

挎刀女子正要出聲，王毅然眼神凌厲地瞪了她一眼。幾乎從未見過父親如此嚴厲一面的女子，嚇得噤若寒蟬，再不敢跟那個該死的外鄉少年撂狠話。

王毅然死死盯住陳平安：「若是訂立生死狀才願意打這一架，我不會答應，但是如果只是切磋，哪怕出手重了點，我也願意讓女兒吃這份苦頭。希望她最好能夠借這個機會，知道江湖的水深水淺，不要再眼高於頂，學了點三腳貓功夫，就自以為天下無敵！」

說到最後，漢子轉頭瞥了眼女兒，當著這麼多外人的面，這些措辭可謂語氣極重了。

「當面教子，背地教妻」，這大概就是老江湖的老規矩。

陳平安深呼吸一口氣：「那就切磋！」

站在女兒身邊的王毅然壓低嗓音說道：「珊瑚，出手記得要有分寸，做人留一線，別把自己的江湖路越走越窄。」

顯而易見，王毅然還是更看好自己女兒，只不過作為父輩，大道理還是要說的。

王珊瑚望向水榭外小路上的少年，扯了扯嘴角：「爹，我心裡有數。」

她按住刀柄，微微一笑，腳尖一點，高高躍向那個不知天高地厚的少年劍客。

女子手中那把名刀的出鞘瞬間，那邊小路上傳出一陣沉悶震動，眾人眼角餘光當中的那道身影驟然消失，下一刻背匣少年就迎面來到挎刀女子身前，一拳砸中她額頭，借勢反彈飄回原地，收起拳架，瀟灑站定，而女子整個人就像一只斷線風箏，在空中被一拳打得直接越過水榭頂部，最後摔入瀑布下的水潭，生死不知。

切磋雙方，一方雷聲大雨點小到……沒有，一方乾脆就沒有雷聲，出手卻是一場劈頭蓋臉的暴雨。

陳平安轉身離去，摘下養劍葫蘆，高高舉起灌了一口酒，留給水榭眾人一個背影。

原來泥菩薩也是有火氣的。

王毅然神色凝重，身形擰轉，顧不得會不會驚嚇到水榭內的其餘女眷，腳尖踩在欄杆上，飛快掠向水潭，去打撈落水的女兒。

宋鳳山神色如常。

搖動摺扇的年輕書生嘖嘖道：「不承想還是個深藏不露的高人。」

書生「啪」一聲收起摺扇，望向小路上那個漸行漸遠的背劍少年，這絕對是一名武夫四境的小宗師！難道是彩衣國劍神的關門弟子？只因為江湖險惡，加上師父暴斃於山林，不得不偽裝成外鄉人，獨自遠遊避難？否則他真想不出誰能調教出如此年輕的武道天才，比宋鳳山還要更早躋身宗師境。

宋鳳山的妻子，那個貌美賢淑的年輕婦人，忍不住輕聲問道：「珊瑚會不會有事？」

宋鳳山以拇指和食指悄悄摩娑腰間短劍滄水的劍柄，笑而不語。

書生微笑解釋道：「夫人放心，王姑娘沒有大礙，少年那一拳用了巧勁，只是以拳罡外力擊暈了王姑娘，屬於皮外傷，不會傷及體魄、神魂。這次切磋，少年是臨時收了手的，大概正如王莊主所說，不願自己的江湖路越走越窄吧。」

果不其然，王毅然抱起女兒返回水榭，在王毅然的幫助下，女子已經慢慢清醒過來，她除了模樣狼狽不堪，衣衫浸透，春光隱約，丟了天大面子，臉色和精氣神尚可。

她掙扎著站在水榭中，額頭紅腫，背對眾人，一手抵住亭柱，一手摀住嘴巴。渾身濕漉漉的修長女子，一雙眼睛水霧朦朧，比起平日裡的冷豔，多了幾分楚楚可憐的韻味。

那個看熱鬧不嫌事大的少女伸長脖子，癡癡望向小路上的喝酒少年，驚嘆道：「哇，真的是高人啊！」

一波未平、一波又起。江湖上講究一個主辱臣死，水榭外各個陣營的心腹扈從當中，背負牛角大弓的漢子，似乎看到了幾個同行隨侍的含蓄譏笑，一時間怒火中燒，大喝一聲，摘下那張由匠人打造十年而成的珍稀硬弓，從腰間白羽攢聚的箭袋摸出一支雕翎箭矢，挽弓如滿月：「歹人膽敢傷我家小姐，吃我一箭！」

接連遭遇驚變，饒是王毅然素來以沉穩著稱，也有些惱火，怒道：「馬錄！不可暗箭傷人！」

已經走到百步之外的陳平安剛要轉身，微微一愣，眼角餘光瞥見一處大樹之巔，有人雙手負後站在枝頭。

山風吹拂，黑衣老人身形隨著樹枝如水波輕輕晃動，極具風采。兩人隨即對視，老人點頭致意，陳平安便打消了出手的念頭，只是轉過身，重新面對那座水榭。

黑衣老人身形一晃，消失不見，下一刻就落在小路之上，如一縷青煙與陳平安擦肩而過，抬起手臂向前伸出一根手指，豎立起來。

一支破空而至的雕翎箭矢被黑衣老人以手指抵住箭尖，勢大力沉的箭杆在空中寸寸崩碎，而老人的手指安然無恙，沒有半點異樣。

老人又伸出一根手指，輕輕夾住僅剩的箭尖，隨手一丟，箭尖激射而去，釘穿了握弓大漢的一隻手掌。漢子倒也血性十足，仍是沒有丟了牛角大弓，手心血肉模糊的那條胳膊頹然下垂。他單手持弓，瞪圓眼睛，與那名不速之客凶狠對峙。

黑衣老人神色冷漠：「行走江湖，生死自負！就沒有長輩教過你們這點道理？在梳水國別處江湖，隨你們高興就好，可是在我劍水山莊，不行。」

年輕婦人站起身，施了一個儀態萬方的萬福，恭敬稱呼道：「老祖宗。」

王毅然臉色微變，趕緊抱拳，微微低頭道：「橫刀山莊王毅然，拜見宋劍聖！」

書生緊隨其後，拍了一下少女的腦袋，示意她起身相迎，然後書生作揖朗聲道：「小重山韓氏子弟韓元善，見過老莊主。」

少女性情活潑，毫不怯場，跟隨哥哥依葫蘆畫瓢，作揖卻不低頭，直直望向那位鼎鼎大名的江湖老神仙，稚聲稚氣道：「小重山韓氏子弟韓元學，見過老莊主。」

老劍聖宋雨燒現身，宋鳳山作為老人嫡孫，竟是最後一個站起身，語氣沒有半點情緒波動，緩緩道：「爺爺這次出門有些短暫，孫兒本以為只有等到莊子這邊清靜下來，沒了任何客人，爺爺才願意回來。」

老人環顧四周，撂下一句意味深長的「烏煙瘴氣」，就陪著陳平安一起轉身離去，什麼梳水國中流砥柱小重山韓氏，什麼橫刀山莊，全然不顧，彷彿全不入他法眼，老莊主的眼皮子都不願意抬一下。

宋雨燒與陳平安並肩而行，背對眾人後才顯得有些神色落寞。

走出一里路後，他自嘲道：「家風歪斜得厲害，還不如一條瀑布，讓你見笑了。」

陳平安不知道如何接話，只好說些不痛不癢的客套話：「莊子裡的人其實還好，沒老前輩說的這麼過分。」

家家有本難念的經，老人再大度豁達，也不願意在外人跟前宣揚家醜，便轉移話題道：「水榭外那一拳，為何臨時改變主意，十分氣力只用上三、四分？那個橫刀山莊的未來莊主，心性執拗，可不是省油的燈，你今天手下留情，她可未必領情，說不定就要對你糾纏不休。現在年輕一輩的江湖兒郎，只講自己的痛快，老夫很不喜歡，但是你這般太不痛快了，老夫也實在欣賞不來啊。」

陳平安喝了口酒，用手背擦拭嘴角，笑道：「自己心裡不痛快，就要一拳打死人，那也太霸道了。何況我很快就要離開梳水國，就算橫刀山莊想要找我的麻煩，都不容易。最多就是給那女子在背後罵上幾句，我又聽不到了。」

宋雨燒轉頭看了眼神色真誠的少年，既在意料之外又在情理之中，笑道：「這種話，對老夫這個歲數的老頭子來說，是可以的，半截身子入了土，萬事皆休，還能如何？你一個十五、六歲的小娃兒，老氣橫秋，太無趣。」

陳平安沒有反駁什麼，一拳之後，心中縈繞不去的積鬱清減許多，這就足夠了。

他記起一事，輕聲提醒道：「古寺裡自稱梳水國四煞的嬤嬤，跟一名魁梧漢子一起進了你們莊子，老前輩要小心些。」

宋雨燒哈哈大笑道：「這算什麼，加上方才水榭裡的那個韓氏貴公子，惡名昭彰的梳水國四煞，已經湊齊了。」

陳平安疑惑道：「剩下的那個魔頭？」

宋雨燒搖頭苦笑：「不說也罷。」

陳平安喝了口酒，想著事情。

老人心中了然，坦誠相告道：「此次邀請你們來此做客，並無任何算計的意思，只是純粹希望這麼個莊子，別盡是一些人模狗樣的混帳貨色。這座劍水山莊，畢竟是老夫親手經營出來的地方，不想處處是狗屎，這裡一坨、那裡一攤的，害得老夫在自家走路都嫌惡心。有你們在家中做客，老夫就順眼許多了。」

陳平安哭笑不得，這位老前輩也太耿直了些。陳平安並不知道，宋雨燒在江湖上，除了越來越響亮的劍聖頭銜，還有同輩中人贈予的「鐵疙瘩」的綽號，說的就是宋雨燒不苟言笑，在家中是如此，在家外的江湖更是如此。若說宋鳳山半點不隨宋雨燒的性格，還真是冤枉了小劍仙，只不過宋雨燒身上的老輩江湖氣，古板迂腐，束手束腳，一心追求劍道極致的宋鳳山不屑奉行而已。

宋雨燒這麼一個古稀之年的老人，見過越多的江湖風浪和人心險惡，就越發篤定一件事——道理只需說給講道理的人聽，否則腰間那把鏽跡斑斑的老鐵劍，就是他宋雨燒的道理。宋雨燒喜歡一人一劍遊歷江湖，這些年見過許多鋒芒畢露的後起之秀，天賦那是真好，可武德是真不咋的，但是一樣混得風生水起，仰慕他們的江湖人物，多如過江之鯽。三十年，或是五十年後，江湖就要交到這些人手上，那還有啥盼頭？

只是宋雨燒的劍術再高，也只是一人而已，同輩老人一個個走了，帶著那些晚輩不愛聽的老話、老規矩一起埋進了泥地裡，如今連亦敵亦友更是前輩的彩衣國老劍神都死了，宋雨燒便有些提不起興致，覺得如今的江湖，清湯寡水的，全然沒了酒味。

一老一小閒來無事散著步，宋雨燒突然說道：「瀑布水榭那幫人眼拙，看不出你的拳意高低，老夫卻看得清楚，所以多嘴說一句，你當下的心境有些問題，三境破四境，是我輩武人的第一道大門檻，你底子打得越結實，一旦帶著心結破境，反而更容易出現紕漏，一座大雪山崩塌的聲勢可要比小山頭的泥石流可怕千百倍。小娃兒，你當下要留神啊！」

陳平安悚然醒悟，伸手抹了抹額頭汗水，沉思片刻，轉頭道：「謝過老前輩提點。」

宋雨燒略作思量，說了一些看似題外話的言語：「先前收拳，是你做人厚道不假，但是對於你的破境一事，反而不美。按照一般的江湖路數，你若是一拳全力遞出，打得那女子重傷甚至是斃命，之後順勢惹來眾怒，一番大戰、血戰、死戰，說不定就是你破境的契機，這便是山上神仙所謂的機緣了。」

陳平安笑了笑，並沒有後悔，又說了一句有些老氣橫秋嫌疑的話：「沒有關係，該是我的，跑不掉，不該是我的，抓不來。」

宋雨燒其實一直在仔細打量少年的神色變化，觀其神色從容，眼神清澈，讓老人暗暗點頭。眼前少年的武道與自己孫子宋鳳山信奉的劍道天差地別，雖然暫時不好說誰對、誰錯，誰能走得更快、更遠，但是宋雨燒個人覺得，背劍遊歷卻劍術蹩腳的外鄉少年，要更對自己的胃口。在教育子孫這件事上，書香門第確實比江湖門派更有能耐，宋雨燒對此心悅誠服。早年潛心劍道，對於家族門風的栽培塑造，燈下黑了，或者說是無從下手，最多不過是「打罵」二字而已，如今回頭再看，老人唯有愧疚、遺憾了。老人其實不覺得自己比橫刀山莊的王毅然，好到哪裡去。

禮出世族，法出宗門。禮儀規矩，真正的世族子弟自幼耳濡目染。神仙術法，山上仙家自古傳承有序，宋雨燒對此深有感觸。他曾經遠遊南澗國，與那邊的名士有過交往，他們性格各異，各有風采，哪怕只是手無縛雞之力的讀書人，一樣讓人自慚形穢。

在瀑布和劍水山莊之間的路旁，有一座翹簷可愛的精美行亭，懸掛匾額「山水」，楹聯是「石白嶙嶙，水清潺潺」，簡單且別致。

宋雨燒顯然對這座行亭情有獨鍾，拉上陳平安坐在亭內長椅上，相對而坐。老人橫劍在膝，少年背劍在後，一個被江湖譽為劍術入聖，一個如今連出劍都沒信心。

視野開闊，遠山如黛。山風清爽，讓人心曠神怡。

宋雨燒在此靜坐，也不故意跟少年客套寒暄，只是想著心事。孫子宋鳳山對於江湖事談不上野心勃勃，更多還是那個孫媳婦在推波助瀾，一天到晚吹枕頭風，使得孫子自認為當那武林盟主不過是順手為之的小事，而且要黑白通吃，甚至把手伸到廟堂上去，否則以宋鳳山的秉性，當初哪裡會理睬那個梳水國長公主，不一劍劈了她就算心慈手軟了。

梳水國四煞這個說法，是近十年才有的，在江湖上流傳不廣，一般只有到了王毅然這個位置的江湖宗師才有所耳聞。為首之人，是此次與那個魔頭「嬤嬤」一起登門的魁梧男子，他有一件仙家法寶的銀戟，在梳水國創建了一個魔教門派，那個「嬤嬤」則排第二；之後就是水榭裡那個不顯山、不露水的小重山韓氏子弟，出身名門，卻修行魔道術法，籠絡、控制了許多身居高位的梳水國封疆大吏；四煞墊底之人，遠在天邊、近在眼前，正是宋雨燒的孫媳婦。

在宋雨燒一次出門遠行期間，她「無意間」認識了宋鳳山，兩人便背著宋雨燒結為夫婦，昭告天下，等到宋雨燒回到山莊，木已成舟。最無奈的是鬼迷心竅的宋鳳山，坦言知曉妻子的魔頭身分。那一次，宋雨燒出劍了，一劍砍斷了嫡長孫原先的佩劍，又一劍洞穿了女子的腹部。宋鳳山失心瘋一般要跟自己爺爺拚命，宋雨燒怒極之下，一劍就要挑斷這個不肖子孫的手筋，澈底斷去他的劍道前程，省得以後遺禍世人。不料女子擋在宋鳳山身前，任由老人一劍貫穿心臟，雖然沒有當場斃命，卻也真真正正斷了長生橋，從此淪為一個連春寒都受不住的藥罐子。

這些個狗屁倒灶的家門破事，宋雨燒曉之以理、動之以情不管用，最後都出了數劍，卻還是沒能說清楚道理，成了一筆沒頭沒尾的糊塗帳。

宋雨燒喟然長嘆。山水亭、山水亭，山嶙嶙、水潺潺，倒是風景秀美，可世事如風波，不遂人心願啊。

陳平安突然問道：「宋老前輩，我接下來能夠在瀑布那邊練拳嗎？」

宋雨燒二話不說，隨口答應道：「有何不可，我這就放話出去，從山水亭到瀑布那邊已是劍水山莊的禁地，越界者死。」

陳平安撓撓頭，有點過意不去：「我晚上趁著沒人賞景的時候，再去練拳就行了，白天不用封禁道路，不然也太不近人情了。」

宋雨燒搖頭大笑道：「小娃兒，你也太不爽利了，老夫在自家地盤劃出一塊沒狗屎的地兒，還需要跟外人講道理？」

陳平安只好說道：「如果山莊需要我出手幫忙，老前輩只管吩咐一聲。」

宋雨燒拍了拍膝上鐵劍，沒好氣道：「老夫的劍，跟你背著的兩把，不一樣。」

陳平安神色尷尬，摘下養劍葫蘆，只是喝酒，沒說話。

宋雨燒忍住笑意，收劍起身道：「只管練拳，想在莊子待到什麼時候都可以。對了，你這酒水的滋味聞著就不好喝，回頭老夫讓人給你住處送幾罈花雕老窖，埋了小二十年的好酒，那才是酒！你這喝的是啥玩意兒，比水好不到哪裡去，關鍵是你這小娃兒有事沒事都要喝上兩口，老夫都替你害臊。」

宋雨燒腳尖一點，身影飄搖，轉瞬間就出現在遠處山林的高枝上，幾次飄逸的兔起鶻落，消失不見。

陳平安獨自坐在山水亭內。兩次遇到這位江湖前輩，陳平安沒來由想起了彩衣國胭脂郡的城隍爺沈溫，雖然一個是享譽江湖的純粹武夫，一個是享受香火的文官神祇。哦，對了，還要再加上收了鸞鸞做徒弟的漁翁先生，總感覺他們三人有點像，可具體哪裡像，陳平安又說不上來，反正陳平安跟他們打交道後，才會覺得自己酒葫蘆裡的酒，真的不能再買最便宜的那種土燒了。哈哈，沒關係，這不很快就可以喝到劍水山莊最好的酒了？關鍵是不用陳平安花錢！所以陳平安離開山水亭返回住處的時候，心情極好。

到了院子，徐遠霞和張山峰看到滿臉喜慶的陳平安，面面相覷。

怎麼，看瀑布這麼管用？

陳平安開心地坐在石桌旁笑道：「晚上我要去瀑布那邊練拳，你們誰想陪我一起？」

徐遠霞壞笑道：「難道你在瀑布那邊偷瞧了美人出浴？如果還能有此美景，算我一個！」

張山峰眨了眨眼：「貧道可以幫你們望風。」

陳平安無奈道：「哪裡啊，我在瀑布那邊跟人起了衝突，出手打了一架，好像是橫刀山莊的人。好在宋老前輩出馬，幫我攔下了一名扈從的箭矢，不然估摸著還要大打出手，到時候你們倆說不定就會被我拉下水……」

徐遠霞嘖嘖道：「陳平安，還拉下水呢，我一個大老爺們，你也能垂涎美色？我看張山峰還算有幾分姿色，回頭我幫他去小鎮購置一套女子衣裳，到時候讓他在瀑布那邊遊來蕩去，幫你們當一回牽紅線的月老，成就一樁美好姻緣……」

陳平安正喝著酒，差點一口噴出來。

張山峰一臉作嘔狀，趕緊起身，離兩人遠一點，憤懣道：「兔子不吃窩邊草，你們倒好，連自家兄弟都不放過，這就過分了啊。」

陳平安則默默換了一張石凳，離徐遠霞遠一些。

徐遠霞摸著絡腮鬍：「咋的，為兄弟兩肋插刀都插得，換一身婦人衣裳就不成啦？這兄弟當得不夠仗義啊！」

張山峰雙手抱拳求饒，倒退而走：「貧道去屋內研習典籍，你們仗義，你們慢慢聊。」

徐遠霞爽朗大笑，陳平安會心一笑。

此時院外姓楚的老管事，帶人親自搬來四罈美酒，放下就走，老人對陳平安越發和顏悅色。

張山峰不愛喝酒，陳平安就要跟徐遠霞對半分，一人兩罈。

徐遠霞猶豫了一下，笑著搖頭：「我一罈就夠了，陳平安，你拿走三罈。」

陳平安有些疑惑。

徐遠霞環顧四周，察覺並無異樣後，指了指陳平安腰間的朱紅色酒葫蘆，輕聲笑道：「真當我半點看不出蛛絲馬跡啊，我大半輩子的江湖豈不是白走了，只不過先前不好意思開口罷了。就跟張山峰自稱張山差不多，誰闖蕩江湖沒有一點祕密？你這酒葫蘆，要麼是傳說中的仙家方寸物，要麼就是更加珍貴的養劍葫蘆，對不對？」

徐遠霞伸手指了指自己雙眼：「早就是火眼金睛啦。」

陳平安沒有否認，輕聲道：「瞞了這麼久，對不住你們兩個。」

徐遠霞翻了個白眼道：「屁話，這有啥對不對得起，混江湖自己不小心點，才會真的對不起朋友。」說到這裡，大髯漢子神色落寞，打開一罈塵封已久的山莊美酒，裝入自己的那只普通酒葫蘆，裝滿後晃了晃：「這不是客套話，我是吃過大苦頭的。」

徐遠霞大口大口喝酒，反正還有大半罈子美酒，醉倒之前肯定管飽！陳平安看漢子心情沉悶，就沒說什麼，陪著徐遠霞一起喝酒，只是他喝得慢，漢子喝得牛飲一般。

徐遠霞一口氣喝光了一葫蘆酒，絡腮鬍子沾滿了酒水，隨手一抹，笑問道：「你那酒葫蘆裡裝著同樣的酒水，會不會味道不一樣？」

陳平安笑著拋給大髯漢子：「自己嘗嘗看。」

徐遠霞舉起養劍葫蘆仰頭灌了一大口，拋回給陳平安，痛快道：「是要好喝一點！」

陳平安樂呵道：「放你個屁！我這酒葫蘆裡現在裝著的酒水，還是從小鎮那邊買來最便宜的，能比得上山莊的二十年花雕老窖？」

徐遠霞有些醉醺醺了，滿臉紅光站起身，晃晃悠悠走向自己的屋子，打算大睡一場。他聽陳平安說完，轉頭咧嘴笑道：「未來大劍仙的酒，能不好喝？好喝！」

徐遠霞轉過頭，腳步踉蹌，搖頭晃腦，自言自語道：「以後這個牛皮，我徐遠霞能跟人吹一輩子！」

第三章　月下打瀑掛彩虹

夜幕降臨，劍水山莊燈火輝煌，大小院落高朋滿座，觥籌交錯，喝掉醇酒無數罈，事後據說連小鎮那邊都聞到了莊子裡飄來的酒香。

陳平安跟楚老管事詢問了仙家渡口的事情，梳水國確實有這麼一處地方，距離劍水山莊有六百餘里，位於梳水國和松溪國接壤邊境，聽說山上時常有鍊氣士出沒。附近方圓三百里地界早已被梳水國皇室圈為禁地，如果沒有州府一級頒發的官家文牒，無論是百姓還是武人，擅自闖入，一律殺無赦。老管事人情練達，善解人意，主動笑言劍水山莊與一座邊境上的大都督府關係相當不錯，是世交，只需老莊主修書一封，就可以拿到通關文牒，不用陳平安他們勞心勞力。

張山峰多問了一句，跟老人詢問渡口那邊是否有鍊氣士開設的店鋪。老管事說有的，少莊主宋鳳山在原佩劍損毀後，曾親自去過一趟渡口，帶回來了那把如今時刻懸掛腰間的短劍。老管事可謂知無不言、言無不盡，不但洩露了這些梳水國內幕，甚至告訴他們宋鳳山為了購買那把名為「滄水」的仙家神兵，耗費掉九百枚山上小雪錢，這幾乎是山莊半數的金銀積蓄了。

這當然不是老管事被「江湖義氣」四個字沖昏了頭腦，半點不曉得交淺言深的忌諱，而是宋老劍聖私底下叮囑過他，他們三人，尤其是背劍少年陳平安，可以當作他宋雨燒的忘年好友來對待，山莊不用有任何提防。

一諾千金，生死相交，「朋友」二字重若山嶽。

這是宋雨燒等老一輩人推崇的江湖道義，楚老管事追隨梳水國劍聖已經一甲子光陰，為山莊出生入死，與山莊榮辱與共，未嘗不是被宋雨燒的這份江湖氣所感染。

在張山峰屋內，三人吃過一頓滿是山珍野味的豐盛晚餐，陳平安就要去往瀑布練拳，突然被張山峰喊住，讓陳平安等會兒。大髯漢子一隻腳踩在長凳上，用竹籤剔牙縫，問張山峰要不要避諱什麼，年輕道士一邊跑去打開行囊，一邊說不用。

張山峰很快拿出一雙竹筷，放在桌上，推向陳平安。

陳平安好奇問道：「幹嘛？飯都吃完了，你再給我筷子做啥？」桌上那雙竹筷，正是張山峰在胭脂郡獲得的戰利品之一，一只篆刻青神山，一只刻有神霄竹。

張山峰笑道：「送你了，就當是那枚墨家甲丸光明鎧的利息。貧道生平最怕欠人錢，一想到這個就寢食難安，何況一欠就是五百枚小雪錢，換作真金白銀，那就是五十萬兩銀子。按照楚老管事的說法，身為梳水國江湖的頭把交椅，整座劍水山莊的百年家底，總計不過兩百餘萬兩，不還給你一點什麼，貧道今晚肯定要睡不著。」

陳平安無奈道：「你傻啊，這雙筷子，如果真是由青竹洞天的神霄竹製作而成，說不定能賣個幾百枚小雪錢。退一萬步說，就算不是青神山的竹子，可筷子上邊數百年靈氣凝聚不散，總歸做不得假，既然是一件後天靈器，最少也能賣個幾十枚小雪錢吧？利息？有這麼高的利息嗎？你張山峰當我是放高利貸的無良奸商？」

陳平安越說越氣，將筷子推回給年輕道人：「再說了，咱們馬上就要去梳水國那座仙家渡口，既然有交易重器法寶的店鋪，一切等確定了竹筷的價格再說，如果只值十幾枚小雪錢，我就收下，如果價格過了五十枚，你就不能當是利息還我。」

張山峰搖搖頭，語氣堅決地道：「不行！貧道良心難安，道家求道，最怕心魔，你陳平安不要誤我大道修行！」

陳平安站起身，笑罵道：「你就可勁兒瞎扯吧！滾滾滾，這事兒沒得商量，拿回去！不然咱倆打一架，誰贏誰說了算？」

張山峰默然無聲。陳平安推門離開，去瀑布那邊練拳。

張山峰嘆了口氣，望向大髯漢子：「如何是好？」

徐遠霞幸災樂禍道：「跟陳平安比當散財童子，你差了十萬八千里啊。」

張山峰有些鬱悶，給自己倒了一碗燒酒，低頭小酌一口，頓時滿臉通紅。

在彩衣國胭脂郡，那場追殺米老魔大弟子的生死大戰中，年輕道士在生死一線間靈機一動，澆灌靈氣入甲丸，一副光明鎧寶甲護身，才為崇妙道人擋下了魔頭的致命一擊。識貨的老道人滿臉震驚，直呼不可思議，說這是兵家至寶。他曾聽說寶瓶洲中部古榆國皇家內庫藏有一件價值連城的甲丸，松溪國武道第一人出價六千枚小雪錢跟古榆國皇帝購買，都被拒絕。

在那之後，年輕道士一直心頭縈繞此事，又不知道如何跟陳平安開口，後來古寺變故，七百里山路，陳平安走得異常沉悶，張山峰就更不好跟陳平安坦誠地談一次。

如今到了劍水山莊，即將去往仙家渡口，張山峰實在受不了那份內心煎熬，便跟老江湖大髯漢子敞開心扉。徐遠霞幫著年輕道士確定了兩件事，一是陳平安肯定清楚甲丸的真正價值，當時隨口報價五百枚小雪錢，是故意半賣半送給張山峰。二是根據張山峰的講述，陳平安乘坐北俱蘆洲打醮山鯤船的時候，是住在天字號廂房。毋庸置疑，背劍南下的少年是那市井底層的窮苦出身，但是顯然擁有自己的獨到機緣，而且對於財貨一事，陳平安似乎一直不太看重，最少對朋友是如此。所以這已經不純粹是欠錢，而是欠了一份天大人情的麻煩事。

最後徐遠霞沒有直接告訴張山峰如何做，而是說了兩句話，一句是不要把朋友的善意付出，當作天經地義的事情；第二句話是親兄弟、明算帳，交情才能長久，千萬不要覺得成了朋友，就可以萬事不計較，那是沒長大的孩子的天真想法，才有了張山峰想要假借利息的幌子，希望送出那雙產自青神山的玄妙竹筷。

之所以不是那只能夠緩慢汲取天地靈氣，將天地靈氣凝聚為一滴甘露的白碗，是因為張山峰自己是鍊氣士，白碗對張山峰而言，屬於修行路上的必需品，堪稱久旱逢甘霖，雪中送炭，而陳平安是純粹武夫，用不著，最多只是錦上添花，哪怕收到了白碗，多半也只會折價賣出，換成小雪錢。

張山峰喝著酒，紅光滿臉，醉醺醺道：「徐大哥，你給支個招？小道是真的想不出法子了。」

徐遠霞一本正經道：「實在不行，你就穿上一身婦人衣裳？我看陳平安這一路，對女子、女鬼可都沒半點興趣，該打該殺，從不含糊……」

聽著徐遠霞的胡說八道，張山峰哀嘆一聲，腦袋一磕桌面，醉倒了。

好一個今朝有酒今朝醉，明日愁來明日愁。

徐遠霞用手心摩娑鬍鬚，腦子裡浮現出兩幅畫面，一是在那座破敗古寺內，少年對著一名體態婀娜的女子，說著天氣冷就伸手烤火，再就是女子變成了女鬼後，給少年掐住脖子，一拳拳捶到魂飛魄散。

徐遠霞又想起方才飯桌上，陳平安說起那椿瀑布風波，有個反向挎刀的年輕女子被他一拳打入了水潭。

漢子打了個激靈，心驚膽戰道：「陳平安！你小子該不會真是喜歡男人吧？」

在劍水山莊大堂主廳，賓主盡歡，推杯換盞，酒香醉人。大堂鋪有大幅的彩色地毯，是出自彩衣國織女郡的獨有「地衣」。

老莊主宋雨燒仍是不願露面迎客，少莊主宋鳳山就坐在了主位上，身邊是他那個操持山莊內外事務的賢慧妻子。年輕婦人持家有道，待人接物分寸拿捏極好，滴水不漏不說，而且從不會遮掩丈夫的半點光彩，哪怕宋鳳山常年閉關悟劍，可這個小劍仙在梳水國江湖上的名聲卻越來越大，最後大到了能夠召開武林大會的地步。

梳水國名列前茅的江湖門派，話事人在今夜都已紛紛到場，除了這些名門正派的江湖大佬、白道巨擘，還有數目可觀的江湖散仙，一些個久不在江湖現身的老前輩，甚至還有兩位耄耋名宿。他們都藉此機會重新聚頭，共襄盛舉，給足了劍水山莊面子。

出身小重山韓氏的那對兄妹，兩人位置並不最靠前，因為他們的身分比較特殊，屬於官家人，若是在今夜座椅太過扎眼，其實劍水山莊和韓氏雙方都不討喜，必然會惹來諸多江湖豪客的嘀咕腹誹。

橫刀山莊王毅然、王珊瑚父女，座位要比韓氏兄妹更靠前，隔著兩張酒水几案。韓元學對此頗有怨言，覺得受到了山莊的冷落，韓氏在梳水國任何地方，都不該遭此境遇才對。那個貌似儒雅文士的韓元善，一手摺扇輕搖，一手舉杯暢飲，毫不介懷，而此人的另一重身分，驚世駭俗，竟是「山上」的梳水國四煞之一。

梳水國雖有仙家渡口，國境內卻無山上門派坐鎮，所以這個名聲不太好聽的四煞，其實大抵就意味著是梳水國最拔尖的一小撮俯瞰江湖、傲視武夫的高手。韓元善又有小重山韓氏的乾淨身分，在廟堂中樞和地方官場，家族的世交前輩多如牛毛，故而到哪裡都走得暢通無阻，威震江湖的劍水山莊，當然也不例外。

在左手邊居中位置上，擺著孤零零一張酒桌几案，坐著魁梧壯漢和妙齡少女，與兩邊几案明顯隔得有些疏遠。江湖中人都曉得此人身分顯赫，梳水國黑道第一人，名為竇陽，貌似青壯漢子，傳聞早已是百歲高齡。他對外自稱魔教教主，麾下護法有十數人之多，在梳水國南方叱吒風雲。好在門派偏居一隅，在梳水國和松溪國的邊境線上，這幾十年中還算安分，沒有掀起腥風血雨，可在場老一輩江湖人，對此人深惡痛絕的同時，更多的還是忌憚畏懼——五十年前的梳水國，正道和魔道為了爭奪江湖版圖，三次血戰，殺得昏天暗地，數以千計的正道高人因此喪命。

劍水山莊敢這麼安排座位，沒有將竇陽和他的婢女放在一邊首位，頓時讓在座眾人心生佩服，對那位年紀輕輕的宋鳳山，多出幾分欣賞。

宋鳳山雖然是此次會盟的主人，高居主位，卻言語寥寥，只是獨自緩緩喝酒，並不刻意與誰說話。偶爾有人搬出與老劍聖的香火情，來跟這位未來武林盟主攀交關係，一襲青衫、腰佩短劍的宋鳳山最多只是回敬一杯酒，而他身邊的年輕婦人，對對方的江湖事蹟如數家珍，甚至連對方一些俊彥晚輩的江湖成就，她都清清楚楚，這就很能讓對方非但不覺得受到絲毫怠慢，反而渾身舒坦、極有顏面了。

人敬我一尺，我敬人一丈。年輕婦人做得任誰都挑不出劍水山莊半點瑕疵。

那個被誤認為是大魔頭竇陽貼身婢女的古寺孀孀，看似嬌憨稚嫩的漂亮臉蛋上，流光溢彩，眼神悄然巡視四方來賓，偶有與韓元善的視線交匯也是一觸即散，但是少女嘴角翹起，眼神嫵媚，書生亦是心領神會，做出一些投桃報李的細微動作。少女越發春心萌發，低頭喝酒的時候，悄悄伸出舌頭舔過半圈杯沿，看得韓元善眼神眯起，口乾舌燥。

竇陽將這一切收入眼底，冷笑道：「騷婆娘，妳真是什麼時候都能發情！」

少女笑道：「喲，竇大教主吃醋啦？」

竇陽夾了一筷子鹹淡適宜的時蔬，不理睬這個同道中人的打趣。男女情愛，魚水之歡，相較於大道爭鋒、獨自登頂，算個鳥！

王毅然明顯感受到身邊女兒的失魂落魄，以及她數次偷望向宋鳳山的眼神，其中蘊含的綿綿情意和濃重失落。

這份註定沒有善果的兒女情長，王毅然心知肚明，但是漢子沒覺得需要從中作梗，棒打鴛鴦。一來劍水山莊的那塊金字招牌，不是低人一頭的橫刀山莊可以說三道四的；再者女兒王珊瑚想要成為合格的未來莊主，受一點情傷，或是像今天那樣被人一拳打昏，當眾出醜，都不是壞事，總好過將來鑄下大錯，吃更大的苦頭。

王毅然決定對此視而不見，江湖上，如他們這些世人眼中的大宗師，誰年輕時候沒有幾個紅顏知己？最後相濡以沫的能有幾人，相忘於江湖的又有幾人？等到真正站在了江湖頂點，就會發現這些全是過眼雲煙罷了。

就說那城府深沉的世族子弟韓元善，聽說最擅長金屋藏嬌，關鍵是還能讓女子死心塌地跟隨他。手握實權的疆臣之女、江湖宗師的女弟子、冷豔嗜殺的年輕女魔頭、享譽江湖的仙子，全部被他收入囊中。

若是女兒王珊瑚癡情於此人，王毅然才會強硬插手，絕對不允許女兒與韓元善有什麼牽連，否則到時候恐怕連橫刀山莊都要成為雙手奉上的嫁妝。顯而易見，韓元善所謀甚大，布局深遠，而且身後必有真正的高人出謀劃策，跟這種人做生意沒問題，不會少賺，可千萬別跟他當什麼交心朋友，無異於找死。

至於女兒暗戀宋鳳山，王毅然反而覺得無所謂，因為宋鳳山是地地道道的江湖中人。如果有一天，宋鳳山真的願意娶他女兒作為平妻，王毅然不介意橫刀山莊併入劍水山莊，但是新山莊必須帶一個「刀」字，以及將來子女當中，必須有一個姓王，那麼未來百年的梳水國江湖，就只有兩個姓了，宋和王！

有人高聲敬酒，王毅然笑著舉杯還禮，王珊瑚雖然心不在焉，但是這點禮儀還是不缺，跟隨父親一起回敬了一杯酒。

放下酒杯後，王毅然目視前方，輕聲道：「還在想那個背劍少年的事情？覺得這是不殺對方不足以洩憤的奇恥大辱？爹勸妳一句，那少年絕不是常人，宋老劍聖好像與少年頗有淵源，就連宋鳳山都已經將其視為潛在對手了。韓元善有一點猜得不錯，少年極有可能是彩衣國劍神的得意弟子，此次恩師暴斃，仇家勢大，少年為了躲避風頭，所以才出門遊歷。宋劍聖與彩衣國劍神關係莫逆，所以才會如此照拂，不惜親自出手，教訓馬錄。」

王珊瑚握緊刀柄，眼簾低垂：「爹，難道就這麼算了嗎？那個藏頭藏尾的可恨傢伙，在水榭一拳打死我，我認了。哪怕一拳重傷我，我也服輸！可他偏偏如此辱我！當著那麼多外人的面，我以後還有什麼臉面走江湖？難道要我一輩子躲在橫刀山莊嗎？」

王毅然將手中酒杯重重拍在桌上，冷笑道：「面子這東西，是靠一場場名動江湖的大戰勝仗掙出來的！江湖，是一個記性最好也是最差的地方。數十年後，等妳王珊瑚成為比爹還強大的刀法宗師，躋身傳說中彩衣國劍神、宋劍聖的六境大宗師境界，妳看看誰還會提及水榭這點破事？他們只會記得妳王珊瑚打敗了哪位劍道宗師，宰掉了多少黑道魔頭。

一刀出鞘，刀罡如瀑，觀戰之人，誰不拍手叫好？誰敢！」

王珊瑚肩膀微微顫抖，低著頭黯然道：「可我連一個年紀比我小的劍士，都打不過，還不是他的一拳之敵，將來如何跟爹您並肩？何談什麼傳說中的大宗師境界？」

對於梳水國這一帶的寶瓶洲中部而言，武道六境，就是純粹武夫的極致了。再往上，數百年來，早已無人知曉那個境界的風光，可算是世間無敵的「大武神」了。相傳彩衣國劍神在退隱山林前的巔峰之時，曾經摸到過那道門檻，但是最後不知為何境界大跌，心灰意冷，澈底退出江湖，而老劍聖宋雨燒直言不諱，武神境界，他此生無望。

如果陳平安知道這些，可能又要瞠目結舌了。畢竟同樣是驪珠洞天走出來的四境武人朱河，都知道九境才是武道止境。當然，朱河一樣不曾窺得武道全貌，事實上，不久之後，宋長鏡和李二先後成功躋身十境，而第十一境，才是真正的武道頂點，才是真正名副其實的武神境界，而傳授陳平安「最強三境」的崔姓老人，恰好又與十一境失之交臂。

水有深淺，山有高低。陳平安的家鄉驪珠洞天——如今的大驪龍泉郡，就屬於整個寶瓶洲水最深、山最高、局勢最渾的古怪地方。

在那個地方，強悍的青衣小童這類橫行黃庭國一方的六境「大妖」，簡直就是出門都不好意思跟人打招呼，因為怕被人莫名其妙就一拳打死了。青衣小童如今最大的夢想，是好好修行，爭取成為兩拳給人打死的英雄好漢。難怪青衣小童會一頭霧水，打破腦袋也想不明白一件事：「我家老爺是怎麼活到今天的？」

陳平安其實自己也不知道答案，可能就是一點點熬過來的。

事實上，一開始是有人不希望他死，到後來，到了飛鳥盡、良弓藏的收官時刻，希望他去死的某些大人物，接連碰上了一個教書先生——他告訴了陳平安不要對這個世界失去希望，和一個戴斗笠的佩刀漢子——他告訴陳平安該如何與這個世界打交道。與此同時，陳平安也迅速成長起來，最終早早脫離了棋局。

但是在此期間的人生困苦，種種涉及本心的艱難抉擇，諸多暗流湧動和險象環生，泥瓶巷少年為此遭受的身心磨礪，不足為外人道也。這個擁有一身法寶和珍貴養劍葫蘆的泥瓶巷泥胚子，如今獨自走在江湖，還是只願意買最廉價的酒水。

當然，他當下開始練拳，以一種不同於六步走樁和劍爐立樁的新鮮方式。

瀑布水榭那邊，這次陳平安沒有背負劍匣，選擇將劍匣留在院子，因為那邊有他信得過的大髯漢子和年輕道士，但是那只酒葫蘆還是別在了腰間。

行走於外鄉山水間，別惹事，別怕事，然後一切小心為上，保命第一，這就是陳平安的江湖。

陳平安再次踩在臨水的欄杆上，剛要借力躍向那條聲勢驚人的瀑布，想了想，還是向前走出一步，踩在石頭臺基上，免得全力出拳時，不小心一腳踩斷了木欄杆，哪怕宋前輩肯定不要自己賠錢，可終究不是個事兒。

陳平安深呼吸一口氣，鞋底摩娑著地面，手腕輕輕擰轉幾下。

這第一拳，先試探一下瀑布下墜勢頭的輕重厚薄，先用七、八分力氣試試看。

陳平安一腳踏出，地面上響起「砰」一聲巨響，好在瀑布聲響驚人，足以掩蓋這一腳踩地的動靜。陳平安身形如一支床弩箭矢般迅猛衝向瀑布，氣勢如虹，一拳砸去。

拳頭順勢穿透瀑布深處，但是當整條胳膊幾乎越過瀑布水簾的時候，腦袋和肩膀都被瀑布轟然砸中，陳平安整個身體被迫隨之傾斜，瞬間被一沖而墜，摔入水潭深處，被紊亂水流牽扯得翻了不知幾個跟頭，最後從臨近水榭那相對平穩的水流中冒出一顆腦袋。

陳平安一拍深潭水面，躍向水榭，站在欄杆外邊的臺基上，只覺得腦袋昏沉，出拳胳膊和兩側肩頭火辣辣生疼，關鍵是水潭深處竟然亂石嶙峋，陳平安的腦袋給撞得不輕。

好在於落魄山竹樓淬鍊體魄時，陳平安吃苦頭如家常便飯，這點衝擊遠遠沒有傷及體魄根本與神魂深處。

第二拳，陳平安用上了九分勁道，而且是以崔姓老人教他的鐵騎鑿陣式開路，試圖連拳帶人一起破開水幕，一拳擊中瀑布後邊的石壁。只可惜拳頭略微觸及了石壁表面，整個人就又被山嶽壓頂一般的傾瀉水流狠狠砸入水底。

陳平安再次從水面露頭，返回水榭外沿站定身形，他這次沒有轉換那一口迅猛流轉的氣息，硬憋著這口如火龍巡狩四方的真氣，一鼓作氣，再次向瀑布遞出有十分氣力、氣勢的一拳。

這次，陳平安的拳頭成功砸在瀑布水簾盡頭的冰涼石壁上，但是輕微無力，別說是打出一個坑窪，恐怕連丁點兒痕跡都沒能留下。

月色下，丹田氣海激盪難平的陳平安只得吐出一口濁氣，以楊老頭吐納術緩緩呼吸，「十八停」劍氣流轉，熟能生巧，早已成為陳平安的本能，不用刻意駕馭就能自行流淌。

劍氣迅猛經過十數個連命名都與當今氣府名稱不同的竅穴，先前卡在六、七停之間，如今又卡在十二、十三停之間，就像被鴻溝阻攔，寸步難前。

陳平安屏氣凝神，朝著瀑布第四次出拳。如此反復，十數拳之後，陳平安只能背靠欄杆才能站穩。他乾脆盤腿坐下，在平穩氣海間隙，還摘下酒葫蘆，開始慢悠悠喝酒。

陳平安仰頭望向頭頂的明月，書上說「月是故鄉明」，也說過「月湧大江流」，又說「海上明月共潮生」。

家鄉的月缺月圓，當初為了生計而奔波勞碌的少年，早已不知道看過了多少遍，跟劉羨陽看過，跟小鼻涕蟲顧璨也看過，看久了，除了中秋那一天，其餘陳平安就都沒了什麼感覺。兩次出門遠遊，又看過了「星垂平野闊、月湧大江流」的壯美景象，確實好看。如今為了送劍去往倒懸山，必須趕往最南方的老龍城，不知道「海上生明月」的景象，又會是何等的美好。

陳平安收起思緒，站起身，別好養劍葫蘆，開始下一輪出拳。他給自己訂下的規矩是務必一鼓作氣遞出三拳鐵騎鑿陣式。竹樓裡的光腳老人曾經笑言，沙場廝殺，金戈鐵馬，天底下頭等精騎，從不會是一、兩次鑿陣就趴下的軟蛋。

一次次被巨大瀑布當頭砸下，陳平安的身軀體魄，對於疼痛的感知，越來越清晰，這次收工，陳平安直接躺在臺基上，大口喘氣。

如果當初在落魄山，崔姓老者只是從頭到尾單獨出拳，錘鍊陳平安的體魄、神魂，讓他被動挨打，而沒有之後要求陳平安自己「剝皮抽筋」之類的慘絕人寰舉動，也許陳平安今天練拳就只能到此為止，再無出拳的執著念頭。

有一次，光腳老人俯瞰著倒在血泊中的陳平安，冷笑道：「這點苦頭都吃不住，還想躋身九境、十境？」

陳平安當時只想罵老頭子幾句，只可惜心有餘而力不足，一個字都說不出口。

『比起在落魄山吃的苦頭，現在就是享福了！可不能江湖越走越遠，反而越不習慣吃苦啊。』心中默念的陳平安緩緩起身，再度咬牙出拳。

一刻鐘之後，月下瀑布，依舊砸得水潭轟隆轟隆作響，似乎在譏諷少年的不自量力，蚍蜉撼樹。陳平安仰面浮在水面上，睜大眼睛，望向天空。

再一次上岸出拳，陳平安怒喝一聲：「給我開！」

瀑布水幕確實被剛猛拳罡打出了一個大窟窿，窟窿轉瞬即逝，陳平安將拳頭重重砸在了石壁上，整個身體幾乎全部穿過了瀑布，但是很快就又被毫無懸念地撞入水底，在深潭跟隨水流四處漂蕩後，爬上了水榭臺基。

就這麼斷斷續續，停停歇歇，到了後半夜，落湯雞一般的陳平安坐在欄杆上，只是顫顫巍巍提起酒葫蘆，仰頭喝了一口花雕陳釀，就覺得喉嚨發燒，肝腸滾燙，他只得收起養劍葫蘆，不敢再喝哪怕一小口。

遠處的劍水山莊燈籠高掛，宴席遠遠沒有結束，有兼任劍侍的年輕山莊女弟子為賓客舞劍助興，喝彩聲不斷。陳平安歪著腦袋，凝視著那條彷彿人間無敵手的瀑布。

陳平安最後一次出拳，用上了神人擂鼓式，蜻蜓點水，一路踩水而去，臨近瀑布時，一次次拳頭連同胳膊洞穿瀑布……

人力終有窮盡時，陳平安知道今夜的練拳可以收手了，自己已經筋疲力盡，再繼續打下去，說不定哪一次就要被沖到深潭水底，澈底昏死過去，最後成為一具漂浮的屍體。

陳平安一身濕淋淋地走出水榭，路過那座山水亭，返回院子，只睡了不到三個時辰，第二天清晨，潦草吃過了早餐，就六步走樁去往瀑布水榭。直到正午時分，又原路返回，只是這一次，陳平安不得不讓張山峰去告知劍水山莊，他需要一只大水桶。等到楚老管事派遣信得過的丫鬟，搬來水桶，裝滿熱水後，陳平安關上房門，浸泡在其中。

魏檗從牛角山包袱齋購置的藥材只夠使用三次，胭脂郡用掉一次，這次之後，就只剩下最後一次機會了。

今天劍水山莊還在迎接陸續登門的各路江湖人士，明天才是選舉武林盟主的黃道吉日。如此更好，綠林好漢、江湖豪傑忙著走門串戶，要麼相互切磋武學，要麼跟前輩請教難題，要麼去大宗師面前混個臉熟，來來往往，成群結隊，熱鬧非凡。

夜幕中，陳平安跟徐遠霞、張山峰一起吃過了晚飯，就又獨自去往瀑布那邊。

在一處潭水中，有一塊高聳出水面兩尺的石墩，棋盤大小，不知為何在千百年水流衝擊之下，都沒有被削掉。陳平安突發奇想，站在那塊石頭上，以劍爐立樁站定不動，任由瀑布大水轟砸在頭頂，陳平安被砸得不得不以站姿變為坐姿，最後坐不穩，摔入水底。

數次之後，陳平安能夠以劍爐立樁堅持小半炷香，再以昂首挺胸的坐姿堅持半炷香，最後低下腦袋，伸出瀑布之外，讓背脊承擔大多數衝擊力，大致上加在一起剛好熬足一炷香工夫。比起出拳打瀑，陳平安驚訝地發現這種「不動如山」的水磨功夫更有裨益，隱約之間，體內竅穴氣府，如大風吹拂，座座府門有所鬆動，「十八停」劍氣運轉越發迅猛，快若奔雷。

陳平安發現了這個意外之喜，狠狠灌了一口美酒，結果肚子裡燒灼得厲害，陳平安只好在水榭裡亂蹦亂跳，齜牙咧嘴。陳平安又去瀑布底下立樁數次。後半夜，月色依舊，劍水山莊歌舞歡聲越濃，少年意氣風發地走回院子，用掉了最後一份包袱齋藥材。

陳平安這一次破天荒地睡了個大懶覺，一直睡到了日上三竿。吃過一頓飽飯，陳平安神采奕奕地離開院子，與那兩名山莊劍侍女子笑著點頭致意，緩緩走樁，經過山水亭，來到那座與瀑布兩兩相望數百年的水榭。

聽說劍水山莊建成不過六、七十年，而這座無名水榭卻是早早就存在了。

在陳平安走樁遠去的時候，兩個百無聊賴的少女劍侍湊在一起竊竊私語，說著悄悄話。

一名鵝蛋臉少女說，那個外鄉公子真是個怪人。另外一人便笑著說，若不是怪人，怎能讓咱們的老莊主青眼相看？

鵝蛋臉少女便打趣夥伴，這個公子雖然模樣不如少莊主，可也挺清秀的，妳喜歡不喜歡？另外那名少女劍侍便說，見過了少莊主的絕世風采，可看不上其他男子了。

兩名少女趁著四下無人嬉笑打鬧。對她們而言，在劍水山莊練習劍術，就是天大的幸事了，以後她們也許會在那個菩薩心腸的夫人安排下，外嫁給一個前程錦繡的江湖俊彥，但是劍水山莊永遠會是她們的娘家，一輩子都不用憂愁江湖的風大浪急。

陳平安臨近水榭的時候，發現宋老前輩早早坐在長椅上。他快步走上臺階，與宋雨燒相對而坐。一直側望向瀑布的宋雨燒收回視線，打量著陳平安，點頭讚賞道：「有點苗頭了，讓人嘆為觀止。」

陳平安咧嘴一笑。

宋雨燒問道：「老夫莊子自釀的酒水，滋味是不是要好一些？」

陳平安撓頭道：「好喝多了，就是以後買酒的時候，我要頭疼。」

宋雨燒忍俊不禁：「怎麼，你都會缺銀子？」

陳平安想了想，坦誠道：「如今不缺錢，但是喝酒這種事情，好像無益於練拳，我就會覺得是冤枉錢。只是喝著喝著就習慣了，如果身邊酒葫蘆沒了酒，一定會空落落的。」

宋雨燒調侃道：「你又不是個嫁了人的娘們，大老爺們有錢喝酒，喝最好的酒，天經地義，還講啥持家有道？」

陳平安使勁搖頭道：「花錢還是要省著點，如今喝酒成習慣了，沒辦法改，可如果再養成大手大腳的習慣，我得悔死。」

宋雨燒伸手指點了點少年：「一輩子當不了享福的富貴漢。」

陳平安燦爛笑道：「頓頓有飯，餐餐有酒，已經很好了。」

宋雨燒被少年的情緒感染，也有了些笑意：「那誰給你做飯？誰給你買酒？」

陳平安脫口而出道：「有了媳婦，也還是我做飯，我買酒！」

宋雨燒「呸」了一聲，瞪眼道：「瓜皮！你似不似個撒子喲，娶了媳婦，難道只是把她當菩薩供奉起來？曉不得老娘們、小娘們，都是三天不打、上房揭瓦的主兒？」

陳平安破天荒有些縮手縮腳，摘下酒葫蘆小喝了一口。他喜歡的姑娘，說她一隻手能打一百個陳平安呢。他要是敢有這種念頭，還不得被活活打死？再說了，如今連喜歡人家都沒能說出口，天曉得自己以後的媳婦姓什麼。當然，如果能姓寧是最最好的了。

陳平安傻呵呵直樂。

宋雨燒看著神遊萬里的少年，無奈道：「原來真是個瓜慫撒子。」

宋雨燒懶得再給少年灌輸江湖好漢要降得住媳婦的念頭，收斂神色，肅穆道：「由三破四，除了武夫體魄身軀的雜質需要一點一滴被淬煉、祛除之外，還要開始講究心境了。拳法要通明無礙，悟得『通透』二字精髓，堅定所向披靡之心，生出一夫當關、萬夫莫開之氣勢！劍客則要達到劍心澄澈，物我兩忘，唯有一劍無愧天地，可斬鬼神！陳平安，你當真已經堅定本心？」說到最後，宋雨燒神色凌厲，嗓音極大，幾乎是怒目瞪向陳平安。

陳平安人與心巋然不動，點頭道：「我認定的一件事，從來不會改。」

宋雨燒站起身，渾身氣勢磅礴，其劍氣如瀑布般壓向眼前少年：「好大的口氣，說得如此輕巧！我看你陳平安根本就不曾真正通透！」

陳平安緊隨其後站起身，眼神明亮：「宋老前輩，其實你說的心境無礙、通透，這些詞語的真意，我都不是很理解，我只是覺得……」

陳平安說到這裡，轉過頭，伸手指向那條瀑布：「我一定要一拳打穿整條瀑布，在石壁上打出一個拳印。我甚至覺得遲早有一天，我會一拳打得瀑布倒流，打得大水爆炸，再也不能壓下我的腦袋半點！」

宋雨燒驟然怒喝道：「既然如此，此時不出拳，更待何時！」

幾乎是憑藉純粹的本能，陳平安側過身，面對水榭外的那道瀑布，後撤數步，站在臺階頂部，擺出一個崔姓老人從未提及名字的古老拳架，作為起手式，整套動作一氣呵成。

哪怕梳水國劍聖宋雨燒就在水榭，陳平安眼中卻早已沒了宋雨燒，甚至連整座水榭都沒有了，天地之間，唯有拳頭所向的對手——從天上垂落人間的瀑布！

陳平安南下之行，六步走樁都求慢、更慢，但是這一次，陳平安求快，最快！

步伐極大，以至於六步走樁的最後一步，直接撞碎了水榭欄杆，一腳踏在臺基上，水榭臺階這一頭到欄杆外的臺基邊沿，直接被少年踩出了六個腳印。

少年一衝而去，拳罡之渾厚，如一袖纏青龍。

一拳破開瀑布，陳平安整個人衝入水簾，拳頭砸在石壁之上。

石壁頓時炸碎，無數碎石反彈，又炸起無數瀑布水花，這還不止，陳平安左右互換，一拳一拳，迅猛砸在石壁之上——這才是真正的神人擂鼓之大氣象。

飛石無數，瀑布亂流。水榭上空到瀑布高處，因為水氣大散的緣故，最後竟然出現了一道絢爛彩虹。

雙手負後站在水榭中的宋雨燒，瀲灧罡風撲面而來，吹拂雙鬢，雙袖更是獵獵作響。

老人仰頭望向那條人力為之的彩虹，暢快大笑道：「壯哉！」

旁觀一個純粹武夫的三境破四境，竟有此等風景可看，宋雨燒頓時覺得哪怕如今的江湖再不討喜，能夠多活幾年，也算不虧了。

宋雨燒輕輕拍打腰間的那把老劍，為瀑布那邊的雄渾氣機牽引，早已與老人生出靈犀感應的鞘內長劍，便有些寂寞難耐。站在水榭內的宋雨燒有些感傷道：「若是高風還在世的話，今夜說不定就是他站在此處了。」

劍水山莊的第二任莊主宋高風，也就是少莊主宋鳳山的父親，同樣是世間一流資質的劍胚，只可惜天妒英才，為情所困，走上歧途。這也是宋雨燒的最大心結所在，那場悲劇大抵是宋雨燒一手造就的。

宋鳳山的娘親是山澤精怪出身，不為世人所容。那時候的宋雨燒何等意氣風發，從不計較世俗眼光，只憑一劍傲視梳水國朝野，自認江湖上已無敵手，便開始獨自登山訪仙，最後救下了一個性情純善的小姑娘。她是草木成精，幻化人形，宋雨燒非但沒有厭棄她的出身，反而帶回山莊。她與少年宋高風兩情相悅，宋雨燒仍是對此不持異議，最終坦然坐在高堂之位，接受了那雙恩愛男女的所敬之酒。

如果到此為止，也算一樁良緣美談，只是世事難料，精魅女子精心培育的一方花圃，靈氣充沛，花草四時長青。武林中人以訛傳訛，這塊山莊後山花圃的花草，就成了江湖上無數武夫夢寐以求的靈丹妙藥，吃下一棵，就可以增長十數年功力。若是有人偷摘一、兩棵，心善的女子便睜一隻、眼閉一隻眼，由著賊人取走便是。山莊也曾明言，花圃所栽植物並無讓人增長功力的神效，只是略有延年益壽而已。隨著時間的推移，江湖上覬覦花圃的高人宗師，逐漸熄了那份齷齪心思。

有一天，花圃被人偷採大半，那竊賊猶不滿意，將剩餘花草踩踏殆盡，滿地狼藉。花圃無益於江湖武夫的境界提升，卻是宋高風妻子的大道契機，經此浩劫，女子傷心欲絕，形銷骨立。

宋高風順著蛛絲馬跡，找到罪魁禍首，竟是一名對他因愛成恨的江湖女子。那一劍，宋高風遞出得毫不猶豫，只是卻被女子父親攔阻，要知道那人是當時梳水國的武林盟主，是名動數國的拳法宗師，還是邊境武將出身，官場關係根深蒂固，深得皇帝陛下器重、信賴。所謂眾望所歸的武林盟主，不過是皇帝管束江湖的一種手腕。

無論宋高風如何拚死出手，都不是那人的對手。回到劍水山莊之後，女子和她父親也跟著登門道歉，那個武林盟主，作為與宋雨燒輩分相同的江湖執牛耳者，竟然願意當場自砍一臂，鮮血淋漓地站在山莊門外，說以此為女兒贖罪。宋雨燒哪怕劍術高出那人的武道修為一籌，又能夠如何？再砍掉那人一條胳膊？然後一劍削掉那名闖禍女子的腦袋？

只能就此作罷了。

宋高風沒有說一個字，甚至連露面都沒有，只是守在妻子病榻旁。

宋雨燒在那對父女離去後，黯然轉身，去跟兒子訴說此事結果，宋高風閉門不見，只說了三個字：「知道了」。

最後宋雨燒才知道，兒子宋高風入了魔道，修練了一本魔道祕笈。他最後一次行走江湖後，銷毀面容，更換兵器，將那把佩劍留在家中。在那名拳法宗師金盆洗手辭去盟主的那天，宋高風潛入府邸，身負重傷，卻也成功手刃仇人。等到宋高風返回山莊，已是油盡燈枯，最終與奄奄一息的妻子，雙雙閉眼而逝。

當時宋雨燒站在門外，尚且年幼的孫子宋鳳山就默默守在爹娘床邊，沒有流淚，一言不發。

人在江湖，不但身不由己，還會心不由己。

宋雨燒對宋高風的愧疚，轉嫁到了孫子宋鳳山身上。後來宋鳳山執意要迎娶一名精魅女子，宋雨燒與宋鳳山幾乎反目。那場變故之後，宋雨燒澈底心灰意冷，越發悔恨。哪怕宋鳳山勾結梳水國其餘三煞，宋雨燒仍是不願痛下殺手，再不會以自己的江湖規矩，去管束一意孤行的宋鳳山。

宋鳳山要做什麼，宋雨燒心知肚明。

那夜宋高風擊殺了前任武林盟主，但是真正的罪魁禍首，卻逃過一劫，之後皇帝陛下不願與劍水山莊撕破臉皮，大概也有些心懷愧疚，便親自當起了媒人，讓劫後餘生的可憐女子成為梳水國一名功勳大將的妻子，成了品秩最高的誥命夫人。

誰都知道老劍聖宋雨燒是講江湖規矩的，所以梳水國皇帝反而不用如何擔心這個江湖第一人。至於宋雨燒的孫子，當時十分年幼，所有人都覺得他肯定記憶模糊，註定難成心腹大患。

就這樣，之後梳水國的這座江湖，風和日麗了二十多年，武林盟主寶座也空懸了二十多年。直到宋鳳山大開劍水山莊之門，大宴四方豪傑，在明天就要舉行正式的盟主大典。

宋雨燒對於江湖早已沒有興趣，但絕不是萬事不上心。這麼多年他為何經常獨自遊歷江湖？難道真是散心？對孫子眼不見、心不煩？絕非如此。

宋雨燒明知道有一天會黑雲壓城，直撲這座畢生心血所在的劍水山莊，孫子宋鳳山會踩過界，會在看似花團錦簇的大好形勢下，暗中成為朝野上下的眾矢之的。宋雨燒在這個心結之外，又有心結。第一個心結，是愧對兒子宋高風；第二個心結，是自己奉行遵守的江湖規矩，與孫子的所作所為，南轅北轍。

這名梳水國劍聖，內心在猶豫要不要向朝廷出劍。一旦出了劍，是否挑釁皇帝威嚴，宋雨燒其實根本不在乎，宋雨燒在乎的，是這違背了宋雨燒的本心。

因為老人在內心深處，從來不認同宋鳳山的江湖。

這一切，無法跟人訴說。

之前那趟走江湖，原本是想要找到亦敵亦友的武林前輩——那名武德、武功皆高聳入雲的彩衣國劍神，宋雨燒既是切磋問劍，更是想要解開這個心結。只可惜那名劍術通神的老人竟然死了，這讓宋雨燒只得半路返回，才有了古寺那趟遭遇。

黑衣老人在水榭百感交集，思緒飄搖，以至於沒有發現那名出拳破境的少年，久久沒有離開瀑布水簾。等到宋雨燒察覺到不妙，剛要去一探究竟，才看到陳平安緩緩走出瀑布，一躍而起，飄然落在水榭內，血肉模糊的雙手已經潦草地包紮上棉布。

宋雨燒收起那些煩心的思緒，笑問道：「山莊的美酒已經嘗過滋味了，如今躋身小宗師境界，如何？是不是更好？」

陳平安接下來的一句話讓老人瞪大眼睛：「好像還差一點才破境，現在就像一拳打破了瀑布，還差一腳沒跨過去。」

宋雨燒打量著少年的內斂氣勢，一身拳意如瀑布洶湧流瀉，當得起「氣象萬千」這四個字。老人錯愕道：「你分明是實打實的四境了，老夫甚至可以拍胸脯說，就沒見過比你更堅實沉穩的三境以及當下的嶄新四境。陳平安，你怎麼可能還會覺得差一腳？」

陳平安無奈道：「宋老前輩，真差了一點火候，我說不上緣由，但是我是知道的。不過現在我知道大方向了，腳下有了一條路可以走，不會像之前那樣像無頭蒼蠅亂撞，差不多到老龍城之前，就能一點一點熬出來。運氣好的話，到了你們梳水國仙家渡口，可能莫名其妙就破境了。不過我這個人的運氣一直不太好，到了老龍城再破境的可能性更大。」

宋雨燒雙手負後，繞著少年慢行兩圈才停步，嘖嘖稱奇道：「人外有人，天外有天，今天算是長了大見識。」

宋雨燒大笑道：「走，喝酒去！不管如何，哪怕沒有完完全全破境，都是一件值得慶賀的天大好事！」

陳平安晃了晃酒葫蘆，酒還多著呢，便點頭笑道：「好啊。」

宋雨燒突然問道：「山莊外邊的小鎮有一家酒樓，它的火鍋是一絕，食材好到能讓客人吃掉舌頭，酒也不錯。你要不要去嘗嘗？這會兒剛好是飯點了，老夫跟那邊的掌櫃交情不錯，可以打八折。」

陳平安一聽可以打八折，立即豪氣縱橫道：「那我來付錢！」

宋雨燒笑呵呵道：「哦？事先說好，酒樓火鍋一頓飯，加上好酒，最少得開銷個五、兩銀子。」

陳平安眨了眨眼，臉不紅、心不跳道：「小鎮離山莊有點遠啊，不如咱們在院子裡喝酒。」

宋雨燒伸出大拇指：「真是一擲千金的豪傑氣概！」

陳平安驀然大笑：「去就去。怎麼不去？午飯就吃火鍋了！」

宋雨燒愣了一下，不給陳平安反悔的機會，大笑一聲，撂下一句「隨我來」，就掠出水榭，踩著大樹高枝，往山莊外一路掠去。

陳平安只好放棄了喊上徐遠霞和張山峰的念頭，緊隨其後。

高過水榭之頂的時候，陳平安轉頭望向瀑布那邊，嘿嘿一笑。

瀑布水簾之後的石壁上，少年偷偷摸摸以手指刻下了兩行字，從上到下，一行寫了一個姑娘的名字，另一行寫下了「陳平安到此一遊」。

少年希望下次再來劍水山莊的時候，自己身邊有那個姑娘。

當然了，陳平安只敢偷偷這麼想。

泥瓶巷和杏花巷這邊，家家戶戶只要有紅白喜事，街坊鄰居都願意主動幫忙，這跟上墳添土是一樣的規矩，祖祖輩輩留下來的，都不用講什麼道理。今天杏花巷有人成親，娶了一個桃葉巷那邊的富貴女子。杏花巷這戶人家口碑好，當年便是馬婆婆那樣風評不好的老嫗，都跟這戶人家走得近，所以光是酒席就擺了將近二十桌，只要隨便給個紅包，無論是一粒碎銀子，還是幾枚銅錢，都能上桌吃飯，沾沾喜氣。

酒桌上，有幾張陌生臉孔，為首一人還算熟悉，是泥瓶巷一棟老宅的老人，富家翁裝束，經常在小鎮逛蕩，久而久之，就混了臉熟。他姓曹，街坊們習慣喊他老曹。老曹對誰都和和氣氣，笑臉相迎，沒啥有錢人的架子，跟周邊的市井百姓都能瞎聊半天。他與成親這戶人家的韓老漢就經常嘮嗑，所以今天喝喜酒，包了個大紅包，給足了面子，換上嶄新衣服的韓老漢還特意拉著兒子、兒媳來敬了酒。

老曹帶了三人同行，都姓曹，相貌俊俏的年輕人曹峻也住在泥瓶巷的曹家老宅，還有一對從外鄉趕回小鎮的爺孫，據說都是老曹的京城親戚，看樣子，混得不差，像是讀書人出身，而且像是帶著點官氣的。

老曹是個喜歡熱鬧的，經常端著酒杯主動跑來跑去敬酒。桌旁邊那對京城人氏的曹氏爺孫，明顯不太適應這種鬧哄哄的場景，不太放得開手腳，坐在原地，偶爾夾一筷子菜，喝一口小鎮酒肆中等價格的燒酒。倒是曹峻相對自在一些，一腳踩在長凳上，自飲自酌，斜眼看著老曹跟一些老頭子稱兄道弟。

那個桃葉巷的老親家，雖然家道中落，可比起杏花巷，家底還是要殷實許多，所以就有些端著。杏花巷、泥瓶巷的街坊對此也覺得正常，福祿街、桃葉巷的門庭，再不如當年風光，尋常人家一樣高攀不起。如果不是老韓的兒子有出息，如今在龍泉郡當差任職，否則哪裡有這份福氣，娶一個桃葉巷的千金小姐？

老曹又去別處酒桌廝混，曹峻咕嚕一下喝了口烈酒，深呼吸一口氣，趕緊夾了一筷子蹄膀肉，轉頭望向那對爺孫，用大驪官話笑問道：「咋的，吃喝不慣？不然咱仨回頭換個地兒，去酒樓吃頓好的？」

一襲素潔青衫的老人笑著搖頭道：「不用如此講究，我只是在京城吃慣了齋菜，不適應喜宴上的大葷大肉而已，並非是瞧不起此處風土人情。何況這龍泉郡槐黃縣，本就是我曹氏的祖地，我們當子孫的，豈可忘本。」

容顏俊美的曹峻點點頭，笑咪咪道：「攤上這麼個不靠譜的老祖宗，是我們的家門不幸啊。」

老人萬萬不敢接話。置喙一位十一境劍修的家族老祖，哪怕老人貴為大驪王朝的上柱國重臣，也沒有這份膽量氣魄。那個風流倜儻、氣度迥異於曹峻的年輕人名為曹茂，正是龍泉郡的新任窯務督造官。他是禮部衙門的直轄官員，玉樹臨風，在大驪官場有「曹家玉樹」的美譽。當時在槐宅驛站迎接大驪國師，也就曹茂一人一騎，渾身酒氣，晃晃悠悠下馬進了驛站，足可見這個京城貴公子的與眾不同。

曹曦回到座位，哪怕是曹茂都下意識坐直了身體，青衫老人更是正襟危坐，放下了筷子，拿起酒壺，主動為隔著無數個輩分的老祖宗曹曦倒酒。

曹曦一口氣喝完酒，放下酒杯，看著絡繹不絕進門道賀的客人，起身道：「別蹲著茅坑不拉屎了，咱們給後邊的人騰出座位，走了。」

一行四人離開院子，巷子附近幾家的院落都擺滿了酒席。曹曦領著三人走入泥瓶巷，隨口問道：「你們皇帝回京城了？」

老人恭敬答道：「回稟老祖宗，皇帝陛下身體有恙，已經由龍泉郡城的驛路北返京城。」

曹曦路過顧家祖宅的時候，轉頭看了一眼門神破敗、春聯老舊的無人宅子，停下腳步道：「據說這家的母子二人，如今被截江真君帶去了書簡湖青峽島。那個名叫顧璨的小屁孩離開小鎮前，得了一樁天大機緣，能夠駕馭一條媲美十境鍊氣士的水蛟，而且那條水蛟境界攀升神速，極有可能在短短幾十年內破開十境瓶頸。」

老人點頭道：「大驪朝廷在國師親手安排下，專門新建了一個諜報機構，負責記載驪珠洞天這些孩子的成長經歷，多是小鎮出身，除了顧璨，還有方才杏花巷內的馬苦玄、福祿街的趙繇、謝家長眉兒謝靈氣，但也有在此獲得機遇福緣的外鄉鍊氣士，例如大隋皇子高煊，總計十六人。」

曹曦緩緩前行，再次停步：「那麼這兩戶人呢？」

相鄰兩棟宅子的主人，一個已經在大驪宋氏族譜上記名為宋睦，剛剛跟隨皇帝陛下一起返回京城；一個名為陳平安，已經南下遠遊，但是在小鎮擁有兩座鋪子，在西邊大山擁有五座山頭。

老人神色尷尬道：「十六人當中，應該沒有皇子殿下和陳平安。」

曹曦「哦」了一聲：「那李希聖呢？」

身為大驪上柱國的青衫老人搖頭道：「也無。」

曹曦轉頭望向腰懸長短雙劍的曹峻：「你跟李希聖交過手，他以六境修為，就讓你一個九境劍修無功而返，覺得如何？」

曹峻沒好氣道：「還能如何？他厲害啊，我是個窩囊廢唄。」

曹曦笑呵呵道：「接下來你這個窩囊廢很快就要去往邊境投軍。運氣好的話，可以待在大驪藩王宋長鏡身邊，跟隨大驪鐵騎一路南下，說不定要一口氣殺到寶瓶洲中部才停下，又覺得如何？」

曹峻直截了當道：「混吃等死唄。」

大驪第一等世家子弟的曹茂，有些由衷佩服曹峻這哥們，雖然自己跟這個劍修看似年齡差不多，其實差了一甲子歲數。這段時日他和曹峻經常一起喝花酒，知道曹峻的玩世不恭，萬事不上心頭，是骨子裡透出來的，不是嘴上說說的那種表面功夫。

曹曦厲色道：「十年之內，你如果宰不掉一、兩個十境的老王八，到時候我親手宰了你！」

曹峻雙手抱住後腦勺，對曹茂笑道：「我死後，記得幫我收屍，葬在神仙墳那邊。我覺得那邊風水不錯，跟一尊尊泥塑佛家菩薩、道教天官當鄰居，心情會好，因為不用聽人嘮叨，耳根子一定清淨，沒誰擾人美夢。」

哀其不幸未必有，怒其不爭是真，曹曦勃然大怒道：「小王八羔子！你知不知道，為了修繕你湖心那座先天而生的劍氣蓮池，老子付出了什麼代價！」

曹峻笑起來的時候，眼睛瞇成一條縫，像極了一隻狡黠的狐狸：「這我哪裡曉得，不然你說說看？」

曹曦冷笑道：「有你這種子孫，真是家門不幸，祖墳冒再多的青煙都沒卵用！滾蛋，趕緊去京城找宋長鏡，然後直接去南方邊境，老子這十年不想再見到你。」

曹峻說走就走，拔地而起，肆意大笑，御風往北方而去。

知曉這方天地規矩的督造官曹茂，剛要出聲提醒，已經來不及了。

在小鎮南邊的龍鬚河畔，那座劍鋪有位兵家聖人冷笑一聲：「不長記性的東西。」

龍泉郡蔚藍天空一處，出現了好似一口泉眼湧水的景象，一柄長劍緩緩升起。

「阮邛，這點面子也不給嗎？」曹曦有一把碧綠細繩似的本命飛劍，它正是劍仙曹曦能夠縱橫南婆娑洲的最大倚仗，是上古神人煉化一條萬里大江為劍器的半仙兵。

曹曦臉色陰沉，心神一動，手腕上的碧綠細繩雖未現出真身，但是微微顫動，流溢出一絲絲綠色水氣，迅猛掠向高空。

阮邛從泉眼湧出的那把劍斬向壞了規矩的劍修曹峻頭顱，速度之快，遠遠超過曹峻御風北去的速度。如果沒有意外，不等曹峻離開舊驪珠洞天的邊境，就要被一劍斬掉腦袋。

所幸在阮邛飛劍和曹峻身形之間，憑空出現了一條碧波滔滔的大河。大河隔斷長空，攔阻阮邛飛劍的去路。

阮邛一劍斬斷寬不過數里的河水，碧綠長河竟是兩端折疊而起，壓向那把繼續前掠的凌厲飛劍。大河拍岸，不斷阻滯那好似一葉扁舟的飛劍前行，哪怕河水無窮無盡，風雪廟兵家聖人駕馭的那把飛劍，依然開河劈水，一往無前。

曹峻轉過身，但身形不停，腰間長劍出鞘，剛好擊中阮邛飛劍的劍尖。曹峻的長劍一彈高飛，他嘔出一口鮮血，身形卻以更快速度倒退飛離。

一條長達百里的河水翻滾成團，死死裹住阮邛那把飛劍，碧綠江水大球之中，不斷有劍氣激射而出，直到最後江水粉碎，化作漫天雨滴，只是水滴不等墜地，就重新凝聚為一縷縷碧綠劍氣，悠然返回小鎮泥瓶巷。

阮邛那把毫髮無損的本命飛劍懸停在高空，稍作停頓，長劍下方又出現一座小水潭，飛劍緩緩向下，沒入水潭，就此消失於空中。

這名先前吃過阮邛一拳的婆娑洲劍修，藉此成功離開戰場，曹峻爽朗大笑：「好風憑藉力，送我上青雲！謝過阮聖人和老祖宗連袂送行！」

泥瓶巷內，曹氏上柱國老人百感交集，他雖不是鍊氣士，但是家族客卿供奉不乏山上高人，親眼看到此等驚天動地的神仙打架，仍是次數寥寥。

京城曹氏這代嫡孫、窯務督造官曹茂問道：「老祖宗，如果因此惹惱了此地聖人？」

曹曦冷笑道：「打不過北俱蘆洲的十二境道家天君，難道老子還打不過一個寶瓶洲新十一境？曹峻能丟老曹家的臉，老子可不會丟婆娑洲鍊氣士的臉！」

這一刻，曹氏上柱國和督造官曹茂才真正意識到，這位在小鎮貌似與人為善的老祖宗為何能夠成為那座海邊雄鎮樓的看門人。

一名漢子站在泥瓶巷巷口另一端：「那就試試看？」

曹曦咧嘴道：「行啊，你挑地點，我挑時辰！」

那名從劍鋪趕來興師問罪的漢子毫不猶豫道：「西邊大山之中，有一處方圓百里的山坳，人跡罕至，如今還有大驪設置的陣法禁制，足夠你我分勝負了。」

曹曦使勁點頭道：「好，一百年後再打！」

阮邛愣了一下，朝地上吐了一口唾沫，轉身離去。

曹茂伸手捣住臉，曹氏上柱國哭笑不得。

曹曦翻白眼道：「幹嘛？這叫智鬥，你們懂個屁！」曹曦率先走入自家老宅，身後爺孫二人剛要跟隨其入內，房門卻「砰」的一聲關上。

曹茂和爺爺相視苦笑，只得就此離開泥瓶巷，去往那座督造官衙署，祕密商議家族接下來的各方布局。

寶瓶洲北方風雨已起，形勢大利於大驪王朝，當然是越早進場，獲利越大。何況如今曹氏還有一個天大的利好消息，老祖宗曹曦會留在寶瓶洲一段時間，天才劍修曹峻還要入伍大驪邊軍，想必皇帝陛下或多或少都會念這份香火情，未來百年曹氏穩壓廟堂死敵袁氏一頭，是板上釘釘的格局了。

在落魄山竹樓習慣了粗布麻衣、光腳行走的崔姓老人，在被蓮花冠道人陸沉拜訪了一趟後，就轉了性子，換上了讀書人的青衫文巾，自己做了一根行走山林的竹杖、一雙登山木屐，經常下山去購置古書和文房用品，將竹樓二樓布置得好似書香門第的書房，一有空就提筆寫字作畫，看得青衣小童和粉裙女童面面相覷，誤以為老頭兒走火入魔了。後來粉裙女童看過了老人的墨寶，經常跟老人攀談，才發現原來老人是真正的碩儒，琴棋書畫都是一絕，對於儒家正統學問，更是功夫很深。

青衣小童是個沒心沒肺和貪生怕死的，一門心思想著老頭子好好練武，早點成為武力冠絕這座小天地的大佬，自己才能安心，就經常跟老人旁敲側擊，跟老人說龍泉郡藏龍臥虎，不可以掉以輕心，苦口婆心訴說大驪江湖的雲譎波詭，還是要靠一身拔尖的山巔修為才能震懾宵小之徒。

只可惜老人根本不願意理睬這個傢伙，最多只是跟討教學問的粉裙女童閒聊，對於所謂的武道，好像就這麼丟在地上，再不撿起了。青衣小童徒呼奈何，哀嘆著求人不如求己，只好繼續勤勉修行，竭力消化那兩顆進入了肚子的上等蛇膽石。

最近迎來送往十分忙碌的新晉北嶽正神魏檗，還是會時不時來到竹樓，看望那個丟入一顆紫金蓮花種子的小池塘。

除了留在落魄山的那顆紫金蓮花種子，陳平安當時聽了魏檗的建議，既然是落魄山的主人，就留下了一方閒章在竹樓一樓，作為厭勝山水之物。印章正是齊靜春篆刻的「陳十一」，並無玄機，只是當時齊靜春給予陳平安的一份美好願景而已。

武道止境第十境之上，方是人間武神，可與天底下的山巔鍊氣士並肩而立。

粉裙女童對此重視得無以復加，幾乎已經勝過那只崔東山託付給她的書箱。每天早中晚三次，她都會偷偷拿出自家老爺交給她的小印章，用綢緞絲巾仔細擦拭。不管青衣小童如何坑蒙拐騙，她都不許他染指分毫。

如今出身黃庭國芝蘭樓的粉裙女童，借助陳平安贈送的蛇膽石，已經破開下五境最後一道門檻，躋身中五境第一境洞府境。第七境觀海境、第八境龍門境、第九境金丹境、第十境元嬰境依然是大道漫漫，遙不可及。

相比突然想要奮發上進的觀海境青衣小童，粉裙女童更加順其自然，除了每天將竹樓收拾得纖塵不染，再就是翻翻書、看看風景，心境恬淡，比起心性凶悍的御江水蛇，精魅化身的書樓火蟒要更加從容隨意，於是如今換成了青衣小童嫌棄她愚笨懶散，不知進取。

這天夜晚，青衣小童在崖畔入定修行，粉裙女童坐在小竹椅上嗑瓜子。

崔姓老人下樓，搬了把竹椅坐在女童身邊，輕聲道：「千年崔氏，寶瓶洲頭等的書香門第，都沒能孕育出妳這麼一條靈慧火蟒，由此可見，機緣一事，苦求不得。」

粉裙女童乖巧一笑，問道：「崔爺爺，你說我老爺如今破境了嗎？」

老人幸災樂禍道：「老夫親手打磨出來的武道最強三境，哪裡有那麼好破的，估計還早呢。說不定到了最南邊的老龍城，陳平安的境界還是紋絲不動，老老實實待在三境瓶頸上，每天愁得喝悶酒，然後變成一個意志消沉的小酒鬼。」

粉裙女童小聲埋怨道：「我家老爺的拳，一半算是崔爺爺你教的。老爺不破境，你怎麼能偷著樂呢？」

老人哈哈笑道：「妳啊，不是我們武道中人，不知道『世間最強三境』這個說法的分量。老夫當時一拳打殺了六境巔峰的崔氏供奉孫叔堅，只用上了五境的能耐，為何？就因為武夫的底子有厚薄，底子打得差了，如高樓風吹即晃；底子打得好，那就是一座名山大嶽，屹立於大地之上，一點風吹雨打算不得什麼，撓癢癢罷了。」

粉裙女童憂愁道：「我家老爺身邊沒有人照顧，出門在外，什麼事情都要自己做，會不會耽誤他練拳啊？」

老人瞥了眼青衣小童的背影，再收回視線，看著滿臉憂慮的小女童，感慨道：「能讓你們兩個湊在一起沒打架，也算陳平安調教有方。不知道以後家大業大了，陳平安是不是還能如此，待人接物，持中守正。小門小戶的規矩好不好，和豪閥世族的家風正不正，處理起來，是兩回事。」

粉裙女童仰起頭，天真可愛道：「真有那一天的話，崔爺爺你幫著我家老爺一些？」

老人摸了摸小火蟒的腦袋：「有些家務事，外人幫不了的。」

老人緩緩站起身，伸手指向遠處道：「試想一下，如果真有那麼一天，陳平安開宗立派，有妳和小水蛇，有腹下生出金線、長出四足蛟爪的棋墩山黑蛇，有這麼多座山頭，每座山頭都有高人坐鎮其中，例如那個認了陳平安當先生的……還有那些將陳平安叫作小師叔的孩子們，然後你們也成了世人眼中的仙家府邸，有了宗門長老，要收取弟子門生，陳平安手底下彙聚了十人、百人甚至千人、萬人。一旦自家人有了紛爭矛盾，他陳平安手心手背都是肉，就不是一拳一劍能夠解決的事情了，該如何處置？」

粉裙女童在芝蘭樓看遍了各國史書，曉得這個問題的棘手，連嗑瓜子的心情都沒了。

崔姓老人笑道：「其實也不用太過憂心，陳平安有一點好，可能沒幾個人發現……」

粉裙女童等了半天，都沒有等到老人的下文，忍不住問道：「崔爺爺，我家老爺身上都有那麼多優點了，還有我不知道的好啊？」

老人開懷大笑道：「妳這小閨女有一點是真好，拍人馬屁，尤其是對妳家老爺，能夠春風化雨，潤物細無聲！」

粉裙女童有些赧顏，心想自己可沒有溜鬚拍馬，老爺就是有這麼好呀。

老人坐回竹椅，不再賣關子，笑著說道：「陳平安很好說話，所有跟他親近的人，都會把這一點當作天經地義的事情。可是總有一天，陳平安會在某件事情上，變得很不好說話，甚至是最不好說話。到了那個時候，奇怪的事情就會發生了，所有人都會感到……心虛和害怕，絕不是第一時間去反駁什麼。」

粉裙女童趕緊雙手合十，喃喃道：「我可不希望老爺生氣。」

老人嘆了口氣。他曾經在竹樓外殺人之後，氣勢洶洶地對陳平安問了一句：「你是隨我練拳，還是跟我學做人？」這既是老人的肺腑之言，其實又何嘗不是眼高於頂的老人，自認在「做人」這一點，無法坦然說服陳平安？

粉裙女童突然怯生生問道：「如果有一天，崔爺爺你做了錯事，我家老爺發火了，你會不會害怕啊？」

老人在小傢伙腦袋上敲了個栗暴，然後起身離去氣呼呼道：「小丫頭真不會聊天！」

崖畔那邊其實一直豎起耳朵偷聽的青衣小童，壞笑著轉過頭，朝粉裙女童豎起大拇指。粉裙女童開開心心嗑起了瓜子，心想這可不是我厲害，是我家老爺厲害呢。

楊家鋪子的楊老頭，年復一年守著那座小小的後院。無數年來，除了接管楊家的家主以及家族內某些僥倖成為鍊氣士的人物，得以知道那個驚世駭俗的祕密，小心翼翼地幫著老人守護著那個祕密，其餘無論是生老病死的楊家子弟，還是進進出出的藥鋪夥計，一代代人，都只知道楊家鋪子有這麼一個跟「自家長輩同齡」的老前輩，只知道老人常年足不出戶，性情古怪，不好打交道，但是治病救人很有一手。當然，老人要價不菲，否則任你是誰，只要出不起錢，那就準備棺材吧，反正棺材鋪子就在一條街上。

楊老頭今天依然在後院抽著旱煙，只不過手裡多了一本大驪書肆新刊印的小說，此小說出自小說家。小說家曾是浩然天下的九流十家之一，只是隨著光陰流逝，就像四大顯學之一的墨家如今不再是顯學，小說家也淪為最平常的諸子百家之一，多是書寫一些不入流的稗官野史，以及世俗百姓鍾情的脂粉豔文，博取噱頭。

當然，針砭時事亦有，歷史上許多帝王將相的名聲口碑，其實很大一部分都是被小說家之言，給坑害得不堪入目。比如某些終其一生立志於朝政改革的治國能臣，到最後，最為後世熟知的事情，竟然不是那些治國良方，而是什麼一夜御十女，無女不歡。又比如某些幾乎立功、立德、立言三不朽的儒家大賢人，竟然會夜宿尼姑庵，最後成了一個老不害臊的扒灰老漢，而此人道德文章蘊含的大禮至理，皆成空談和笑談。所以曾有儒教學宮聖人，不得不憤懣出聲：「末流小說家，誤國誤民第一！」只是制訂且掌管天下規矩的那位禮聖，對此仍是像對待妖族的態度一樣，給予了最大的寬容忍讓。

此時此刻翻閱小說的楊老頭，對那場中土神洲三、四境之爭的雙方誰都看不慣，最多就是對那個「四」的學問宗旨、那個「四」字，楊老頭願意伸出大拇指說一個「好」字；而對那個「三」——明明被封為亞聖，其實只在文廟排第三高位的儒家聖人，楊老頭很看不慣，認為由褒義淪為貶義的「道貌岸然」，形容此人最是恰當。

楊老頭手上這本泛著淡淡墨香的小說，是店夥計從龍泉郡城那邊的書肆購買而來，上邊寫了許多江湖豪俠的成名經歷。在他們身處逆境絕境之時，總少不了幾句蕩氣迴腸的豪言壯語，無非是怨恨老天爺不開眼的那些，楊老頭每次看到這些，似乎還挺開心。

他合上書籍，樂呵呵道：「你們這些年輕人啊，就放過老天爺吧。」笑過之後，老人收起書籍，大口吞雲吐霧，從袖中抖摟出一座貌似小廟的小物件，摔在地上，想了想，用竹煙杆敲了敲腳邊地面，輕聲道：「宋慶，你出來。」

地面上那座小廟門口，有青煙滾滾而出，很快凝聚為一名面容滄桑的老者，他看到楊老頭後，一揖到地，沉聲道：「拜過神君。」

楊老頭置若罔聞，只是吩咐道：「准許你離開此地轄境，寶瓶洲一洲之內，你當年境界依舊。你此行是為泥瓶巷曹氏子弟曹峻擔任護道人，只要曹峻修補完了那個心湖劍池，你這一脈的宋氏子弟，必然在這場大勢中崛起，享受人間榮華至少百年。此後你家子孫的境遇，福禍無門，唯人自召。」

那個老者雖然只是陰魂形狀，卻仍有青煙凝為長劍懸掛腰間，劍氣已無，但是劍意盎然，顯而易見，老者生前必然是一名劍士。

聽到楊老頭的承諾後，老者面露喜色，再次作揖道：「謝神君恩典！」

楊老頭隨後一揮袖，頓時有一張張金色符籙遍布青煙老人全身，這是保證陰物老者行走天地間的護身符。陰物老者神魂大定，氣勢暴漲，劍意之盛，若非楊老頭吐出的那一大口煙霧遮蔽，恐怕就要氣沖斗牛，驚動龍泉郡所有錬氣士。

楊老頭說道：「去吧，曹峻如今已經去往大驪京城，你可以直截了當跟他道明此事。宋慶，你若是膽敢壞了規矩，不只是你宋慶當場魂飛魄散，我保證將你這一脈宋氏斬草除根，要你香火斷絕，以後千年萬年再無你宋氏這一脈的半點痕跡。」

老者抱拳肅穆道：「絕不敢冒犯神君！」

楊老頭冷笑道：「多說無益，我自會看著你的行事。」

老者領命，一閃而逝。

楊老頭在那名小廟陰物消失後，抬起頭，望向浩然天下的厚重天幕，久久無言，最後無奈道：「舉頭三尺有神明，人在做、天在看。若真是如此，又何至於此？」

第四章　大驪陳平安在此

劍水山莊外小鎮的一座酒樓的二樓，在靠窗位置，一老一少相對而坐，吃著火鍋，桌上擺滿了菜碟，春筍、黃喉、羊羔肉、鵝腸、鴨血……當然還有兩壺好酒，以及一碟自己配置的鮮辣醬料，紅燦燦的，能讓不吃辣的人頭皮發麻。

陳平安其實原本不怎麼吃辣，但是熬不住宋老前輩在旁勸說，說酒樓有不下七、八種各色自製辣醬，少了一種都是憾事，陳平安這才硬著頭皮全往碟子裡加了一勺子。

由於宋雨燒從不在山莊和小鎮以真實身分露面，所以那個胖嘟嘟的酒樓掌櫃，不知道他是梳水國劍聖、劍水山莊的老莊主，只知道這個姓宋的老哥，是個懂吃的行家，不會辜負他的火鍋和好酒。掌櫃一見到老人帶著朋友登門，就很開心，親自帶他們上了二樓，挑了個好座位，從頭到尾上菜、端酒都不用店裡夥計，全部是掌櫃自己親自動手。

陳平安吃得滿頭大汗，滿臉通紅，可是敵不過美食當前啊，再說了，這次是自己結帳，不盡量多吃一點，陳平安心裡不得勁兒。

放開肚子吃的少年吃到扛不住辣的時候，還會傻乎乎去喝一口酒，辣上加辣，真是欲仙欲死，可就是不願放下筷子，死死盯著火鍋裡馬上可以下筷的食物。

宋雨燒看著心情大好，比起以往來此獨坐獨飲，老人下筷子其實要快了很多。

宋雨燒拿起一杯酒，不再以「老夫」自稱，突然說道：「陳平安，其實按照老規矩，我不該出現在水榭裡。武夫破境，就跟山上鍊氣士閉關一樣，最忌諱外人旁觀，所以我自罰一杯。」老人一飲而盡杯中酒。

陳平安趕緊拿起酒杯，使勁咽下嘴中食物，陪著喝了一杯，而且又倒了一杯，回敬老人：「如果不是老前輩，我今天肯定連四境的門檻都跨不過去。我應該敬老前輩一杯。」

老人也跟著喝了一杯酒。宋雨燒望向窗外街道上川流不息的人流，偶爾眼神會停留片刻，其中有人在與他對視之後，臉色微變，迅速低頭。

宋雨燒微微一笑，收回視線：「我當時之所以去水榭，是有件事必須當面告訴你。不管你今天能否破境，在今夜都要離開山莊，不可以參加明天的武林盟主大典。」

陳平安依舊倒酒不停，只是下筷夾菜的速度放慢了一些，輕聲問道：「有人想要對山莊不利？」

宋雨燒沒有藏藏掖掖，坦然笑道：「來頭極大，聲勢極大，但是與你陳平安無關便是了。」

老人舉杯喝了口酒：「這可不是瞧不起你和你的朋友，而是劍水山莊的一些家務事，不方便江湖朋友插手。但是不管如何，身為主人，卻對客人下逐客令，不厚道，所以我還是要自罰一杯。你陳平安隨意。」

陳平安還真就隨意了，只是舉杯小抿了一口酒。

老人對此不以為意，繼續夾起一筷子鮮嫩鵝腸，在火鍋裡涮了一小會兒，就放入辣醬碟子，輕輕一攪和，將鵝腸在鮮辣醬料中翻了個滾兒，然後提筷放入嘴中。

陳平安欲言又止。

宋雨燒笑道：「咱們只管吃，不談事情了。世間唯有美人、美景、美食，三物最不可辜負。」

陳平安便埋頭吃東西，偶爾喝酒。

天下無不散的筵席，再好吃的火鍋，也有下最後一筷子的時候。

酒足飯飽，陳平安放下筷子。這是陳平安頭一回一口氣喝完足足一斤半酒水，別說是臉，耳根子和脖子都紅透了。

他醉醺醺說道：「橫刀山莊那對父女，好像沒有找我的麻煩。」

宋雨燒輕聲笑道：「綠水長流，來日方長。江湖恩怨亦是如此，好在你不是梳水國人氏，很快就會離開，以後未必還會再來，否則有的是麻煩纏身。」

宋雨燒記起一事：「那次水榭風波，你好像攢了一肚子火氣。我有些奇怪，照理說，在不知道你根腳的前提下，橫刀山莊的莊主王毅然，一位享譽已久的江湖宗師，能夠對你一個少年以禮相待，沒有仗勢凌人，願意為女兒道歉，你為何還是有些……不服氣？」

陳平安打了一個飽嗝，摘下腰間的養劍葫蘆，但是沒有喝酒，思量片刻，正色道：「我不是對王毅然有看法，但是我覺得這裡頭，是有不對的地方的。」

宋雨燒好奇道：「此話何解？」

陳平安下意識又喝了一口酒，藉著暈乎乎的酒勁，緩緩道：「我曾經聽一位老先生講述順序一說，我沒讀過書，識字不多，所以理解得很淺，但是沒事的時候，就願意把這些學問拿出來，多想一想，覺得對錯有先後，當然也分大小，不能拿一個後邊的對，去掩蓋前邊的錯，哪怕後邊的對很大，前邊的錯很小，還是得先把前邊的小錯，掰碎了說開了，道理完完全全說透了，後邊的對，才能真正站穩腳跟，這就像……一個人不能跳著走路。

但是我瞎琢磨出來的這點東西，可能沒甚道理。我這趟南下遊歷，翻過很多書，書上都不講這些，所以我自己一直不敢確定對錯。如果將我的道理，套用在水榭那件事上，就是你王毅然其實不用跟我道歉，只需要讓你女兒站出來，跟我說一聲『對不起』就行了，否則到最後，你王毅然堂堂江湖大宗師，為別人道歉，難道我就一定要接受了？哪怕我願意接受你王毅然的，那你女兒就算是沒錯了嗎？我覺得不是這樣的，你王毅然做得再對，你女兒的言行，錯，就是錯，今天是如此，將來也是如此。」

陳平安一手提著酒葫蘆，一手撓頭：「宋老前輩，這些是我隨便講的，胡言亂語，讓你笑話了。」

宋雨燒先是愕然，然後茫然，最後滿臉恍惚，只覺得自己認定的那個江湖，翻天覆地。宋雨燒回想起他這一生，尤其是關於兒子宋高風那一段不堪回首的記憶，老人原本已經不願再去想起，更不願去深究其中的恩怨情仇，直到今天，直到這一刻，這名老人才發現自己的心結到底在什麼地方，自己又為何這般愧疚悔恨。

老人紅著眼睛，顫抖著提起筷子，從火鍋底夾起一筷子食物，放入嘴中慢慢咀嚼，臉上逐漸有了一些笑意。

老江湖奉為圭臬的那些老規矩，被老一輩人視為金科玉律的道理，原來，原來也有錯的地方！當年我兒子宋高風何錯之有？即便有錯，那也是這個狗娘養的江湖有錯在先！

是那個沙場武將出身的前任武林盟主錯了，那場恩怨，根本就不是那一條胳膊的事！是你女兒本人，欠了我宋雨燒的兒子，欠了我兒媳婦一句「對不起」！

滿臉老淚縱橫而不覺丟臉的宋雨燒，緩緩放下筷子，站起身，對陳平安灑然大笑道：「這頓飯，我宋雨燒替我兒子和兒媳婦，替我劍水山莊請你！」

酒樓二樓頓時譁然。

「宋雨燒」和「劍水山莊」這七個字，就意味著半個梳水國江湖的百年風流！

老人對陳平安抱拳道：「我有話要跟孫子講，就先行回莊子了。之後未必能夠跟你道別，那就還是那句江湖老話，青山不改，綠水長流，希望咱們後會有期！」

陳平安一頭霧水地站起身，看著老人掠出窗外，在屋脊之上一路飛掠而去。

老人在眾目睽睽之下，一路飛掠到山莊大門之前，然後大步跨過門檻，不理會任何搭訕恭維，直接在一棟多年無人居住的小院，找到了那名正站在院中閉目養神的年輕人——孫子宋鳳山。

宋鳳山睜開眼睛，一言不發，一如當年年幼之時守在爹娘病榻前的他。

宋雨燒摘下腰間鐵劍，單手握住，遞向臉色冷漠的宋鳳山，後者問道：「為何？」

宋雨燒沉聲道：「這是你爹宋高風的劍，子承父業，就該交到你宋鳳山手上。」

宋鳳山沒有伸手接劍，譏笑道：「哦，又是一樁怪事。先是爺爺您提前趕來，慶賀孫子的盟主大典，如今又交給我一把破鐵劍。怎麼？爺爺終於想要卸下梳水國劍聖和劍水山莊老莊主的擔子，想要含飴弄孫了？」

這名年輕人雙手負後，眼神淩厲，卻滿臉微笑：「只是不好意思，不孝孫兒要告訴爺爺一個噩耗，皇帝陛下親自下了數道密旨，朝廷大軍近萬精銳已經在州城外集結完畢，想必明日就會大軍壓境剿滅我這大逆不道的新武林盟主。爺爺，孫兒不奢望你出手相助，真的，這是孫兒的真心話，只求爺爺從頭到尾袖手旁觀就行了，只求您莫要再賜我一劍。」

宋雨燒凝視著孫子的面容，爽朗大笑，上前踏出一步，重重一巴掌拍在他肩膀上，毫不遮掩自己的笑意和欣慰。

老人嗓音低沉道：「不愧是宋高風和柳倩的兒子！爺爺知道這次領軍之人，正好是那名女子的丈夫，大將軍楚濠。」

宋鳳山滿臉疑惑，眉頭緊皺。

宋雨燒笑道：「既然那個心腸歹毒的婦人得寸進尺，正好藉此機會，我宋雨燒也有個道理，想要跟江湖和朝廷說個明白！」老人眼眶濕潤，一隻手握緊，一隻手抬起，輕輕撫平眼前孫子緊皺的眉頭，喃喃道：「這麼多年，爺爺也該為你做點什麼了。」

宋鳳山後退一步，低下頭，抬起一手，用胳膊擋住臉龐。

宋雨燒輕聲道：「鳳山，從今往後，爺爺就不跟你嘮叨那些老規矩了，但還是希望你最後聽一次。老江湖是有老江湖的不對，可是那些對的東西、好的事情，希望你以後身在江湖，也別全盤否定。」

他將孫子死活不願意接過手的老鐵劍放在院中石桌上，獨自走向院門。其間老人望向小院正屋那邊，只是話到嘴邊，老人還是沒有說出口。

宋鳳山嗓音沙啞地問道：「爺爺，您要去哪裡？」

宋雨燒大步向前，笑道：「爺爺的佩劍，這麼多年一直留在了瀑布下的水潭裡，去取劍！」

一直到老人身影遠去，宋鳳山都站在原地，一動不動。

院內屋門緩緩打開，走出一名年輕婦人，問道：「不攔著爺爺嗎？」

宋鳳山擦去眼淚，伸手輕輕按住桌上那柄劍，胸有成竹地微笑道：「既然咱們早有謀劃，一切都在掌握之中，妳難道就不想看一人一劍擋在陣前，萬軍不前？反正我這個當孫子的，是想的，都偷偷想了這麼多年了。」

年輕婦人奇怪道：「老祖宗如何想通的？」隨即婦人有些憂心忡忡：「以後咱們山莊的所作所為，老祖宗可就未必喜歡了啊。」

宋鳳山冷哼道：「大不了再讓爺爺刺幾劍，到時候實在不行，就拿出我爹的這把劍，看老爺子捨不捨得再下狠手！」

婦人打趣道：「喲，二十多年沒喊爺爺了，今天倒是太陽打西邊出來了，一口一個，順溜得很呢。」

宋鳳山回頭瞪了一眼，年輕婦人嫣然而笑。

她其實是一位大驪死士，有朝一日，等到大驪馬蹄踩在寶瓶洲中部疆土，她就可以正大光明地掛出那塊大驪朝廷頒發給山上人的太平無事牌。

這一點，宋鳳山心知肚明。

第二天，選舉梳水國新武林盟主的大會，在劍水山莊如期召開。

從梳水國一座州府到劍水山莊的道路之上，騎軍馳騁，塵土飛揚，遮天蔽日。

大軍之中，有一名身披鮮亮重甲的大將軍，騎著一匹高頭駿馬，男人嘴角噙著笑意，舉目遠眺，可謂躊躇滿志。此次踏平那座狗屁的劍水山莊之後，自己就是當之無愧的梳水國戰功第一人了。

這名大將軍突然眯起眼。

大軍之前，一位被譽為「梳水國劍聖」的黑衣老人，從瀑布下的水潭取出佩劍之後，擋在了大軍之前。

老人身後，遙遙跟著一名腰間懸掛酒葫蘆的背劍少年。

在對著千軍萬馬出拳之前，少年摘下養劍葫蘆，仰頭喝了一大口酒，痛快，痛快，痛快！

宋雨燒腰間懸佩的那把劍，昨日臨時取自瀑布下的水潭，是一把山上鍊氣士都要避其鋒芒的神兵利器，名為「屹然」。

事實上宋雨燒生平第一次見這把劍的地點，就位於瀑布底下的深潭，而且就在陳平安在瀑布下練習劍爐立樁的腳下，那塊好似中流砥柱的石墩之中。巨石內暗藏機關，當年宋雨燒因緣際會，偶然得此劍，劍術與名劍相得益彰，才有了未來的梳水國劍聖。

在兒子宋高風死後，宋雨燒便更換了隨身佩劍，將這把劍鞘為特殊青竹的屹然劍，重新藏入巨石。宋雨燒翻遍典籍，終於找到一頁祕史記載，相傳此劍「礪光裂五嶽，劍氣斬大瀆」，曾是由一名別洲武神親手鑄造，遺落於寶瓶洲，不知所終。

宋雨燒此時懸掛劍鞘泛黃的長劍，望向馬蹄驟然放緩的朝廷兵馬，不愧佩劍之名，黑衣老人屹然而立，毫無懼色。

這支將近萬人的梳水國「平叛大軍」，其中有三千精騎是大將軍楚濠嫡系，全是邊疆沙場出身，是梳水國一等一的銳士，此外還有四、五千從各地駐軍抽調而出的地方精銳，再有千餘人是州治官府調遣的老捕快、重金籠絡的江湖豪俠，當然還有大將軍楚濠自己收攏的一批江湖高手，幾乎全是當年天子親自做媒、自己迎娶那名女子的豐厚「嫁妝」。

老丈人雖然死於江湖仇殺，可在那之前好歹做了小二十年的武林盟主，又有朝廷做靠山，暗中培植了許多見不得光的江湖羽翼，之後這些人便都成了女婿楚濠的扈從、死士。

楚濠的枕邊人哪怕這麼多年過去了，對於劍水山莊仍是深惡痛絕，心懷死結。對此楚濠拎得很清楚，嘴上附和，但絕不會在皇帝陛下沒有開口之前，以大將軍府的明面身分，去挑釁一個劍術冠絕梳水國的武道大宗師，所以女子怨言頗多。好在這次劍水山莊自己找死，陛下龍顏震怒，楚濠便順勢請纓出戰，一切水到渠成。

說句實在話，妻子有心結難解，楚濠作為馳騁邊關多年的風雲人物，在廟堂上縱橫捭闔也有心結。妳一個娘們，明知宋高風早有婚配，人家小倆口恩恩愛愛，還有一個當劍聖的父親，憑什麼要人家休妻娶妳？然後妳一怒之下，就找人去毀了花圃，壞了那個女子的性命。換成是楚濠，早就調動麾下大軍，殺個血流成河了。

只不過話說回來，楚濠到底不是那個遭受無妄之災的可憐蟲宋高風。楚濠得了皇帝陛下的信任，娶了個如花似玉的女子，手底下還多出可供驅使的十數名江湖頂尖高手，一舉三得，做了一筆賺得盆滿缽滿的大買賣，梟雄楚濠對於這點心結，看得很輕。再者，老盟主在金盆洗手的那天，被銷毀面容的宋高風獨力斬殺，也讓女子這些年收斂了許多，大體上安安心心相夫教子，在梳水國京城與其他誥命夫人廣結善緣，讓他楚濠的仕途順暢了許多。楚濠覺得這還得謝過當年姓宋的，讓她吃過教訓，否則吃苦頭的就是自己了。

此次離開京城之前，妻子暗中隨行，現在就祕密住在州府之內。她提出這次踏平劍水山莊之後，老劍聖宋雨燒可以不用死，逃了就逃了，但是那個據說容貌酷似他母親的孽障宋鳳山必須挫骨揚灰。到時候她要親手帶著宋鳳山的骨灰罈，在那對狗男女的墳頭砸爛，要他們親眼看著宋氏香火斷絕。

青竹蛇兒口，黃蜂尾上針。兩般猶未毒，最毒婦人心。不愧是他楚濠明媒正娶的妻子，好事！

楚濠收回思緒，一手勒住馬韁，一手遮住陽光，繼續帶點閒情逸致遠眺道路。此處官路寬闊，道路兩側亦是平坦，不但適合步卒結陣，也適宜騎軍衝鋒。那個在江湖上作威作福慣了的宋老頭子，真是不知死活的江湖莽夫，半點不通行軍打仗，還敢逞英雄，該他和劍水山莊一起灰飛煙滅。

楚濠看著那個遐邇聞名的江湖老人，扯了扯嘴角，放下手臂，手心摩娑著一柄皇帝御賜的黃金裁紙刀，笑道：「可惜了這份英雄氣概，也好，以後世人提及此事，只會說我楚濠陣前斬殺了一個劍聖。」

沙場多有萬人敵之說，可惜那只是些狗屁文人的溢美之詞，包括梳水國在內的十數國的廣袤版圖上，確實有不容小覷的猛將，膂力驚人，擅長陷陣，若有神駒坐騎，更是如虎添翼，可是萬人敵？不存在的。楚濠身經百戰，絕非躺在安樂窩享福的文人，也不曾見識過此等神人。

宋雨燒站在原地，既然已經走到這裡，老人就不願意後退一步，只是回首望去，有些無奈——你陳平安跑來湊什麼熱鬧？

陳平安此次出行，背上了裝有降妖、除魔的劍匣，繩索早已繫緊、繫死。

他一路小跑到宋雨燒身邊。

老人隱約有些怒氣，道：「在水榭那邊，你與橫刀山莊起了衝突，我當時曾說過『行走江湖，生死自負』這八個字。陳平安，你知道這裡頭的意思嗎？」

陳平安點點頭。

宋雨燒氣笑道：「你知道個屁！那王珊瑚以刀鞘頂端指向你，她這就是在行走江湖。那名橫刀山莊扈從在你背後挽弓射箭，這也是。我孫子宋鳳山，每次找人試劍，也是。我宋雨燒今天攔阻在大軍之前，更是！」

宋雨燒一番話說得如疾風驟雨，最終只有一聲嘆息：「陳平安，你不該來的。」

陳平安輕聲道：「不管宋老前輩今天做什麼，我只負責一件事，帶著宋老前輩活著離開這裡，我不殺人。」

陳平安補充了一句：「爭取不殺人。」

宋雨燒深呼吸一口氣，盡量心平氣和地勸說道：「現在雙方等同於兩軍對峙，你說不殺人就能不殺人？你當是孩子過家家呢。大軍之中，有數千騎軍可以奔襲游弋，有重甲步卒結陣如山，更有數千張強弓勁弩對準你，二話不說就是大雨澆頭的下場，更別提楚濠麾下還有十數名江湖好手，以及一些個手持兵家神弓的校尉、都尉，是朝廷專門針對鍊氣士和江湖宗師的國之重器，哪怕是我宋雨燒，若是給一箭射中要害，都要重傷！」

陳平安反問道：「既然對方這麼厲害，老前輩難道只是來送死？」

宋雨燒沉聲道：「我要擒賊先擒王，盡量一鼓作氣拿下主帥楚濠，好讓這支大軍群龍無首，然後威脅楚濠交出那名女子。我一人行事，有五成把握，可你如果跟隨我衝鋒陷陣，一旦陷入包圍，只會成為我的累贅。所以聽我一言，趕緊返回山莊，帶著兩個朋友遠離是非之地。」

宋雨燒仰起頭，入夏時分，還有這等明媚的豔陽天，真是不錯，轉頭對那個北方少年微笑道：「陳平安，好意心領了。但是我宋雨燒是生是死，劍水山莊是存是亡，都稱得上是問心無愧。行走江湖，這還不夠？很夠了！」

陳平安拍了拍腰間的酒葫蘆，燦爛笑道：「我跑起路來，真不是我吹牛，兩條腿肯定比四條腿的戰馬還要快，而且我還有保命的壓箱底寶貝，老前輩你不用擔心我，只管放開手腳收拾那個楚濠。如果不是有這份底氣，我今天是不會露面的。」

宋雨燒氣急，恨不得一個栗暴砸在這個榆木疙瘩的腦門上：「瓜皮！你小子真當自己的小破酒葫蘆，是山上劍仙腰間的養劍葫蘆了？再說了，你一個淬鍊體魄的純粹武夫，有了傳說中的養劍葫蘆，又有何用？」

陳平安挪動腳步，站在了宋雨燒的身後，來到了一個不會被梳水國朝廷兵馬看見的地方，重重一拍底部篆刻有「姜壺」二字的養劍葫蘆，沉聲道：「初一，有人瞧不起你呢，出來。」

宋雨燒愣在那裡。幹啥呢？朱紅色酒葫蘆也沒個動靜啊。

陳平安有些尷尬：「十五。」

嗖一下，一縷驚世駭俗的碧綠劍光迅猛掠出養劍葫蘆，速度之快，堪稱風馳電掣。晶瑩剔透的那柄袖珍小劍，驟然懸停在兩人之間，然後緩緩遊蕩起來，像是在跟主人陳平安邀功請賞。

陳平安早就心裡有數，養劍葫蘆裡的兩位小祖宗，飛劍十五溫馴聽話，陳平安心意所至，十五就會劍尖所指，簡直就是他的貼心小棉襖；至於初一這位大爺，那真是架子比天大，除非生死一線的險境，或是它自己感興趣了，陳平安基本上使喚不動。不過對此陳平安也不會強人所難，不奢望初一能夠像十五那樣事事順心，至少在幾次關鍵時刻，初一從未坑過自己。

宋雨燒驚訝道：「還真是一只大劍仙的養劍葫蘆！」

陳平安咧嘴一笑。

宋雨燒拍了拍陳平安的肩膀：「陳平安，記住，千金之子，坐不垂堂！走吧，你能來此送行，已算情至意盡。既然你的武道之路已是坦途，又身懷重寶，就更應該珍惜當下的安穩。走走走，莫要再婆婆媽媽，信不信我跟大軍交手之前，先打你一個灰頭土臉！」

宋雨燒厲色道：「我宋雨燒說到做到！」

初出茅廬的少年郎，一身的江湖氣，竟是半點不輸老江湖宋雨燒。

那個穿草鞋，背木匣，腰間挎了個養劍葫蘆，已經走過千山萬水的北方少年，對老人鄭重其事道：「我陳平安，來自北方大驪龍泉郡槐黃縣泥瓶巷，也在行走江湖！」

老人轉過身，大笑道：「瓜娃兒，似不似個撒子？」

陳平安踏步向前，與老人並肩而立：「我還要回請您一頓火鍋。」

老人實在放心不下，又問：「形勢不妙，你真能想跑就跑得掉？」

陳平安點點頭道：「我不但有養劍葫蘆和飛劍護身，昨夜我還一口氣寫了二十張方寸符，能夠幫我縮地成寸。真的要逃命，那速度保管是嗖嗖的，連我自己都要忍不住豎起大拇指。」

雖然聽上去很像是說笑，可老人轉頭仔細打量少年的神色，根本不像是在開玩笑。

老人便放下心來，豪氣干雲，伸手按住屹然的劍柄：「好！那就等你小子請我吃這頓火鍋！」

陳平安突然輕聲問道：「去酒樓吃火鍋，能不能酒水自帶？」多出了養劍葫蘆、飛劍和方寸符，可那副摳摳搜搜的財迷德行，照舊。

老人哈哈大笑道：「這有啥子闊以不闊以的，闊以得很！」

宋雨燒一掠向前，長劍出竹鞘，劍氣縈繞天地間，縱聲大笑：「容我先行一步，為我殿後即可！」

因為劍氣已近。

一方是兩人而已，一方是萬人大軍，但是後者面對那一老一少的江湖中人，卻人人如臨大敵，當戰鼓擂響時，有些地方駐軍出身的年輕士卒，下意識咽了咽口水。

對陣兩名江湖莽夫，耗死對方就行了，不用太講究沙場上的排兵布陣，無非是先頭騎軍衝鋒，再適當拉開鋒線，左右策應，盡量將箭雨全部覆蓋在那名梳水國劍聖破陣的路上，然後就是後方步兵起陣，刀盾手在前，長矛穿刺而出，形成一座層層疊疊的銅牆鐵壁。

除了梳水國軍中制式步卒弓弩，軍陣中還隱藏有從朝廷皇家庫藏裡取出的數十張神弓。這些神弓由墨家匠人精心打造，一向為兵家武將倚重，箭尖篆刻有雲紋符籙，箭杆以精鐵鑄造而成，箭羽為金色雕翎，一支箭矢堅韌且沉重，故而尋常行伍神箭手都無法駕馭，唯有武道造詣不俗的軍中力士才可拉滿弓弦，威力極大，速度、射程和精度都要遠勝一般強弓。

在大將軍楚濠四周，聚集了將近二十名江湖鷹犬。高手環伺，宋雨燒想要一人開陣，殺到楚濠身前，難如登天。

楚濠知道就算自己麾下三千能征善戰的嫡系精騎，能夠不懼劍聖，敢於正面衝鋒，可不意味著手底下其餘兵馬都能悍不畏死。楚濠久經沙場，對此心知肚明，所以派人傳話給幾名帶領地方駐軍的武將，此次戰馬踐踏江湖，軍中每戰死一人，朝廷的撫恤金，是令人咋舌的一百兩銀子，陣亡士卒所在家族，一律免役十年！但是膽敢臨陣退縮者，斬立決，而且還會按照邊軍律法處置，舉族流徙千里！

賞罰並下，如此一來，全軍上下，唯有死戰了。

大將軍楚濠策馬立於迎風招展的威武大纛之下，志得意滿。大軍壓境，江湖莽夫不過是螳臂當車，皇帝私下許諾自己，劍水山莊的家底，他楚濠可以將半數收入囊中，用來犒賞此次楚氏大軍的出兵，其餘半數上繳國庫，但是地方軍伍的一切折損撫恤，需要他楚濠獨力解決，不許勞煩兵部和戶部。這點銀子開銷，只要將山莊抄家，楚濠還有莫大的賺頭。

宋雨燒沒有第一時間掠向高空，去當那扎眼的箭靶子，他低頭彎腰，手持屹然，一路前奔，氣勢如虹，快若奔雷，與那已經拉開一條整齊鋒線的楚氏精騎對撞而去。

第一撥箭雨潑灑而下，天空中密密麻麻的攢集黑點激射而至，緊繃之後驟然鬆開的弓弦發出嗡嗡聲，這還只是第一輪騎弓攢射。

宋雨燒一腳重重踩在地面，本就迅猛的前掠越發身影飄忽，整個人以更快速度前衝，同時手腕擰轉，身形一旋，劍氣翻滾，方圓數丈之內，磅礡劍氣凝聚成團，然後猛然炸裂四濺。他的身後地面瞬間插滿了畫弧而落的箭矢，泥土翻裂，塵土四起，其餘迎面而來的箭矢，則被宋雨燒的四散劍氣悉數擊碎。

雖然宋雨燒的速度之快超乎想像，其劍氣之盛更讓那些沙場將士大開眼界，可第二輪騎弓勁射，仍是有條不紊地緊隨而至，箭矢紛紛如雨落。

宋雨燒手持屹然，身形如陀螺般迅猛旋轉一圈，只見這個梳水國老劍聖四周，便瞬間多出了成百上千柄屹然劍，劍尖齊齊指向圈外。一氣呵成，劍氣千萬。

宋雨燒手中不再持劍，雙指併攏作劍訣，指向高空，輕喝道：「去！」然後一跺腳，身前半個圓圈那由劍氣凝聚而成的長劍，向著手持槍矛衝撞而來的前排精騎揮灑而去，一時間戳斷了數十騎的馬腿，更穿透了二十餘精騎的坐騎脖子，正面騎軍衝鋒的道路上，頓時人仰馬翻。

一把屹然劍飛升上空，在宋雨燒的劍訣牽引之下，劍氣縱橫，如一把大傘遮蔽雨水，當那些箭矢落在雨傘之上，無一例外，皆是以卵擊石，粉身碎骨。

兩翼有兩股精騎加速前衝，同時側面騎弓傾斜射向宋雨燒，老人身後剩下的半圈劍氣飛快補上之前的半圓劍陣，再次飛射而出，兩翼騎軍又有數十騎的戰馬當場暴斃，騎兵摔落馬背。

楚濠帶兵的能耐在此凸顯，那些騎兵除了極少數暈厥過去，絕大多數都飄然落地，或是翻滾起身，抽出腰間戰刀，直接向宋雨燒撲殺而來。

一個梳水國劍聖的頭銜，所謂的江湖第一人，根本嚇不住這些血水裡泡過、屍骨堆裡躺過的精悍健士。東寶瓶洲中部以西地帶，包括彩衣國在內周邊十數國，以彩衣國兵馬最多，是檯面上的第一強國，尤其是它的騎軍規模冠絕諸國，無論是盛產重甲步卒的古榆國還是弓馬熟諳、擅長騎戰的松溪國，或是民風彪悍、步騎精銳的梳水國，都有資格嘲笑彩衣國邊軍的那些繡花枕頭。曾經，彩衣國好不容易冒出來一個姓馬的厲害武將，還給邊關大佬排擠到了胭脂郡那個脂粉窩裡頭養老，這麼一大塊油膩肥肉，夠和彩衣國接壤的三國聯手飽餐一頓了。

楚濠此次親自帶兵震懾江湖，除了妻子的私人恩怨，其實根源還是要為爭奪征伐彩衣國的主帥身分，爭取一些朝野聲望。否則哪怕皇帝陛下內心更傾向於楚濠，可難免會惹來一些功勳老人、宗室權貴的非議。自己送上門的這顆劍聖頭顱，分量不比一座劍水山莊輕。

大陣重重保護之下的楚濠忍不住笑道：「天助我也。宋雨燒，殺，只管殺，等你到了強弩之末，看你還怎麼耍威風。我楚濠很快就會手握十數萬邊軍，揮師北上。等到我拿下彩衣國的滅國頭功，寶瓶洲十年一度的觀湖書院武將大評，說不定就要有我楚濠的一席之地！北邊那個大驪宋長鏡，不過是仗著皇親國戚，真要談沙場用兵的真本事，一個茹毛飲血的北方蠻子，算個什麼東西！」楚濠握緊那把御賜裁紙刀，笑意越濃，忍不住重複了一句：「天助我也！」

道路之上，一人迎敵的宋雨燒，在成功擋住兩撥箭雨後，已經距離前方騎陣不過五十步，以他的前奔速度，騎軍已經放棄騎射，以再熟悉不過的衝鋒鑿陣姿態，蠻橫撞向那個黑衣老人。

宋雨燒心神微動，前奔途中，橫移數步，躲過一支極其迅猛的陰險箭矢，之後老人三次轉換位置，都恰到好處地躲避掉那特製箭矢，雙指劍訣一搖，駕馭空中那把長劍下墜前衝，大笑道：「斬馬開陣！」

那些從馬背摔落的持刀騎卒，有心死戰，卻人人戰刀落在空處，只覺得一股虛無縹緲的青煙擦肩而過，眼前就再無黑衣老人的身影。

屹然如蛟龍遊走江河之中，數騎戰馬眨眼之間就被斬斷馬腿。長劍只管為後邊的主人開闢一條暢通無阻的前行之路，或刺透戰馬背脊，或在馬側劃出一條巨大的血槽，或從馬腹部拉出一大團鮮血淋漓的腸子，所到之處，戰馬倒地，騎卒墜落，然後就是一道淡薄如煙霧的身影，瀟灑前掠。

戰力卓越的精騎衝陣，就這樣被梳水國劍聖一穿而過。

宋雨燒成功鑿開第一道陣線後，前方卻是盾牌如山，一線排開，縫隙之間刀光凜凜，更有長矛如林，微斜聳峙。長矛有足足一人半高，整齊的矛頭在陽光照射下，熠熠生輝，綻放出沙場獨有的驚人氣勢。

宋雨燒若是高高躍起，從空中掠向那杆主將所在的大纛，楚氏大軍的待客之道，一定會是列在矛陣後方的步弓，向上勁射。

之前由於宋雨燒破陣速度太快，步弓拋射沒有派上用場，但這絕對不代表步弓沒了威懾力，更別提其中還夾雜有朝廷奉若珍寶的一張張墨家神弓。

宋雨燒強提一口新氣，體內氣機流轉如洪水洶湧傾瀉，就在此時，在宋雨燒視野不及的步陣後方，早有數名依附朝廷的梳水國江湖頂尖高手，踩著士卒的腦袋和肩頭，連袂撲殺而來。他們算準了宋雨燒的換氣間隙，高高越過那片密集槍林，各懷利器，對宋雨燒當頭劈下。

宋雨燒腳尖輕點，不退反進，一手握住屹然長劍，一劍橫掃。他們雖算到了宋雨燒要換氣的時機，但是武道境界有差距，這些世人眼中的江湖宗師，根本不知道六境武人的氣機流轉之快！三名兵器各異的四境小宗師，竟是當場被那道半弧劍氣攔腰斬斷。

江湖出身，死在沙場，不知道那三人會不會死不瞑目。

宋雨燒又一劍筆直斬下，身披重甲的大陣步卒四、五人，以及他們身後數人，同時被這道直直裂空而至的劍氣，連人帶甲冑和兵器一起被斬得粉碎，周邊步卒一身鐵甲頓時灑滿鮮血。好在重甲步陣素來以穩固著稱於世，在步陣被劍氣斬出一條道路後，後方步卒瞬間就湧上前方，瘋狂補足缺口，左右兩側步卒也有意識地向中間靠攏。

沙場廝殺，不怕死的未必能活，可怕死之徒往往必死。

宋雨燒藉著道路開闢又合攏的眨眼工夫，看到了步陣大致厚度，心中微微嘆息，腳尖一點，手持屹然，身形躍起，一抹劍氣肆意揮灑而出，砍斷了前邊數排密集槍林，同時驟然攥緊長劍，劍意布滿劍身，劍氣大震，宋雨燒如手持一輪圓月，彷彿能夠與頭頂太陽爭奪光輝！

宋雨燒大喝一聲，身形拔高一丈有餘，劍意與劍氣同時暴漲，原本大如玉盤的那輪圓月，驟然間變得無比巨大，將宋雨燒籠罩其中，任由如雨箭矢激射，筆直朝那杆大纛凌空滾去。

箭矢擊中圓月之後，箭尖悉數破損，箭杆崩碎。

在黑衣老人二度破陣之時，身後遠處的背劍少年沒有袖手旁觀，也開始向前奔跑，動若脫兔，無比矯健。

楚氏嫡系騎軍當然沒有撥轉馬頭的必要，徒惹騎步兩軍相互干擾而已，於是自然而然就將滿腔怒火發在少年頭上。只是誰都沒有想到，一個享譽江湖一甲子之久的梳水國劍聖悍然破陣也就罷了，一個不知道從哪個角落蹦出來的江湖少年郎，也是這般難纏。

背劍少年的身形實在是太快了，一步就能跨出兩、三丈遠，而且他的輾轉騰挪極其靈活，不但躲過了四、五支角度刁鑽的墨家箭矢，一輪箭雨同樣被他一衝而過。只要是在他前行路上避無可避的箭矢，少年就乾脆以雙手撥開。

當少年與騎軍面對面撞上的時候，就像一條滑不溜秋的泥鰍，在精騎衝鋒的縫隙之間一穿而過，偶有交手，他或是一拳猛捶戰馬側部，打得連人帶馬一起橫飛出去兩、三丈，或是以肩頭斜撞，同樣是讓對方馬蹄騰空、人仰馬翻的淒慘下場。

最後他更是輕輕躍起，踩在一騎馬背之上，蜻蜓點水，在後方數騎的馬頭或是戰馬背脊上一閃而逝，讓那些騎卒只覺得一陣清風拂面，刀是劈出了，槍矛也有刺出，但就是無法成功捉到那少年的哪怕一片衣角。

絕對是四境巔峰，甚至是五境的武道宗師！

一名騎將手持精製長槊，精準刺向空中少年的脖頸，暴喝道：「去死！」

陳平安歪過脖子，剛好躲過長槊刺殺，同時探手攥住長槊。騎將手心血肉模糊，手中那杆祖傳的心愛長槊被奪，陳平安在空中轉換為雙手握槊的姿勢，往地面重重一戳，韌性超群的長槊如弓弦崩出一個大弧度，發出「砰」的一聲悶響，陳平安竟是被高高拋向空中七、八丈之高，手中依舊倒持長槊一端，並未將其捨棄。

滿臉堅毅的背劍少年，在一大群回頭遠望的騎軍視野中，在眾目睽睽之下，彷彿一個御風飛掠的仙人，落在了騎陣之後、步陣之前的空地上。

少年衣袖飄搖，雙腳落地後，並不停歇，一步後撤，掄起手臂，使勁向高空轟然丟擲出那杆長槊，做出一個拍打腰間酒葫蘆的動作後，一躍而起，身形瞬間消失不見，好像是仙人用上了縮地千里的神通，然後就看到少年匪夷所思地踩在了長槊之上，一腳前、一腳後，似傳說中的劍仙御劍之姿，充滿了沙場武人很難領會的那份逍遙寫意。

若不是陣營敵對，恐怕有人都要忍不住喝一聲彩，然後更加讓人跳腳大罵的一幕發生了——那少年在大陣上方，踩著長槊向前御風飛掠不說，竟然還摘下了酒葫蘆，仰頭灌了一口酒！

眾人雖然恨得牙癢癢，可在內心最深處，何嘗不是有些……心嚮往之？

沙場慘烈，江湖豪氣，原本兩者天差地別。就像先前梳水國劍聖破陣，尤其是劍氣劈斬步陣的時候，是何等慘烈血腥，但是這名背劍少年，一路前行，未殺一人，只是一言不發地緊隨黑衣老人破陣向前，同樣是破陣，偏偏就是這般風流。

因為長槊前掠太過迅猛，這個舉動又太過不可思議，以致方陣步弓手有些犯迷糊，領軍武將立即號令軍中膂力最強健的那撥銳士，以強弓攔截射殺此人。當然，那些有資格持有墨家神弓的沙場強者更不用多說，早已挽弓如滿月，一支支兵家重寶，激射尾隨而去。

異象橫生，又有讓人瞠目結舌的意外出現。只見從背劍少年別回腰間的朱紅色酒葫蘆當中，突然掠出一雪白、一幽綠兩道絢爛流螢，在長槊之下，一一擊碎箭矢。根本不用少年躲避，一撥撥數量較少卻極具威脅的箭矢，全部無功而墜。

飛掠數十丈距離後，長槊已經開始下墜，陳平安一踩長槊，身形拔高，扶搖直上，剛好躲過一名江湖頂尖劍客的騰空截殺。後者遺憾落地，回頭望去，眼神凶狠，滿臉憤懣。

如果自己先前攔不下宋雨燒，被幾乎無懈可擊的磅礴劍氣劈得倒退撞入大陣之中，還算情有可原，那麼連一個無名少年都沒沾到邊，這算怎麼回事！養兵千日、用兵一時，自己以後還怎麼在大將軍楚濠那邊，坦然享受榮華富貴？

更前方，距離主帥大纛不過百餘步，籠罩住宋雨燒的那團渾然劍氣，本就已經被無數槍矛和箭矢阻滯而折損嚴重。一道青綠劍氣裹挾風雷聲而來，宋雨燒橫劍在前，那道粗如青色蟒蛇的劍氣，終於破開了老人的圓月劍陣，卻也被長劍屹然一切為二，從老人身側呼嘯而過，身後數十名重甲步卒當場斃命。

宋雨燒收起橫劍式，嘴角滲出血絲，哪怕如此，仍是不敢輕易換氣，因為在百步之外的出劍之人，是一名最少五境的劍道宗師。

那人就站在大纛之下，位於大將軍楚濠身邊，一襲青綠長袍，一手負後，一手劍尖直指宋雨燒。這人年紀不大，瞧著相貌約莫三十歲出頭，但是真實年齡可能已經四十，手中長劍，不是什麼削鐵如泥的神兵利器，而是一截光可鑑人的青竹，長兩尺六寸，倒是與劍等長。

那人傲然站在馬背之上，微笑道：「宋雨燒那把劍的竹鞘不錯，楚將軍，能否贈送給我？」

楚濠豪邁笑道：「有何不可？別說是竹鞘，連劍一併送你了！」

劍客搖頭笑道：「那倒不用，一把屹然劍，楚將軍若是能夠送給你們皇帝陛下，以示江湖對朝廷俯首稱臣，也是一樁美談。」

楚濠恍然大悟，拍掌大笑道：「還是青竹劍仙想得周到，如此最好！」

宋雨燒屏氣凝神，站在一處武卒自行避讓而出的小空地上。

身為松溪國青竹劍仙的年輕劍客笑問道：「宋老劍聖，你信不信，在你換氣之時，就是喪命之際。」

宋雨燒臉色冷漠。

老人身後傳出陣陣譁然。

楚濠眯起眼睛，從袖中掏出一枚銀錠模樣的小東西，捏在手心，然後歪了歪脖子。很快，身邊就走出兩個呼吸綿長的白髮老者，一個身穿錦袍，雙指拈有一張青色符籙，符文是金色字體；一人身材魁梧，手持雙斧，斧上篆刻有祥雲篆紋——兩人都不曾披掛甲胄，顯然不是軍中將士。他們望向宋雨燒身後，相較於青竹劍仙的從容淡定，兩個隨軍老人的神情都有些凝重。

身為梳水國皇家供奉的大鍊氣士，他們知道一名養育出本命飛劍的劍修，無論年老、年少，一旦不惜性命做困獸之鬥，意味著什麼。

楚濠輕聲道：「你們一人幫助青竹劍仙速戰速決，斬殺宋雨燒，一人務必拖住那個少年。」

持雙斧的壯漢大步走向宋雨燒，獰笑道：「就由我來逼著老傢伙換氣！」

錦袍老人笑意微澀，收斂心神，輕飄飄向空中丟出那張珍藏多年的青色符籙，大敵當前，再心疼也沒辦法了。

符籙升空之後，轉瞬消逝，剎那之間出現在一百五十步之外，金光爆炸開來，最後一尊金甲武將轟然落地。它身高兩丈，手持一杆大戟，站在步陣之中，顯得尤為鶴立雞群，那副莊嚴金甲之內，唯有銀光流轉，武將並無實質身軀。

陳平安一路飛奔，看似凌空虛渡，實則每一次落腳之處，都踩在了初一和十五兩把飛劍之上。

若說陳平安是個死腦筋的人，肯定沒錯。然而獨自行走江湖後的他，比起當初那個喜歡一躍過溪的泥瓶巷少年，陳平安其實已經變了許多。

此刻看到不遠處那尊金甲銀身的力士手持一杆金色大戟，蓄勢待發，死死盯住了他，陳平安心神微凜。在胭脂郡崇妙道人就有兩尊黃銅力士護駕，好像一尊品相高的符籙派黃銅力士，就能夠媲美三境武夫，眼前這尊身高兩丈的金甲力士，估計最少也是四境武夫的戰力，甚至有可能是五境實力。

厚積薄發，靈光乍現。陳平安自然而然地伸手繞後，握住了那柄槐木劍，同時在心中默念道：『初一、十五，去幫宋老前輩對付那劍客和壯漢，這尊力士我自己應付。』

力士相距陳平安不過二十步了，陳平安腳下那兩抹劍光，一左一右，畫弧繞過了那尊開始重重踩踏大地、持大戟前奔的金甲力士。

還保持著伸手在後、握住木劍劍柄的陳平安一躍而起，喊道：「宋老前輩，只管放心換氣！」

大敵當前，魁梧壯漢的雙斧即將劈砍而來，更有青竹劍仙虎視眈眈，宋雨燒會心一笑，竟然就真的換氣了。

站在馬背之上的青竹劍仙一劍劈出。

人在空中的陳平安碎碎念叨著誰都聽不到的言語，然後整個人陷入一種從未有過的空靈境界——物我兩忘，劍心澄澈。

曾有古寺槐木一劍，輕描淡寫就劈開粉袍大妖的金光大陣。

既然力有未逮，那我今天出劍就與學拳一樣，一拳一拳慢慢來，總有打出百萬拳的那一天，先只取其意，不學其形！

一劍只管遞出！有山開山，有水斷水！

體內十八停劍氣再無半點收斂，如洪水決堤一般，沖過一座座早已被當今劍修視為雞肋的冷僻氣府。

陳平安一瞬間猛然拔出槐木劍，帶起了他自己看不到的璀璨劍氣，對著那尊兩丈高的金甲力士就是一劍斬去，連同巨大長戟，金甲武將被嘩啦啦一斬而開！

雙腳落地的陳平安抬起頭，眼前那尊金甲力士身上出現傾斜的巨大縫隙，銀光迸射，金甲碎裂，在他身前頹然倒地，然後轟然粉碎，一地的金光銀芒，漫天飛揚。

滿頭汗水、雙膝微蹲的陳平安恍惚了片刻，但是很快就回過神來，直起腰杆，握緊手中槐木劍。

行走江湖，我有一劍！

少年從未如此酣暢淋漓，如此想要宣洩心中積鬱。

在萬人大軍之中，手持槐木劍的少年放聲道：「大驪陳平安在此！」

戰場上一片死寂，以少年為圓心的一大圈軍陣，在片刻錯愕之後，就掀起整齊的鐵甲震動聲響，一時間長矛攢聚，弓弩挽起，全部對準了那名自稱大驪人氏的少年劍仙。

然後陳平安做了一個很不合時宜的動作，左手將槐木劍放回木匣，右手嫻熟地摘下酒葫蘆，然後猛然間高高舉起左手，好像是在跟梳水國大軍說：「各位稍等片刻，容我喝過酒再打也不遲」。

頓時惹來了一陣潮水般的譁然，便是一些能征善戰的校尉、都尉都有些面面相覷，這名一劍斬金甲的少年劍仙，難不成真是一個萬人敵？只有萬人敵，方能如此從頭到尾閒庭信步，一路長驅直入，視大軍如無物。

這場憋屈仗，還怎麼打！總不能讓兄弟們拿性命去填一個無底洞吧？一百兩銀子的撫恤金是很高，可天底下的沙場袍澤之間，誰願意眼睜睜看著身邊熟悉的一條條鮮活生命，變成一堆銀子？

初一和十五兩把本命飛劍，都已立下戰功，無形中又助長了陳平安的那種無敵假象。

青竹劍仙的那一劍劈斬向宋雨燒的劍氣，如一線潮水洶湧前衝，卻被肆意飛掠的初一不斷在一線潮水當中穿梭，點點滴滴陸續蠶食殆盡。

手持巨斧的梳水國兵家修士，被速度快到嚇人的十五直指眉心，嚇得魁梧壯漢不得不收起攻勢。他可不願與宋雨燒以命換命，不斷以雙斧遮擋在身體四周，傳出一陣清脆悅耳的叮叮噹噹聲，雙斧更是火星四濺。

宋雨燒順勢換了一口新氣，手臂橫伸出去，持有劍芒吐露的屹然，腰掛竹鞘，渾身劍意暴漲，一襲黑衣無風而飄蕩——能夠再次放手一戰，快意至極！

陳平安在抬起手臂故弄玄虛、仰頭喝酒的同時，在心中默念道：『初一、十五，繼續纏住你們的對手，招式花裡胡哨一點……也無妨！』

飛劍初一如同糾纏不休的無賴漢，盯上了青竹劍仙這個「小娘們」，十五更是將那柄重器雙斧給啃咬得面目全非，滿是坑坑窪窪，讓魁梧漢子心疼不已。

眼力與修為都高出眾人一頭的青竹劍仙，這個志在梳水國老劍聖項上頭顱的劍道宗師在抵禦初一的間隙，滿臉殺氣地憤怒出聲，一語道破天機：「那少年兩次喝酒是假，換氣是真！」

武道宗師之戰，機不可失、時不再來。陳平安此時已經放下手臂，將養劍葫蘆別在了腰間，躍過步陣，朝那青竹劍仙咧嘴一笑。

換了一身新氣象的宋雨燒大笑道：「瓜皮！」

先前以符籙請出一尊金甲力士的錦袍老者，在喪失了壓箱底的寶貝後，苦笑一聲，雙手撚出三張青色符籙，只是符文不再是金色，一張銀色、兩張朱字，再度丟擲而出，又是三尊力士轟然落地，並肩而立，攔在主將大纛之前，是一尊銀甲力士、兩尊黃銅力士。

宋雨燒和少年劍仙連袂殺到大纛前，無形之中，敵對雙方已經攻守轉換。如果沒有後者，宋雨燒其實已經戰死於此。

楚濠對於戰場形勢的判斷，無比清晰，半輩子戎馬生涯，大小三十餘場戰役，尚無敗績，這點眼力還是有的。所以這名臉色陰沉的大將軍，悄悄將武夫真氣灌入手中那枚銀錠模樣的兵家重寶。這枚他夫人當年那筆豐厚嫁妝中最珍貴的甲丸，瞬間如水銀般在楚濠所披掛的甲冑外邊流淌，原本黑漆漆的軍方重甲，變成了一副布滿雲紋古篆的雪白寶甲——此甲丸名為神人承露甲，山上俗稱甘露甲。

此物雖是兵家甲丸中的最下等品秩，可遍觀梳水國在內的十數國，沒有任何一個統軍大將能夠擁有此物。當然不是這些手握雄兵的國之砥柱們兜裡沒錢，而是有價無市，別說是價值一千五百枚小雪錢，就是價格再往上翻一番，武將們都願意砸鍋賣鐵購買一副。三千枚山上小雪錢，三十萬兩銀子，換來一張最好的保命符，誰不願意掏這筆銀子？根本買不著而已，甲丸早已被山上修士壟斷。

宋雨燒開始前掠，再無後顧之憂，一人一劍，越發一往無前。

陳平安大笑一聲，一步向前，跨出兩丈多遠，喊道：「回來！」

初一不情不願地放過青竹劍仙，慢悠悠掠回，顯然有些鬧脾氣；飛劍十五則轉瞬間就環繞在陳平安四周，為他阻擋那些蜂擁而至的矛尖和箭矢。

始終站在戰馬背脊上的青竹劍仙嘆息一聲，戀戀不捨地瞥了眼宋雨燒腰間的竹鞘。這個江湖聲望還要壓過宋鳳山一頭的松溪國劍仙，身體後仰，腳尖一點，瞬間後掠出去，在空中轉身，一腳腳踩在大纛後方的士卒頭頂之上，就這樣飄然遠遁，澈底離開這支梳水國大軍。

年輕劍仙收起那截青竹懸掛腰間，往州城方向緩緩行去，回望那杆大纛惋惜道：「再想要趁機奪取那把青神山竹鞘，不知道要熬到猴年馬月。這宋雨燒此次能活下來的話，怎麼都還能活個二、三十年吧？」

青竹劍仙這一臨陣脫逃，梳水國朝廷大軍馬上軍心大亂。楚濠眼神有些疑惑，轉頭望向幾處地方駐軍的步陣，這幾處的情況只比炸營略好一些。照理來說，這四支梳水國關隘駐軍，雖然戰力遠遠不如自己嫡系兵馬，可有兩支精銳步軍老營，曾經在邊境戰事中歷練過多年，遠遠不至於如此不堪。

當楚濠看到一名地方軍的統兵武將非但沒有制止局勢的惡化，反而高坐馬背，雙臂抱胸，好似置身事外的局外人。楚濠頓時臉色鐵青，氣得咬緊牙關，恨不得策馬飛奔過去，亂刀將其砍成肉泥。

楚濠臉色大變，抬起屁股，舉目眺望，不知從何時起，這些按兵不動的地方軍厚實步陣，反而成為阻礙楚氏嫡系精騎救駕的存在，已經將大纛下的自己和數十騎貼身扈從，與三千精騎隔絕。

宋雨燒一人對陣持斧壯漢和錦袍老者請出的符籙力士猶有餘力，始終在觀察楚濠的一舉一動。

陳平安逐漸發現了事態發展的古怪之處，步陣的迅猛攻勢放緩，除了那撥聚攏起來圍攻自己的江湖高手，軍中箭矢、槍矛越來越稀疏，最後乾脆就變成隔岸觀火，看戲一般，而且不斷有都尉、校尉模樣的武將在步陣縫隙策馬游弋，不斷與一些下屬伍長和精銳士卒訴說著什麼。

宋雨燒一劍將一尊黃銅力士攔腰斬斷，被打回原形的符籙在空中化作灰燼，又一劍劃過兩柄巨斧，一長串火星絢爛迸發，向四面八方激射散開，那些由斧頭碎屑化成的滾燙火星在遠處士卒的甲冑上崩碎，甚至發出了細微的金石聲。由此可見，戰場上那個梳水國武道第一人的修為是何等驚世駭俗。

一劍逼退身為梳水國朝廷供奉的兵家修士後，宋雨燒以劍尖指向楚濠，微笑道：「老夫此次遠道相迎，只請大將軍楚濠一人去山莊做客，其餘人等，願意死戰就死戰，屹然劍下，生死自負！」

大纛之下，出現轟然一聲巨響。

原來是陳平安不知不覺已經將自己與十餘名江湖高手的戰場，不露聲色地搬到了距離大纛不過五十步的地方，然後將後背託付給初一和十五兩把飛劍，悄悄使出一張方寸符，直接越過了宋雨燒和兩名鍊氣士的那處小戰場，出現在了身穿甘露甲的大將軍楚濠馬前十步外！

他一個箭步，重重踏地，然後斜身向上，右手一拳打在那匹駿馬的馬頭之上，打得高頭大馬頭顱粉碎、雙腿斷裂。

用兵才華在梳水國首屈一指、武道境界其實才三境的楚濠頓時向前撲倒，結果剛好被陳平安左手一拳砸在胸口，雖然甘露甲蘊含的靈氣幾乎同時凝聚在了被陳平安拳頭擊中的地帶，可是楚濠仍是被一拳砸向天空，重重摔落在三、四丈外的地面，在官道上揚起一陣塵土。

陳平安繼續前奔，一名楚氏精騎扈從憤然縱馬前衝，騎術精湛的扈從勒緊韁繩，駕馭坐騎高高抬起兩隻馬蹄，朝那名少年劍仙的腦袋上重重踩去！

陳平安一個加速前衝，彎腰出現在馬腹那邊，然後瞬間挺直腰杆，一肩撞去，撞得一匹戰馬竟是四蹄懸空，向後倒飛出去！

陳平安筆直向前，雙腿驟然發力，與在家鄉少年鷹隼過溪澗的那一幕如出一轍，剛剛掙扎起身的楚濠就被他一拳砸在頭頂，一副兵家甘露甲被打得靈光綻放，刺眼異常，楚濠本人則再次暈乎乎向後倒去，白眼一翻，澈底昏死過去。

陳平安來到這名立誓要躋身一洲十大武將之列的傢伙身邊，蹲下身，伸手握住楚濠的脖頸，然後站起身，將那名梳水國大將軍的脖子懸空提到自己肩頭的高度，晃了晃，轉頭對宋雨燒笑道：「宋老前輩，抓住他了！」

大勢已去，兩名皇家供奉鍊氣士視線交匯，都看出了對方眼中的無奈。

宋雨燒沒有咄咄逼人，收起屹然劍放回竹鞘，對兩個梳水國的頂尖鍊氣士拱手抱拳：「多有得罪。麻煩你們捎句話給皇帝陛下，以後不論朝廷如何處置，老夫與劍水山莊都一一接下。」

老人一掠向前，劍氣如雨落，而拚命衝向陳平安的數十名楚氏扈從精騎，其馬腿被悉數砍斷。

老人飄落在陳平安身邊：「走！只要離開戰陣，你我返回山莊，就安全了。這支朝廷兵馬人心渙散，暫時已經沒有威脅。」

整個梳水國步軍陷入沉默。遠方被阻攔在步陣之外的楚氏精騎，大概是意識到大纛這邊的異樣，與步陣溝通無果後，在一名騎將的率領下，開始呼嘯衝陣。步陣既不敢與這支精騎拔刀相向，又不敢擅自散陣，他們慢騰騰向兩側分散，盡量讓出一條可供騎軍馳騁的道路。

陳平安低聲道：「我還能用一次方寸符。」

宋雨燒笑道：「那這次還是我為你殿後，記得別掉頭鑿陣了，就往右手邊撤退，咱們走山路返回，否則楚氏的三千精騎還是有點難纏的。」

陳平安點點頭，深呼吸一口氣，拽著楚濠的脖子，動用了那張方寸符，眾人這才知道為何少年劍仙能夠數次在原地消失。

少年身形不見蹤跡，可是大將軍楚濠整個人幾乎是橫著飄蕩的，就像是一只女子長袖拖曳在空中。

在少年劍仙終於顯出身形後，又開始展現御風遠遊的神仙風采。只是不知為何，背劍少年開始的時候踉蹌了一下，之後才在高空如履平地。

宋雨燒一掠而去，跟隨陳平安遠離戰場，數次起起落落，很快就與陳平安變作兩粒黑點，最終進入官道一側的山林之中。

進了山林，其實就大局已定。

宋雨燒想到先前陳平安的那次踉蹌，憂心問道：「受了內傷？」

陳平安笑著搖頭：「有個小祖宗在跟我鬧彆扭呢，沒事。」

第一次在大軍頭頂御風而行時，其實是踩在了初一、十五之上；第二次，初一就不樂意了，故意讓陳平安踩了一個空，然後它就返回養劍葫蘆內睡大覺，所幸十五飛掠速度極快，跟上了陳平安的腳步。

宋雨燒感慨道：「傳說中，北方有成功躋身武神境的武道宗師，不但能夠隨意懸停虛空，還能夠御風飛行，正如劍仙御劍一般。」

記起朱河當初在棋墩山所說，陳平安「嗯」了一聲，脫口而出道：「那是武道的第八境，叫作『羽化境』。因為可以御風，所以又被稱為『遠遊境』，很瀟灑的。」

宋雨燒疑惑道：「六境之上，難道不是統稱為武神境？」

陳平安也有些茫然，搖頭道：「我聽說不是啊。六境之上確實是開始講究鍊神了，可好像還沒資格被尊為武神。我只知道第七境金身境才有資格被喊作小宗師，之後是第八境羽化境、第九境山巔境，然後還有第十境，如今我們大驪就有一位藩王宋長鏡。他是我在家鄉時隔壁一個傢伙的皇叔，我在巷子裡見過宋長鏡一面，是很厲害，看著就像高手。」

梳水國老劍聖只覺得在聽天書一般。陳平安一看老前輩的臉色，趕緊把到了嘴邊的話咽回肚子：『比如傳授自己拳法和打熬三境武道的光腳老人，就是一名十境武夫，而且早年這個崔姓老人，還是寶瓶洲時隔數百年後的第一位十境大宗師……』

宋雨燒很快釋然，笑道：「井底之蛙，不過如此了。無妨無妨，只要武道六境之上還有大風光，那就是天大的好事！否則世間美景都給山上神仙瞧了去，我輩武夫豈不是半點顏面不存？本就不該如此！」

一隻手還拎著楚濠的陳平安使勁點頭，心想如果宋老前輩能夠去自己家鄉，肯定跟竹樓那個傢伙氣味相投。

終究還是有些人，不會因為雙方武道境界懸殊，而不與對方坐在一張桌子旁喝酒。

身邊這位宋老前輩，在陳平安眼中，很了不得，所以不管老人到了哪裡，遇上了誰，都會讓人敬重。

在楚濠的那口真氣流逝殆盡後，甘露甲恢復成為銀錠模樣，墜落在地。陳平安以腳尖將其挑起，收入囊中，然後他微微使勁，手腕一抖，又將那個悄然醒來卻不敢睜眼的楚大將軍，給擰得暈死過去。

宋雨燒會心一笑，遇上這麼一個「大驪少年劍仙」，也算楚濠「洪福齊天」了。

陳平安問道：「接下來？」

宋雨燒嘆了口氣：「三千精騎再救主心切，都不敢傻乎乎殺向劍水山莊。這支朝廷大軍之中，明顯有我孫子鳳山的謀劃，已經亂成一鍋粥，其餘部隊更不會幫助楚氏精騎出兵了，只會退回州城那邊，靜觀其變。」

宋雨燒臉上有些陰霾：「但是彩衣國劍神暴斃，胭脂郡出現魔頭作祟，再加上我們劍水山莊……我覺得書院要出手了。」

陳平安問道：「書院？是那座儒家七十二書院之一的觀湖書院嗎？」

宋雨燒唏噓道：「是啊。寶瓶洲千年以來，山上、山下大致上相安無事，這都是書院的功勞。只是萬萬沒有想到，這次劍水山莊卻有可能站在了觀湖書院的對立面。一旦書院的夫子先生們露面，山莊恐怕就要如同這支朝廷兵馬般人心散盡，山莊的百年聲譽會毀於一旦啊！」

陳平安對於觀湖書院有些印象，一是這座書院，跟齊先生創立的原山崖書院齊名；二是嫁衣女鬼那樁風波後，在一起從大隋返回黃庭國的途中，少年崔瀺閒來無事，便提起過一些匪夷所思的內幕，這些內幕與觀湖書院的讀書人有關聯；最後就是觀湖書院的那名君子第一人——崔明皇，曾經代表寶瓶洲儒家進入驪珠洞天。但是為何敢於大軍叢中取上將首級的宋老前輩，提起書院的時候，會是這般複雜的情緒？

宋雨燒自嘲道：「面對書院，束手就擒不至於，拚死一戰也沒膽量。愁啊！」

陳平安不太理解。

宋雨燒彷彿看穿少年的心思，雙手負後，在山林間放緩腳步，望向稀稀疏疏透過樹葉的陽光，像一粒粒金子撒落在地上。

沉默片刻的老人，最終無奈道：「難道你不知道，書院先生們的言語，就是天底下最大的道理嗎？我曾經親眼見識過一名觀湖書院的賢人，年紀輕輕，就能夠讓彩衣國劍神出門遠迎，與他討教道德學問。年輕賢人高冠博帶，與那蒙學稚童一般的劍神相對而坐，那份巍峨氣度，真是另一種無敵。」

宋雨燒笑了笑：「所以說啊，一百個、一千個宋雨燒，都敵不過書院夫子的一句『你錯了，你當罰』。」

陳平安問了一個問題：「那如果書院的夫子先生們，說得沒有道理呢？如果君子賢人也犯了錯，應當如何？」

宋雨燒笑道：「上邊自有聖人教誨。」

陳平安拎著一個大將軍的脖子若有所思，後者雙腳拖曳在林間地面上，簌簌作響。

第五章　後會有期

大戰之後，需要休養，這是常理。因為朝廷大軍已經不構成威脅，山莊又有宋鳳山坐鎮，宋雨燒就不急於趕回去，只等楚濠下次清醒過來，他要詢問一些事情。

一名登堂入室的純粹武夫，只要不傷及體魄根本、神魂元氣，經過一段時間的休養生息就可以恢復到巔峰狀態，時間長短，因人而異。宋雨燒原本以為的「武神境」，也就是陳平安所謂的金身、羽化和山巔三境，相傳這三境的武夫剎那之間就能夠完成新舊兩口真氣的轉換，外人根本無法洞悉真相，當然就沒有了破綻。

青竹劍仙先前在戰場上的守株待兔，就不可能出現，故而寶瓶洲中部江湖一直流傳著個霸氣十足的說法，叫「武神戰死之前，皆為巔峰」。不過宋雨燒只是道聽塗說，陳平安只知道境界劃分，對於鍊神三境的武道山頂風光，依舊霧裡看花。

宋雨燒看到陳平安臉色不太好，有些反常。照理說武夫脫離戰場後，一身氣象應該趨於穩定才對，陳平安反而顯露出一些疲態。宋雨燒停下腳步，忍不住問道：「怎麼回事？受了暗傷？」

陳平安先查看了一下楚濠，呼吸緩慢平穩，好像暫時沒有醒來的跡象，可陳平安二話不說，一抖手腕，將梳水國大將軍澈底震暈。

原本自以為隱藏極深的楚濠心中哀號，兩眼一黑，再無知覺。

攤上這麼個不講江湖道義的狗屁劍仙，他這回是真沒轍了。

陳平安這才跟宋雨燒解釋道：「因為不是山上的劍修，所以我駕馭兩把飛劍需要耗費不少神意。它們雖然離開養劍葫蘆後，能夠自行殺敵，但是仍然需要我分出一些神意在飛劍上，類似它們的劍鞘吧，否則它們不會在氣府或者養劍葫蘆外滯留太久，而且方寸符用得有點多了，加上兩次換氣有點倉促，現在有點難受。不過沒關係，只要近期沒有大戰，就能靠呼吸吐納一點點補回來。」

宋雨燒如釋重負，行走在山林之間，樹蔭與陽光相得益彰，老人心曠神怡，既有心結打開的緣故，更因為認識了一名能夠託付性命的忘年小友，而對江湖重新燃起了一絲希望。哪怕人心不古，可江湖還在。

老人突然笑道：「陳平安，雖說你有了一只養劍葫蘆，就不用像劍仙那般每次出手，事後都要耗費一定的天材地寶，來修補本命飛劍的瑕疵，但是一碼歸一碼，楚濠竟然請出了那名松溪國青竹劍仙壓陣，這次沒有你出手相助，我肯定要栽在大軍之中，所以回了山莊，我會拿所有小雪錢作為報答。數目不多，這麼多年也就攢下不到兩千枚，鳳山去仙家渡口購買滄水，又用掉半數，所以只能給你八、九百枚小雪錢。」

老人說到這些，有些難為情，自嘲道：「不承想梳水國劍聖宋雨燒的一條命，才值不到千枚小雪錢。」

陳平安想了想，點頭道：「宋老前輩，我只要三、四百枚小雪錢就夠了，不用全部給我，宋鳳山以後肯定還用得著。」

雖然在飛劍十五這件方寸物當中，放著青衣小童當初購買普通蛇膽石的一堆小雪錢，還有八枚更加珍貴的小暑錢，不算少了。可是陳平安在魏檗的引薦下，親眼見識過牛角山包袱齋的景象，擔心隨後到了那座仙家渡口，一旦遇上心儀的山上物件，會遺憾錯過。至於宋老前輩和劍水山莊，陳平安相信老人說的那句話，青山不改，綠水長流。

陳平安選擇收下錢，又不全收，在宋雨燒的意料之外。

老人忍俊不禁道：「你倒是客氣……也不客氣！曉不曉得老一輩江湖人會怎麼說嗎？會拍著胸脯說一句：『兄弟之間，談錢傷感情，若是把我當兄弟，就莫要再談此事，否則兄弟都沒得做了。』」

陳平安搖頭道：「欠人情比欠錢，更難受，至少我是這樣。」

宋雨燒對此深有體會，點頭道：「確實如此。」他想了想，又補充道：「理該如此。」

山林間，山風吹拂，綠葉婆娑，樹蔭清涼。因為顧及陳平安的身體狀態，宋雨燒行走不快，老人就當沿路賞景了。宋雨燒只是提醒了一聲陳平安，下次楚濠醒來，不用打暈，他有話要問，陳平安對此沒有異議。在斷定了楚濠大致的武道修為後，生性謹慎的陳平安也放下心來。

陳平安不願背著楚濠行走山嶺，可拎著人家的脖子總歸不是事兒，思來想去，他乾脆就拖著楚濠的一條腿，像一個巡視地盤的山大王，用掃帚一路「清掃」著自家門院裡的枯枝落葉。

青竹劍仙不懼宋雨燒和少年追殺自己，沿著官路悠悠然返回州城，突然站定，轉頭望向遠處的路旁山林，伸手握住掛在腰側的那截青竹。從山林中緩緩走出一名青竹劍仙的熟人，古稀之年，面容稜角分明，一看就不是個好相與的江湖中人，其腰間佩劍，以不明材質的綠色絲線纏繞劍鞘，長度遠勝尋常劍客的長劍，極為扎眼。

青竹劍仙走出官路，迎面走向那名有過數面之緣的古榆國劍客，兩人不約而同地停下腳步，相距二十步。

老劍客微笑道：「蘇琅，上次江畔一別，有五、六年時間了吧？」

青竹劍仙淡然道：「林孤山，找我有何事？有話直說，我現在心情不太好。」

對於一個江湖晚輩的盛氣凌人，老劍客不以為意，開門見山道：「我這次是受國師所托，來此截殺陳平安。先前我們與陳平安有過交手，一名皇室供奉鍊氣士以及蛇蠍夫人，先後死於陳平安之手，如今只剩下我和買櫝樓樓主不願就此收手。之前在山中見識了一場神仙鏖陣的精彩好戲，就想著能不能與你聯手，一起追殺陳平安和宋雨燒。得手之後，無論死活，宋雨燒歸你處置，陳平安交由我們帶回古榆國。」

蘇琅瞥了眼山嶺密林，問了兩個問題：「來得及？有勝算？」

古榆國劍尊林孤山點頭道：「買櫝樓樓主最擅長刺殺，他會先行動手，進行襲擾，拖延住兩人腳步。至於勝算，我只能說，事在人為。我們三人即便聯手，最後能活下幾個，我林孤山不敢保證。」

蘇琅笑道：「林前輩如果說勝算極大，那我就不點這個頭了。」

林孤山問道：「這算是答應了？」

蘇琅點點頭道：「你先去支援買櫝樓樓主，我要原路返回，去找楚氏精騎的副將，以及那兩名梳水國供奉鍊氣士。你們兩個只要能夠攔下宋雨燒和陳平安，我就能讓勝算變得更大。」

林孤山有些猶豫不決。

蘇琅微笑道：「這次匆忙聯手，有利則聚，無利則散，你信不過我蘇琅，很正常，但是好歹要相信親手斬下梳水國老劍聖的一顆頭顱，對於松溪國一名劍仙而言，誘惑到底有多大。」

林孤山冷笑道：「是不是順手也將古榆國劍尊的頭顱一併取走？屆時十數國江湖，唯你劍仙一人獨尊劍道，豈不更好！」

蘇琅一手雙指拈住鬢角垂下的一縷青絲，一手屈指輕輕敲打那截青竹，顯得無比隨意散漫：「你林孤山的劍，從來不曾入我的眼啊。」

江湖口碑極差的林孤山瞇起眼，皮笑肉不笑道：「口氣恁大。」

蘇琅神色坦然：「真話一向不太好聽。」

林孤山嗤笑一聲，冷冷道：「不管如何，今天宋陳二人才是我們的大敵，我與買櫝樓樓主靜候佳音！若是你們來晚了，我不敢說那個記仇的買櫝樓樓主，會不會報復你蘇琅，我林孤山肯定會跟你和松溪國皇室，討要一個公道。」

蘇琅伸出一隻手，示意林孤山先行。這名劍尊一掠長去，蘇琅亦是轉身掠向官路。

在半道上，蘇琅驟然停下身形，他看到了一個天真無邪的動人少女，一襲鵝黃裙子，全身纖塵不染地站在道路中央。

蘇琅緩緩前行。

少女從袖中掏出一封密信，上頭有朱紅色的封泥。

少女笑咪咪道：「宋鳳山要我交給你的，說你打開信封一看便知。那個傢伙還說如果你答應，就當著我的面點個頭。宋鳳山承諾之後一甲子的十數國江湖，你蘇琅會以劍仙身分，穩穩占據半壁江山。」

蘇琅思量片刻，從袖子掏出兩只由雪白絲線縫製而成的手套，戴上後，招手道：「丟過來。」

少女正是梳水國四煞之一的古寺「嬤嬤」，她此次離開劍水山莊，除了盯住宋雨燒，以防不測之外，更重要的還是找機會將這封密信親手交到蘇琅手上。這名享譽江湖的青竹劍仙，其實還是松溪國的皇親國戚，只不過血統不正，早早沒有了繼承皇位的機會。

蘇琅小心翼翼地剔除封泥，拆開信封後，快速瀏覽了一遍密信內容，嘴角勾起一個弧度，然後手腕一抖，震碎密信，摘下手套收回袖中，點頭道：「姑娘可以去宋鳳山那邊交差了，既然劍水山莊這麼有誠意，我蘇琅也投桃報李。姑娘妳告訴宋鳳山，很快就會有一個不大不小的好消息，跟老劍聖有關係。信上之事，我希望宋鳳山說到做到。」

少女雙手擱在身後，十指交纏，巧笑倩兮：「宋鳳山雖然不解風情，可做事情還是很穩重的，比咱們這些活了百年、幾百年的魔頭，還要老練。所以蘇琅你大可放心，將來你就是十數國版圖的江湖君主，勝似坐龍椅。」

蘇琅笑道：「那就借姑娘吉言。」

「蘇大劍仙以後若是缺少枕邊人，只管知會一聲，奴家隨叫隨到！」少女向玉樹臨風的男子拋了一個媚眼，發出一串銀鈴般的笑聲，然後化作一股滾滾青煙，拔地而起，很快在空中消失不見。

蘇琅繼續獨自前行，開始權衡利弊：是急功近利一些，早早將好處落袋為安，還是與宋鳳山聯手，讓他將自己推到江湖君王的高位上？

蘇琅突然啞然失笑，密信上有個提議實在有趣：宋鳳山承諾他們之間，大約每十年會有一場浩浩蕩蕩的江湖造勢，兩人進行一場巔峰之戰，他宋鳳山屆時會繼承劍水山莊的劍聖頭銜，以劍聖身分，與獨占劍仙名頭的蘇琅，進行所謂的生死之戰，其實不過是給江湖中人演戲罷了。宋鳳山在信上，甚至已經選好了三個交手地點，第一次是他宋鳳山挑戰蘇琅，地點選在松溪國皇宮大內的大殿之巔，蘇琅大勝；第二次選在劍水山莊的瀑布之頂，宋鳳山略勝一籌；第三次約在彩衣國胭脂郡的亂葬崗，蘇琅勝出。

蘇琅覺得挺有意思的，所以他決定把古榆國劍尊和買櫝樓樓主的腦袋，一起摘下來，作為禮尚往來的贈品。

蘇琅很快就看到了梳水國朝廷兵馬的身影，腦子裡還是宋鳳山那些環環相扣的謀劃，他喃喃道：「江湖還可以這麼玩啊？」

最終這名松溪國劍仙沒有徑直去往大軍之中，而是一個驟然轉向，獨自掠向山林。

還是三對二，只不過這個三，是宋雨燒、陳平安，加上他蘇琅。

蘇琅進入林間山路之後，開始故意放慢腳步，笑道：「江湖險惡啊。」

州城之內，一處不起眼的僻靜宅院內，有京城貴客下榻於此。雖然宅子談不上豪奢氣派，但是裡頭素潔異常，種種裝飾，充滿了書香門第的淡雅氣息，而且地段鬧中取靜，顯然是花了大心思的。

有一名養尊處優的婦人站在院內，雖然年歲不小了，可是保養得體，風韻猶存，不細看眼角皺紋的話，好似三十來歲的少婦。她此時正在彎腰，往一口大缸內拋食餵魚，裡頭飼養了十數尾體態玲瓏的金魚，更種植有一株株翠綠欲滴的水蓮，金綠兩色相映成趣。

除了這名儀態華貴的京城婦人，院內只有一個佩刀的壯碩婢女。宅子四周的巷弄卻是暗藏玄機，不但有軍中銳士護衛，還有數名武道高手隱匿在市井之中，刺史府邸一些個精悍能幹的老捕快，早就到此暗中戒嚴，由此可見，這名京城來客，必然大有來頭。

但是就在重重保護之中，魁梧勝似男子的佩刀婢女，毫無徵兆地癱軟在地。婢女身後出現了一個手持摺扇的俊俏公子哥，搧起陣陣清風，鬢角髮絲微微飄蕩。他笑著望向那名還彎腰投食的婦人，豐腴婦人身姿盡顯，風光旖旎，公子哥只覺得此情此景美不勝收，不虛此行。

婦人站起身，轉過頭，默默望向這個年輕人。

年輕人微笑道：「夫人，我們之前在京城見過面。」

婦人神色鎮定，譏諷道：「什麼時候小重山韓氏子弟有膽子跟大將軍掰手腕了？」

年輕公子收起摺扇後，雙手遮覆在自己臉上，緩緩往下抹去，最後露出一張婦人熟悉至極的面容。

年輕人以婦人同樣最熟悉不過的嗓音笑道：「現在呢？我的好夫人？」

在婦人驚聲尖叫之前，小重山韓氏子弟韓元善，伸出一根手指，輕輕「噓」了一聲：「夫人放心，我韓元善只喜歡偷心，從來不偷不搶女子的身子，不過相信總有一天，夫人願意自薦枕席，與我……」此刻以楚濠面容示人的韓元善，伸手指向魚缸，言語略作停頓之後，繼續道：「相濡以沫，魚水之歡。」

彩衣國胭脂郡，有一名腰間懸掛玉佩的年邁儒士，站在城頭，神色凝重。

彩衣國京城，皇宮御書房內，一樣有一名古稀儒士雙手負後，也有玉佩在腰。

老人站在窗口，一言不發，彩衣國皇帝戰戰兢兢站在旁邊，連坐都不敢坐。

古榆國，也有一名而立之年的青衫儒士，還是懸佩樣式如出一轍的玉佩坐在一輛僱用而來的粗劣馬車內。一路上嫌棄這、嫌棄那的青壯馬夫，在距離古榆國還有二十里的官道上被嚇傻了。

眼力見兒不錯的他，看到那邊有兵強馬壯的千百精騎簇擁，有一大堆黃紫公卿站著，似乎還有一個身穿黃色袍子的男人在驛路旁束手而立，好像在等人？

車廂內的讀書人放下手中書籍，說道：「到了驛站再停馬。放心，他們是在等我。除了先前交付的定金，古榆國朝廷私底下給你的賞賜，就當是我剩下的一切開銷了。」

說完這些，青衫儒士一邊收拾書箱一邊笑道：「好不容易出來一趟，到了梳水國，你可別又氣咱們山長了。」

劍水山莊中，武林盟主大典即將召開，大堂之內，少了先前筵席出現過的幾張面孔，但也多出了許多聲名顯赫的江湖大佬，黑白兩道皆有，梳水國的江湖豪傑，大半在此了。

宋鳳山高坐主位，看到這些風雲人物，其實並沒有太大的情緒波動。

其中不乏投誠投機之人、包藏禍心之人，也有審時度勢、在下賭注之人，更有自以為能夠看到一個天大笑話的朝廷中人。

宋鳳山身邊不遠處，坐著他的妻子。她盛裝打扮，那份雍容氣度，恐怕不會輸給宮裡頭的娘娘們。

宋鳳山當然胸有成竹，下邊有人一樣以為穩操勝券，但是雙方都沒有想到，一名不速之客的登門，打破了兩邊多年苦心孤詣的謀劃。

根本沒有門房稟報，更沒有劍水山莊的弟子出手阻攔，見到那名自報名號的人物後，幾乎所有人都下意識作揖致禮，以儒家禮儀待客。

那個身穿儒衫、頭戴幅巾、腰間懸掛一枚玉佩的年輕男子，以一種說不清、道不明的步伐和節奏，不急不緩地走入劍水山莊群雄會聚的大堂內。

他跨過門檻，環顧四周，再一次自報身分：「觀湖書院，賢人周矩。」

大堂之內，幾乎所有人都嘩啦啦站起身，向此人作揖。

年輕人作揖還禮，然後向前走出兩、三步，望向主位上的劍水山莊少莊主。

宋鳳山臉色陰沉，坐在附近的年輕婦人以眼神示意，讓他不可輕舉妄動。

觀湖書院的年輕賢人語氣平淡道：「小重山韓氏子弟韓元善，可在山莊？」

宋鳳山壓下心中那股怒氣，扯了扯嘴角，緩緩道：「不湊巧，韓元善昨天還在山莊，今天卻已經不在了。他說是臨時起意要去遊歷大好河山，不知這位書院先生找他有何事？如果不急的話，我可以代為轉告韓元善。」

年輕賢人笑了笑：「韓元善身為梳水國進士，已是我儒家門生，卻修習魔道功夫，居心叵測，禍害一國社稷，我要帶他去觀湖書院接受責罰。至於如何處置，到了書院，自有定論。宋鳳山，我不以書院賢人身分壓你，我周矩想要勸你一句，懸崖勒馬猶未晚，亡羊補牢不算遲。」

宋鳳山的手肘抵在椅子把手上，托住腮幫，就這麼歪著腦袋，笑望向這位觀湖書院的賢人，好整以暇地打量起來。

傳聞這些貴不可言的夫子先生，每次離開書院，奉命行事，腰間都會懸掛上那枚書院聖人賜下的玉佩，能夠記錄一路見聞和自身修養，以示言行之光明磊落。玉佩樣式是世間最簡單素雅的平安牌，不同的賢人君子，其玉佩上邊篆刻的文字也不同，但是無一例外，均大有深意，往往蘊含著書院聖人對此人的期許和提點。

宋鳳山無禮至極，沒有答話的意思，年輕婦人站起身向那位書院賢人行禮之後，微笑道：「若韓元善真是如此，我劍水山莊義不容辭，自當秉公行事，一定全力幫助書院擒拿此人。」

周矩望向婦人，沉聲道：「妳早早斷了長生橋，才能站在這裡大言不慚，否則妳的下場不比韓元善好到哪裡去。魔道中人，在江湖興風作浪，自有俠義之士除魔衛道，可如果膽敢侵擾一國之山河社稷，我書院決不輕饒！」

宋鳳山坐直身體，死死盯住周矩：「跟我妻子說話，你最好客氣一點。」

「鳳山！」年輕婦人轉過頭，輕輕低呼一聲。

宋鳳山看到她的焦急眼神，心中嘆息一聲，身體後仰靠著椅背，不再說話。

這個時候，自封魔教教主的竇陽灌了口酒，將酒杯重重拍在桌上，冷笑出聲。

年輕賢人轉頭望向這名鍊氣士，道：「等我辦完書院正事，就會摘下腰間玉佩，希望到時候你竇陽還能笑得出來。」

竇陽斜眼瞥向應該還不到三十歲的書院夫子，笑道：「別人對你觀湖書院的名頭怕得要死，我竇陽也怕，我知道你們書院的規矩，倒也不致戰戰兢兢。儒家賢人的門檻如何，瓶頸又是如何，與君子的差距大致有多大，我一清二楚，你周矩不用拿話壓我。說句難聽的，你摘了玉牌，我還是會忌憚你們書院，哪敢放開手腳與你交手，但如果你周矩有本事連儒衫文巾一併摘了，以江湖人行事，那我竇陽不把你打出屎來，我隨你姓！」

魔頭竇陽這番話，說得霸氣且解氣，哪怕是一些白道大佬都覺得此人雖然作惡多端，可他能夠當著一名觀湖書院賢人的面，說出這樣的言語，實在是無愧「江湖」二字！梳水國的江湖能有這樣一尊魔道巨擘，算不算壓過彩衣國和古榆國的江湖一頭？

賢人周矩微微一笑。

他低頭對那塊玉佩小聲嘀咕道：「先生，你聽聽，這我還能忍？忍住不打那些個書院賢人，也就罷了，難道出門在外，離著書院千萬里，還要忍一個魔道鍊氣士？好吧，你肯定會說一忍再忍，忍著忍著就能重新當回君子了，但是……我真的忍不了啊……啥，先生你要說啥……喂喂喂，聽得到我說話嗎？哎喲，玉佩咋出問題了呢？先生，你回頭一定要好好管管書院製造局那些傢伙……那就這樣啊，不聊了啊，回到書院，先生你幫我換一塊玉佩啊……」

到最後，眾人只見那個滿嘴胡說八道的書院年輕夫子，伸手死死攥緊了好似自行顫抖起來的玉佩，將其使勁搖晃起來，然後雙指掐訣，輕輕轉動，有清風縈繞著那塊玉佩，將其包裹得如一顆蠶繭，年輕賢人這才笑著將玉佩摘下，收入袖中。

年輕婦人趁人不注意，走到宋鳳山身邊，苦笑道：「鳳山，我記起來了，此人是觀湖書院那位聖人的嫡傳弟子之一。在弟子當中，此人年紀最小，脾氣最差，本事……哪怕沒有最高，但肯定能排前二。他在弱冠之齡就獲得了君子身分，當時極為轟動，被譽為崔明皇之後的又一位『正人』君子最佳人選，很有可能會讓學宮聖人親自勘驗考核，所以觀湖書院對他保護得很好。我們諜報上一直記載此人姓名為『周巨然』，而不是『周矩』。」

竇陽呆呆坐在原地，咽了口唾沫。他雖然不知道周矩就是周巨然，但是「毆打賢人、重回君子」這些內容，還是讓他抓住了蛛絲馬跡，所以竇陽站起身，要向周矩賠罪道歉。向一位儒家君子服軟認輸，絕不丟人。

只是暫時以賢人身分離開書院的周矩伸出一手，雙指指向在梳水國不可一世的魔頭竇陽，微笑道：「我儒家先賢曾有雄奇詩篇問於後人：『君不見，一川碎石大如斗，隨風滿地石亂走？』後世周矩在此答曰：『我已見！』」

以竇陽為圓心的一丈距離內，罡風席捲，凌厲勁風如一道陸地龍捲，瘋狂環繞這個魔道巨擘！

竇陽的下場，是名副其實的形銷骨立——罡風消散，枯骨倒地。

周矩看也不看只剩一架白骨的竇陽，微微仰頭，望向宋鳳山，問道：「現在是不是知道，我先前與你妻子說話，已經算很客氣了？」

宋鳳山氣得手背青筋暴露，他被站在身邊的年輕婦人使勁按住手背。

婦人微笑道：「我們夫婦二人，當然清楚周夫子給予的善意。」

周矩笑了笑：「既然韓元善不在場，那我就不打攪你們的盟主大典了。我去找他，你們繼續。」

周矩瀟灑轉身，就這麼走向大門。剛巧外邊有一老一少返回劍水山莊，往大堂這邊並肩走來，他們好像經歷過連番凶險大戰，身上都沾染了血跡。

雙方都沒有停步，也沒有出聲，剛好在各自跨過門檻的時候，擦肩而過。

周矩一直盯著那個背劍少年看，後者有些奇怪，便回望向他，兩者視線交匯。哪怕少年已經進入大堂，也不再與他對視，曾是觀湖書院君子的年輕賢人還是一直望向少年。

周矩走出山莊大堂，梳水國劍聖走入大堂，這一去一來，略微彌補了山莊墜入谷底的氣勢。畢竟觀湖書院遠在天邊，一位賢人走了那就走了，何況周矩沒有對劍水山莊興師問罪，那就意味著莊子不會傷筋動骨。而且宋雨燒如今還在梳水國江湖上，哪怕他不出劍，不在山莊，只要還在十數國江湖的某個角落遊歷，那麼宋鳳山的武林盟主就能坐得安穩。

宋雨燒猛然轉頭望去，跨出數步，先有意無意地將陳平安護在身後，然後筆直大步跨出門檻，正了正衣襟，彎下腰，對著周矩那邊的空中拱手抱拳。

直到這個時候，大堂眾人才驚駭發現，大門之外的高空漣漪蕩漾，出現了一位身高三丈的儒衫老者，身影縹緲，仙氣彌漫。

聖人駕到，親臨山莊；煌煌巍哉，泱泱深遠。

周矩在宋雨燒察覺到玄機之前，就趕緊從陳平安身上收回視線，抖了抖袖子，撤去對那塊書院平安玉佩的術法禁制，抽絲剝繭，使其露出真容。

他將篆刻有「制怒」二字的玉佩不動聲色地重新別在腰間，在宋雨燒行江湖大禮之際作揖低頭道：「學生拜見先生。」

聖人如祠廟中供奉的一尊高大神像俯視著自己的弟子周矩，喜怒不形於色，緩緩道：「梳水國儒生韓元善修習魔道功法一事，我會交由別人處理，你立即返回書院。」

周矩嘆息一聲，直起腰後無奈道：「先生，不能打個商量？」

聖人道：「不能。」

周矩哭喪著臉道：「苦也。」

聖人望向門檻那邊的梳水國老劍聖，抱拳還禮後，雙手負後微笑道：「宋莊主破境在即，可喜可賀。聽聞宋莊主每次遊歷江湖都會拜訪各地文廟敬香，此心可鑑。若有閒暇，宋莊主在破境之後，可以來我們書院修行一段時間，穩固金身境。」

宋雨燒越發心悅誠服，始終沒有撤去拱手抱拳的姿勢：「先行謝過聖人恩典。」

不知這位觀湖書院的山長使用了儒家何種浩然神通，如此之快就能夠從書院來到梳水國，千萬里山水，好像只是書院聖人腳下的幾步之遙。

氣質儒雅的老者又深深望了一眼宋雨燒身後的背劍少年，複雜深邃的眼神一閃而逝，好像既有激賞認可，又有遺憾，還有幾分緬懷。最終老人沒有說什麼，收回視線，再次提醒周矩：「不得故意延誤行程，速速返回書院，另有重任交付與你。」

周矩眼前一亮：「是北邊的事兒？」

儒家聖人不願在外人面前多說什麼，只是對滿堂江湖豪客微笑道：「大道殊途同歸，武學一樣貴在養心，方可洞徹天道之妙，反哺武道根基。希望在座各位，莫要忘卻俠義之心，我觀湖書院也願意對各位敞開大門，用以自省悟道，盡心知性。」

聖人一番言語點撥，如春風化雨，卻又點到即止，讓人油然而生出一股妙不可言的感覺，大堂眾人頓時為之折服。這才是真正的聖人氣度，書院高風，於是早已站起身的梳水國黑白兩道豪傑梟雄不約而同地作揖拜禮，比起先前震懾於周矩的書院身分，這一次作揖顯然更加心悅誠服。

觀湖書院山長的身影在空中消散，空中隨之泛起一陣陣金色的光線漣漪。

在離去之前，聖人又以心眼神通看了一眼背劍少年，感慨萬千。

山崖齊靜春，果真選擇了這個暫時才在武道四境門檻上的大驪少年做那些嫡傳弟子的護道人。

觀湖書院中除了寥寥數人，無人知曉此事，這位聖人也是此刻親眼所見，才循著蛛絲馬跡，推演出一些道路遠處的風光。

與此同時，聖人以心聲告誡周矩：『巨然，不管你在少年身上看到了什麼，都不可妄言妄動，切記慎言慎行！』

周矩以心聲笑著回覆道：『先生，見賢思齊焉，這點道理，弟子豈會不知？』

聖人已去，周矩發現自己腰間的那枚玉佩也消失了，原來是被自己的先生取走了。

他不再回頭望向大堂，只是唏噓不已，一直到走出劍水山莊的大門，他才回頭望去，笑道：「大開眼界。」

他周矩，雖然如今只是觀湖書院的賢人，但哪怕是崔明皇這般的寶瓶洲大君子，一樣不敢輕視他分毫。不單單是周矩的儒家修為不容小覷，也不僅僅是賢人躋身君子又被打回賢人的那場經歷，而是周矩能夠看到他那位聖人先生都看不到的某些景象。因為這份天賦異稟，學宮聖人都曾親自囑咐觀湖書院的山長要小心呵護周矩，絕不可讓周矩誤入歧途。

在周矩眼中的世人，是真正名副其實的「眾生百態」，所有的修行中人，尤其是儒家門生，都會將一些蘊含特殊意義的精神氣具象化為某些奇異景象，多是一個個米粒大的小人兒，待在周矩眼前之人的身上，或是氣府之中。

比如一個看似朝氣勃勃的書院賢人，他的小人兒卻是佝僂蹣跚，汗流浹背，如同在負重登山；一位以古板著稱、治學嚴謹的夫子，腦袋附近卻有濃妝豔抹的飛天女子盤桓不去；一名死氣沉沉、暮氣深深的書院學子，心中卻有一個大髯劍客在氣府之間豪邁遊歷。

曾經被周矩一頓飽揍的那個賢人，滿嘴仁義道德，在書院向來以作風嚴謹、妙筆生花著稱，但是周矩卻看到那個賢人的書頁之間滿是彩蝶、蜜蜂縈繞，充滿了脂粉氣，此外還有一柄沾滿蜂蜜的鋒利飛劍胡亂飛掠。

這種人，周矩看不慣，只是恪守師訓，一忍再忍。直到有一天，山崖書院被摘掉七十二書院之一的頭銜，傳言齊靜春身死道消，山崖書院更是從大驪遷到大隋，門庭冷落，那一文脈的香火幾近凋零，那個賢人便公然落井下石，大肆抨擊齊靜春的經世學問，以此作為沽名釣譽的養望手段，希冀著藉此機會博取某些老夫子的歡心，成功躋身君子。

周矩對那支敵對文脈談不上好惡，但是對這個口蜜腹劍的賢人——關鍵是此人還假借自家先生的文章宗旨以攻訐山崖書院——那是真討厭，所以他便出手打得那傢伙半年時間沒好意思出門。

崔明皇心中的景象是一幅山河社稷圖，幅員遼闊，但是硝煙四起，支離破碎，在此人心相之中，絕無一粒小人兒；而那位寶瓶洲的首席大君子，風流儒雅，名動一洲，本相竟是一個質樸老農，守著莊稼地，勤勤懇懇。

周矩自幼就擁有這份不見經傳的古怪神通，且他讀書過目不忘，文思如泉湧。他九歲時祕密進入書院，跟隨先生學習聖人教誨，十四歲成為賢人。之後依然待在先生親手打造的一個學廬裡深居簡出，一年到頭只與師兄、師姐們打交道。二十歲躋身君子後，經過文廟一件禮器的鑑定，周矩很快又被發現了「正人」跡象，有望追上兩位寶瓶洲的大君子。

周矩走在劍水山莊通往小鎮的大路上，嘆息一聲：「有點自慚形穢啊。」

一道身影憑空出現在周矩身側，輕聲問道：「巨然，可是看到了什麼奇怪景象？」

周矩笑道：「我的好先生，你能不能別這麼嚇唬弟子？如果給你嚇傻了這麼一棵好苗子，先生就哭去吧。」

書院山長的縹緲身影與周矩並肩而行，周矩微笑道：「先生，這一次，我可不想與你說了，饞死你。」

聖人哈哈大笑：「也好，你就等著回書院吃板子吧。」說完這才真的離去。

周矩獨自行在異鄉路上，嘖嘖稱奇，搖頭晃腦。

陳平安的氣府有一顆分明是別人贈送的金身文膽，卻能夠與其神魂相容，毫無排斥，故而小小少年有一絲正人君子的氣象。少年行路之間，兩袖有清風，兩肩像是挑著向陽花木，草長鶯飛，更是美麗動人。

有紅臉小人兒打著酒嗝，晃蕩著朱紅色酒葫蘆；有草鞋小人兒臨水立樁，翻山走樁；有個翻書的小人兒，髮髻別有簪子，低頭看書，像是處處都有攔路虎，所以眉頭緊皺；還有個數錢的小人兒盤腿而坐，眉開眼笑，時不時拈起一粒錢幣放在嘴裡咬一咬，或是用袖子擦一擦；一個小人兒，滿滿的珠光寶氣，四處奔跑，這裡遞出一樣東西，那邊雙手奉上另一件，像是在不停送給別人自己的心愛物件兒……

明明奇思妙想那麼多，種種執念根深蒂固，卻仍是心思澄澈，天底下竟有這麼奇怪的少年郎？

周矩收斂笑意，喟嘆一聲。他嘴上說見賢思齊，可是卻一點都不想成為那樣的少年，因為做這種人，應該挺累的，但是如果能夠跟這種人成為交心的朋友，應該挺好的。

周矩想到一件事情，身形驟然拔地而起，高入雲霄，御風遠遊。

腳下就是梳水國的山河大地，雲海間隙，依稀可見山脈起伏。

周矩自言自語道：「這趟見識過了俱蘆洲的道教天君，要不然我聽從那人的建議，挑一座大一點的福地，以謫仙人的身分下去領略一下別處風光？否則我當下這境界雷打不動好些年了，真是占著茅坑拉不出屎。」

陳平安當然不知道周矩因著那份神通已經看到了自己那麼多祕密。觀湖書院聖人的大駕光臨，可能對梳水國江湖人士來說是百年一遇的奇景，可對於陳平安而言，其實談不上如何震驚。不管是在家鄉驪珠洞天還是之後去往大隋，陳平安已經見過太多匪夷所思的事情了，甚至在那幅文聖老秀才的山河畫卷之中，陳平安見過了中土神洲的那尊穗山大神，親手遞出了那開山一劍。

在山莊大堂內，陳平安沒有停留太久，因為宋雨燒在說了一句話後，很快就離開了。那句話，在所有人心中激起了萬丈波瀾：「前來圍剿山莊的朝廷萬餘兵馬，已經自行退去。」

那個少女嬤嬤，其實跟他倆一起返回了山莊，但是她不敢面對一個書院賢人，只是躲在暗處。好在聖人和賢人都沒有計較，這讓她大有劫後餘生的雀躍，在確定書院兩人都離開山莊後，這才進入大堂，落座後與宋鳳山以心聲交談。

宋鳳山的妻子開始縱橫捭闔，安撫群雄。

一言不發的宋鳳山神色大定，在如釋重負之餘，心情又有些複雜。

爺爺宋雨燒，果真一人一劍擋在了大軍之前，而且還鑿陣擒獲了大將軍楚濠，省去了他宋鳳山許多謀劃。不僅如此，爺爺和那個深藏不露的少年劍仙在深山之中，聯手被自己那封密信說服的青竹劍仙蘇琅，反過來截殺設伏的古榆國劍尊林孤山、買櫝樓樓主。林孤山被蘇琅一劍削去項上頭顱，那柄綠珠成為蘇琅「劍仙殺劍尊」的最好證物，只可惜買櫝樓樓主以祕術負傷逃離，可能會是一個變數。

宋鳳山暗中對少女笑道：『按照約定，事成之後，我會幫妳成為梳水國朝廷敕封的一方山神，使妳能夠擁有金身，享受香火。但是醜話說在前頭，成為金身神祇之後，妳如果想要境界暴漲，躺著享福，還是需要按照我的計畫行事，未來幾十年內，違背妳的心性，捏著鼻子做好事，以便贏取民心。如果妳違約，難改暴虐，為了一點蠅頭小利就壞我的大事，到時候妳我之間，就只能兵戎相見了。』

少女以心聲媚笑道：『少莊主算無遺策，奴家可不敢自找苦吃。』

宋鳳山凝聲道：『還得麻煩妳去趟州城，通知韓元善，局勢有變，還會有觀湖書院的人找他的麻煩，至於他還要不要以楚濠的身分躋身梳水國廟堂中樞，就看他自己定奪。』

少女哀嘆一聲，站起身，準備去往州城提醒情郎韓元善：『奴家真是個勞碌命。哦，對了，你記得跟那個叫陳平安的少年討要一枚從楚濠身上奪取的甲丸，不管是花錢買還是靠人情交換，東西一定要留下來，以後若是我家元善執意要富貴險中求，假扮楚濠，這枚甘露甲會是關鍵之物。』

宋鳳山回覆道：『我自有計較。』

少女知曉此人冷血的梟雄心性，不再畫蛇添足多說什麼，就此離開大堂。

一老一少走向山莊安排給陳平安的院子。

先前在山間歸途，先是潛伏已久的買櫝樓樓主偷襲陳平安，之後就是劍尊林孤山趕到纏住宋雨燒。若是陳平安和宋雨燒處於巔峰狀態，勝負毫無懸念，但是陳平安神意損耗嚴重，對於初一和十五的駕馭，遠遠不如鼇陣時那麼嫻熟如意，使得他跟第二次交手的買櫝樓樓主打了個旗鼓相當。宋雨燒略占上風，但是林孤山氣勢正盛，一時間，宋雨燒無法脫身，幫助陳平安一同斬殺那個神出鬼沒的頂尖刺客。

之後青竹劍仙和少女嬤嬤接連現身，雙方看似各有一名盟友增援，照理說是林孤山一方勝算更大。哪知形勢突變，蘇琅一劍砍掉了林孤山的頭顱，買櫝樓樓主見勢不妙，再次遠遁。陳平安雖竭力駕馭飛劍十五刺透了他的腹部，可仍是被他成功逃離戰場。少女嬤嬤看似傾力而為，使出一身魔道修為，和買櫝樓樓主打得天翻地覆，真相卻未必如此。畢竟一個外鄉少年的死活無關梳水國大局，況且若是陳平安不小心死在了深山老林，少了一個不易控制的知情人，說不定對她形勢更好。

到了院子，徐遠霞和張山峰已經聽從陳平安的勸說早早去了小鎮。

在石桌旁坐下後，宋雨燒輕聲道：「大將軍楚濠多半是死了。」

陳平安對此不置可否，從袖中掏出那枚神人承露甲丸遞給老人——先前少女嬤嬤討要此物，陳平安不願拿出。

宋雨燒擺手道：「楚濠是你擒獲，這枚甲丸當然就是你的。」

陳平安搖頭道：「還是老前輩拿著吧，既然那個女魔頭索要，這枚甲丸肯定不是錢的事情。我只不過是不喜歡她的為人行事，才不想交給她。」

宋雨燒笑道：「不然，將山莊的小雪錢全部給你？否則就不合規矩了，我心裡會有疙瘩，又欠錢又欠人情的。至於鳳山是不是有山上的開銷，由著他自己折騰去，反正這小子本事天大地大，我就不信他弄不來幾千枚小雪錢。」

陳平安咧嘴笑道：「真是朋友，其實欠了人情也無所謂。下次我來山莊，老前輩多請我喝酒就行了。」

宋雨燒嘖嘖道：「欠人情比欠錢要難受，是你小子說的；這會兒朋友欠人情也無妨，還是你說的。怎麼，天底下的道理都是你陳平安的？」

陳平安摘下養劍葫蘆，輕鬆愜意地喝了口酒，再無顧慮，也無負擔：「宋老前輩不把我當朋友，就只管還錢、還人情，一口氣還完，清清爽爽，大不了以後我路過梳水國，都不來山莊喝花雕酒、吃火鍋。」

宋雨燒猶豫了一下，只得無奈地收下那枚兵家甲丸，打趣道：「你小子到底是怎麼回事，我都有些犯迷糊了。」

陳平安眨了眨眼睛：「在家鄉當龍窯學徒的時候，教我燒瓷的師傅說過一個道理，人情送頭牛，買賣不饒針。」

宋雨燒愣了一下：「啥玩意兒？」

陳平安赧顏道：「意思就是說關係好了，給朋友送一頭牛都沒事，但是做買賣，一根針的錢物往來都得記在帳上。」

姚老頭這個滿是泥土氣的道理，書上是不會講的。在彩衣國胭脂郡，崇妙道人死前說過類似的言語，所以陳平安覺得這個話糙但理不糙，多半是沒錯了。

宋雨燒開懷大笑，伸手指向少年，道：「瓜娃兒，你以後一定會很有錢！」

陳平安雙手抱拳，笑容燦爛：「希望、希望。」

宋雨燒笑著起身：「山莊就不留你了，我去交代一下事情，然後一起去小鎮，請你吃頓火鍋，之後你和朋友們就去那個渡口。」

陳平安點點頭，在老人去找楚管事後，回到自己房間，換過一身潔淨衣衫，在桌上留下了一張金色材質的符紙——其上已經畫好符籙，是一張寶塔鎮妖符，少年以一只酒杯將其壓住。

當初兩人離開戰場，陳平安收下老人的三百小雪錢，不過是想著讓老人安心罷了。

不管少年如今的性情變了有多少，但是有些事情，還是江山易改、本性難移，可能再過百年、千年，還是如此。

吃虧是福，貪便宜是失便宜，這些道理，書上是講過的，而且不止一本書在講。

梳水國老劍聖拎來了一只小包裹和兩罈美酒，兩人在院中碰頭。陳平安的酒葫蘆裡再次裝滿美酒，剛好還剩下一罈，去小鎮吃火鍋的時候用得著。老人讓陳平安幫他拿著裝有小雪錢和一些小物件的包裹。

離開小院後，白髮蒼蒼的山莊老管事站在門口，對陳平安抱拳笑道：「陳少俠以後常來山莊做客，從今年起，劍水山莊會備下許多專門為陳少俠釀造儲藏的花雕酒，保證少俠次次都能喝上最地道的陳年好酒。」

陳平安抱拳道：「絕不客氣！」

宋雨燒和陳平安再次飛掠離開山莊。老管事站在原地，久久不願離去，笑容欣慰。如今的老莊主，真是跟之前數十年暮氣沉沉的模樣大不一樣了，這會兒老莊主一如當年行走江湖般意氣風發、神采飛揚，所以這梳水國的江湖，一定還能再風流數十年。

老管事散步走回，其間與負責那棟院子的兩名婢女相逢，原本不苟言笑的老管事多了許多笑容，讓那一對妙齡劍侍受寵若驚，只覺得太陽打從西邊出來了。

宋雨燒與陳平安到了小鎮，朝廷安插於此的諜子得到風聲後都已經自行撤去。他們在那棟酒樓與徐遠霞和張山峰見面，四人還是在二樓吃起了火鍋。因為上次宋雨燒自報名號，酒樓掌櫃有些拘謹，被老人一頓口頭禪的瓜皮錘子笑罵過後，才恢復了幾分自在。張山峰不太能吃辣，又不願怯場，只好邊吃邊流淚。

陳平安一本正經地說喝酒能解辣，結果年輕道人一口酒水噴了陳平安一身。

在酒桌上，宋雨燒也喝得有點多，他沒有用武夫境界驅散那一肚子酒氣，舉杯不停，還跟陳平安嘮叨了許多心裡話，有的沒的，想起了什麼就隨口聊：「陳平安啊，講道理這件事，不是一件討喜的事情。女孩子不愛聽，男人也好不到哪裡去。世道難混，一肚子憋屈窩火，臨了還要聽人嘮叨，你說煩不煩？道理不對也就罷了，明知對了，自己卻做不到，豈不是更戳心窩子？」

陳平安喝酒加吃辣，已經有些舌頭打結，反駁道：「我道理偶爾會說一些，但是還真的從不跟人吵架，最多打架！」

宋雨燒說：「如果以後有個姑娘跟你說：『陳平安，你是個好人……』」

陳平安滿臉期待：「那是不是就成了？」

宋雨燒一拍桌子，幸災樂禍道：「你個哈（傻）兒！成個屁，你倆關係鐵定黃了！」

陳平安呆若木雞，趕緊喝了一大口酒壓壓驚。

酒足飯飽後，三人在小街盡頭與宋雨燒告別。

三人身影越行越遠後，腰間多懸佩了一把鐵劍的宋鳳山，默默出現在宋雨燒身旁。

宋雨燒望著遠方，嘆息一聲。

宋鳳山冷哼道：「到底我是你孫子，還是他是？」

宋雨燒打了個哈哈。

宋鳳山雖然言語憤懣，但是嘴角有些笑意。宋雨燒在那只包裹裡裝上了劍水山莊將近兩千枚小雪錢，一枚也沒給山莊剩下。

陳平安在酒桌上一直被老人勸酒，喝得醉醺醺的，走的時候腳步搖晃，滿身酒氣，暫時哪裡顧得上那只斜挎在背後的包裹。

老江湖到底是老江湖，少年還是太嫩了。

到達劍水山莊之前的七百里路程，由於陳平安心事重重，三人走得略顯沉悶。這趟去往邊境的仙家渡口，三人的心態與前次有著天壤之別，因為許多話都說開了，各自抖摟了身上許多祕密，三人關係越發瓷實。便是那椿朋友死盡的慘案，一次露宿山巔時，徐遠霞喝著酒都說了一些，而張山峰也頗為難得地提及自己的家世和師門。

他接過陳平安遞過來的酒葫蘆，破天荒地大口喝酒，說到他的師父火龍真人時，髒話連篇，大罵不已。雖然嘴上不留情，年輕道士的臉上卻滿是懷念，膝蓋上橫放著那柄桃木劍，說到動容處，只得以喝酒掩飾眼眶裡的淚花。

其間他連打了好幾個噴嚏，徐遠霞開玩笑說：「咋的，你那師父隔著一個洲，還能聽到你的埋怨？難不成是一位龍虎山外門天師？」

張山峰悻悻然道：「什麼天師，老頭子一輩子都沒去過中土神洲，天天念叨著要去祖庭龍虎山拜謁祖師爺，可不是今天腰疼就是明天腿疼的，不然就是呼呼大睡，每次睡覺能睡十天半個月。最長一次，師門山頭下了一場連綿兩個月的大雪，老傢伙就立於崖畔風雪中睡了整整兩個月，等到風雪澈底消融才醒過來。在那之前，門內弟子們原本早早準備妥當，要跟隨師父一起遠遊龍虎山的既定行程又給打了水漂。總之老頭子沒有半點誠意，師兄弟們怨聲載道。一次次旁敲側擊，老傢伙全當作耳旁風，你說任你說，清風拂山崗。」

陳平安也主動說到了齊先生，畢竟那晚齊先生出現在了梳水國古寺，跟徐遠霞和張山峰都見過面，但是他只提了家鄉那座驪珠洞天，說自己是那邊土生土長的人，說齊先生在那邊學塾教了很多年的書。

陳平安不是不願多說，他如果真敞開了說，藉著酒勁，關於齊先生，他能跟兩個朋友說上一整晚。他是不敢多說。

在他與少年崔瀺同行的短暫歸途中，那個死皮賴臉的弟子說了許多關於山頂的事情，例如那些諸子百家聖人在各大洲的「有趣」謀劃。哪怕少年崔瀺每次都是隻言片語、零零碎碎，故意不說透，使得真正的內幕如蛟龍在雲端般若隱若現，可是陳平安已經知道了輕重利害。

陳平安還說了自己的打瀑過程和境界攀升。徐遠霞是武道中人，驚羨不已，哪怕早有預料，仍是對陳平安豎起大拇指，說他前途遠大，將來至少也是一個鍊神境的大宗師。看張山峰一臉茫然，徐遠霞就舉了個例子，說如今陳平安的境界，放在山上，那就是即將破開下五境瓶頸，隨時能躋身洞府境。張山峰這才恍然大悟，然後便哀號開來，說自己每天勤勉修行的成效難道都給狗叼走了嗎。

陳平安哈哈大笑，跟徐遠霞一起挖苦張山峰。張山峰不需要別人安慰，這傢伙的堅韌心性其實不輸陳平安，從來天不怕、地不怕，他只怕一件事——兜裡沒錢，吃不飽飯。如果非要再多一件事，就是這幾次降妖除魔他都做得不夠好，一直良心難安。

隨後這一路風平浪靜，經歷了胭脂郡的波譎雲詭，又看過了劍水山莊的江湖熱鬧，三人此時覺得有些寂寞。好在很快就到了那座邊境關隘，三人都有正兒八經的通關文牒，雖然盤查嚴密，仍是順利走過城洞，去往大都督府。

在宋雨燒贈送的包裹當中，除了將近兩千枚小雪錢，還有一封老人的親筆書信，只要陳平安交給梳水國邊境上的那座大都督府，就能夠獲得朝廷許可，進入禁地。

陳平安到了門禁森嚴的府門前，上去搭話，不承想這些邊關武卒聽不懂寶瓶洲雅言，陳平安又不會梳水國官話，一時間雞同鴨講，十分尷尬。好在府門武卒示意陳平安稍等，讓一人進去稟報，很快就走出一位有書卷氣的儒衫老者，他精通寶瓶洲雅言。陳平安遞出那封信，信封上書「大都督親啟」五個大字，署名為「劍水山莊宋雨燒」。

府邸老幕僚雙手接過信封，再不敢怠慢，直接領著三人在偏廳落座，等上過茶，才快步跑向大都督處理軍務的官廳。又過了一會兒，就走來一個身材矮小的黝黑老人，既沒有披掛甲冑，也未穿武臣官服，神色木訥，手裡攥著三枚青銅印符，徑直將其交給陳平安，隨後一言不發地轉身離開。

三人離開大都督府的時候，陳平安和張山峰都有些懵——那位其貌不揚的梳水國大都督也太過雷厲風行了些。

徐遠霞解釋道：「真正從底層攀爬到高位的沙場武將，都不是誇誇其談的性格。」他笑了笑，「擱在官場上，這叫作貴人語遲。」

張山峰沒好氣道：「人家根本就沒說一個字，遲啥遲？」

兩人聽陳平安說過劍水山莊的那場風波，知道朝廷對山莊的態度，徐遠霞不由得感慨道：「在這個當口願意接見我們三人，還掏出三枚通關印符，這位大都督也算仗義了，跟宋老劍聖的交情一定極好。」

陳平安點頭道：「能夠跟宋老前輩做朋友的人，肯定不壞。」

徐遠霞和張山峰相視一笑，後者嘖嘖道：「陳平安，你這句話說得有學問啊，都會拐彎抹角吹噓自己了？」

陳平安又說道：「能跟宋老前輩做朋友的人做朋友，應該也不差。」

徐遠霞伸出大拇指：「這話說得厚道，有嚼勁！」

張山峰摟過陳平安肩膀，稱讚道：「轉折自如，無懈可擊！」

三人大笑著從南門離開關隘，繼續往南去，各自腰間都懸掛著那枚印符。

百餘里後，他們就會進入仙家渡口管轄的禁地。

在半路上的一座小山頭，三人停歇，陳平安生火做飯，其間遠方暗處有人望向他們，估計是見到腰間印符後才悄然離去。

三人吃飯，都沒有喝酒。即將進入那座山上鍊氣士聚集的渡口，還是小心為上。

徐遠霞這次主要是為陳平安和張山峰送行，不過如果有渡船去往寶瓶洲東南部的青鸞國，那就更好，至於渡口兜售法寶重器的店鋪，徐遠霞一個純粹武夫，如今又多出一把神兵利器，已經完全沒有興趣。

張山峰除了想要購買一把攻伐法劍，再就是補充一些神行符之類的珍稀符籙，以及找人鑑定那雙青神山神霄竹筷的價格。那口凝聚靈氣化為甘露的白碗，以及陳平安半賣半送給他的古榆國甲丸，他是萬萬不會賣的。這兩件寶貝，他連拿都不會拿出來，免得讓人起了覬覦之心，白白多出一樁禍事。

從落魄山帶出的東西，陳平安肯定一件都不會動。

賀小涼在鯤船上還給他的那顆上等蛇膽石，留著便是了。在驪珠洞天下墜後，龍鬚河和鐵符江早已見不到一顆蛇膽石，先前的蛇膽石都變成了普通石子。他聽說蛇膽石是驪珠洞天的特產，這意味著每用掉一顆，世上就要少掉一顆。陳平安如今已經知道這叫奇貨可居，越晚出手，只會越賺。

胭脂郡城隍爺沈溫贈送的金身文膽要藏好，先後兩次獲得的金身碎片和銀色碎片一樣不可示人。而沈溫最為重視的，甚至說了一句「神器唯有德者持之」的，篆刻有「彩衣國胭脂郡城隍顯佑伯印」的天師印歸屬，陳平安其實第一時間就想到了龍虎山外門道士張山峰以及如今在山崖書院求學、修習《雲上琅琅書》的林守一。

陳平安用心思量之後，還是決定這枚天師印暫時由自己保管。不是不捨得送給他們中的一人，而是覺得哪怕贈送，也應該以後再說，等到自己理解了何謂「有德者」，再看那個時候，他二人誰配得上這三個字。

至於那截遭受雷擊後猶有生機殘存的烏木、繪有五嶽真形圖的大白碗及藏匿有枯骨豔鬼的那張符籙，陳平安都會拿出來詢問其價格，至於是否典當出售，到時候再看，相信渡口店鋪總不會強買強賣。

劍水山莊送的將近兩千枚小雪錢，加上青衣小童給的，陳平安現在差不多有四千枚小雪錢了。一想到這個，他就有些樂呵，只是他馬上又想到另一件事，就樂呵不起來了。

魏檗和崔姓老人曾經說過一些意思差不多的話，要陳平安在進入倒懸山之前，先躋身武道四境，因為只有這樣，他才能在那座長城上站穩腳跟，以浩然天下最充沛的無形劍意淬鍊體魄、夯實神魂。這對於任何一個鍊氣三境的純粹武夫來說，都大有裨益。

按照老人的話說，如果連四境都沒有，就乾脆別去城頭上丟人現眼了，即便能走上去，也未必能夠爬下來。陳平安給那姑娘送完了劍，就只能在劍氣長城下邊乾瞪眼，乖乖滾回落魄山當山大王了，可陳平安想在那邊多待一會兒。

很快有一行七、八人在山頭下邊的道路走過，裝束各異，個個不似俗人，山坡上三人只是斜瞥一眼就不再多看。出門在外，小心道士和尚；入山涉水，避開稚童婦人，這是山上不成文的規矩，若是遇上不知深淺的同道中人，沒事別瞎瞅，天曉得會不會碰上個脾氣壞的。那些人亦是視線掃過三人後就不再打量。

雖然還沒有到達渡口，可幾十里能走多久？離別在即，原本說好了都不喝酒的，但只是因為陳平安習慣性喝了口酒，張山峰就說也要喝，陳平安便將酒葫蘆遞了過去，結果徐遠霞也來了一口。於是三人坐在小山頭的山頂，就這麼一人一口，默默飲酒不停息。

徐遠霞喃喃道：「我曾是行伍出身，還是戰事慘烈的邊軍，實在受不了身邊每天死人才開始廝混江湖，不承想到最後還是死人。你們可能不信，我徐遠霞出身書香門第，當年屬於投筆從戎，家族雖然算不上鐘鳴鼎食的豪閥，可也算一地郡望吧，這都多少年沒回去過了。好好一個父母健在的家鄉，如今倒像是個故鄉了。」

大髯漢子喝酒喝得滿鬍子都是酒水，盤腿而坐，醉眼朦朧道：「當邊軍那些歲月，我早前讀過些書，還算稍稍講一點家國忠義。軍中袍澤們大多不談這些，只管掙軍功、賺銀子、給先行一步的兄弟們報仇。沙場殺敵就只是殺敵，痛快而已，不過若在沙場上給敵人砍了一刀、射了一箭，那麼縫針拔箭的時候，可就只有痛沒有快了。一大堆大老爺們兒，躺在滿是血汙的傷兵帳篷裡疼得嗷嗷叫，誰也別笑話誰……」

張山峰向後倒去，他是真的不能再喝了，陳平安總不能一口氣背兩個人吧。

張山峰望著蔚藍天空道：「師父總說我是有悟性、有根骨的，當年不去參加科舉，而是上山修行，這輩子肯定不虧。可我哪裡知道自己的悟性、根骨在哪兒，若是也被狗叼走了，我真想求一求那些狗，讓牠們還給我，我下山降妖除魔用得著。有了道行，就不用再愧疚了，再也不會害得那些花錢請我辦事的百姓骨肉分離、流離失所了。」

陳平安喝酒有一點好，喝多了，言語反而少。他默默地聽著兩個朋友吐露心聲，雙手抱著那只酒葫蘆眺望遠方。

最後下山去往渡口時，想著自己千萬不能醉酒的張山峰，已經讓徐遠霞背著了。徐遠霞的腳步還算沉穩，只是酒話沒少說，大聲吟誦了好些邊塞詩，說到「美酒千杯少」時，打了個酒嗝，就沒下文了。

陳平安笑著接話道：「佳人……兩個也多呀。」

徐遠霞翻了個白眼：「白瞎了一個劍仙！」

陳平安立即改正道：「大劍仙！」

張山峰喃喃地說著夢話：「還有大天師……」

這個梳水國和松溪國接壤處的仙家渡口，竟是一座沒有城郭的繁華小鎮，這讓陳平安有一種重返家鄉龍泉郡的錯覺。路上行人熙熙攘攘，鍊氣士其實不算太多，更多的還是世代扎根於此的凡夫俗子，以及各色商賈，街道處處是店鋪。到了小鎮，張山峰已經清醒過來，就是有點頭疼，陳平安和徐遠霞則早已酒氣散盡。

徐遠霞輕聲提醒道：「咱們別想著貨比三家，直接找一家地段最好、店鋪最大的地兒。」

根據這寶貴的江湖經驗，三人找到了一家掛有「青蚨坊」匾額的大鋪子。鋪子有五層樓，很有鶴立雞群的氣勢，而且占地廣袤，樓後好像還有一個大庭院，古樹參天，似乎還有流水聲。店門口兩側楹聯是「童叟無欺，我家價格公道；將心比心，客官回頭再來」。

就是這家財大氣粗的青蚨坊了！

店門口的街道上，沒有夥計招攬生意，但是三人走入陰涼大堂後，很快就有一個衣衫華美的年輕婦人姍姍而來，婦人兩側肩頭各自懸停著一隻青色飛蟲，如碧玉雕琢而成。

她直接以寶瓶洲雅言問道：「三位客人是要鑑賞寶物，還是購買店內珍藏？」

當婦人問話的時候，兩隻青色飛蟲已經振翅而飛，圍繞四人傳出啾啾的細微聲響。原來是為了遮蔽雙方對話，不讓店內其他人聽聞。

徐遠霞笑道：「先鑑寶，再看看妳家收藏的成色，若是有合適而且果真價格公道，我們再買不遲。」

婦人伸手指向一處，微笑道：「鑑賞重器就在一樓，靈器在二樓，法寶在三樓。樓梯口在那邊，三位客官自行選擇便是，我會一路跟隨。」

徐遠霞點點頭，大步走向樓梯口。毫無疑問，他們會在二樓停步，至少靈器價格還有個底，若是身懷仙家法器，就算陳平安和張山峰想賣，徐遠霞都不建議在這個渡口交易。

婦人跟在三人身後，微微而笑，既然他們是直奔二樓，那自己這次運氣不錯，有點賺頭了。

一樓其餘幾名差不多姿色氣度的女子，眼神都有些豔羨。但是每天迎客一事，青蚨坊早就安排了順序，財路大小就要靠她們各自的運氣了。不過一年下來，大致上相差不多，即便有人驟然暴富，以青蚨坊五百年老字號訂立下來的祖傳規矩也不會讓其餘人等知曉，除非那個人自己說漏了嘴。

到了二樓，婦人又開始領路前行，廊道鋪有一整張彩衣國出產的一幅錦繡地衣，看繡工絲毫不比劍水山莊大堂的那幅遜色。她領著三人走到一個房間門口，屈指輕輕敲門，得到一個蒼老嗓音的回應後，婦人推門而入，站在門口，等到徐遠霞三人都跨過門檻，才輕輕關上屋門。

屋內有一張大桌案，後邊坐著一位精神矍鑠的老人。屋內有一個小香爐，香氣嫋嫋；還有一盆古柏盆栽，古柏虯曲，橫向蔓延極長，枝幹上竟然蹲坐著一排綠衣小人。

綠衣小人原本在竊竊私語，見到客人蒞臨後，竟是齊齊站起身，在古柏枝幹上作揖行禮，稚聲稚氣道：「歡迎貴客光臨本店本屋，恭喜發財！」

不愧是仙家手筆，看得陳平安一愣一愣的。徐遠霞是老江湖，知道隱藏情緒；而張山峰本就是山上人，雖然如今很窮，可在師門修行的時候，其實見識不淺，所以露出馬腳的土鱉，其實就陳平安一個。

只是這麼一個小細節，婦人就將注意力更多放在了徐遠霞和張山峰身上，覺得穿草鞋背劍的少年多半是有點小機緣才踏足修行的山野散修，不用她太花心思。

老人笑問道：「鑑寶？什麼靈器？我最擅長青銅器、字畫和美木良材的鑑賞，其餘諸多雜項器物也皆有涉獵，不敢說樣樣精通，但是我在青蚨坊這間屋子坐了四十多年，看走眼的次數屈指可數，客人只管放心拿出珍藏之物。」

張山峰便從袖中拿出那雙竹筷遞給老人。原本端坐在椅子上的老人目中精光綻放，毫不掩飾自己的意外神色，站起身，雙手接過竹筷，坐下後，小心翼翼地將竹筷放在身前的桌面上，從抽屜中拿出一塊特製絲巾，仔細擦拭雙手手心和五指，這才拎起那支刻有「神霄竹」的竹筷，耐心端詳，久久無言。

放下「神霄竹」，拿起「青神山」，老人喟嘆一聲，抬頭後，望向年輕道士，滿臉惋惜道：「此物材質絕佳，不僅肯定出自竹海洞天，十之八九還是由那青神山神霄竹製成。在青神山封山百年之後，以青神山獨有的神霄竹製成之器物，價格可謂一路水漲船高，說是瘋漲都不為過，只可惜竟然沒有製成一對袖珍小巧的打鬼鞭，而是打造成了一雙筷子！太奢侈了！太……過分了！」說到最後，老人有些咬牙切齒，差點就要捶胸頓足，破口大罵筷子舊主人的暴殄天物。

老人伸手摩挲著竹筷上「青神山」三個字，輕聲安慰自己：「可若是製成了打鬼鞭，客人就可以直接去三樓了，我哪裡有機會目睹此物。竹海洞天的青神山啊，偌大一座洞天只有一位山神，就是竹夫人。要知道，小說家的祖師爺曾經如此描繪這位傳說中的山神夫人：『美姿容，喜赤足，鬢髮絕青。』不過寥寥數語，就勾勒出絕代女神的風采……」

老人已經完全沉浸在自己的遐想當中，青蚨坊的領路婦人雖然有些尷尬，可心底雀躍不已，自己今天要大掙一筆抽成了！而且還不至於讓三樓那些個最擅長拿捏架子的賤貨賺了去。

上邊的那些個女子，瞧著一個比一個像仙子，看似模樣清冷，實則一肚子算計，誰有錢誰就是天底下最俊的男子，個個都是喜歡勾引男人的狐媚娘們，做成了買賣後，還願意死皮賴臉地倒貼身子，領著客人去後邊的庭院私宅一陣翻雲覆雨，臭不要臉，恬不知恥！

張山峰只好打斷老人的思緒：「老先生、老先生，貧道只想知道這雙筷子到底值多少錢。」

老人趕緊回過神，笑咪咪望向領路婦人：「翠瑩啊，我今年是不是還剩一次份額？」

婦人有些驚訝，很快嫣然笑道：「洪先生，你確實還有一次將寶物收入囊中的機會，只是還得按照老規矩，先給頂樓的二坊主掌過眼，才能交由洪先生私自珍藏。」

老人爽朗笑道：「這是當然！」他對張山峰正色說道：「這雙筷子，裨益修行之處，實在不多，但是擱在山底下的世俗王朝必然會是將相公卿、達官顯貴們爭搶的寶貝。因為每次下筷夾菜都沾染些許靈氣，故而能夠強身健體、延年益壽，只要不碰上大病大災，凡夫俗子增壽個三、五年不難，而且『青神山』、『神霄竹』這兩個說法也能溢價極多。」

老人瞥了眼桌上的青竹筷子，滿臉喜悅：「我青蚨坊……或者說我洪揚波本人，願意開價四百五十枚小雪錢。客人只管放心，我可以保證，在青蚨坊內樓上、樓下也好，還是在這個渡口小鎮其餘大小十六家店鋪也罷，都不會高出這個價格了。一般市價最多出到四百枚，委實是我自己喜好此物，今年還有一次將鑑賞之物收入囊中的機會，才願意出此高價。這位道長，如何？可願意割愛？」

老人可憐巴巴望向張山峰，眼神裡帶著祈求：「四百五十枚小雪錢，這個價格真不能再高了。若是你們怕我撿漏，信不過青蚨坊的金字招牌，沒關係，我們一起去找二坊主，或是你們再去街上大小鋪子轉一圈……」

張山峰看了眼徐遠霞，後者輕輕點頭。

張山峰咧嘴一笑，伸出一隻手掌：「一口價，五百枚小雪錢，我就賣了！」

婦人轉過頭，掩嘴偷笑。得嘞，以洪先生的執拗性子，收東西只看眼緣不管價值，一旦成了心儀之物，那肯定是再疼也要割肉的。

「讓你心頭好，讓你千金難買心頭好！」老人甩了自己一巴掌，然後快速站起身，仍是快意多過心疼，豪邁道，「就此說定！翠瑩，妳小心拿好這雙筷子，送去頂樓給二坊主鑑定，免得我有假公濟私的嫌疑。確定價格公道之後，我就可以自掏腰包了，當然妳那份，少不了！」

婦人小心地收起竹筷，婀娜多姿地姍姍離去。徐遠霞知道這次買賣是張山峰賺到了，還賺了不少，而陳平安還站在桌邊，偷偷低頭彎腰，跟那些綠衣小童大眼瞪小眼。

他是覺得這些小傢伙有趣，憨頭憨腦的，長得還可愛，想著以後是不是自己也收集一些送給落魄山的粉裙女童，她多半會喜歡，也省得她在竹樓覺得無趣。而那些小傢伙覺得這麼個土鱉泥腿子竟然連他們都不認得，也挺有趣，真是相看兩不厭，雙方都挺開心。

老人坐在桌後，哼著小曲兒，更開心。

婦人很快返回，笑著交出那雙青神山竹筷：「二坊主說恭喜您少了一樁憾事，但是也說了，下次請他喝酒的時候，不許拿出這雙筷子跟他臭顯擺。」

老人「呸」了一聲：「不顯擺怎麼行。」然後飛快收起那雙竹筷，拉開抽屜，再拿出五枚小暑錢遞給張山峰：「雖然一般來說，在大鋪子做買賣，一枚小暑錢就是一百枚小雪錢，但是誰都清楚，私底下跟人交易，每一枚小暑錢要額外多出四、五枚小雪錢的。」

張山峰笑著點點頭，接過五枚小暑錢之後，看到陳平安還在那邊傻乎乎地跟綠衣小童們擠眉弄眼，賞了他一手肘，笑道：「少跟我裝傻扮癡，拿去吧，利息先還你了，本金還欠著。如果你過意不去，就從本金裡扣去五枚小暑錢。剩下的，就真的只能先欠著你，以後再說了。」

顯然，知道那顆古榆國兵家甲丸的真實價格後，張山峰一直沒覺得因為「朋友」兩個字就能安心收下這顆昂貴的甲丸。

陳平安坦然收下五枚小暑錢，收入袖中後，說道：「就這麼兩清了！不然我還你錢，你東西還我？」

張山峰悶不吭聲，一旁的徐遠霞笑著拍了拍張山峰的肩膀道：「就這樣吧，否則就矯情了啊。」

張山峰這才「嗯」了一聲。

陳平安摟過張山峰肩膀，笑道：「要真覺得過意不去，再把桃木劍賣了唄？」

張山峰又一手肘撞去，笑罵道：「一邊涼快去！」

陳平安跳開：「君子動口不動手啊。」

徐遠霞搖搖頭，跟兩個孩子似的。

婦人有些意外，凝望著背劍少年的側臉，難道這位才是真正的土財主？

張山峰對老人笑道：「小道已經沒東西要賣了。」

老人大失所望，不過陳平安緊隨其後說道：「我有東西要先生鑑賞。」

老人立即挺直腰杆，笑著伸出一手：「想必我又有眼福了。」

陳平安從袖中掏出那只繪有五嶽真形圖的白碗，放在桌上。

老人眼神平靜，雙手持碗，緩緩旋轉，放下後道：「碗面所繪應該是古榆國的五嶽真形圖，青蚨坊願意開價一百五十枚小雪錢。若是大王朝的五嶽真形圖，價格會翻好幾番，只是古榆國的五嶽本身蘊含靈氣有限，繪製在這只白碗上，功效也就大打折扣。」

說到這裡，老人有些感慨，說了一樁山上商貿的風波：「想當年，因為此碗而獲得暴利的店鋪，當屬在數十年前就偷偷囤積了大量大驪五嶽碗的包袱齋。他家前些年真是一本萬利，之後無數小店家跟風購買，哪裡想到那大驪皇帝失心瘋，直接改了全部五嶽。哈哈，多少商家為此血本無歸啊！好在咱們坊主眼光獨到，力排眾議，不高價收購哪怕一只大驪五嶽碗，才使得青蚨坊免去一場災難。」

陳平安耐心聽完老先生的言語後，輕聲問道：「老先生，這只碗的功效是？」

「不好意思、不好意思，一說到咱們青蚨坊的厲害，我就有些管不住嘴。這就給公子說正事。」老人致歉一聲後，指了指白碗，「五色社稷土，是每個王朝必須有的。五色土從何而來？除了自身孕育而成的山河寶地，也可人為造就，所用的就是這類碗具了。將取自五座山嶽的土壤放入碗內，一段時間後，根據五嶽碗的材質好壞和品秩高低，就會短則數天、長則一旬出產一小抔五色土。當然了，五色土也能售賣，公子這只五嶽碗的品相，若是擁有足夠的古榆國五嶽土壤，一年產出大致能賣出……這個數！」

老人攤開一隻手掌，婦人又開始掩嘴偷笑。

陳平安試探性問道：「五十枚小雪錢？」

老人忍俊不禁道：「五枚。」而後解釋，「許多這類能夠持續生財的靈器，山上都以一甲子光陰來算價格。一年五枚，一甲子之後，就是三百枚小雪錢。哈哈，公子別急，誤以為是青蚨坊坑人，只願意出半價購買此碗。五嶽碗有些特殊，一些個社稷不穩、動盪不安的國家，他們的五嶽真形碗可能一文不值。試想，國家都沒了，五嶽又何在？那麼五色土又從哪裡來？青蚨坊對於收購五嶽碗興趣一直不大，願意出半價，也當得起『公道』二字了。」

陳平安想了想：「這只碗能不能不賣？」

老人笑道：「當然可以。說句大實話，如果今天我替青蚨坊買下此碗，到時候古榆國一夜之間山河變換，我可是要擔風險扣薪水的。」

陳平安笑呵呵收起白碗。一年五枚小雪錢，那就是足足五千兩銀子。知道最早的時候龍泉小鎮一棟桃葉巷的宅子多少錢嗎？都不用一千兩銀子！當然，如今驪珠洞天下墜，接壤於大驪王朝版圖，小鎮宅子價格已經天翻地覆，可是龍泉郡城那邊的宅子，五千兩還是能買好幾棟的。當務之急，是趕緊寫信給魏檗和崔姓老人，要他們試著幫忙收集古榆國的五嶽土壤……然後自己從倒懸山返回的時候，也要親自跑一趟古榆國五座山嶽，能多拿幾斤就多拿幾斤，希望到時候方寸物中還有足夠的空地放置。

徐遠霞突然輕聲道：「這只碗，可以賣。」

老人雖然因為一雙青神山竹筷失了方寸，可是平時做生意，其實精明得很：「這位兄弟是覺得大驪鐵騎一定會南下，所以古榆國未必能夠保住江山吧？我倒覺得不然。有觀湖書院坐鎮寶瓶洲中部，相信大驪宋氏還不至於長驅直入，哪怕真有那麼一天，中間橫亙著那麼多王朝屬國，一個個打過去，大驪馬不停蹄一路南下，又需要耗費多少年？」

既然老人說破了，徐遠霞也就不再藏掖，笑道：「即便有觀湖書院阻攔，我還是覺得大驪南下不需要太久。」

老人笑而不語，不願在此事上跟人爭執不休，青蚨坊只是做買賣的，和氣生財。

徐遠霞對陳平安笑道：「落袋為安啊！」

陳平安見他眼神堅定，便毫不猶豫地拿出白碗放在桌上：「老先生，還買不？」

老人爽朗笑道：「童叟無欺，照買無誤！這樁買賣若是青蚨坊虧了，就當是我眼光太差，扣我錢就扣我錢！」

一手交錢，一手交貨。

陳平安一百五十枚小雪錢到手，如徐遠霞所說，落袋為安。之後陳平安乾脆一起掏出那截烏木和有豔鬼依附的符籙，老人又先後鑑定，對烏木讚不絕口，願意出價三百枚小雪錢，並說農家和醫家鍊氣士都會對此物感興趣；只是對於那張材質還算不俗的符籙，只願意出價五十枚小雪錢。陳平安想了想，只賣了那截烏木，收回了符籙。

自此陳平安和張山峰都已經無物可賣，那就到了花錢如流水的時候了。老人親自笑吟吟送客到門口，不忘對徐遠霞道：「以後有機會再來，咱倆再看看古榆國的形勢如何，誰輸了誰請喝酒，如何？」

徐遠霞笑道：「行啊。其實不管輸贏，能跟洪老先生喝頓酒，都不算虧。」

老人哈哈大笑：「就沖這句話，下次老哥先請你喝酒！」

徐遠霞抱拳告辭。

聽說張山峰要買一把能夠斬妖除魔的道家符籙法劍，婦人就帶著三人直接去了四樓，選了一間懸掛「寒光」木牌的大屋子，門口有青蚨坊專人守護。婦人與那人打過招呼後，輕輕推門，屋內一排排劍架比鄰，劍氣森森，各色劍器琳琅滿目。

張山峰剛跨過門檻，莫名其妙就說「不看了」，讓婦人心中一陣失落。

陳平安卻說道：「別搭理他，我們看劍。」

張山峰死活不願意進屋子，徐遠霞便拖曳著他進去。

婦人依次介紹了十數柄價格高低不一的法劍，張山峰雖然一直垂頭喪氣，可還是忍不住多瞥了一眼其中一把青銅古劍。青銅劍劍鞘早已遺失，劍身篆刻有模糊不清的「真武」二字，由於劍身傷痕極多，哪怕鑄劍材質極好，青蚨坊也只開價四百枚小雪錢。

陳平安二話不說便決定買下，只是在掏錢的時候有些遲疑。婦人微微一笑，善解人意地主動離開屋子，等再回來時，陳平安已經將四百枚小雪錢堆放在一處劍架上。她清點之後，將古劍真武裝入一把早已準備好的劍鞘，遞給陳平安。

眾人一起走出寒光劍舍，婦人沒帶三人走青蚨坊正門，而是領著他們從一座二樓空中廊橋去往後院高樓，再穿過高樓，由另一道後院側門離開。婦人在跟三人說了那處渡口的行走路線和一些規矩、價格後，就與三人揮手作別。婦人轉身之時，青蚨坊護院武夫已經關上側門，她背對房門，偷偷摸摸地重重握拳，滿臉喜悅，只是很快就恢復平靜，快步走回青蚨坊主樓，這時她已是滿臉愁容，長吁短嘆地跟同伴們埋怨三個客人的寒酸。

渡口距離青蚨坊只有不到兩里路，此刻剛好有一艘去往雲松國的渡船。雖然雲松國距離青鸞國還有很長一段路，但怎麼說也比徒步去青鸞國快上許多，而且在雲松國下船可以馬上登上去往青鸞國的渡船，因此徐遠霞會乘坐此船離開梳水國。而陳平安搭乘的渡船航線已存在千年，雖然不會直達寶瓶洲最南端的老龍城，但是一樣會大大縮短數十萬里的漫長路程。

在臨近渡口的時候，張山峰和手持真武法劍的陳平安幾乎同時停下腳步。

張山峰低下頭，不敢說話。

徐遠霞嘆了口氣，跟陳平安笑道：「當初胭脂郡崇妙道人無意間提了一嘴，在寶瓶洲東南部，就是我要去的青鸞國附近，半年後會舉辦一場聲勢浩大的水陸道場，屆時會有無數道教神仙會聚，更會有幾位大名鼎鼎的寶瓶洲道家仙師在那邊開壇說法。張山峰當然想要去看一看，可是不知道如何跟你開口，總覺得如果臨時改變行程太不仗義，對不住你。現在好了，你又買下這把法劍，這傢伙就覺得更沒臉跟你告別了，畢竟一開始說好了，要陪你一路走到老龍城。我估摸著這傢伙現在想死的心都有了。也好，陳平安，你就用這把真武在地上挖個坑，把他埋了吧，一了百了。」

陳平安跳起來一巴掌拍在張山峰腦袋上：「瞧你這傻樣兒！咱們誰跟誰？你似不似個撒子喲！劍，拿走；錢，欠著；人，滾蛋！」

張山峰不抬頭，肩膀微顫。

陳平安不再說話，把真武劍拋給徐遠霞，獨自快步離開。

在眼眶通紅的年輕道士抬起頭時，那名來自大驪龍泉的背劍少年已經走遠。似乎察覺到張山峰的視線，陳平安高高舉起一條胳膊，握緊拳頭，使勁揮了揮。

第六章　從最北到最南

陳平安所乘渡船的渡口與去往雲松國渡船的渡口不在一處，付過十枚小雪錢，拿了一塊木牌，交還那座大都督府贈予的印符後，陳平安就跟隨數十號人一同去往渡口。

渡口竟是一座地下溶洞，洞口闊達五、六丈，布滿了歷朝歷代仙師名人的崖刻，「魚鱗仙境」、「壺中日月長」、「瑤琳洞天」……大多筆力遒勁。入洞後豁然開朗，光線明亮，一行人緩行而下，一炷香後，進入了一個巨大的洞廳，東西兩面石壁上有栩栩如生的飛天壁畫，大袖拖曳，神采飄然，女子面容清晰可見，體態多豐腴，卻不給人臃腫之感。

渡口岸邊停泊著一艘三層樓船，船尾有龍頭龍尾雕飾，除了體形龐大、媲美王朝大湖戰船之外，樣式似乎與世俗渡船並無兩樣。除了陳平安這撥人，已經有人頭攢動的三百餘號人聚集在渡口。渡口有各色店鋪商家，大多玲瓏精緻，不掛匾額楹聯，只在店門外懸掛字牌，販賣字畫、糕點和瓜果，以及一些梳水國及其周邊的地方特產，例如彩衣國的小幅地衣、鬥雞杯，松溪國的松針字畫，古榆國的榆樹葉雕、根雕羅漢等等。

陳平安先前支付了十枚小雪錢在二樓租住一間單人廂房，其實一樓只需三枚，也就是三千兩銀子。雖說是仙家渡口，且路程漫長，可這個價格相對世俗王朝的遠遊開支來說，還是很嚇人。好在陳平安是乘坐過鯤船的人，不至於一驚一乍。他每天都要練拳走樁，所以這筆錢還得掏，不好節省。

有一名鍊氣士坐在渡口岸邊小石臺的太師椅上，手持一只布滿鷓鴣斑的茶盞，喝了無數口，茶水也沒見底。他對眾人朗聲提醒，渡船在半個時辰後南下，登船之前乘客可以購買一些價廉物美的特產帶回家鄉，並著重提了彩衣國的地衣和山蘭國的盆栽，對其大肆渲染、極盡吹捧，還報上了兩家店面的門口字牌。果真有不少渡船客人動了心，去往這兩間鋪子一擲千金，這讓其餘鋪子的掌櫃或白眼或豔羨。有錢能使鬼推磨嘛，他們沒錢打點關係，就只能如此了。

陳平安默默站在人群之中，突然想到了胭脂郡守之子劉高華，以及古榆國樹精書生，還有他們當時攜帶的鬥雞杯。聽說鬥雞杯在別處的價格要翻幾番，就也跑去買了一對鬥雞杯，花費了一枚小雪錢。陳平安將裝有瓷杯的黃楊木盒放入包裹，便又去用真金白銀買了一大兜新鮮瓜果，拎在手裡。

雖然人很多，可是比起州郡集市的喧鬧，這個仙家渡口就要安靜不少。多是好友扎堆竊竊私語，少有人高聲言語，一些個按捺不住活潑天性的稚童也被家中長輩牽手拉住，堅決不許他們四處亂跑。

畢竟，這裡是傳說中的神仙遊集之地。

陳平安默默無言，只是摘下酒葫蘆喝著酒，等待渡船出發去往南方。

此行乘船南下二十萬里，在一處渡口下船，再乘坐其他仙家渡船直達老龍城，然後由老龍城跨洲去往倒懸山，進入劍氣長城。再沒有與朋友一起遊歷江湖的機會了，如果想喝酒，就只能自己一個人喝。

渡船即將起航，客人們開始陸續登船，陳平安在二樓找到自己房間。比起那艘鯤船的天字房，這裡十分逼仄狹小，只擺放了一張床鋪，外邊有一個僅供兩人站立的小陽臺。

陳平安放下那兜花費了十數兩銀子的瓜果，摘下劍匣和包裹，坐在整潔舒適的床鋪上，沒來由地想起了泥瓶巷祖宅的木板床鋪。他捲起袖管和褲管，雙手手腕處和雙腿腳踝上方隱隱約約地露出符籙的模樣，真氣緩緩流轉，如同裹纏有無形的負擔。

這符籙瞧著不太起眼，就連李希聖贈送的那本《丹書真跡》上也無記載，這是楊老頭的手筆，名為「真氣八兩符」。老人沒有細說，只說這符能夠幫助純粹武夫在酣睡時以真氣運轉自行淬鍊體魄，而且陳平安只要躋身鍊氣境，這四張符籙就會自行退散；如果始終無法破開瓶頸，就讓陳平安到老龍城後去一間灰塵藥鋪找鄭大風，讓那個曾經的小鎮看門人幫忙解除束縛。

陳平安放下袖管褲管，走到渡船房間的陽臺。根據梳水國地方縣誌記載，這條地下水道是世間最後一條真龍被仙人追殺潛入地下，以巨大身軀開闢而成，真龍在梳水國那處洞口鑽出地面，御風去往北方大驪，最後大戰落幕，便有了那座驪珠小洞天，所以這條航道又有「走龍道」的俗稱。

地下水道的左右兩側各有一條航道，以便南北渡船各自往來。中間豎立著一道長無止境的柵欄，每隔十數里，石壁就會掛有一盞明光熠熠的燈籠，照耀得附近河道無比雪亮，但是到了夜間時分，燈籠就會熄滅，以便乘客休息時不受亮光影響。

陳平安房間的左右兩邊都有些嘈雜，似乎住著不少人。渡口對於二樓房間的管理比較寬鬆，每間房最多可以住五人，沒有床鋪可躺，打地鋪就是了，畢竟十枚小雪錢不是一筆小開銷。鍊氣士修行不易，尤其是如無根浮萍的山野散修，若無捷徑和門路，不誇張地說，他們所掙的錢全是將腦袋拴在褲腰帶上所得來的血汗錢。

陳平安在自己的房間中能看到另一側水道。渡船開始前行，他發現一樓欄杆附近已經有不少人手持魚竿，鉤上不掛魚餌，但是其上有亮光閃爍，而後這些人直接將魚鉤拋入地下河流之中，竟是拖曳釣魚的蠻橫路數。

時不時還真有巴掌大小的蠢魚兒上鉤，被拽上船板，隨手丟入魚簍。若是釣上通體雪白、一指長的銀蝦，釣魚人就會欣喜萬分。原來此物大有來頭，是這條地下河道的獨有之物，在梳水國被稱為「河龍」，南邊則暱稱其為「銀子」。此物能夠汲取水精靈氣，更是老饕清讒們款待貴客的宴席首選。幼蝦半寸長，十數年後可以長到一指長短，百年後才堪堪長到兩指，玲瓏剔透如武將披掛的玉甲。

這麼一條百歲高齡的河龍靈氣充沛，美味異常，能夠在南方賣到半枚小雪錢的天價。如果能夠釣上六隻大銀子，就等於白坐了一次渡船，既能掙大錢，又能打發光陰，何樂而不為？只是一指長的河龍好釣，想要釣上兩指長的河龍還是要看緣分和運氣。梳水國渡口河道已經開鑿千年之久，傳言曾經有人釣上過一條三尺長的河龍，一根根金黃色的蝦鬚驚動四方，最後這條河龍賣給了老龍城城主，只可惜那位富甲半洲的大神仙出價多少，外界不得而知。

陳平安從小就喜歡釣魚，他盯著那些釣魚人看了好一會兒，想著船上應該會有賣釣魚竿，如果一、兩枚小雪錢就能拿下，那麼練拳之餘，確實可以去欄杆那邊碰碰運氣。

回到屋子，陳平安吃著除了新鮮並無半點靈氣的瓜果，開始盤算練拳一事。

二十萬里行程，耗時兩個月，其間還需停留各國仙家渡口休整補給，加在一起大概是四、五天左右。這艘渡船航速比鯤船遜色不少，這也正常，鯤船是北俱蘆洲大門派打醮山的跨洲渡船，遠遠不是這艘渡船能夠媲美的。

陳平安大略算了一下，若是一天除去吃睡及做閒雜事的兩、三個時辰，爭取每天練拳九到十個時辰，加上如今出拳由慢轉快，那麼每天可以六步走樁三千六百次左右，兩個月六十天，差不多能練拳二十萬遍。

聽上去是一道很簡單的算術題，可當真實行起來，哪怕是自認定力尚可的陳平安，都覺得有些困難。之前練拳，不管是去大隋，還是南下到達梳水國，一路上逢山遇水，各有風光，可此次乘船，卻只能待在這方丈之地，好似枯槁面壁一般。

最重要的是，走樁一事，比起在竹樓跟老人練拳吃盡苦頭，是兩回事。後者更多的是神魂飄蕩的「快刀短痛」，而前者看似輕鬆閒適，一拳一拳遞出去，越到後邊，越是一場鈍刀子割肉的長痛，就像那個從黃庭國古棧道入關大驪的風雪天，到最後每呼吸一口氣，就像是在吞刀子。難怪老人說，武夫淬煉，既要與天地鬥力，承受山嶽碾壓肉身的苦痛，也要與自己鬥心，文火慢燉熬出一個「定」字。

陳平安深呼吸一口氣，關上陽臺門，開始走樁，腳步輕、出拳快、拳意淌。

之後便是這般枯燥乏味的日夜不歇，陳平安甚至都不去渡船飯廳進餐，只以乾糧就酒糊弄一日三餐。

入夏之後，哪怕地下河道天氣清涼，陳平安仍是大汗淋漓。從屋門這邊開始走樁，剛好停步在陽臺邊緣的木門，轉頭再來一趟。久而久之，屋內地板上全是汗水痕跡。每次練拳到精疲力竭，陳平安就小憩片刻再開始，渾然忘我，天地好像就只有這麼點地方，再無名山大川，再無大河滔滔、山風吹拂和雨雪凜冽，彷彿春夏秋冬和生老病死只在方丈之間。

兩旬時光裡，觀景陽臺的木門一次都沒有打開過。

夜幕中，陳平安躺在地上，衣衫浸透，地板濕漉，像一條給人拽上岸的魚，大口喘著氣。他咧咧嘴，想笑卻又笑不出。若是那個精通刺殺之道的買櫝樓樓主在這個時候偷襲自己，該如何是好？

他視線低移，望著那只養劍葫蘆，心想：『就只能靠這兩個小祖宗了吧。』

接下來一旬光陰，陳平安不得不摘掉腰間的養劍葫蘆，甚至連腳上的草鞋都一併脫去，捲起袖管和褲管，光腳在屋裡來回走樁練拳。

由鍊體入鍊氣的武道第四境，彷彿只差一口氣就能跨過去另一隻腳，可偏偏那隻腳就像深陷泥濘之中，陳平安花了一整月的時間，也只是將那隻腳從泥濘中拔出些許。

練拳間隙，外邊的天地也不是全無動靜。兩邊鄰居習慣了渡船上的生活後，便不再拘束。左手邊那間好像是一屋子江湖豪俠，每天大口喝酒、大碗吃肉，暢談江湖恩仇，只是言談之間多用別國官話，偶爾才迸出幾句寶瓶洲雅言。陳平安每天練到極致時，就會從玄之又玄的忘我境界跳出，耳邊的些許動靜都會響如春雷，所以聽著那邊的高談闊論，他只覺得有些煩躁。右邊的住客像是山上小門派的仙師下山遊歷，相對安靜，但是每天早晚兩次的修行功課是齊聲朗誦山門科儀。木板隔音不好，這些下五境的鍊氣士又用上了獨門吐納術，也是一樁煩心事。

陳平安算了一下時間，如今大概是芒種節氣了，若是在自己家鄉，正值農忙，有「芒種糜子急種穀」的說法，哪怕是一些在龍窯燒瓷的青壯男子都會被准許回家幫忙。當年在自己那個龍窯擔任窯頭的姚老頭，雖然脾氣差、愛罵人，可在這類事情上卻十分大度，別的窯口一般只放三天假，姚老頭會給四、五天。只是苦了劉羨陽、陳平安這類早早沒了祖傳田地的可憐窯工，由於此時窯口缺人，他們這些留在龍窯的人反而會更加勞累。

一個月的時間，陳平安不知不覺已經足足走樁十萬遍。他當下最大的興趣，是想知道船上的那些釣魚人是否釣上了兩指長的珍稀河龍。

又一天練拳到正午時分，陳平安突然發現養劍葫蘆裡的酒水還有盈餘，可是乾糧已經不夠，只得掛好養劍葫蘆、背好劍匣、穿上草鞋，第一次推開房門，準備去船尾的一個飯廳購買易於儲藏的食物。

正是飯點，陳平安出門的時候，剛好左邊屋子的那撥江湖豪俠也要出門覓食，陳平安便略微放慢腳步，拉開五、六步距離跟在那五人後頭。其中有人忍不住回頭打量這個頭一回碰面的古怪鄰居，很快就有人扯了扯他的袖子，示意不要橫生枝節，那個人便收回了視線。背負木匣的劍士獨自行走江湖，年紀輕輕，瞧著卻是氣度沉穩，確實最好不要招惹。若真是個萬中無一的劍修，自己這夥人哪怕出身都不差，可還是得罪不起的。

一路上眾人相安無事，陳平安在人滿為患的飯廳跟夥計買了幾斤乾餅，付過了錢，就返回了自己屋子。關上門之後，他打開陽臺木門，站在陽臺上一邊啃乾餅一邊喝酒。

一樓欄杆那邊還是有稀稀疏疏的釣魚人，但是陳平安看了兩刻鐘，他們也只是釣起了一些尋常魚類，連一條年幼的銀子都沒有上鉤。

陳平安喝著酒，在飯館那邊得知明天就要在膏腴渡口停船半天，可以下船賞景。渡口附近是一處著名風景勝地，叫太液池。這個時節正值山花爛漫，只要走出渡口，走向最近的山頭，沿途都是鳥語花香，運氣好的話，還能抓到一種名為「香草娘」的花魅精怪。它們天然芬芳，香味淡雅，是最好的活物香囊，深受女鍊氣士和豪門婦人的喜愛。

陳平安覺得出去走走也好，散散心、透口氣，整整一個月閉門不出，感覺整個人都要發霉了。下定決心後，他就轉身離開陽臺，關上門繼續練拳走樁。

第二天拂曉時分，渡船靠岸停泊，溶洞大廳小巧精美，香氣彌漫，比起梳水國渡口大廳的寬敞壯觀，別有韻味。

渡船微微震盪，只睡了不到兩個時辰的陳平安睜開眼，起床收拾行李——東西要全部帶上，不敢留在船上的房間裡。

興許是太液池聲名在外，陳平安發現船上四百多名乘客幾乎都要下船賞景。他夾雜在人流之中，身邊有一撥氣度不凡的男女，兩位老者的氣息尤為綿長，如江水緩流，走路時腳步輕靈，哪怕不是中五境的山上神仙，恐怕也差不了多遠。陳平安不是愛偷聽的人，只是這段時間難得聽到有人以寶瓶洲雅言交談，下意識就豎起了耳朵。

他們聊天的內容有一洲南北的山河大勢，有各大仙家府邸的最新動靜，也有一些王朝國家的名人逸事。兩位老人說得最多，身旁的年輕晚輩則洗耳恭聽，少有插話，就是問話，必然恭恭敬敬，跟陳平安印象中的某些人大不一樣。比如風雷園劍修劉灞橋及泥瓶巷曹氏祖宅的那個南婆娑洲劍修曹峻，最近遇上的觀湖書院的周矩，好像都不是這般拘謹的性格。

最後，一位腰間懸掛著一枚墨玉小印章的老者說到了打醮山鯤船墜毀、傷亡慘重的事情，對於北俱蘆洲的那名道主天君，言語之中雖然承認那人道法通天，就連自家寶瓶洲道主祁真對上他也未必有勝算，可更多的還是對這名天君行事跋扈的不以為然。

另外一位老者則憂心忡忡，說好好一個劍修林立的寶瓶洲中部王朝，吃飽了撐的要打落俱蘆洲的一艘渡船，有何好處。當時能夠聚集那麼多劍氣的勢力，只能是那個大王朝的朝廷，可那位皇帝已經親自去往神誥宗，發誓絕無此事，之後在祁真的陪同下，親自面見俱蘆洲道主謝實。謝實竟然只說一切自有俱蘆洲修士追查真相。

陳平安聽到這裡，突然停下，然後驟然加快腳步，向那兩位老者抱拳問道：「兩位仙師，冒昧問一句，那艘鯤船上的乘客如何了？」

一位老人對此置若罔聞，看也不看滿嘴北方口音的背劍少年一眼，繼續前行。

那位懸掛印章的老人倒是停下身形，耐心答道：「下五境的乘客幾乎沒人活下來，便是中五境的錬氣士也死了許多。當時無數道劍氣從一座山頭向空中激盪，無異於上五境劍仙的傾力一擊，你想一想，那得是多大的威力？」

老人看著少年微微變化的臉色，嘆息一聲，繼續前行。

陳平安站在原地，被熙熙攘攘的人流撞了幾下肩頭也渾然不覺，等回過神來，才發現幾乎所有人都已經走出洞口，去了太液池賞景。

他緩緩走到洞口，外邊陽光明媚，更遠處可以看到一座坡度平緩的大山頭，漫山遍野的絢爛花草正在怒放。

在胭脂郡打殺了那個蛇蠍夫人之後，陳平安其實得了一件寶貝，但他在梳水國青蚨坊卻沒有拿出來售賣。那是一件筆洗，底部有十六個字：「春花秋月，春風秋樹，春山秋石，春水秋霜」，字體微小，且筆劃如蝌蚪般緩緩流轉繞行。陳平安本想著將來若是有緣再見，一定要拿出那件筆洗，給那姐妹倆瞧一瞧，好教她們知道，原來世上竟有這麼無巧不成書的趣事。

陳平安臉上沒有什麼悲慟神色，只是怔怔出神，望著遠處的旖旎風光。

過了一會兒，陳平安轉身走向渡船，身後姹紫嫣紅開遍，他便不看了。回到二樓房間，關上門，繼續練拳。

又是將近一個月的時光緩緩流逝，陳平安不知不覺已經打了二十萬遍拳樁。

再過兩天就要下船了，這一天深夜時分，他換上一身潔淨衣衫，光腳打開陽臺木門。渡船上下難得寂靜無聲，陳平安見四下無人，便輕輕躍上欄杆，對著隔壁那條悠悠流淌的河道喝起了酒。什麼都沒有想，喝著喝著，終於發現酒葫蘆裡沒酒了。這裡面本來裝著劍水山莊釀造的十數斤美酒，坐船之前，只是讓徐遠霞和張山峰喝去了一些，他這兩個月又喝得很節制，所以一直喝到了現在。

陳平安使勁搖晃那只底款為「姜壺」的酒葫蘆，是真沒有酒了。他還不願死心，高高舉起酒葫蘆，仰起脖子，哪怕剩下幾滴酒也好。

隔壁河道一艘迎面而來的四層渡船上，一名住在頂樓廂房的女客人，此刻同樣坐在陽臺欄杆上，呆呆地看著那個使勁搖晃一只養劍葫蘆想要喝酒的少年，看著他最後認命了，放下手臂，雙手抱住那只品相不俗的養劍葫蘆，下巴擱在葫蘆口子上。

她覺得這個少年該不會是喝酒喝傻了吧？便起了玩心，一隻手提起手中的翡翠酒壺，一隻手放在嘴邊，喊道：「這裡這裡，小酒鬼，我這兒有酒，要喝就拿去！」

陳平安保持原先的姿勢，聞聲瞥去一眼。

身穿墨綠長袍的少女見他沒啥動靜，乾脆就直接拋出了手中酒壺。酒壺落在陳平安眼前兩丈外，又「嗖」一下掠回了她手中。少女樂不可支，自顧自大笑起來。

兩艘渡船擦肩而過，陳平安面無表情，心湖毫無漣漪，只是覺得她該不會是傻子吧？

陳平安別好養劍葫蘆，向後翻落在陽臺上，關上木門，繼續練拳。

酒沒了，可以再買。人沒了呢？陳平安不知道。所以他第一次練拳中途停下，然後大半夜跑去飯館買酒。可飯館早已打烊，大門緊閉，他只好回到屋子，繼續練拳。

二十萬餘里走龍道，在芒種過後，就這麼臨近了尾聲，這艘渡船即將到達走龍道的南方盡頭。

既然已經走樁二十萬遍，陳平安接下來練拳，就沒有那麼刻意緊繃著了，有些鬆散隨意。在那夜買酒不成之後，第二天白天他去飯廳買了三罈酒，裝滿了養劍葫蘆，價格死貴，滋味尚可，但比不得劍水山莊的陳釀美酒。

陳平安摘下張貼在牆壁上的兩張青色符籙，一張靜心安寧符，能夠一定程度上幫助陳平安凝神靜氣，免受外界打擾，山下的那些道教大觀每逢齋醮科儀，往往也會張貼此符；一張祛穢滌塵符，酷暑時分，世俗王朝的達官顯貴和清談名士，都會去道觀跟真人們討要此符，它不但可以散發淡淡的靈氣，還能夠吸收邪祟煞風以及種種汙漬，故而讓書齋房舍變得澄淨素潔。

兩張符籙雖然都是《丹書真跡》中的入門級符籙，品秩很低，但是幫了陳平安很大的忙，否則渡船那邊非要跟陳平安拚命不可。兩個月的日夜練拳，陳平安揮汗如雨，接下來誰敢住在二樓這間屋子？

兩張符籙都是一次性丹書，如今已經靈氣慘澹，幾乎與尋常書籍紙張無異。陳平安是小心慣了的，不願露出蛛絲馬跡，沒有將其隨手丟入河道，還是收在了方寸物之中，畢竟它們都是練拳二十萬的功臣，過河拆橋要不得，留著當個紀念也好。

如今陳平安已經大致確定，李希聖贈送給自己的那一摞符紙，尤其是金色材質與古籍書頁這兩種一定是價值連城，自己要珍惜更珍惜才行。很簡單的道理，一張金色符紙的寶塔鎮妖符，能夠輕鬆厭勝胭脂郡城隍殿入魔後的文武屬官。

下船之前，陳平安已經收拾乾淨房間，背好行李，跟渡船那邊還了房間木牌，與眾人一同依次下船。身前不遠處有男女對話，女子嗓音極其耳熟，陳平安只是輕輕掃了一眼，是一名嘴角有痣的年輕婦人。住在自己樓上的這名夫人，近期可是吃了不少苦頭啊，陳平安猜測婦人與他丈夫定然是真情實意，否則不會如此遷就忍受。

在下船過程中，陳平安聽到了不少事情，比如那次在膏腴渡口的太液池，有人捕獲了一對難得一見的孿生花草娘，若是單隻的這類花魅，也就值十數枚小雪錢，可一旦成雙成對，買方不拿出個五、六十枚小雪錢，根本不用奢望收入囊中。

在兩個月的走龍道水路行程中，釣魚者最後只是釣起了幾隻長兩指的河龍，並未有奇遇發生。

渡船這趟走走停停，許多腰纏萬貫的鍊氣士，最後下船的時候，其扈從們背滿了大小包裹，走路的時候極為小心，免得磕碰壞了，東西大多金貴著呢，其中有些奢侈物件，恐怕不比人命便宜。

這處渡口廣大，依然是店鋪林立的熱鬧場景，只是商家吆喝售賣之物變作了附近國家的地方特產。陳平安閒來無事就一家家店鋪逛了過去，竟然發現了許許多多的古怪精魅，多是活潑可愛的草木精怪，有稚童模樣的小人兒也有白髮老翁、老嫗，大小不一，但是最大的精魅也不過一指高度。它們或者被關在青竹籠子裡，或者站在一方硯臺上，還有長著翅膀的紡織小娘，坐在一架袖珍紡車後埋頭勞作，種種趣味，不一而足。

陳平安藉著一些客人跟店家討價還價之機，得知這些古靈精怪的小傢伙，是以珍稀程度決定其價格的，便宜的竟然只需一枚小雪錢，昂貴的，要賣到三、四十枚。

陳平安最後得出一個結論，好像越往南邊，這類精魅越是尋常可見。

陳平安逛遍了店鋪小攤，卻沒有買東西。這次還真不是陳平安吝嗇，而是他想著送完劍，從倒懸山和劍氣長城返回後，在北歸大驪的途中再買不遲。

走出溶洞，陳平安頗有重見天日的感覺，發現洞口的名人摩崖石刻，比起北邊盡頭的梳水國渡口還要密密麻麻，就跟爭搶位置似的，見縫插針，有些摩崖石刻彷彿是在跟鄰居嘔氣呢。陳平安在洞口一一看過，字當然都是好字，韻味各有千秋，可心底覺得好像還是比不過少年崔瀺寫的字。

渡口外是一處山谷，道路平整寬闊，兩側鋪子比起渡口岸邊的商家更加富貴闊氣。街道上人來人往，太平盛世，繁華喧鬧，便是路邊趴著的土狗，都透著一股悠閒。

最先映入眼簾的是左手邊一棟三層小樓，屋簷高翹，勾心鬥角，懸掛著「懿女渡口」的金字匾額。陳平安如今已經熟門熟路，知道這處就是乘坐去往老龍城的渡船的地點，進去之後，跟櫃檯一番詢問，得知去往老龍城的渡船，最早一艘是今天午時到達，上等船艙的價格是二十枚小雪錢，中等船艙是十枚。陳平安詢問末等船艙的價位，那個男子皮笑肉不笑地解釋道，那艘去往老龍城的羊脂堂渡船，最便宜的就是中等船艙，根本就沒有末等一說。

樓內大堂四周，都是微微譏諷的眼神和笑意，陳平安倒是沒覺得丟人現眼，掏出二十枚小雪錢，買了登船玉佩，玉佩正反面雕琢有「羊脂堂」、「上等房十一」等字。陳平安看著「十一」，想起了留在落魄山竹樓的那方印章，覺得是個好兆頭，挺吉利。

陳平安笑呵呵走出門，算了一下時辰，便開始逛街，打算買兩身衣服，鞋子倒不用買，這麼多年穿習慣了草鞋，而且方寸物裡還有兩雙嶄新的草鞋。

街上店鋪雖然氣派了許多，可是售賣的東西跟走龍道渡口岸邊鋪子售賣的大同小異，就是同樣種類的花草精魅，價格會更便宜一些。陳平安對這些瞧著就很喜慶的小傢伙百看不厭，只是他光看不掏錢，就有些不討喜了。

陳平安就這麼在各個鋪子裡走走停停，然後找到了一家尤為氣派的店鋪。陳平安站在門外，有些發愣，原來大門口擺放著一張與人等高的屏風，上邊有一個背負長劍、腰懸紫金葫蘆的女子，立於崖畔觀看雲海滔滔，衣裙搖曳，飄然出塵。應該是類似鯤船上的那幅山水畫卷，以山上術法拓印而成。

有數人在屏風前指指點點，說著風雷園和正陽山的數百年恩仇，言語之中充滿了幸災樂禍。有人說這個蘇大仙子，早年何等風姿卓絕，超然世外，生平唯一一次身穿師門之外的衣衫，還是在與這間鋪子的祖師爺並肩作戰、斬妖除魔之後，不要任何酬勞，破天荒穿上了這身衣裙。在十數年前，這個樣式的衣裙，可謂風靡寶瓶洲大江南北，無論是山上女修還是豪閥千金，都趨之若鶩。

一名年輕女子嗤笑道：「如今這家鋪子還不願撤掉這道屏風，就是個天大的笑話。不知道蘇稼如今親眼見到，會不會羞愧得挖個地洞鑽下去。」

有一名黑著臉的年輕鍊氣士忍了半天，終於憤然出聲，為自己仰慕已久的仙子仗義執言：「蘇仙子再跌境，也還是出淤泥而不染的真正神仙中人。你們少在這裡說風涼話，若是蘇仙子真站在這裡，你們敢放一個屁？」

一名中年男子嬉皮笑臉道：「蘇稼在被風雷園李摶景的關門弟子黃河澈底擊碎心境之前，我給這名仙子舔鞋底都可以，可惜如今嘛，還真不是我胡吹法螺，蘇稼若站在我的面前，我都敢伸手捏一捏她的臉蛋兒，摸一摸她的腰肢兒！嘖嘖，不知手感如何……」

年輕修士漲紅了臉，氣得渾身顫抖：「怎麼會有你這種惡毒混帳之人！」

中年男子哈哈笑道：「怎麼會有？答案很簡單啊，你問我爹娘去嘛。」

年輕修士雙拳緊握，雙眼噴火，死死盯住那個混蛋。

中年男子嘖嘖道：「咋的了，要打死我？來啊，在這兒打死人，不但凶手要下獄，還要追責師門。來來來，你今天要是不打死我，就不算你小子當真仰慕蘇稼！你要是不打死我，等會兒我就去摸屏風上的蘇稼仙子，還要從頭摸到腳哩。」

中年男人橫著脖子，滿臉猥瑣笑意。年輕修士頹然轉身。

中年男人肆意大笑，譏諷道：「毛都沒長齊的小孬種，還敢跟大爺我鬥法！別走啊，我真要摸了。喲，這臉蛋嫩滑嫩滑的，真是好俊俏的小娘們。還蘇大仙子呢，一個劍心破碎的小娘們，說不定你們下次見面，就是在哪座青樓了……」

年輕修士快步離去，不願再聽那些讓人悲憤欲絕的汙言穢語。

陳平安徑直走入店鋪，沒有理睬雙方的鬥嘴，花了足足三十兩銀子，買了兩套最普通的衣衫。其實這家鋪子大有來歷，在寶瓶洲南方生意做得很大，雖然此處只是數百家分店之一，可作為鎮店之寶的那件法袍，哪怕陳平安一個門外漢粗略看了眼，都曉得不比楚濠那件神人承露甲的防禦遜色。

陳平安走出店鋪後，那個男人竟然還沒走，他身邊看客已經換了一撥，男女皆有，就在屏風前邊，男子多是惋惜神色，女子則是冷笑不滿，氛圍微妙。那個遊手好閒的中年男人又開始風言風語，讓幾名女子十分解氣，哪怕明知中年男子不是什麼好貨色，可聽說他就是隔壁雜貨鋪子的掌櫃後，仍是向幾名男伴提議進去看一看。那些男伴哪裡願意，恨不得一拳打爛那個中年漢子的嘴臉。

中年男子人品低劣不假，可做生意的眼光確實不差，可勁兒挖苦、譏諷那名正陽山蘇仙子，越說越不堪。那些女子也是伶俐機靈的，嘴上言語從不附和男子，反而會不痛不癢「反駁」幾句，中年男子心領神會，便越發唾沫四濺，讓她們心情大好。她們用眼角餘光打量著身邊的男伴，好似在快意訴說著你們一見鍾情、癡迷不已的蘇稼，如今淪落至此，你們還仰慕得起來嗎？

中年男子手舞足蹈，說到盡興時，乾脆走到了屏風旁，伸出一隻手掌，輕輕揮動，離著屏風些許距離，裝模作樣地搧了畫面上栩栩如生的蘇稼幾巴掌，嘴上罵罵咧咧。

陳平安想起當年在小鎮，那個風雷園劍修劉灞橋說起蘇稼時候的場景。那次外人進入驪珠洞天尋找機緣，唯獨跟在潁陰陳氏女子和龍尾郡陳氏公子身邊的劉灞橋，讓陳平安覺得外邊的山上神仙中也有不錯的人。

劉灞橋最讓陳平安動容的地方，不是說「總有一天，我劉灞橋會讓蘇稼心甘情願嫁給我」時的那種男子漢豪邁氣概，恰恰相反，當有人問他「如果真有一天，你心心念念的蘇仙子，真的不因門戶之見而喜歡你，你怎麼辦」時，劉灞橋反而迷糊了，呢呢喃喃說了一句：「她怎麼會喜歡我呢？」

陳平安想到劉灞橋，不免會想到自己。

陳平安深呼吸一口氣，走到屏風那邊，看著那個在隔壁做生意的中年男人。

中年男人正打算領著女子去自家鋪子買東西，突然發現又冒出一個不長眼的傢伙，有些不耐煩道：「瞅啥瞅？」

陳平安說道：「瞅你。」

男人瞪眼道：「你有本事再瞅瞅？」

陳平安點點頭，繼續盯著男人，緩緩道：「好的。」

便是那些對蘇稼懷有莫大成見的山上年輕女子，也有些忍俊不禁，這個背劍少年還挺逗的。她們的師門距離正陽山不遠，經常會和正陽山的人打照面。師門上下，從祖師爺到外門弟子，無一例外，對正陽山都有著高山仰止的感覺；師門男子，不管老少，當年對於正陽山蘇稼仙子，那更是容不得外人說一句壞話，只是如今蘇稼墜落塵埃，才略微收斂。

中年男人惱羞成怒道：「你找死？」

陳平安搖搖頭。

男人厲色道：「那你像根木頭杵在這裡作甚？知不知道老子世世代代在這裡做生意，結識的老神仙，比你見過的人還多？」

背劍少年的口中突然蹦出一句：「風雷園劉灞橋，喜歡蘇稼。」

男人愕然，氣焰驟降，將信將疑。

陳平安又說：「我認識劉灞橋。」

男人瞥了眼少年身後的劍匣，咽了口唾沫。

陳平安說道：「如果有一天我遇到劉灞橋，會跟他說今天的事情。」

男人色厲內荏道：「你嚇唬誰呢，你也能認識風雷園劉灞橋？我還認識神誥宗宗主、真武山老祖呢，但是他們認識我嗎？」

陳平安說道：「他們認不認識你，我不清楚，但是劉灞橋認識我，我很確定。」

男人揮手道：「滾滾滾，少在這裡吹牛不打草稿，耽誤老子做生意。路邊狗屎也會自己走路了，真是晦氣。」

陳平安問道：「渡口應該有飛劍傳信吧？」見無人應答，他自顧自道：「算了，我自己找。」

已經開始心底發怵的男人，故意不理睬言之鑿鑿的古怪少年，帶著那些滿臉玩味的山上男女，去自家鋪子憑眼力淘東西了。

陳平安真的去找了一座山上驛站，耗費十枚小雪錢，給風雷園劉灞橋寫了一封信，大致寫了今天的事情經過。至於劉灞橋收到信後是不屑一顧，丟在一旁，還是大發雷霆，御劍凌風殺到此處，陳平安不管。有些事情，不去做，陳平安心裡不痛快；可有些事情，再不痛快，也只能忍著，比如鯤船無緣無故墜毀一事。

陳平安寫完信說了收信人和山門位址後，整個驛站的人都有些神色古怪，跟陳平安說話時的語氣好像都柔和了幾分。還有人專門把陳平安送出驛站，甚至詢問是否需要人帶路去往渡口，陳平安笑著說不用，獨自離去。

離開驛站後，陳平安心情有些好轉，因為他發現原來劉灞橋雖然在驪珠洞天不顯山、不露水，還跟自己稱兄道弟，其實在外邊還是挺厲害的。就連這邊的一個飛劍驛站，都聽說過他劉灞橋。

羊脂堂渡船所在渡口在一座高聳山壁的半空中。有人在山壁上鑿出了一條曲折向上的棧道，陳平安行走其中，看到了許多已經懸停在崖壁外空中的渡船。渡船下方浮有白雲，渡船樣式與梳水國渡船相似，但是能夠御風航行，也是怪事。

陳平安在羊脂堂渡口旁邊的棧道等待登船，這裡開鑿出一座極大的山洞，只有稀稀落落的攤販坐著做買賣。陳平安默默坐在一張由老樹根打造而成的長椅上，啃著乾餅，就著新買的酒水，緩緩下嚥。

正午時分，一艘從雲海中平穩滑落的羊脂堂渡船準時懸停靠岸。

陳平安跟隨眾人依次登船。此次乘坐渡船南下直達老龍城，只需二十五天左右，因為羊脂堂渡船泛海遠遊的速度要遠遠快過走龍道的河上渡船，而且中途沒有任何停靠滯留。渡船只有兩層樓，陳平安住在一樓，房間略微寬闊一些，但是沒有觀景陽臺。

渡船攀升，穿過一層雲海，陳平安推開窗戶，視野開闊，頭頂就是一輪大日懸空，光芒萬丈，雲海翻滾，如同一條條金色的綿延山脈。

陳平安再次各寫一張靜心安寧符和祛穢滌塵符，然後繼續關門練拳。其間有閃電交加的雷雨夜，有旭日東昇的朝霞絢爛，也有萬里無雲的空蕩蕩。這一次陳平安六步走樁由快轉慢，偶爾，他也會推開窗戶，望著窗外景象，練習劍爐立樁。

在行程過去大半的一天，有一名劍仙御風而來。

當時渡船剛好從渾厚雲海穿出，那名年紀輕輕的劍仙緊隨其後，速度之快，讓一些個中五境鍊氣士都瞠目結舌。

那人御劍破開雲海，直追渡船，聲勢驚人。一人一劍後邊的雲海，被開闢出一條寬闊道路，久久未能完全合攏。

他在渡船前方驟然急停，輕輕跳下飛劍，剛好落在渡船船頭，瀟灑收劍入鞘，立即有羊脂堂高人前去迎接。至於是否冒犯了羊脂堂，壞了任何渡船不許讓人中途登船的規矩，那位羊脂堂長老是半字不提。事後證明老人此舉十分英明，因為那個年輕劍修雖然壞了渡船規矩，卻並非跋扈之輩，而是笑咪咪報上了自家名號，還主動支付了二十枚小雪錢。

風雷園，劉灞橋，如雷貫耳，前後皆是。

老園主李摶景，號稱寶瓶洲十境第一人，他以一人之力，力壓整座正陽山數百年。

當初那場大戰的末尾，李摶景隨手一劍打碎真武山的大陣禁制，那可是人人親見的壯舉。更何況李摶景的關門弟子黃河，橫空出世，展露出不輸李摶景年輕時候的劍道天資，打得正陽山蘇稼毫無還手之力。尤其是黃河站在倒地不起的蘇稼身邊，以腳尖踩在那只紫金養劍葫蘆上的無敵姿勢，那一幕，讓人記憶深刻至極。而黃河接任風雷園園主之後，劉灞橋也輕鬆破開一境，而且勢頭迅猛，據說差點就要連破兩境。

劉灞橋沒有讓老人跟隨，獨自找到了一樓十一號房，輕輕敲門。

陳平安之前在潛心練拳，雖然大略感受到了扯動雲海的那陣氣機漣漪，但是始終沒有停下。天上仙人逍遙御劍，與雲上渡船擦肩而過，是常有的事情，所以哪怕察覺到了廊道的腳步聲，他也沒將此人跟御劍之人掛鉤。

陳平安打開門，看到那張賊笑兮兮的熟悉臉龐，大為意外。

劉灞橋進了屋子，在陳平安關門後，坐在床鋪上，發現那兩張符籙後，打趣道：「陳平安，你如今是有錢人啊。」

正因為來者是劉灞橋，陳平安才沒有收起符籙後再讓其入門。

陳平安對於劉灞橋的調侃，一笑置之，背靠窗臺，把床鋪留給這名風雷園劍修。

劉灞橋雙手撐在床鋪上：「你是不知道我這一路追得多辛苦。我在風雷園收到你從懿女渡口寄出的信後，立即就趕去渡口——」

陳平安問道：「沒殺人吧？」

劉灞橋翻了個白眼：「殺什麼人。那傢伙一聽說我是劉灞橋後，立即下跪磕頭，我連路上想好的搧他幾耳光，都沒機會出手，只好去隔壁鋪子買下了那座屏風，收入方寸物，然後問這問那，順藤摸瓜，好不容易確定了你在這艘羊脂堂渡船上，這不就來了。」

陳平安疑惑道：「找我有事？」

劉灞橋反問道：「必須有事才能找你？」

陳平安點頭道：「不然呢？沒事你也能追這麼遠？」

劉灞橋悻悻然道：「你這個人，真沒勁，跟在驪珠洞天時沒啥兩樣。」

陳平安想了想，還是沒有詢問有關正陽山蘇稼的事情。那次真武山上，三場鮮血淋漓的捉對廝殺，劉灞橋當初就在旁看著，陳平安估計他心裡不會好受，就不傷口上撒鹽了。

陳平安原本還想問劉灞橋有沒有去大驪京城成功拿到那把符劍，想了想，涉及大道祕事，還是不適合問，最後陳平安只好問了一個最寡淡的無聊問題：「你真沒啥事？」

劉灞橋無奈道：「真沒事。當時我從大驪京城無功而返，結果回到落地的驪珠洞天之後，沒能瞧見你。聽說你往大隋書院遠遊了，之後咱們風雷園就跟……反正之後我就一刻沒閒著。你別覺得我整天無所事事啊，其實我前段時間才剛剛破關出來，境界穩固之後，就悶得慌了，剛好收到你的飛劍傳信，就想著怎麼都該見個面、碰個頭，把兄弟關係給敲定了……」

陳平安最受不了劉灞橋這份熱絡勁，就沒搭話。

劉灞橋眼神幽怨，伸出蘭花指，點了點陳平安，以女子嗓音嬌羞道：「公子怎的如此絕情呢？當初在公子家鄉花前月下，山清水秀，結伴遠遊……」

陳平安腳尖一點，屁股坐在窗臺上，雙臂環胸，面無表情，好像在說你只管噁心自己和我陳平安，我倒要看看誰能堅持到最後。

劉灞橋率先敗下陣來，唉聲嘆氣道：「我就知道這趟登門拜訪，你小子還是這副鳥樣。陳平安啊，你知不知道，現在寶瓶洲的萬千劍修，誰不驚駭於我劉灞橋的天賦，誰不將我視為板上釘釘的上五境人選？」

陳平安笑道：「我也是才知道。在驛站那邊，聽說我是給你寫信後，之前公事公辦的他們，立馬客氣多了。還有人把我送到大門口，問我要不要找人幫忙帶路，熱情得很，搞得好像我是什麼了不得的大人物，這真是頭一遭，哈哈。」

看著一臉開心的陳平安，劉灞橋愣愣出神，這有啥子值得高興的？就因為劉灞橋名氣大，讓你陳平安沾了點芝麻綠豆大小的光？

當陳平安朝劉灞橋伸出一根大拇指的時候，天賦好到連李摶景都要刮目相看的風雷園劍修，總算明白了原因：朋友厲害了，他陳平安就開心。其實這個原因再簡單不過，只是這個世道太複雜，聰明人太多，尤其是跟山上人打交道多了，往往會想不通最簡單的事情。

差點連破兩境也沒有如何欣喜的劉灞橋，跟著眼前坐在窗臺上的少年，一起開心地笑了起來。劉灞橋忍不住捫心自問：『如果你的朋友過得比你好，好很多，好到讓你望塵莫及，一輩子追不上，那麼你心裡頭會不會有一點點彆扭？』

答案讓劉灞橋很滿意，於是他覺得自己跟陳平安，這個兄弟是當定了。

劉灞橋沒有繼續逗留，其實風雷園那邊在他破境後，他被新園主黃河強行丟了宗門職務，還有一大堆事務需要他處理，雖說所謂的處理，就是讓擅長此事的老頭子們去處理。

劉灞橋站起身，笑問道：「出門在外，缺不缺銀子？我身上帶著幾十枚小暑錢，先借給你？」

幾十枚小暑錢……說得跟幾十兩銀子似的，真是個土財主！

陳平安跳下窗臺，搖頭道：「不用。」

劉灞橋鄭重其事道：「那我就先回去了。記住啊，下次回驪珠洞天，你一定要去風雷園找我，不然我……」劉灞橋又蹺起蘭花指，「一定會被你個負心漢傷心死啦。」

陳平安一本正經道：「你再這樣說話，我打死都不去風雷園。」

劉灞橋爽朗大笑，可他的眉宇之間還有一絲說不清、道不明的憔悴。他告辭離去，走到門口的時候，記起一事，轉頭道：「老龍城那邊，我有個很要好的朋友，值得你信賴。你如果有事情，來不及飛劍傳信給風雷園，你可以放心去找他。他叫孫嘉樹，是老龍城第二有錢的傢伙。我曾經跟他在信上提及過你，所以你只要報上名字，他一定會見你，而且這個傢伙，跟你一定合得來！」

陳平安乾脆俐落道：「好！」

「別送我啊，太客氣了，顯得生分，以後咱倆見面的機會多了去了。」劉灞橋走出屋子，看到那傢伙還真就不送了，忍不住笑罵一句。關上門後，他沒有直接御劍離去，廊道另一端盡頭，站著那名負責這艘渡船的羊脂堂老鍊氣士。

劉灞橋屁顛屁顛一路小跑過去，跟老人閒聊了一通，這才掠入雲海，御劍北歸。

在到達老龍城前一天，陳平安遇上了極其罕見的飛魚躍海飛空的景象。數百萬生有五彩翅膀的飛魚浩浩蕩蕩在雲海之中來回遊蕩。羊脂堂渡船為此特意懸停空中，告知乘客會停留半個時辰，以便大家欣賞美景，而且解釋之所以有此壯觀畫面，是因為這種名為「彩鸞」的南海飛魚，是在慶賀大家族內的某條飛魚成功長出一對名副其實的彩鸞羽翼，這種場景百年難遇。

羊脂堂也提醒眾人，千萬別試圖尋覓捕捉那條特異飛魚，一旦惹怒了飛魚群，渡船必然遭殃，除非有金丹、元嬰兩境的神仙保駕護航，否則就只能束手待斃了。羊脂堂同時寬慰眾人，彩鸞飛魚性情溫馴，而且不畏人，一旦離開大海飛入雲霄，反而願意親近人，所以到時候極有可能渡船會被飛魚圍繞，大家無須擔心，哪怕藉機抓住幾條飛魚也是無傷大雅，就當是羊脂堂贈送給貴客們的一筆小福利了。

就連陳平安都走出了房間，來到船尾，看著那些自由自在的彩鸞飛魚在陽光映照下，五彩流淌，美不勝收。陳平安摘下酒葫蘆，趴在欄杆上喝著酒。

果不其然，彩鸞飛魚群緩緩靠近渡船，牠們不約而同地放緩了飛掠速度，不斷有一些調皮好奇的飛魚單獨離開，來到渡船客人身邊。若是有人伸出手掌，牠們大多轉瞬遠遁，也有一些反而會湊近手掌，甚至會停留在手心之上。

陳平安其實之前就聽說過牠們，因為相傳彩衣國的最大仙家靈犀派的那件法寶彩衣，就是以彩鸞飛魚僥倖生出的羽翼編織而成。將彩衣穿在身上就能萬法不侵，最神奇的是，身穿彩衣之人，甚至能夠讓所有中五境劍修的飛劍近身後就自行退卻。

陳平安也跟隨眾人，向欄杆外伸出手掌，卻無一條飛魚願意靠近，只得尷尬收手，除了借酒澆愁，還能如何？

渡船重新南下，最終停靠在老龍城渡口。

不知不覺中，陳平安也從寶瓶洲最北方，來到了最南端。

一路背劍。

第七章　有人送劍有人等

寶瓶洲這數千年，北邊是流水的皇帝，最南邊有個鐵打的苻家。

老龍城苻家很有錢。怎麼個有錢？就說那比仙兵差一籌的法寶就有三件，而且全是用錢買的。這三件法寶代代相傳，一直傳到了現任家主苻畦手裡。聽說這次苻家去了趟中土神洲，剛回來，又添了一把半仙兵。事不過三？苻家沒這個講究。

苻家的有趣事、有趣人多了去了，例如從不修撰家譜，子孫取名從來隨意。苻家的女子地位極高，歷史上擔任城主的女豪傑，一雙手都數不過來。苻家子弟可以讀書、購書、藏書，一座座私家書樓收藏著寶瓶洲數量最豐的孤本、善本，但是哪怕離開老龍城的苻家偏支都從來不參加科舉，不給任何一個皇帝當武將文臣，只管躺在金山、銀山裡，混吃等死都無妨，歷代家主對此從無偏見，都養著。

所以有錢的苻家，出過下棋最厲害、書畫雙絕、琴技入神的諸多俊彥子弟，還有苻氏子孫寫過最經典的食譜，出版過風靡一洲的山水遊記，在北方廣袤版圖買下過無數座的山頭，卻都空著不去建造仙家府邸，任其荒廢。

苻家的怪人、妙人實在太多，但是苻家有一條家規，雷打不動——唯有家族最強者，可穿祖傳老龍袍。

羊脂堂渡船停靠的渡口，在老龍城外三百餘里，不是什麼山水形勝的僻靜之地。近百艘各色渡船在此滯留，喧鬧沸騰，人滿為患，既有墨家匠人打造的死物渡船，也有類似鯤船的活物渡船，光怪陸離。陳平安在渡船下降途中，看得目不暇接。

在渡船靠岸前，陳平安就聽到了一個說法，說居住在城內的一個凡夫俗子一輩子都逛不完老龍城。

陳平安之前在渡船上，試圖俯瞰老龍城全貌，卻發現有雲海遮掩，有些遺憾。由於劉灞橋的出現，負責這艘渡船事宜的羊脂堂老人，主動來到陳平安身邊，為他解惑。原來那些滾滾雲海就是老龍城的一件半仙兵，如果從城內抬頭望天，卻不會看到半片雲彩。

老人還告訴陳平安一個驚世駭俗的傳說：相傳在八百年前，曾經有近千名邪門歪道的修士，浩浩蕩蕩殺向老龍城，其中有兩名地仙坐鎮，有金丹境、元嬰境的頂尖鍊氣士多達十人。這撥權傾一方的強橫之輩，為了謀劃占據老龍城一事，祕密經營將近百年，裡應外合，萬事俱備。在大軍壓境之際，剛好是老城主去世、新家主未出的關鍵時刻，老龍城內苻家十二房已經因內訌而元氣大傷，尤其是兩名苻家老祖各持一件半仙兵打得天翻地覆。哪怕有層層疊疊的術法禁制極大壓制了半仙兵的殺傷力，仍是毀去了半座老龍城。

結果臨了，一個好似在老龍城雲海之中打瞌睡的女鍊氣士莫名其妙地出現，她看了一眼腳底下硝煙四起的老龍城，又看了一眼千餘名聚在一起的鍊氣士，打了個哈欠，探手一抓，方圓千里的雲海被她凝聚為手心的一顆珠子，丟入嘴中。然後她打了個噴嚏，南海之中便出了成百上千道罡風龍卷，從海面上往北吹拂而去。對老龍城勢在必得的魔道鍊氣士不提濫竽充數、只是負責搖旗吶喊的下五境鍊氣士，只說中五境神仙，就被一道道罡風吹死了將近半數。在那之後，逃過一劫的群魔倉皇退散，之後被局勢穩定的苻家追殺了整整百年之久。

陳平安聽得一愣一愣。

老人笑咪咪問道：「怎麼，公子不信？」

陳平安搖搖頭，他當然不信。天底下哪有人能夠只以一手神通，就吹死那麼多中五境鍊氣士？

老人捋鬚笑道：「其實我也不信。便是神誥宗天君祁真，風雪廟和真武山的劍仙和聖人聯手一擊，也不該有此威勢，後世人的過度渲染罷了。只不過話說回來，這種嚇唬人的故事，還是得像我這麼誇張地說，才有意思。」

與老人告辭後，陳平安下了渡船，一棟棟高樓鱗次櫛比，大街寬闊到了匪夷所思的地步，可行人仍是比肩繼踵，陳平安被裹挾在其中，有些頭疼。

這還沒進老龍城，就已經如此，還怎麼找灰塵藥鋪和鄭大風？

之前在和羊脂堂老人的閒聊中，陳平安試探性詢問了乘坐跨洲渡船前去倒懸山一事，結果老人一臉茫然，只說：「倒懸山當然聽說過，道祖二弟子的山字印嘛，霸氣得很，別處天下的一名道家掌教，竟然能夠在咱們這個浩然天下釘下這麼顆大釘子，未免太不把文廟裡供奉的那些聖人當回事了」，可老人從未聽說過老龍城渡口有去往此處的渡船。老人甚至根本就不知道倒懸山的具體位置，只聽說離那個南婆娑洲比較近。

下了船的陳平安就像一隻無頭蒼蠅，只能走一步算一步，先老老實實走完三百里路，進了老龍城再說。陳平安一路走、一路問，確定大方向後，發現了大道中央地帶，沒有步行之人，許多車輛來去如風，有寶氣燦爛的馬車，拉車的駿馬一匹比一匹神俊奇特，有人的坐騎則是猛虎、長蛇、大龜、仙鶴，雖然人人皆是鍊氣士，但是街道上井然有序，沒有誰敢橫衝直撞。

楊老頭、崔姓老人還有魏檗，都曾建議陳平安躋身武道四境之後再乘坐老龍城渡船前往倒懸山，所以在此之前，陳平安沒有太過執著於匆忙趕路。可是當陳平安在老龍城地界雙腳落地後，不知為何就特別想要儘早趕往倒懸山，什麼四境不四境的，反而沒了執念。

將整個寶瓶洲從北走到南，在數百萬里迢迢路程中，陳平安從沒有如此迫切地想要趕到倒懸山，於是在街邊一個類似驛站的地方，陳平安破天荒地大方了一回，花了十枚小雪錢雇了一輛馬車。

兩匹通體雪白的拉車駿馬，車夫不是青壯男子，而是一名姿色中上的妙齡少女，透著股天生的爽朗氣，絲毫沒有靦腆羞赧。在陳平安坐上馬車後，少女大大咧咧建議雇主不妨坐在她身旁，她會在駕車途中，為客人介紹兩側街道的那些著名店鋪，有哪些饞人的美食和價格令人咋舌的古董字畫。她自幼在老龍城外的渡口長大，對老龍城熟悉得很，保管陳平安不虛此行！

馬車緩緩穿過人海，在駛入大街中央地帶後，少女驟然快馬加鞭，與其他車輛一同迅猛駛向老龍城西門方向。陳平安坐在嫻熟駕車的少女身後，吃著乾餅，沒敢喝酒。

養劍葫蘆在他下船之前，就已經被他收入斜挎於背後的棉布包裹。魏檗當初提醒過，金丹、元嬰之上的十境地仙、聖人，還是能夠看破他施展的障眼法，認出養劍葫蘆的。

少女很開朗外向，給陳平安滔滔不絕地講述著一間間店鋪、高樓的歷史淵源，介紹有哪些了不起的山上神仙在其中，說過什麼豪言、做過什麼壯舉。陳平安走過「五境大妖」的山下江湖，直到今天，才發現一個類似家鄉小鎮的地方，好像中五境的神仙終於不那麼值錢了。

陳平安詢問少女可曾聽說過城內的灰塵藥鋪，少女搖了搖頭。老龍城內的光景，她見識不多，因為老龍城實在太大了，而且分外城、內城以及苻家城，每過一道城門，就要繳納一筆高昂費用，只要是外鄉人，哪怕你是金丹、元嬰境的老神仙一樣不得例外，所以她只去過老龍城的外城幾次，每去一次，好不容易積攢起來的錢袋子，肯定就要乾癟一回。

不過，如果是苻家人和其餘老龍城五大姓子弟，不但次次過境不花錢，而且還可以在內、外城御風而行。當然如果有本事跟苻家購買一枚老龍翻雲玉佩，除了老龍城最中心的苻家城不得凌空掠過，其他地方也可以瀟灑御風。

駕車少女問陳平安能猜出一枚老龍翻雲玉佩多少錢嗎？

陳平安盡量往天價猜，說一千枚小雪錢——一百萬兩銀子。

少女開懷大笑，轉頭朝陳平安伸出一隻手掌：「五千！」

陳平安生怕馬車出現紕漏，顧不得心中震撼，趕緊說道：「姑娘小心駕車。」

少女應了一聲，轉過身去，背對陳平安。少女高高揚起了下巴，驕傲地道：「公子，真不是我吹牛，我哪怕雙手鬆開韁繩，閉上眼睛，馬車都能安安穩穩一直跑到西門口。我只是為了不讓客人們擔心，才這麼假裝認真駕車。」

陳平安輕聲道：「別假裝啊。」

少女哈哈大笑：「好嘞，給公子認認真真的！」

陳平安看著少女的背影，忍不住笑了起來，然後轉頭望向一側街道的繁華景象。很奇怪，一路南下，常有風吹日曬，陳平安的膚色反而白皙了幾分，不再是當初那個黑炭似的窯工了。

少女好像背後長了眼睛，知道這名外鄉少年在望向街道，她轉過頭，偷偷看了一眼負匣少年的側臉。少年算不得俊俏，可看著真順眼。

少女突然笑出聲：「公子，你長得挺好看哩。」

陳平安大概是被少女的歡快情緒感染，難得開玩笑道：「給姑娘多看幾眼，能少收我一枚小雪錢不？」

陳平安有此變化，想必阿良、徐遠霞、劉灞橋這幾個傢伙都是罪魁禍首。

少女笑道：「那可不行。從鋪子到城門，來回將近六百里路程，我要跑十趟，才能賺到一枚小雪錢。」

陳平安點頭道：「挺辛苦的。」

背對陳平安的少女使勁搖頭：「公子，這有什麼辛苦的？我打小就喜歡這麼來來回回跑，哪怕我以後有了自己的鋪子，賺了很多很多的錢，也還是會親自駕車往來。這樣能認識很多很多的客人，就像公子這樣的。」少女隨即有些憂愁，「可是買下一間鋪子要好多錢，我看我這輩子啊，懸嘍。」少女高聲笑道：「懸嘍！」

陳平安笑著幫忙鼓氣：「慢慢掙，今天比昨天有錢，明天比今天有錢，後天比明天更有錢！」

少女頓時鬥志昂揚，轉頭對陳平安燦爛一笑。

陳平安打從心底喜歡這個姑娘，當然不是男女情愛的那種喜歡。少女身上有一種向陽花木的感覺，陳平安願意跟這種人打交道，已經分別的年輕道士和大髯漢子，亦是如此。

少女繼續介紹兩邊街道，陳平安就跟著她手指指向一一望去。

光陰流逝於馬蹄聲中，不到一個時辰，陳平安就已經可以看到老龍城的外城高牆，這牆頭比之前看到的任何一座關隘城池的牆頭，都要高出許多。

在即將停馬之前，陳平安問道：「妳知道孫嘉樹嗎？」

少女訝異轉頭：「誰？」

陳平安只得重複一遍那個名字：「孫嘉樹。」

少女忍不住笑了起來，憋了半天也不說話，直到馬車停下，少女驀然站起身，指向身後那條街道，手臂掄起，胡亂畫了一個大圈：「公子，瞧見了嗎？」

陳平安點點頭。

少女一雙眼眸瞇成月牙兒：「從咱們城門這裡，一直到渡口那邊，三百里街道鋪子，全是他的！」

陳平安跟隨少女一起站在馬車上，有點懵：「都是孫嘉樹一個人的？」

少女使勁點頭，格外自豪：「對！都是孫公子的！」然後少女壓低嗓音，神祕兮兮地道：「我聽掌櫃說啊，孫公子人可好了，他是最會做生意的人，還有一等一的菩薩心腸。街上脾氣再壞的老一輩人也都念叨著孫公子和他家長輩的好，說早年街道起了一場大火，燒毀了孫家兩、三千間鋪子，那會兒剛剛成為家主的孫公子非但沒有追究，還自己出錢幫著所有人重建了店樓。而且我還聽好些婦人說，孫公子長得特別英俊，他是咱們老龍城最心善最俊俏的男人！」

離著城門外還有一百丈遠，人流之中走來一名身穿素白麻衣的年輕男子，他徑直走到了陳平安和少女所站的這輛馬車旁。男子身材修長，玉樹臨風，但是不會給人那種鶴立雞群的無形壓力，就只是一種乾乾淨淨的氣質，像是一名書香門第中走出的世家子弟，溫文爾雅。

道路兩旁車輛的縫隙之間，多有行人匆忙趕路，有人不小心撞到了男子肩頭，趕忙道歉，男子笑著搖頭說沒關係。

少女轉頭望向老龍城，喃喃道：「公子，你說天底下怎麼會有這麼好這麼好的孫公子呢？」

陳平安無言以對。

那個已經站了一會兒的年輕男子，終於笑咪咪仰起頭，望向兩個人，對少女輕聲道：「謝謝啊。」

少女一頭霧水，低頭望去，疑惑道：「你謝我做什麼？」

年輕男子笑了笑，沒有解釋緣由，然後望向陳平安：「你是陳平安吧？我是劉灞橋的朋友，前不久剛剛收到了他的飛劍傳信，所以專門來這裡等你。」

陳平安跳下馬車，站這麼高跟人說話，也太不講究了。

他試探性問道：「你不會是……」之後的那個名字，陳平安總算忍住沒說出口。

男子點頭道：「對，我就是孫嘉樹。」

少女嘆息一聲，無奈道：「這位公子，你怎麼偏偏跟孫公子一個名字，多委屈呀。」

年輕男子笑著不說話。

少女跟陳平安告辭，馬車緩緩掉頭，最後轉身離去。

陳平安跟隨孫嘉樹一起走向老龍城的西城門，忍不住問道：「孫……孫公子，整條街都是你的？」

孫嘉樹沒有任何故作矜持，點頭笑道：「祖上最風光的時候，老龍城的整個外城都是我家的。後來老龍城變得越來越大，我們孫家做虧了好幾筆大買賣，就變得不如苻家有錢了。不過如今孫家當然還是很有錢，嗯，就算是我孫嘉樹有錢吧。」

陳平安偷偷看了眼孫嘉樹，男子身上並無懸佩任何掛飾，甚至看不出任何富貴氣。

孫嘉樹笑道：「老龍翻雲玉佩？我們孫家沒人有的，我也不例外。其實大家都想買，可是祖上傳下來的死板規矩，不許子孫在這種小事上大手大腳，我也沒辦法改變祖宗的家法，就只好忍著了，其實很煩。」

陳平安欲言又止。

孫嘉樹轉頭道：「怎麼？是想說那二十枚小雪錢，能不能還給你？當然不行，朋友歸朋友，生意是生意。」

陳平安撓頭：「我是想問老龍城這麼大，咱們要一直走到你家嗎？」

孫嘉樹不說話，笑望向陳平安。

陳平安嘆了口氣，坦白道：「好吧，不還就不還。」

孫嘉樹恍然道：「難怪劉灞橋說我們會投緣。」

陳平安問道：「你也經常被人罵財迷？」

孫嘉樹有些哭笑不得，輕輕搖頭道：「劉灞橋說我倆都喜歡窮大方。」

什麼跟什麼啊，劉灞橋這話說得莫名其妙了。大方不大方且不去說，孫嘉樹窮？

孫嘉樹突然說道：「我有一個偏門本事，就是能看到一個人過手又沒拿住的錢財。」

然後他停下腳步，轉頭看著陳平安，一語道破天機：「你送出去的東西，比整座老龍城都值錢了。」

老龍城內城，一處僻靜巷弄，有家新開的小藥鋪。不過巴掌大小的地兒，身為掌櫃的男人，竟然雇了七、八個貌美婦人和嬌俏女子，她們無一例外，都有一雙大長腿。

男人整天無所事事，從不擔心藥鋪的生意，忙著跟她們耍貧嘴，說著一些個自詡風流的葷話，女子們表面上看似嬌羞，轉過頭去就翻白眼。

這個漢子今天又端了個小板凳，坐在巷子口，嗑著瓜子，看著街上那些路過的女子。漢子兩眼冒光，想著確實是家花不如野花香。

今天街上有一名女子在漢子眼前走過，穿得很是花枝招展，至於她的相貌和身段，反正漢子已經丟了瓜子，端起板凳就跑路。

在老龍城西門交錢入城後，走過幾乎可以形容為漫長的城洞，孫嘉樹帶著陳平安走上一輛寬大馬車。乍一看，除了車輛大一些，拉車的馬匹溫馴些，根本瞧不出有錢人氣派，車夫是一個不苟言笑的老漢。陳平安坐入車廂後才發現別有洞天，車廂裡放著四只素白色的蒲團，面對車簾子的那堵內壁是一排到頂的書櫃，放滿了書籍，有一只包漿迷人的黃銅香爐，紫煙嫋嫋。

陳平安和孫嘉樹相對而坐。陳平安其實有些拘謹，生怕踩髒了這座纖塵不染的小「書齋」。孫嘉樹看著陳平安的草鞋，笑道：「很小的時候，按照家規，我爺爺就開始帶著我走南闖北，在十八歲之前，幾乎每年換一個地方，所以我當過店夥計、漁樵村夫、米鋪小販、衙門胥吏，林林總總，得有十來種營生。我其實也會編織草鞋，只是很粗糙馬虎，比不得你腳下這雙堅實細密。」

孫嘉樹盤腿坐在蒲團上，沒有任何慵懶姿態，給人感覺很閒適從容。他笑問道：「陳平安，知道我當年最怕幹什麼農活嗎？」

陳平安又不是能掐會算的神仙，更不是孫嘉樹肚子裡的蛔蟲，當然猜不出來。更何況孫嘉樹這個人，很奇怪，雖然兩人見面沒多久，可是對他的印象卻是越相處越模糊。

孫嘉樹微笑道：「是採桑葉。好不容易摘滿了一背簍桑葉，我爺爺伸手往背簍裡輕輕一壓，就變成了半背簍，再採滿，又一壓，我又得採摘半天，能讓人感到絕望。而且每次上山，我總會被草木倒鉤劃出一道道很細微的傷口，太陽一曬，汗水一出來，就火辣辣地疼。下田插秧，被螞蟥吸附叮咬，我反而覺得有趣。爺爺喜歡抽旱煙，燙一下螞蟥就會掉下來。」

陳平安深以為然，說道：「在我們家鄉那邊，在水田裡被螞蟥咬上，很麻煩的，因為捨不得鹽醋，得折騰半天，跟那些惹人煩的螞蟥鬥智鬥勇，最後腿上鮮血直流。好在田地旁邊會有一種我們土話叫『綠娘娘』的小草，拿草葉貼住傷口，很快就能止血。我出了家鄉後，就再也沒有見到過這種小草。」

孫嘉樹笑著點頭：「真正的窮苦人家出身，是沒講究，也更熬得住遭罪，我這種有錢少爺，吃再多苦，也很難跟你們比。一開始我跟爺爺出門遠遊，隔三岔五就要哭鬧一回，嚷著要回家。現在回想起來，以後我若是帶著一個像我這樣的孫子，肯定沒有爺爺當年的脾氣和耐心。」

陳平安笑道：「真有那麼一天，說不定你的脾氣會更好呢。」

孫嘉樹微微訝異，然後點頭道：「還真有可能。」

一個坐擁老龍城外城整條大街的男人，一個錯過了一座老龍城的少年，聊著這些鄉土味的雞毛蒜皮，竟然都覺得天經地義，毫不彆扭。

馬車行駛平穩，香爐上雖然一直紫煙升騰，可是車廂內並未變得煙霧繚繞，只是多了一份春風青草的清新氣息。

陳平安說道：「你操持這麼大的家業，還專門跑來接我，得損失多少錢啊？其實你可以讓別人來的。」

孫嘉樹搖頭道：「怎麼掙錢是一回事，錙銖必較，哪怕一顆銅錢都需要跟人算清楚，可是有了錢怎麼花，就看各自習慣了。像我，一年到頭確實在拚命賺錢，圖什麼？就是為了自己能夠不用在交朋友這種事上太小氣，還要計較一個『錢』字。」

陳平安恍然道：「很有道理！」

他恨不得拿出方寸物裡餘下的小竹簡，趕緊將孫嘉樹這個道理刻在上邊。等自己真有了錢，以後再有人說自己是爛好人，就拿孫嘉樹這番話反駁對方。

這一路相談甚歡，孫嘉樹說了許多當年遊歷的趣聞和糗事。陳平安向來是一個很好的聆聽者，從言談之中，他對孫嘉樹原本模糊的印象，又逐漸清晰起來——是一個很「心平氣和」的……有錢人！

馬車來到一處鄉下地方，馬蹄下是一條黃泥路，故而車輛有些顛簸起伏。孫嘉樹看到陳平安有些奇怪，笑著掀起車簾，車窗外是一大片的蘆葦蕩，綠意蔥蘢。隨著馬車前行，竟然還有金燦燦的油菜花，瞧著就賞心悅目。照理說油菜花的花期早就過了，陳平安只當老龍城的水土異於自己家鄉。

孫嘉樹解釋道：「這裡是我孫氏先祖發家的祖地，後世子孫一直盡量維持原貌，怕壞了風水祖蔭，也有緬懷先輩的意思在裡頭。孫家款待貴客，比如山上神仙和帝王將相，都放在內城的孫府，很金玉滿堂的一個地兒，不比苻家老龍府差，但是招待真正的朋友，還是願意拉來這邊。再往前十餘里，就是孫家祖宅，占地不大，三進的院落，宅子臨水，正對著一條河，可以釣魚，希望你喜歡。」

陳平安燦爛地笑道：「喜歡，怎麼會不喜歡。」

孫嘉樹笑問道：「要不然咱們下車步行？」

陳平安當然沒有異議，於是兩人下車走路去往孫氏祖宅。孫嘉樹又說了這處祖地的大概情況，一句輕描淡寫的「方圓百里，都是我們孫家的，有六個村莊，約莫兩千戶人家。養蠶種茶，一切出產，孫氏全部以略高於市價的價錢買下，鄉民收入尚可，算是在此安居樂業」，就讓陳平安真正理解了老龍城的大以及孫氏的闊綽。

看到孫氏祖宅輪廓的時候，陳平安問道：「老龍城有去往倒懸山的跨洲渡船嗎？」

孫嘉樹點頭道：「有，老龍城其實本就是寶瓶洲最大的商貿樞紐，哪裡能掙錢就去哪裡。只不過想要通過倒懸山去往劍氣長城掙錢，不是誰都有這份能耐。哪怕是老龍城苻家和孫氏在內的五大姓氏，這份買賣，都要做得小心翼翼，方方面面都要照顧到。」

說到這裡，孫嘉樹有些感慨，緩緩道：「幾千年下來，不談城主苻家，除了孫氏以外的老龍城其餘四大姓氏已經全部換了好幾遍，栽在倒懸山那邊的，占了大半。孫氏幾次差點家道中落，也跟劍氣長城有關。如今老龍城只有六艘渡船可以去往倒懸山，苻家占了兩艘。六艘渡船都很大，最小的一艘可以載兩千餘人。苻家渡船，是一頭吞寶鯨和一只墨家鉅子打造的浮空山。浮空山被譽為『小倒懸』，上邊有亭臺樓閣，瓊樓玉宇，風光很好，是山上神仙的首選渡船，幾乎次次都會有許多金丹境、元嬰境的修士大佬。而我們孫氏的渡船，是一隻被先祖捕獲馴服的山海龜。龜甲背部大如山峰，能夠容納乘客兩千四百人，當然能容納的貨物更多。來往一趟倒懸山，真正掙錢的，肯定不是客人乘坐渡船的那點費用，只要能夠將寶瓶洲和俱蘆洲的種種物資和特產送到倒懸山，那就是一本萬利。不過路途遙遠，意外眾多，傷亡慘重，血本無歸也不是沒有可能，所以鍊氣士如何按照年分、時節和卦象選擇適合自己的渡船，就是一門大學問。」

說到最後，孫嘉樹略帶幾分自嘲意味，微笑道：「忘了跟你說，老龍城苻家與我們五大姓氏，都是諸子百家中的商家門生，每個家族的大房所奉老祖，與文廟裡的儒家聖人可不一樣。只不過商家哪怕到現在，都是不入流的學問。聽說在最早的時候，有位最終配享文廟、位置還很靠前的儒家學宮聖人，說過一句『狗肉不上席』，其實就是講我們商家。這類評價還算客氣的了，什麼商賈賤流，百家末席，一身銅臭，商人必無仁義之心，世風日下商家功莫大焉，這些罵得更狠。所以浩然天下九大洲，商人很多，但是絕對不會被哪個王朝奉為主流。」

這些涉及諸子百家學問宗旨的內幕，陳平安就只能聽聽，不敢胡亂評價，妄下定論。

到了那座不大的孫氏祖宅，沒有什麼美婢、俏丫鬟，只有十數名看顧宅子的老漢、老嫗。孫嘉樹請陳平安吃了頓飯，既不是什麼龍肝鳳髓也不至於粗茶淡飯，都是來自宅子附近的時令蔬菜和魚蝦雞鴨，很下飯。唯一一道硬菜，應該是幾種海味食材的煲湯，陳平安吃慣了河鮮，不太習慣。孫嘉樹也不勸他多吃，反正陳平安只憑自己喜好下筷夾菜就行。

吃過了飯，兩人在宅子外邊的河畔散步，陳平安問道：「孫公子，知道老龍城裡一個叫灰塵藥鋪的地方嗎？」

孫嘉樹想了想：「之前沒聽說過，但是我很快就可以幫你找到。」

陳平安道了一聲謝。

孫嘉樹笑著擺擺手，示意陳平安不用如此客氣。他彎腰撿起一塊扁平石子側身拋出，石子一路向對岸打水漂而去。對岸是油菜花田，一路蔓延出去，視野之中，全是金黃色。

陳平安已經將包裹放在住處的屋子，重新在腰間別上了那個養劍葫蘆，當然依舊背負劍匣。他摘下「姜壺」喝了口酒，河水平緩流淌，像一位寧靜安詳的老人。

孫嘉樹停下腳步，說道：「我大致算過了，去往倒懸山的渡船，近期還剩下三艘，一艘是我們孫氏的山海龜，再就是苻家的吞寶鯨以及范家的桂花島。如果從安穩角度而言，我建議你乘坐吞寶鯨。這十年內，去往倒懸山的跨洲航道氣候惡劣，因此山海龜不如吞寶鯨，甚至不如由島嶼打造而成的桂花島。畢竟山海龜脾氣再好，終究是有血有肉的活物，寶瓶洲中部的打醮山鯤船失事墜毀就是例子，而吞寶鯨能夠在深海之中遠遊，最是安穩。

那條航道又是苻家開闢多年的熟悉路線，他們對如何避讓那些水中大妖早已爛熟於心，如果是想著省錢和舒適的話，那肯定是乘坐我家的山海龜。你待在上邊，不敢說如何享福，終歸是衣食無憂，什麼都不用你操心……」

陳平安猶豫了半天，蹦出一句：「要麼選山海龜，要麼選桂花島，我是絕對不會乘坐吞寶鯨的。」

孫嘉樹很意外，問道：「為何？」

陳平安有些難為情：「在家鄉驪珠洞天，我差點殺了老龍城少城主苻南華，哪裡還敢坐他家的渡船。」

孫嘉樹忍不住對陳平安肩頭重重一拍：「陳平安！我見過不少英雄豪傑，但是像你這樣膽大的，真不多！」

陳平安嘆息一聲，聽孫嘉樹的口氣，就知道苻南華真不好惹。

孫嘉樹忍了很久，還是忍不住笑出聲：「老龍城的少城主，雖然不止一名，有望繼承那件祖傳老龍袍的苻家別房子弟也有好幾個，可是世人皆知苻南華最受城主苻畦器重。有一個持有半仙兵的苻家老祖，更是苻南華的傳道之人，只是最近幾年都在閉關，傳言正在衝刺上五境，所以苻南華最有可能成為下一任城主。陳平安，你可以啊，這要是傳出去，保證你一個月之內，就立即名動半洲。」

陳平安無奈道：「這種名聲，還是不要了吧。」

孫嘉樹越笑越開懷：「我跟苻南華打了不少交道，甚至不算是簡單的酒肉朋友，當然苻南華跟劉灞橋仍是遠遠比不得。今天聽到這個真相，我就是想笑，看來還是我太不厚道了。陳平安你也悠著點，跟我這種人當朋友，暫時別太交心，一定要多處處。」

結果陳平安冒出一句：「其實我跟劉灞橋不是很熟，總共就見過兩次面。」

孫嘉樹有點憋屈：「那劉灞橋在信上，說得像是跟你出生入死了一百回，是咋回事？信上都把你誇得天底下絕無僅有了，還揚言如果我敢不親自盛情款待，他就要跟我絕交，然後將我的綽號傳遍寶瓶洲。」

陳平安試探性問道：「綽號是孫子？」

孫嘉樹伸手撫住額頭，苦笑道：「這也能猜到？」

陳平安笑道：「雖然才見過兩次，可劉灞橋的脾氣，我是知道的，最沒個正形。」

孫嘉樹唏噓道：「我與苻南華這種關係，無非是白首如新，你跟劉灞橋，有點一見如故的意思。」

那名車夫遙遙出現在遠處，孫嘉樹回頭看了一眼，對陳平安說道：「我得馬上去內城孫府見一名客人，約好了的。灰塵藥鋪的事情，最晚天黑前，就會有人告訴你。再就是你既然跟苻南華有死仇，那麼近期你只要出門，就一定要先讓人跟我打招呼，我會讓人安排行程。至於渡船遠遊一事，你乾脆就坐我家的山海龜去往倒懸山，二十天後準時出發。這段時間，你可以在我家祖宅這邊住著，想要任何東西，只要老龍城有，我就可以幫你送過來，你也別覺得不好意思。開口之前，你可以不斷告訴自己：『那個孫子有錢，很有錢，做朋友嘛，本就是有福同享、有難同當，先把福享了，以後並肩作戰，再把苦吃了，這才不虧。』」

「好，我就不跟你客氣了。」陳平安笑著點頭，眨了眨眼睛，「這句話是劉灞橋說的吧？」

孫嘉樹伸出大拇指：「難怪劉灞橋死皮賴臉要跟你當朋友，你懂他！」

孫嘉樹告辭離去，跟隨那名陳平安看不出深淺的老車夫，漸行漸遠，乘坐馬車去往老龍城內城。獨自一人的陳平安，開始沿著河水練習六步走樁。

平靜的河水，一望無垠的油菜花田，普普通通的泥路，若不是沒有一座石拱橋和一座阮家劍鋪，陳平安幾乎以為自己是在家鄉。

陳平安一路練拳，走出去十餘里，再往前就是一座沿河而建的小村莊，村莊裡有雞鳴犬吠，還有炊煙嫋嫋。陳平安停下練拳，環顧四周，身邊有一座橫跨河面的小木橋，這一刻，他沒來由地覺得恍若隔世。

陳平安正要轉身走回孫氏祖宅，便發現對岸遠處的油菜田裡，走出一群衣著樸素的稚童，大多是上蒙學的年幼歲數，還有一些個年紀更小的，掛著鼻涕跟在後邊。有兩個大些的男孩，手持應該是家中長輩削出的木劍和竹劍，兩柄劍樣式簡陋，只算有個劍的粗糙胚子而已。兩人好像是在比拚劍術，先後走在田埂上，對著油菜花就是一頓劈砍，口中還瞎嚷嚷，氣勢十足，可憐田壟油菜花給兩個孩子砍得七零八落。

後邊有個年幼孩子驟然哭出聲，他一開始還挺樂呵，後來才發現這塊油菜花田地是他家的，這要是給爹娘曉得了，自己回到家還不得屁股開花？可是他又不敢阻攔那兩個年紀大的「劍客」，只好哭得撕心裂肺，好在很快就有一名「劍客」意識到不妙，掏出一塊自家烘烤的凍米糖片，跟年幼孩子叮囑了幾句，滿臉鼻涕眼淚的幼童立即笑開了花，大搖大擺跟在兩名劍客身後，眼睜睜看著他們嗖嗖嗖出劍，覺得他們厲害極了。

幼童想著等到自己大一些，有了力氣，也要跟做木匠的爹討要一把劍，把所有油菜花都給砍了去，那得多威風啊？鄰居家的翠花小丫頭，還能只喜歡跟村後頭的小秀才玩？到時候肯定天天黏著自己。

陳平安看得直樂呵。這可不就是自己小時候的光景嗎？劉羨陽當年最喜歡做這種討人嫌的事情，不光是拿木劍砍油菜花，還喜歡把一座座高高低低的田壟推倒，拿石子砸河水裡的鴨子，天天挨婦人罵，被人攆著揍。後來劉羨陽跟陳平安都成了窯工，就做得少了，覺得沒意思，喜歡往山裡躥，抓蛇逮野雞。可是陳平安屁股後頭多出了一個顧璨，將劉羨陽的本事發揚光大，只是比起劉羨陽的大大方方做壞事，小小年紀的鼻涕蟲顧璨要機警太多了，幾乎不會被人發現，既有陳平安都佩服的恆心毅力，又有與年齡不符的早熟狡黠。大太陽底下，就為了釣上一條黃鱔，顧璨一個人能夠撅著屁股等上大半天。泥瓶巷每次到了吃飯的時候，都會響起顧璨他娘親扯開嗓門的呼喊聲。

陳平安蹲在河邊，往水裡丟石子。孩子們浩浩蕩蕩從獨木橋那邊走來，一顆腦袋跟著一顆腦袋，跟一長串糖葫蘆似的。見著了陳平安這張陌生面孔，孩子們也不怕，只是多看了幾眼，就走向不遠處的村子。

一名手持竹劍的孩子，一步三回頭，視線始終放在陳平安背後的劍匣上，最後按捺不住好奇心，轉身飛奔，來到陳平安身邊，以字正腔圓的寶瓶洲雅言問道：「難道你是一名劍客？」

陳平安站起身，拍拍手掌，笑問道：「你也是？」

孩子翻了個白眼，覺得這個問題好生幼稚，沒好氣道：「我還差一本絕世祕笈呢。」

陳平安憋住笑意，點頭道：「我也是。」

孩子低頭看了眼手中的竹劍，再抬頭瞅瞅那個傢伙身後木匣裡的劍柄，問道：「能給我看一看你的劍嗎？」

陳平安搖頭道：「不行。」

這個大孩子扯了扯嘴角，瞄了一眼陳平安腰間的朱紅色酒葫蘆：「你這人忒小氣，根本不像行走江湖的劍客。我看你的酒葫蘆裡肯定不是裝著酒，而是水，做樣子騙人呢。」

陳平安問道：「那你見過真正的劍客？」

孩子使勁點頭。

後邊一個臉蛋紅撲撲的小姑娘怯生生道：「咱們最遠只去過幾十里外的集市，見不著劍客的。」

很快有個實誠孩子附和道：「學塾先生跟我們說過一些劍客的詩詞，集市上會賣些很貴的小人書，上邊畫了許多江湖大俠，其中劍客是最厲害的，所有壞人都打不過他們。」

那個大孩子回頭瞪了一眼，身後兩個孩子立即閉嘴不言。

另外那個手持木劍的稍大孩子，虎頭虎腦的，他對著陳平安問道：「你的劍術有多厲害啊？」

這個問題還真把陳平安難倒了。

陳平安只好說道：「我親眼見過很厲害的劍客，不是你們的小人書上畫的。」

竹劍孩子冷笑不已。手持木劍的憨直孩子卻信了七、八分，追問道：「那你跟那些大俠學到劍術沒？如果你能耍一耍劍術，我就相信你是真的劍客。如果可以的話，到時候你收我為徒？我想跟你學劍術，不是砍油菜花的那種。如果你一劍下去，能夠把咱們村子那座橋砍斷，我現在就可以跟你拜師學藝！」

陳平安忍俊不禁，就自己這劍術，還跟自己拜師學藝？

陳平安並不清楚，孫氏祖宅這方圓百里是老龍城著名的一處世外桃源。雖然在此世代居住的百姓，多是性情質樸的尋常村民，可暗中也有多名高人坐鎮，幫助孫家盯著這一方祖宅風水不受外人破壞。除了孫家祖宅的兩名老人，還有一名在山上結茅隱居的樵夫以及一名在此開枝散葉、子孫滿堂的老人，他們都是真正的大修士，三金丹境、一元嬰境，既有不理俗事的孫氏偏支老祖，也有來此避難隱居的世外高人，當然也有人是被孫家重金聘請。財帛動人心，神仙也難免，畢竟每年收的都是穀雨錢。

四名大鍊氣士此刻齊聚在樵夫茅舍之前。此處是陣眼之一，貌似青壯男子的樵夫隨手一揮，水霧彌漫，彙聚成一幅畫卷，眾人視線始終追隨著那個沿河練拳的背劍少年。四人開始打賭此人境界，有人說少年既然是孫嘉樹的朋友，那肯定是一名天賦異稟的洞府境劍修，一身拳意只是偽裝；有人反駁，說少年未必躋身中五境，其餘兩人則是爭執少年到底是武夫四境還是五境。其中一個說少年這是底子打得極好的第四境，而不是尋常的武夫第五境，少年除了自身天資絕佳，還必然是自幼就有高人相助，是藥罐子裡泡大的頂尖豪閥子弟，說不定就出身於某個富可敵國的千年世家。

四位神仙雖然各執一端，爭得面紅耳赤，倒也其樂融融。

內城那間小藥鋪，那個不太正經的漢子又帶著板凳來到巷子口，只是今天沒帶瓜子，而是帶了一本鋪子裡不知哪個娘們買來的雜書，上邊寫了許多虛頭巴腦的故事，多是儒道兩家的聖人事蹟和教誨，寫的是雙腳離地十萬八千里的大道理。漢子以往哪裡會看這個，只是在巷口蹲了這麼久，始終沒有女子願意搭理他，讓漢子覺得可能是自己少了點書卷氣的緣故，手裡拿本書翻一翻，說不定會有意外之喜。

酷暑時分，女子衣衫穿得清涼，漢子坐在小樹蔭下，裝模作樣看書，眼角餘光實則一直如汗水般黏在女子的面容身段上，其中一名身姿妖嬈的成熟婦人，把漢子的魂魄都勾走了，漢子默默念叨著屁股寬過肩，快活似神仙。

漢子發現自己拿了本書當讀書人，也沒有女子樂意正眼瞧他，除了某個女子。她又來了，水桶腰，麻子臉，臉盤子比漢子的屁股還大。漢子哭喪著臉，終於開始認真翻書。

那個家住附近的年輕女子，來來回回走了好幾趟，腰肢那不是擰轉，而是晃蕩。漢子始終裝瞎子，後來女子實在扛不住毒辣日頭，戀戀不捨地看了眼她一眼相中的情郎，便心滿意足地回家去了。

漢子翻書極快，最後停留在某一頁上，上面記載了一位以「子」作為後綴的道家大聖人，透過一個有關「虛舟」的故事，闡述了一番大道至理。這個故事是說有人在河流中乘坐小舟，有小舟相對而來，那人三次呼喝提醒仍是撞上，那人便破口大罵，最後發現舟上根本無人，便哈哈大笑起來。在最後，當然會有聖人流傳後世的金玉良言：「獨往獨來，是謂獨有。獨有之人，是謂至貴。」聖人又說：「唯至人能在世如遊虛空，可不避人。」

漢子沒覺得這是在胡說八道，甚至他能夠理解其中真義，只是哪怕理解這些大而無當的道理，對他來說毫無裨益，因為他與那位道家聖人不是同道。

哪怕是那名教書先生的學塾，他都去偷偷旁聽過很多次，一樣是道理全懂，甚至一些個艱深晦澀處，他都頗有感悟，可對於自身修為則毫無用處。

讓他最不理解的事情是同樣在小地方修行的師兄，成天做著鄉野村夫的粗鄙事情，卻能夠境界一路攀升。去了趟大隋皇宮，那傢伙如今甚至都已經成為十境武夫了。一年到頭喜歡罵自己的師父，還經常說那個師兄悟性好。

他倒不會因此就記恨師父或者師兄，只是想不通，所以這麼多年一直活得很窩囊，甚至連想要證明給師父看的心氣都沒有，所以他越發憋屈，直到師父把他從北邊那座小鎮攆到了這座老龍城。

他沒有任何怨言。只是李二走了，沒人可誇，他也走了，沒人可罵，一天到晚抽旱煙的老頭子，得多無聊？

漢子合上書本，將其當作扇子，在耳邊使勁搧動起來，然後他臉一黑，嫻熟地端起板凳，一溜煙跑回藥鋪。

那個膽敢覬覦他美色的娘們，竟然賊心不死，回家換了一身花裡胡哨的衣裙，又開始在街上晃蕩來晃蕩去。

漢子心驚膽戰地回到藥鋪，癱在那張掌櫃椅子上，突然眼前一亮，抬起屁股抹了抹。哇，有美人兒偷偷坐過，椅面還有餘溫，可不能揮霍了，趕緊蹭一蹭。

一名妙齡少女眼神幽怨，心不甘、情不願地掏出幾枚銅錢，將銅錢狠狠摔在一名婦人的手心，然後狠狠瞪了眼掌櫃。

漢子心中了然，嘿嘿笑著，大小娘們是拿自己打賭呢，看自己能否英明神武地察覺到那點美人體溫，真是調皮。

有人登門拜訪，是一個俊逸少年，看他的穿著打扮，應該是有錢人家的子弟，可是到底多有錢，藥鋪女子到底是市井出身，眼窩子尚淺，看不出。

店鋪內鶯鶯燕燕們一個個神采奕奕，漢子頓時無精打采，有氣無力道：「范家小子，又要幹啥？」

面對邋裡邋遢的漢子，那名少年略顯拘謹，然後忍著心中不適，雙指捏住一條小板凳坐在漢子身邊，輕聲道：「鄭先生，家父讓我來問，什麼時候可以正式教我拳法？」

漢子敷衍道：「范小子啊，三境破四境，急不來的。」

少年苦著臉，卻也不敢催促這位鄭先生。

漢子想到自己從頭到尾只教了少年一點皮毛，這點東西一個五、六境的武夫都能教，便有點於心不忍。他壓低嗓音，正兒八經說道：「純粹武夫不比鍊氣士，後者喜歡一日千里，天賦嚇人的，一天破一個境界都沒事，但是武人不行，再好的資質，都要腳踏實地，步步登山，甚至有些時候，明明可以破境，都要使勁壓著，要將那些體魄雜質和神魂瑕疵一點點抽絲剝繭，一點點修補齊全。你現在做的，我要你爹幫你熬製的藥膏，以及打造出來的那個溫泉，都是在幫你修行，而且是當下你最需要的修行，而不是什麼火急火燎地躋身鍊氣境。」

漢子最後笑道：「行了，說什麼你爹要你來的，就是你小子自己猴急。」

在老龍城錦衣玉食的少年臊眉耷眼，羞愧難當。武夫從第三境躋身第四境，實在太難了，所以武夫破境才被稱為泥菩薩過江，幾乎全看自身天賦，七境武夫宗師都無法指點，八境遠遊境的大宗師倒是有可能傳授一條捷徑。八境的鍊氣士好找，偌大一個寶瓶洲，八境的武夫能有幾個？屈指可數！而且幾乎全部都是被大王朝竭力籠絡尊奉的貴人。據說這還涉及虛無縹緲的一國武運，哪裡落得到老龍城頭上？退一萬步說，就算有，苻家和孫家比范家更有錢，肯定輪不到范家。

漢子拍胸脯保證道：「范小子，再等等，只要你打磨到了真正的三境瓶頸，我自會出手，不會讓你范家的銀子打水漂，到時候你小子想不破境都難。」

少年滿腹愁腸地來鋪子，神清氣爽地離開巷子，一路有金丹境老祖在暗中跟隨護送。

要知道一艘桂花島渡船，在少年誕生的那一天，就已經劃到他名下。他行冠禮的那一天，就能夠調用那筆年年暴漲的驚人財富。

少年一走，女子們又開始嘰嘰喳喳，詢問那少年的家世。

漢子伸出一隻手掌，做了個抓捏動作，視線從她們的胸前掠過，賤兮兮道：「藥鋪的老規矩，妳們誰捨得下本錢，本掌櫃就對她說出少年的身分、名字，家住何方，到底是喜歡身段豐腴的，還是喜歡嬌小玲瓏的……」

女子們沒有一個上鉤。

漢子惋惜道：「捨不得那個啥套不著小情郎啊，我真替妳們打抱不平。」

女子們早已散去，三三兩兩竊竊私語，說著與那名少年相關的悄悄話。

漢子舒舒服服地癱靠在椅子上，自言自語道：「我鄭大風的女人緣，跟姓陳小子早年的福緣，不相上下啊，難兄難弟，難兄難弟……」

這個名叫鄭大風的藥鋪掌櫃，來自驪珠洞天，曾經負責看門，向人收取一袋子金精銅錢。不久之前，師父捎人給他帶了一封信，要他準備幫助陳平安打散那四張真氣八兩符。在密信末尾，師父說如果陳平安能夠自己破境的話，就讓他鄭大風務必保證少年在老龍城順風順水。

鄭大風轉頭望向店鋪外的小巷，喃喃道：「范家小子這種世人眼中的武道天才，也就最多貼一、兩張真氣八兩符吧？否則體魄就要消受不起。那個姓陳的榆木疙瘩，這才幾天沒見，就已經這麼生猛了？從他陳平安學了那門吐納術開始，這才多少年？」

漢子自嘲道：「師父你還真沒冤枉人，果然是師兄更有悟性，我當時可是很不看好陳平安的。」

突然有一名少女滿臉怒火，對著漢子尖叫道：「鄭掌櫃！我的那本書呢？還給我！」

鄭大風咳嗽一聲，從懷中掏出書本，放在櫃檯上。

少女滿臉通紅：「還有呢？」

鄭大風悻悻然又從懷裡掏出一件裹成一團的女子褻衣，輕輕放在書籍旁邊，心虛地解釋道：「妳那包裹放得那麼光明正大，而且露出了書籍一角，我便有些好奇，拿了書後，又發現褻衣有些髒了，便好心好意，想著幫妳清洗……」

兩腮粉紅的少女飛快收起褻衣，然後抓起書籍，「啪」的一下砸在漢子臉上，氣呼呼道：「大色胚！臭流氓！」

漢子拿著書，一本正經道：「妳長得好看，就算妳誤會我不是正人君子，我也原諒妳了，但是褻衣髒了，我幫妳清洗的這份善心，妳可千萬不能辜負呀。」

藥鋪內哄然大笑，夾雜著婦人們的笑罵討伐，以及少女們的碎嘴埋怨。

鄭大風雙手抱住後腦勺，瞇眼而笑。

四位山上神仙已經撤去山水陣法，畢竟看一個外鄉少年跟一群鄉野孩子鬥嘴，沒啥滋味。至於背劍少年到底是偽裝極好的劍修還是錬體境的純粹武夫，四人還是沒有爭吵出一個眾人都信服的結果。不過四位到底是見多識廣的大修士，老龍城是寶瓶洲最為魚龍混雜的地帶，東邊三大洲的許多能人異士都會經過此地，他們大多願意賞個臉，成為苻家和五大姓氏的座上賓，接下一份不大不小的香火情，所以四位自身修為就很高的錬氣士，也就談不上對少年如何驚為天人。

他們都認為孫嘉樹親自帶來祖宅的這名客人，不管是錬氣士還是純粹武夫，都一定是個很不俗氣的少年天才，說不定下一次來到此地，少年已經成了中年人，結成金丹客，方是我輩人；或是躋身武道第七境，有望能夠以武夫體魄，抗衡天道，從而御風遠遊。到了那個時候，少年才是四人需要露面迎接的貴客，而不單單是孫嘉樹的一個朋友而已。

河邊，以兩個小劍客為首的孩子們，開始慫恿陳平安展露劍術，以此證明他是一個行走江湖的劍客，而不是一個掛了個酒葫蘆就裝英雄、充好漢的江湖騙子。

陳平安一開始只是懷念自己小時候的時光，跟這些孩子開玩笑，逗他們玩。後來發現孩子們雖然年齡小，天真無邪，從未見識過真正的老龍城，更別談什麼江湖和劍客了，但是他們的感覺卻是實實在在的。比如那個竹劍孩子，雖然滿嘴譏諷，但是望向陳平安的眼底深處，還是會帶著一絲希冀，希望他會是小人書上畫著的江湖高手，能夠憑藉劍術打敗惡人。木劍孩子則無比渴望自己能夠拜高人為師，他甚至連磕頭燒香都想好了，就等著那個他眼中背著劍的「大人」，能夠拔劍出鞘。其餘的孩子們也都一個個張大眼睛，等著陳平安大展身手，好回家吃飯的時候跟爹娘吹牛。

陳平安撓撓頭：「那我露一手？」

所有孩子都整齊地小雞啄米，那個木劍少年不忘以激將法埋怨道：「婆婆媽媽，忒不爽利了，我一看你就是個騙子，怕露餡吧？」

陳平安哈哈大笑，剛要下意識摘下養劍葫蘆，想了想，還是收回手，不喝酒了。

他轉頭望向對岸，河面寬達四丈。

陳平安轉身，面朝河岸那邊：「你們看好了。」

孩子們目不轉睛，不知道這個傢伙要做什麼。

陳平安原地蹦跳兩下，抖了抖腿，然後緩緩抬起手臂，再次提醒道：「看好了啊？」

孩子們齊刷刷點頭。

陳平安伸手繞過肩頭，握住木匣中的那把槐木劍，瞬間拔劍，用上了武夫巧勁，將劍向河對岸拋去。

槐木劍在空中打了一個轉後，變為劍尖直指對岸，筆直飛去，但是飛得不快。

「走嘍！」陳平安大笑一聲，腳尖一點，身形一掠而去，雙腳一前一後踩在木劍上。起先有點晃晃悠悠，站穩之後，少年便好似踩著飛劍御風而行，過河而去。

『哇！真是神仙劍客，不是騙子。』孩子們一個個瞠目結舌，滿臉羨慕和崇拜。

踩劍渡河的陳平安腳步側移，先於槐木劍落在河對岸的一道小田壟上，然後接住下墜的槐木劍。他站在金黃的油菜花之中，雙手、雙腳附近有一縷縷無形的真氣在崩碎飄散。

陳平安心中震撼不已，他轉身對那些孩子伸出一根大拇指，指向自己，笑道：「我叫陳平安，是一名劍客！」

陳平安向孫氏祖宅那個方向，再一次勢大力沉地丟擲出槐木劍，故而木劍疾速飛掠而去。陳平安再次起身追上，這一次踩劍御風，已經無比熟稔。

終於有那麼點少年劍仙的風采了，一人一劍，再次過河。

陳平安踩在劍上，雙臂環胸，閉上眼睛，高高揚起腦袋，默默感受著天地之間的某種奇妙流轉。

迎面清風吹拂，一身輕鬆的陳平安，原來已經泥菩薩過了江，如今已是第四境了。

躲在小巷深處的灰塵藥鋪中，除了女子長腿和掌櫃葷話，鋪子中的人一天到晚其實沒有什麼事情可做，生意寡淡。有些時候就連女子們都想不明白，掌櫃花錢雇她們做什麼。要說那個冤大頭掌櫃每天都會毛手毛腳，相對還好理解，可是漢子雖然嘴上不正經，眼神吃人，卻從不會真正揩油，這就讓她們有些犯迷糊了。

每月發薪水時，她們一枚銅錢也不缺，也就樂得在這個藥鋪虛度光陰，反正每天給那掌櫃的瞅幾眼，身上也不會少塊肉，倒是在此做事薪水頗豐，衣食無憂，各自家中的伙食改善許多，女子們大多胖了兩、三斤，惹人憂愁。

鄭大風今天又收到一個口信，傳信之人是當時與他一起離開驪珠洞天的一尊陰神。不管鄭大風如何插科打諢、稱兄道弟，陰神只是裝聾作啞，絕不洩露半點底細，以至於到現在鄭大風還揣摩不出陰神的修為境界。

老頭子讓陰神告訴鄭大風兩件事情，一件事是陳平安的真氣八兩符已經破碎，已經不用他鄭大風出手去除；第二件事是他的傳道人和護道人都在老龍城，要他自己注意。

第一件事沒什麼，關鍵是下邊那件事，老傢伙的話說得模稜兩可，含糊不清，鄭大風想要追問，有符籙傍身的陰神已經身形消失。

鄭大風百思不得其解，便坐在藥鋪門檻上發呆。師父和傳道人，本就是鄭大風的一個心結所在，老頭子承認自己是他和師兄李二的師父，但不是他們倆的傳道人，反而讓李二的女兒李柳認了老傢伙做傳道人。至於護道人身分，鄭大風如今算是范家小子的護道人，要保證那個小傢伙順利破開武夫三境瓶頸，之後還要幫著范家小子一路走到純粹武夫的鍊神境。

老頭子對於陳平安的態度也挺讓人捉摸不透，但是鄭大風可以明確一點，泥瓶巷少年只是師父眾多押注對象之一，分量遠遠比不得天道眷顧的馬苦玄和生而知之的李柳。當初傳授給陳平安的那門吐納法門，其實很粗陋，算不得什麼上乘心法。鄭大風猜測應該是這幾年陳平安在武道的上升勢頭太過驚人，現在都已經由鍊體境躋身鍊氣境，所以老頭子開始逐漸加大注碼。

鄭大風皺眉沉思道：「難道是要我去當陳平安的傳道人或是護道人？不對啊，老頭子以往讓手下去做這類事，從來直截了當，給誰當、當幾年，負責護道對象到達何種境界，清清楚楚，絕不會如此藏藏掖掖。」

鄭大風雙手抱住腦袋，無奈嘆息：「再說了我跟陳平安八字不合，這麼個不解風情的死板少年，我實在喜歡不起來啊，顯然讓李二給陳平安當護道人才是最合適的。師父啊，你老人家到底是咋想的，能不能給句痛快話？給他當個一年半載的護道人，還好說，捏著鼻子忍忍就過去了，可要是當他的傳道人，這不是要了我的命嗎？」

一個活潑少女坐在門檻上嗑瓜子，笑問道：「掌櫃的，愁啥呢？」

鄭大風轉頭瞥了眼少女胸前略顯平坦的風光，沉聲道：「小荷啊，要跟上啊，不能光長腿不長肉啊。」

少女本就是膽大的，又經過這麼久的朝夕相處，那些個葷話早就聽得耳朵起繭子了，繼續嗑瓜子，不以為意道：「想要長肉，就得多吃東西，可是藥鋪每個月薪水就那麼點。我倒是想要那兒更風光些，可是兜裡的銀子不答應，我能咋辦？掌櫃的，給我偷偷漲漲薪水唄？我保證不告訴她們。」

鄭大風嬉皮笑臉道：「就妳這張嘰嘰喳喳的小嘴，藏不住話的，我要是給妳漲薪水，第二天肯定人人都得漲，妳當我的銀子是從天上掉下來的啊。養活妳們這麼一大幫子小姑娘、大姐姐，很辛苦的好不好。」

少女小屁股蛋兒坐在門檻上，故意向門外伸長了雙腿，笑道：「掌櫃的，隔壁街不是有個姐姐愛慕你嗎？那麼豐滿，不是你最好的那口嗎？你為啥不答應人家？人家這兒……可長肉啦，咱們藥鋪裡誰都比不上她呢。」

少女丟了瓜子，雙手在胸口托了托。

鄭大風齜牙咧嘴，揮手趕人道：「小姑娘家家的，盡說一些不害臊的羞人話，小心以後嫁不出去，趕緊回鋪子掃地！」

少女不願挪窩，理直氣壯道：「咱們鋪子就叫灰塵藥鋪，打掃那麼乾淨多不像話。」

鄭大風說不過小丫頭，便蹺起二郎腿，抱著後腦勺，仰頭望向天空。

別人看不出那片雲海，他一個八境巔峰的武道宗師，看得出：法寶之上，是為仙兵。宗字頭的宗門在寶瓶洲就已經足夠鳳毛麟角，仙兵更是稀少。有多稀少？舉個最簡單的例子，一洲道統所在的神誥宗，宗主祁真是因為躋身天君，才被中土神洲的正宗賜下一把仙兵，所以距離仙兵一大截，卻又超出法寶一籌的半仙兵，就成了所有鍊氣士夢寐以求的東西。

如今老龍城有四件半仙兵，兩件由城主苻家的老祖持有，皆是攻伐重寶，從中土神洲新購而來的那件是傾向防禦、庇護一城的重寶，唯獨城頭上空的那片雲海，老龍城對外宣稱是苻家持有，可其實真相如何，是否真是苻家的殺手鐧，難說。

至於八百年前那場正邪之戰，什麼女子酣睡於雲海，她醒來後駕馭那件半仙兵斬殺群魔，騙鬼呢？若真有那等滔天威勢，必須兩點兼具，一是城上雲海絕不是什麼半仙兵，而是仙兵，二是使用者必須是上五境鍊氣士。

少女看著漢子的側臉，好奇問道：「掌櫃的，你看啥呢？」

鄭大風使勁瞪大眼睛，抬頭望去，輕聲回答少女的問題：「看有沒有體態婀娜、穿著清涼的仙子御風經過啊。」

少女白眼道：「看看看，小心仙子撒尿在你頭上。」

鄭大風嘖嘖道：「那豈不是久旱逢甘霖。」

少女站起身：「噁心！」

鄭大風哈哈大笑。

少女剛跨過門檻，突然轉頭問道：「掌櫃的，你上次哼唱的家鄉小曲兒，能不能再哼哼？」

鄭大風使勁搖頭：「那可是我贏得佳人芳心的壓箱底本事，哪能輕易展露，去去去，忙妳的去。」

少女低聲道：「哼哼唄，說不定我以後成了你媳婦呢？」

鄭大風眼睛一亮，剛要起身，少女已經坐回門檻，轉過頭望著漢子，一臉惋惜說道：「掌櫃的，你這也信啊，以後娶媳婦難嘍。」

鄭大風一屁股坐回門檻，沉默片刻後，吹起了口哨，調子還是那支鄉謠的調子，只是這次沒有唱詞：

初一的月兒彎，十五的月兒圓，聽阿婆說，吃著餅兒，對著月兒揮一揮手，就會沒有煩憂。

春風兒吹、秋風兒搖，聽阿婆說，紅燦燦的柿子掛滿了枝頭，跌倒了、摔疼了也不要愁，柿子裝滿了背簍。

烏雲朵兒來、烏雲朵兒走，聽阿婆說，雨後會有彩帶掛在天邊頭，是老神仙在天上搭了座高樓……

少女彎下腰，雙手托起腮幫，安靜地聽著口哨。

老龍城即將迎來一場盛事，少城主苻南華迎娶雲林姜氏嫡女。

雲林姜氏是寶瓶洲歷史最悠久的豪閥之一，相傳在上古時代，儒家剛剛成為浩然天下的正統，百廢待興，禮聖制定了最早的儒教規矩，姜氏出過數位太祝。太祝在《大禮・春官》中，與太史、太宰並列為六大天官之一，主掌祈福的各種祝詞。

雲林姜氏位於寶瓶洲東南部的大海之濱，面朝大海的府門，有一條極其寬闊的闕門行道，長達三十餘里，一直延伸到大海之中，最終以一對巨大的天然礁石作為闕門，有囊括東海之意，氣魄極大。

在從中土神洲遷徙到寶瓶洲後的漫長歲月裡，姜氏逐漸棄文從商，家族在無數次山河動盪中，始終屹立不倒，名副其實地富可敵國，老龍城苻家同樣如此。這兩家選擇聯姻，是寶瓶洲南方近期最大的一個消息。有人好奇苻家的聘禮是什麼，也有人好奇姜氏女子的嫁妝會不會是一件半仙兵，以及那些與苻家世代交好的山上仙府會拿出怎樣的珍重賀禮，所以老龍城這兩個月湧入無數看熱鬧的山上修士。再加上傳聞那名姜氏女子奇醜無比，更讓人浮想聯翩。

素來以交友廣泛著稱老龍城的苻南華，在從北方驪珠洞天返回之後，突然變得深居簡出。除了孫嘉樹這些老朋友能夠登門見上他幾面，苻南華再也沒有結交什麼新朋友，一直待在苻家。外城幾處名動半洲的風花雪月場所，這名少城主再沒有露過面。

今天苻南華竟然離開私宅，獨自走到苻城大門口，頭頂高冠，一襲玉白色長袍，腰間懸掛翠色欲滴的龍形玉佩。這名少城主的神色沉穩之餘，似乎還有些鬱鬱寡歡，比起去往驪珠洞天的意氣風發，有著天壤之別。

這段時間這座苻城貴客盈門，哪怕苻家待人接物可能比一國朝廷還要經驗老到，可還是有些應接不暇。

此時苻城門外，就有好幾撥山上仙家府邸的重要人物，前來祝賀那樁被世人譽為「金玉良緣」的聯姻，其中就有雲霞山。雲霞山算不得最頂尖的門派，但是其出產的雲根石，風靡數洲，財源滾滾，故而也有一番蒸蒸日上的景象，若是再冒出一、兩個能夠扛起大梁的天之驕子，雲霞山躋身寶瓶洲一流仙家行列，指日可待。

老龍城與雲霞山有著數百年香火情，雲霞山的特產雲根石，正是苻家吞寶鯨、懸浮山這兩艘渡船的重要貨物之一。由雲根石淬煉打造的價廉物美磨石，是劍氣長城劍修用以砥礪劍鋒的好東西。對劍修而言，沒什麼比有一把好劍更重要。

當然，所謂的價錢便宜，是相比其他通過倒懸山運往劍氣長城的珍稀物品。雲霞山雲根石賣給寶瓶洲修士、賣給老龍城苻家、賣給劍氣長城劍修，是三種懸殊的價格。

這次雲霞山來了四人，兩位山門老祖和各自的得意弟子。苻南華今天破天荒出門迎客是來見一個本該已經死了的人——雲霞山仙子蔡金簡。

當苻南華出人意料地現身後，城門這邊頓時議論紛紛，招呼聲、賀喜聲連綿不絕，苻南華一一回應，不失禮節，最後苻南華來到位置靠後的兩輛馬車前。拉車的是兩匹神俊非凡的青驄馬，有著蛟龍之屬的偏遠血統，這應該是從孫家驛站臨時租用的車輛。老龍城內外都知道，兩種遊覽老龍城的方式最耗錢，一是向苻家買下一枚老龍翻雲玉佩，再就是跟孫嘉樹那傢伙名下的店鋪雇車。一般只有兩種人會有如此做派，一種是兜裡真有錢，一種是土鱉傻子。

雲霞山的兩個老祖當然不傻，這點門面還是撐得起的，而且是必須要撐的。見苻南華親自出門迎接，兩個老祖趕緊帶著得意弟子走下馬車，其中一名雲霞山嫡傳弟子，正是臉色微白卻容顏嫵媚的仙子蔡金簡，另外一名則是氣宇軒昂的年輕男子，身上所穿法袍隱約有雲霧繚繞的氣象。

苻南華跟兩個雲霞山老祖客套寒暄之後，提了一個小要求，說要帶著蔡仙子先入城賞景敘舊。蔡金簡的傳道恩師受寵若驚，哪裡會拒絕這番美意。之前蔡金簡在驪珠洞天兩手空空地返回山門，花了整整一袋子金精銅錢，連半點水花都沒有。那可是金精銅錢，穀雨錢在它面前，就像誥命夫人見著了皇后娘娘，屁都不是。

蔡金簡連累老人在雲霞山這兩年受盡白眼和詰難，原本想要一步步將蔡金簡推上山主寶座的老人心灰意冷，但是更氣人的是寄予厚望的蔡金簡這兩年跟個活死人似的，修行山門神通十分憊懶，讓老人既心疼又憤懣，還打不得、罵不得，生怕蔡金簡破罐子破摔，淪為正陽山蘇稼那般的廢物。

苻南華與蔡金簡並肩而行，走過苻城大門，一路走向他在苻城的輝煌私宅。

在驪珠洞天尋覓機緣之時，苻南華還只是眾多未來家主候選人之一，所以精於生意的苻南華對當時就矮他一頭的蔡金簡十分客氣，可如今對他青眼相加的傳道老祖破關在即，又有他與雲林姜氏嫡女聯姻的推波助瀾，苻南華的身價水漲船高，已經不可同日而語。在雲霞山兩個老祖看來，苻南華如此親近蔡金簡，絕不是當年他們在驪珠洞天結為短暫盟友可以解釋的，難道兩人曾經有過一段露水姻緣？也不對，蔡金簡分明還是處子之身。不管如何，終有一天會穿上那件老龍袍的苻南華，願意如此破格禮遇雲霞山，兩個老祖可謂顏面有光。

苻南華和蔡金簡兩人極有默契，一路上都沒怎麼說話。到了苻南華的私人府邸，苻南華在大廳落座，拍了拍腰間那塊父親親自賜下的嶄新玉佩，望向那名曾經在小巷被少年以瓷片捅破喉嚨的仙子，說道：「我們現在可以打開天窗說亮話了。」

蔡金簡嫣然一笑，但是笑容卻了無生氣：「說什麼？」

苻南華死死盯著這個本該身死道消於驪珠洞天的女子：「我不會問妳如何活了過來。我只想知道，那個人為什麼救妳？救了妳之後，他想要妳做什麼？」

蔡金簡收斂笑意：「如果我說你是以小人之心度君子之腹，你信嗎？」

苻南華冷笑道：「君子？如果他齊靜春只是一位君子，那麼儒家聖人還不得占據四座天下？」

蔡金簡神色平淡：「苻南華，咬文嚼字就沒意思了。」

苻南華深呼吸一口氣：「那我先坦誠相見，妳倒在血泊之後，我也陰溝裡翻船，差點栽在那個破地方，姓齊的當時從那個泥腿子賤胚手底下救下了我……」

苻南華突然察覺到蔡金簡嘴角玩味的笑意，立即停下言語，改了口風：「他齊靜春攔下陳平安後，跟我說了一番話，要我離開驪珠洞天，又隨手贈予我一份不在法寶器物上的機緣。具體為何，就不與妳說了。但是很奇怪，齊靜春從頭到尾，沒有要我發誓將來放過陳平安，不找他的麻煩，或是用什麼冤家宜解不宜結的勸我。」

蔡金簡環顧四周，神情淡漠，最後望向苻南華微笑道：「對待救命恩人和一位聖人，你難道不該以姓氏加先生作為敬稱嗎？」

苻南華扯了扯嘴角：「人都死了，還是被各路天上仙人聯手鎮壓致死，儒教那座文廟選擇袖手旁觀，齊靜春明顯再無半點翻身的機會。聖人又如何？先生又如何？齊靜春又如何？」

蔡金簡一笑置之，感慨了一句題外話：「我們雲霞山的幾個老祖的修道之地，都沒有這座府邸來得靈氣充沛。苻南華，你們苻家真是有錢。」

這座苻家私邸，八根主要棟梁皆名為「龍繞梁」，雖有纏繞於柱的真龍，真龍口銜寶珠，每一顆都是價值連城的先天靈器，使得這座宅邸彙聚大量靈氣，宛如一座小型洞天福地，大大利於修行。

真正頂尖的仙家子弟，喝茶聊天是修行，睡覺打盹還是修行，這話一點水分都沒有。無根浮萍的山野散修對此眼紅嫉妒，合情合理。

苻南華流露出一絲不耐煩，眯眼道：「蔡金簡，別給臉不要臉。我即將擁有一艘吞寶鯨渡船，我若是不收妳雲霞山的雲根石，你們雲霞山的山門收入就會驟減兩成。就算妳被那個老祖器重看好，可是妳先賠了一袋子金精銅錢在前，如果再影響雲霞山攫取暴利，妳在雲霞山還混得下去嗎？」

蔡金簡笑了起來：「行了，苻南華你就別威脅我了。老龍城苻家到底如何有錢，我是不知道，可苻家幾千年來是如何做買賣的，我一清二楚。別說你擁有一艘吞寶鯨，就是你真當上了城主，也不會在這種祖宗規矩上動手腳。」

苻南華嘆息一聲：「妳這麼聰明，當初我們又曾在驪珠洞天共患難一場，為何不能合則兩利？妳我二人，不如以誠相交，澈底消弭那場禍事的後遺症？在這之後，我不但會爭取城主之位，還能夠幫妳往上行走。試想一下，我只需要稍稍提高吞寶鯨收購雲根石的價格並對外放出風聲，將功勞記在妳蔡金簡頭上，雲霞山豈敢怠慢妳這位招財童子？何況妳自身天賦就很好，又有押寶在妳一人身上的恩師作為山門靠山，再有老龍城這麼一個強力外援，雲霞山山主之位，最遲百年，必然是妳的囊中之物！」

說到最後，苻南華情不自禁地站起身，言語激昂，氣勢勃發，如同一個指點江山的君主。蔡金簡微微抬頭，看著這個躊躇滿志的少城主，眼神清澈，她並沒有太多情緒起伏。

不是苻南華說得不夠真誠，所描繪的前景不夠美妙，而是如今的蔡金簡，跟當初那個負擔山門重任、一肚子勾心鬥角的蔡仙子相比，心境已經截然不同。人真正死過一次，彷彿從鬼門關一步步走回陽間，跟命懸一線卻最終大難不死，還是不一樣的。

那位在驪珠洞天擔任教書先生的儒家聖人以莫大神通救了她後，在那座學塾內，有過一場長輩與晚輩的對話，就像只是在閒聊人生。蔡金簡當初肉身依舊重傷未越，齊先生便將她的魂魄同身體剝離開來。學塾內，光陰如溪水潺潺流淌，先生向她詢問了許多洞天之外的事情，都是很瑣碎的小事，山下市井的糧米價格如何，書本刊印之術是不是更加簡單便於流傳等等。蔡金簡一開始還十分忐忑，到後來便放下心來，與齊先生一問一答，有些她答不上來，有些她可以回答，那位先生始終面帶微笑。偶爾，蔡金簡也會詢問一些連她師父都束手無策的修行癥結，先生便會三言兩語地一一點透。

最後齊先生還向她推薦一些聖賢經典，說山上修行，修力當然不可或缺，神通術法，自然多多益善，能夠由雜入精是更好，可修心一樣很重要。讀那些書上道理，未必是要她去做聖人，人之心境即心田，需要有源頭活水來，莊稼才能繁茂豐收，修道才算是真正修長生……

離開驪珠洞天之後，蔡金簡還是那個志向高遠的蔡金簡，可她不再是那個覺得修行只為修行的雲霞山仙子。

在臨行之前，蔡金簡壯起膽子，詢問先生為何願意救下自己這種人。

那位齊先生坦誠笑言：「救妳，不合此方天地規矩，卻合我齊靜春的道理。」

蔡金簡又問，先生為何願意教自己這種人聖賢道理。

先生正色肅穆而答：「傳道授業，能解一惑是一惑；書上正理，能說一理是一理。」

蔡金簡回到雲霞山，哪怕已無修行上的困惑，仍是不再急於攀升境界，只是將齊先生推薦的書籍看了一遍，將那些先生的話語想了一遍又一遍。外人覺得她是荒廢修行，蔡金簡自己知道不是。

後來她聽師父私底下說，那位齊先生死了，在寶瓶洲北方版圖的上空，一人迎戰數位天上仙人，最終灰飛煙滅，世間再無齊靜春。

蔡金簡沒有悲痛欲絕，只是覺得有些失落。在那之後，她就開始放下書本重新修行，很快就成功破開一境，並且故意壓制境界，免得太過驚世駭俗，這才有了她這次拜訪老龍城的露面機會。

種種福禍相依，一切源於那場泥瓶巷的狹路相逢。歸根結底，在於當初在修行路上誤入歧途的自己，禍害慘了那個少年。

很明顯，那位先生對少年的態度，不像是一位聖人在俯瞰蒼生，一切以規矩作準，而像是長輩在維護晚輩，甚至他可以為了少年不理睬規矩。

自己若是死在小巷之中，可能所謂的天道反撲大勢和佛家的因果報應，就會落在那個少年頭上。

在那之後，齊先生為自己傳道解惑，則很純粹，大概是覺得她還有救，所以那位先生願意教。

蔡金簡想明白了許多以前想都不會去想的事情，心境通透，掃去遍地塵埃，而且雲霞山最重觀想，所以才能破境迅猛。

身處老龍城未來城主的龍興府邸，蔡金簡沒有揮袖離去，她只是突然會心笑道：「苻南華，我們第一次結盟，結局慘澹，今天第二次結盟，你我再大賭一場。我賭你能夠穿上老龍袍，你賭我能夠當上雲霞山山主，如何？我現在就可以承諾，只要我手握了雲霞山大權，所有雲根石，不再分賣給老龍城其餘五大姓，全部給你苻家！在這之前，我也會透過師父，盡量提高賣給你的份額。」

苻南華有點措手不及，懷疑其中是否有詐，或是另有玄機，一時間反而沒有先前那麼胸有成竹。他在驪珠洞天的境遇，雖然沒有成為修行路上的魔障心結，但是不梳理清楚脈絡，趕緊下定決心如何處置那個泥瓶巷的泥腿子少年，苻南華心裡頭就很不痛快。

蔡金簡已經站起身，來到一根龍繞梁附近，饒有興致地欣賞起那顆雪白寶珠。

苻南華最後也沒有答應或是拒絕蔡金簡，只說讓她稍等幾天。

在蔡金簡離開這座私邸之後，苻南華摘下那枚對老龍城來說意義非凡的玉佩，握在手心，在大堂上轉圈踱步，權衡利弊。

一名身穿龍袍的高大男子，憑空出現在大堂中，他站在龍繞梁旁，仰頭端詳著那顆巨龍所銜寶珠，似乎想要透過雲霞山蔡金簡的視線，看到更深遠的地方。

他來得無聲無息，以至苻南華根本沒有察覺，等到苻南華意識到的時候，龍袍男人收回視線，望向這個嫡子，問道：「為什麼不答應她？」

苻南華回答道：「總覺得心意難平。」

龍袍男人正是老龍城城主苻畦，他隨口道：「很簡單，要麼殺了陳平安，強行壓下心湖漣漪，以修力之法，竭力斬斷一位儒家聖人帶給你的全部影響。要麼順勢而為，在別處是越往高處走，修道瑕疵越大，可在老龍城苻家，這些難以抹去的小結本就是結成心湖珍珠的祕法之一。」

苻畦譏笑道：「就這麼點難題，你也需要如此糾結？看來我身上這件老龍袍，你這輩子是不打算穿了？」

苻南華大汗淋漓。

苻畦搖搖頭：「一個死人、一個少年就讓你如此不痛快，我苻畦生了一個好兒子。」

苻南華臉色慘白。

苻畦扯了扯嘴角：「那你知不知道，我早年身穿老龍袍，為了『苻家』二字，跪在地上向人苦苦哀求，把額頭白骨都磕了出來，如今我還有無心結？」

苻南華頭腦一片空白，默然流淚卻渾然不知。

苻畦嗤笑一聲，消失不見。

如果有人能夠過了倒懸山那道奇妙禁制，成功進入兩座天地的接壤處，便會感慨此處大有奇觀——一堵高牆，高聳入雲，亙古不變地屹立於天地間。

高牆以南，就是這座天下的真正主人；高牆以北，是一座無牆之城。

最早一撥扎根於此的劍仙曾言，若是被妖族翻過了劍氣長城，天底下還有什麼城牆可言？在那之後，城池周邊就沒有一塊磚頭。

十數萬劍修，與世隔絕，世世代代居住於此，除了極少數人能夠去往倒懸山，幾乎所有人都恪守祖訓，一輩子不曾去往那個浩然天下。

在此生，在此死，以戰死於劍氣長城外為榮，以老死於劍氣長城內為恥。

有些事情，此地異於浩然天下，但是有些事情，還是有些在所難免的相似，比如這座沒有名字的無牆大城也有一些個根深蒂固的大家族。這裡的大家族不同於外邊那些，外面那些需要苦口婆心地對子孫說什麼居安思危，在這裡，根本沒有必要，因為哪怕是嫡子，甚至是一根獨苗的嫡子，都需要在十二歲之時擔負起「送劍」的職責，最晚十六歲去往城頭向南方出劍，最遲三十歲需要離開城頭，去往南方斬殺妖族。在這裡，幾乎所有女子，都希望嫁給劍術比自己高的男子，若是男子戰死，她便隨後，子女再後。

世間任何一首膾炙人口的邊塞詩歌，都無法描繪此處的戰事。

若是有外人流露出悲壯慘烈之意，他們反而會嗤之以鼻，這種事情，有何了不起的？

第二場浩大戰事暫告一段落，劍氣長城北邊的這座城池，再一次恢復寧靜。

城內也有小橋流水、庭院深深，有高門府邸、石獅坐鎮，有高樓翹簷、劍鋪林立，更有一棟棟簡陋茅舍、祖孫同堂。

在一間街旁酒肆，有六人圍桌而坐，一名眉如狹刀的英氣少女與一名神色木訥的獨臂少女坐在一條長凳上，後者身材矮小纖細，但是卻背負著一把令人咋舌的大劍。

一個年紀最長的及冠男子，模樣俊朗，但是一身劍氣凝聚猶如實質，腰間佩劍隱約散發出一股浩然氣。

一個笑咪咪小口抿酒的胖少年，盤腿坐在長凳上。屁股很大，凳面很窄，所以他坐著其實不太舒服，經常要扭來扭去。放在雙腿上的那把劍，雖在鞘中，但是紫電縈繞，滋滋作響，有些電光炸裂開來，濺射到肚子上，胖少年就會立即打個寒戰，倒抽一口冷氣。

胖少年旁邊坐著一個膚如黑炭、滿臉疤痕的醜陋少年，他所懸佩之劍，名字卻很旖旎脂粉，名為紅妝。

醜陋少年對面坐著一個容顏俊美的少年，他的左右腰間各懸佩一劍，只是一劍無鞘，劍身古樸篆文為「雲紋」二字。

這六人，在第一場戰役中就並肩作戰，只是那一次，他們少了一個名叫蛐蛐的朋友。

這一次，運氣要好一些，六人雖人人負傷，卻並無人戰死，不過他們這支隊伍的兩名底蘊深厚的十境劍修，卻沒能活著回到劍氣長城，沒能走下城頭返回家中。

胖少年喜歡喝酒，更喜歡勸酒。

姓董的俊美少年，好像最喜歡罵那個滿臉傷疤的醜陋少年。

獨臂少女喜歡偶爾看一眼那名及冠男子。

英氣少女則喜歡獨自喝酒，獨自發呆，但是哪怕她怔怔出神的時候，也絕無半點柔弱之感，一樣不減英武神氣。

之後有兩名年齡約莫十八、九歲的女子趕來，其中一人坐在醜陋少年身旁，三人擠在一條長凳上，害得胖少年的大屁股三面懸空，很是遭罪。

董姓少年不敢再罵醜陋少年了，畏畏縮縮，好像很怕對面那個和和氣氣的圓臉姐姐。

另外一名下巴尖尖的秀氣少女，毫不猶豫地坐在俊美少年身旁，讓後者忍不住直翻白眼，心想妳一個長得還沒我好看的小娘們，也好意思想著跟我成親滾被窩？

那個及冠男子，歷練結束後馬上要返回中土神洲的儒家學宮，到時候就會由賢人成為君子。他摘下那把浩然氣，放在桌上，說這是阿良送給劍氣長城劍修的，不是送給他的，所以必須留下。

胖少年笑顏逐開，他垂涎那把劍可不是一天、兩天了，他拚命點頭，連聲稱讚儒家學宮男子講義氣、懂規矩，如果以後再來，他一定雙手雙腳一起歡迎。

木訥獨臂少女破天荒開口，說他兩次死戰，斬殺了那麼多中五境妖族，可以帶走浩然氣。

俊美少年對此根本無所謂，左右張望，看看路上有沒有熟人能夠幫他結帳付錢。

醜陋少年只顧著悶頭喝酒，圓臉女子是他的姐姐，便勸他少喝一點，醜陋少年置若罔聞，女子神色便有些無奈。

英氣少女一錘定音：「拿走。」

所有人便都沒了異議。

俊美少年突然皺了皺眉，嘀咕道：「怎麼走哪兒都能碰上爛狗屎。」

街道上走來一行人，多是二十來歲的年輕子弟，人人劍意渾厚，殺氣十足。其中為首一人姓齊，背負一鞘雙劍，身材高大，氣勢凌人。

他率先走出隊伍，來到酒肆旁邊，直勾勾望向那名英氣少女，盡量不讓自己顯得咄咄逼人，語氣和緩地笑問道：「寧姚，妳家的那塊斬龍臺，到底賣不賣？價錢好商量，我家肯定不會坑妳的。再說了，我爹娘與妳爹娘什麼交情，妳比誰都清楚，如果不是我爺爺阻攔，當年咱們還差點成了娃娃親，對吧？」

英氣少女頭也不抬：「滾。」

姓齊的男子也不惱火，揉揉下巴，轉身就走，乾脆俐落。

隊伍中有人憤憤不平，嗓音不大，陰陽怪氣道：「有的人就是福氣好，爹娘都是大劍仙，可真厲害，厲害到了差點害我們輸掉整座劍氣長城，嘖嘖嘖。」

英氣少女無動於衷，但是酒桌上，所有人猛然起身，便是那名來此歷練的學宮賢人，都握住了那把浩然氣。

胖少年咧著嘴，露出森森白牙：「喲呵，你方才說了啥？大爺我沒聽清楚，你再說一遍？」

俊美少年直接破口大罵：「小崽兒，我幹你祖宗十八代！」

他瞥了眼對面的黑炭：「咋說？誰先來？」

醜陋少年最直接，肩膀一抖，掙脫姐姐的束縛，提劍前行。

姓齊的年輕男子伸出一條手臂，示意身後眾人不要說話，然後踏出一步，笑問道：

「董黑炭，你真要打架？」

醜陋少年面無表情，只是前行，雙手已經按住左右兩側的劍柄，一把經書，一把雲紋，都是阿良從一個叫東寶瓶洲大驪王朝的地方隨手丟過來的。

如今阿良走了，救過自己三次的寧姐姐爹娘都不在了，那麼他董畫符在這種時候，不做點什麼，就不配姓董。

圓臉女子微笑道：「別殺人就行，我可以幫你擺平爺爺那邊。」

這句話一說出口，便是那名姓齊的年輕男子都覺得有些棘手。

一陣手指敲擊桌面的聲響突然響起。

黑炭少年轉頭望去，寧姚淡然道：「黑炭，回來喝酒。」

少年悶悶轉身，坐回原位。圓臉女子摸了摸他的腦袋，本就心情煩躁的少年立即怒目相視，他姐姐做了個嬌憨鬼臉，看得俊美少年目不轉睛，雙方這才沒有大打出手。

姓齊的年輕劍修領著同伴遠去，走出很長一段路後，才對那個出聲挑釁的年輕人道：「近期不要出門，或者直接去我家待著。」

那人「嗯」了一聲，沒有任何猶豫，內心忐忑不安。

寧姚在所有人重新坐回位置後，嘆了口氣：「你們多大的人了，還這麼孩子氣。再說了，這種我家的家事，你們外人摻和什麼，我自己記住就行了。」

一大桌子人沉默無言。

她記起一事，扯了扯嘴角冷笑道：「聽說那個傢伙給道老二一拳打回了浩然天下。」

當寧姚說起這個人時，幾乎所有人都有了笑意，當然那名學宮君子是苦笑。

胖少年最出神，不知是想到了傷心處還是開心事，狠狠灌了一口酒。

在他第一次走上城頭殺敵之後，胖少年滿臉期待地看著那個不修邊幅的漢子，問道：「阿良、阿良，我那一劍如何？是不是有你一半的風采了？」

漢子只是喝著酒，哦哦呀呀隨口敷衍。

「阿良！你倒是給句話啊，好話、壞話，都中！」

「好吧，你那一通劍術……很妖嬈。」

「啥個意思嗎？」

「我的意思啊，就是說你一通亂劍猛如虎，結果打死了一隻老鼠。」

一身血跡的少年泫然欲泣，可憐巴巴的，覺得天崩地裂，自己可能這輩子都沒啥大出息了。

那個男人把酒葫蘆拋給他，笑道：「我像你這麼大的時候，還不如你。」

小胖墩頓時挺起胸膛，那是他第一次喝酒，真他娘的難喝。

俊美少年一手托住腮幫，一口咬住酒杯，輕輕一仰頭就能喝一口酒。這個動作，當初就是跟那個傢伙學的，太帥氣了。

「阿良，聽說你去過竹海洞天，那個竹夫人，到底漂亮不？」

「漂亮啊，兩條腿長極了。」

「我問臉蛋呢，腿長不長，有啥意思？」

少年的腦袋被吊兒郎當喝著酒的漢子一把推開：「咱倆沒得聊。」

便是那名圓臉女子，始終沒有喝酒，臉上都有些醉醺醺的笑意。

她曾經膽氣十足地站在那個男人身前，問道：「阿良，想家不？」

「想啊。」

「想下次回家帶個媳婦回去不？」

「也想啊。」

「阿良、阿良，帶我，帶我唄？」

男人一臉笑容和驚訝：「哎喲喂，不承想我阿良闖蕩江湖多年，從未遇上對手，今兒給一個青蔥少女撞了一下老腰……」

少女的弟弟小黑炭當時還掛著鼻涕蟲，蹲在一旁，扭過頭「呸」了一聲。

男人將酒葫蘆遞給少女，摸了摸她的腦袋：「做我的媳婦就算了，我阿良一個江湖浪蕩子，不坑害好姑娘。」

少女接過了酒壺，卻沒敢喝。

男人哈哈大笑道：「偷偷喝幾口，沒事。喝我的酒，妳家老祖宗管得再嚴，也不會罵妳，只會罵我阿良。」

在懵懂少女喝酒的時候，男人腳尖一點，站在劍氣長城的城頭上眺望遠方，雙手從額頭往腦勺捋過頭髮，感慨道：「酒能紅雙頰，愁能雪滿頭呀。小丫頭，以後找男人，一定要找我這般學富五車、能夠吟詩作賦的……當然，我是說找像我的，而不是我。」

小黑炭突然嚷嚷道：「阿良，我要拉屎！我要去南邊拉屎，快點，憋不住啦！」

男人趕緊跳下牆頭，罵罵咧咧抱住這個小王八蛋，一掠如長虹，去往南方。

至於南邊是不是有危險，會不會有大妖隱藏於附近，男人當然不在乎，那個圓臉少女也不在乎，因為他是阿良。

在這個天下，沒有阿良一人一劍去不了的地方。

結果小兔崽子到底還是沒憋住，拉得滿褲襠全是，男人一邊蹲在水潭旁清洗褲衩，一邊看著那個光屁股亂跑的王八蛋，低聲笑道：「我不過是當年拒絕你娘親七、八回而已，今兒到底還是遭了報應，比你親爹還要像爹了……」

最後，這個男人走了，沒了劍的男人，刻下了一個「猛」字後，戴著斗笠離開了劍氣長城。

那一天，劍氣長城後邊的城池中，不知有多少婦人喝著酒，她們的男人，也喝著更愁的悶酒。

隨後，懸佩一把竹刀的漢子，找到了齊靜春選擇相信的少年，對他說，我叫阿良，善良的良，我是一名劍客。

他倆熟悉了之後，男人對那個浩然天下的泥瓶巷少年笑著說，你知不知道，天底下喜歡我阿良的女子，茫茫多。

少年只當他在吹牛。

酒桌散去，朋友分別，寧姚獨自回家。

一路上有很多人指指點點，有憐憫、有譏諷、有嘆息、有仰慕。

寧姚回到家中，她的家仍是這座城池最大的府邸之一，依然有許多家族劍修，可是少了一些人。

她走到那座試劍場，然後躺在那塊大如茅屋的斬龍臺上，開始瞇眼打盹。

一封信上說，有個笨蛋要來送劍給她，怎麼還沒到呢？

少女有些生氣。

第八章　傳道人傳道

果然在天黑前，陳平安就得到了灰塵藥鋪的確切消息，除了內城位址，還有藥鋪掌櫃姓鄭，鋪子是老龍城五大姓之一范家的祖業，鄭掌櫃是北方大驪口音，表面上舉止粗鄙，喜好美色，每天守著小巷鋪子混吃等死，實則此人曾兩次進入范府，范家對其十分重視，他極有可能是范家嫡孫范高水的武道明師。至於此人的肖像，還要明天才能拿到。

陳平安神色古怪，根本不用花心思猜，這肯定就是家鄉小鎮的看門人鄭大風。至於范家如此禮重鄭大風，陳平安並不覺得意外，一個經常要過手袋袋金精銅錢的漢子，哪怕瞧著再不正經，真實身分肯定不簡單，否則楊老頭也不會讓他幫助自己去除真氣八兩符。

除此之外，孫嘉樹也讓人拿來了山海龜和桂花島兩艘渡船的詳細檔案，說是讓陳平安多瞭解一下途經航道的內幕，跨洲航行數百萬里，風雲難測，不是小事。其中夾雜著一封孫嘉樹倉促寫就的親筆信，大致意思就是這趟去往倒懸山，你陳平安坐我孫家的渡船，但是桂花島渡船相較山海龜的優劣，我也都與你說清楚。

這看似是一件多此一舉的事情，而且容易畫蛇添足，但是陳平安看完信之後，略作思量，便有些佩服孫嘉樹的經商之道。自己若是商賈，也願意與這樣的孫家合作。

只不過陳平安有一點想岔了，那就是做生意很一根筋的老龍城孫家靠著祖祖代代積攢下來的口碑，從來是他們挑選別人而不是別人挑選他們，哪怕對方的財勢再驚人也不行。

孫家的奇怪家規，就跟苻家的奇人怪胎，一樣多。

破四境，找藥鋪，挑渡船，接連了卻三樁大小心事的陳平安享用了晚餐。中午那道海味硬菜，換成了山珍河鮮的煲湯，陳平安這下子吃得很歡實，下筷如飛，難得吃了一次十分飽。飯後陳平安沿著河岸散步，夕陽西下，風景宜人，陳平安覺得這裡是自己的一塊福地，以後若是有機會一定會再來。

陳平安突然有了釣魚的興致，跑回孫氏祖宅，跟一個老管家詢問有無魚竿，以及最近魚情如何，河中有無大物，是否需要打窩。對此熟門熟路的老人笑著一一解釋過去，然後親自幫著陳平安準備妥當，兩人一起去往河邊釣魚點。

老管家聽說陳平安要夜釣到很晚，本想幫著這位貴客搭建臨水帳篷，陳平安對於衣食住行從來沒有什麼要求，自然不願點頭答應，老人也不強求，緩緩離去。

陳平安不急於拋竿，一開始在河邊來來回回練習走樁，一個時辰後，又在河邊立了一個時辰的立樁，這才開始夜釣。

陳平安閉上眼睛，隨手拋竿，魚餌「叮咚」一聲入水。

清風吹拂油菜花，花蕊顫顫巍巍。河水緩緩流向遠方，河面可見的漣漪，河底無形的水脈。細如髮絲的那根魚線，被輕輕扯動，時而繃直時而鬆散。

陳平安坐著紋絲不動，任由小魚啄碎魚餌，再無大魚上鉤，就這麼枯坐到天亮。

陳平安心有感應，轉頭遙望東方，在他緩緩睜開眼睛的那一刻，看到了這輩子從未見過的絢爛一幕。

聖人有云，朝霞者，日始欲出赤黃氣也。在肉眼凡胎看來，朝霞本該只是豔紅而已，可是陳平安卻從絢爛朝霞之中，看到一條條金黃色的氣流，宛若遊龍，在火紅雲海之中緩緩游弋。

陳平安始終仰頭凝視著萬丈朝霞和金黃之氣，不知是不是錯覺，他好像察覺到雲霞滾滾而落，之後他心神微震，剎那之間，又有十數條金色遊龍洶湧躥出，從天而降，向他直撲而來，氣勢洶洶，似乎要碾壓人間這個膽敢與它們對視的窺探之人。

那些蛟龍來勢極快，陳平安鬆開魚竿，猛然起身，一身拳意不由自主地洶湧而出，布滿外在身軀和內裡氣府。面對蛟龍的挑釁，陳平安只覺得如同面對落魄山竹樓老人，天大地大，唯有拳法最大，他一定要出這拳！

十數條並無實質身軀的金色蛟龍，直直地向陳平安撲壓而來。

陳平安二話不說就是一個雲蒸大澤式的起手拳架，兩腳先後踩踏河邊大地，勁道直透地底一丈有餘。地面咚咚作響，連綿不絕，如春雷在地面滾動，靠近河岸的水面，同時揚起了陣陣浪花，向對岸激盪而去。

初一和十五都悄然掠出了養劍葫蘆，各自懶洋洋地趴在葫蘆口子上，好像在看熱鬧，並未將那些朝霞中飛掠而下的金色蛟龍視為敵人。

陳平安心神沉浸於拳意之中，並不知道自己造就的這番驚人異象，只是單純覺得既然已經躋身四境，出拳就應該更快。之前夜釣，他始終在適應眼中所看到的嶄新世界，以及穩固一扇扇氣府大門和平穩體內那道興風作浪的氣機，一直沒有機會遞拳驗證。

「給我回去！」陳平安向高空為首蛟龍遞出一拳，拳罡大振，以至於袖滿拳意，鼓鼓蕩蕩，獵獵作響。

「砰」的一聲巨響，河水劇烈翻湧，油菜花嘩啦啦歪斜了一大片。那條井口粗細的金色蛟龍明明虛無縹緲，並無肉身，卻給磅礴拳意一拳擊中頭顱，倒飛十數丈。

之後一陣密集巨響，十數條金色蛟龍悉數被陳平安以雲蒸大澤式打回天空。它們盤旋不去，低頭望向陳平安，陳平安又換了一個氣焰駭人的古樸拳架，它們的眼神中既有費解也有幽怨，只得搖頭擺尾，齊齊返回朝霞雲海之中。陳平安愣了一下，再望去，已經沒有金色氣機的流轉，東邊的朝霞似乎總算恢復正常。

陳平安收起拳架，有些心滿意足，咧嘴而笑。這一拳拳打得真是夠快、夠猛，不愧是武道第四境，每次出拳都像是沒了天地束縛，再無拖泥帶水的感覺，確實痛快！

養劍葫蘆的口子上，初一和十五面面相覷，十五似乎羞於見人，滑入養劍葫蘆。脾氣相對暴躁的初一在錯愕呆滯之後，咻一下飛掠而起，雖然無法造成實質性傷害，它還是一次次徒勞無功地刺穿陳平安身體，像是在發洩怒火。

本命飛劍之於劍修主人，在竅為虛，出府為實，這是天經地義的規矩，故而飛劍進出於養育它的竅穴，絕不會傷害到劍修本人。如今初一和十五兩把本命飛劍，與陳平安的關係，並非主僕關係，談不上性命攸關，生死共存，更像是房客與房東，陳平安是它們的半個主人。

陳平安一頭霧水，不管初一的胡鬧，直撓頭：「咋了？難道是我的第四境太弱，讓你們覺得丟人現眼？」

先前朝霞出現金色蛟龍的天地異象，之後蛟龍直撲孫氏祖宅，三金丹境、一元嬰境總計四個孫家供奉，不得不鄭重其事，很快聚在祖宅一棟小藏書樓內。如今四人終於沒了有關少年是錬氣士還是武夫的爭執，但是又多出了新的分歧。

引發此等奇異景象，只有兩種可能，一種是錬氣士成就金丹境，從此逍遙天地間，所以引來天地感應，在丹室中結成的金丹境的品相如何，全看天地景象的動靜大小。一種是純粹武夫的三境破四境、六境破七境，前者引發異象的機會很小，堪稱渺茫，後者則是常態。一旦異象被吸引而來，按照武道俗語，這叫借他山之石攻玉，比泥菩薩過江更難得，往往可以藉機淬錬體魄、神魂，是一樁莫大的機遇福緣，必須珍惜再珍惜。

看那少年一覽無餘的拳法真意渾厚無匹，絕不可能是錬氣士了，必然是純粹武夫，可陳平安到底是第四境還是第七境，四人又有了爭執。這次三人堅信他是第七境，所以家主孫嘉樹才願意請人來到孫氏祖宅，結下一份香火情，而且三境破四境，如何都引不來這份雲龍降落的巍峨氣象，只有一人堅信少年只是剛剛躋身第四境。

突然那名樵夫苦笑道：「先別爭這個幾境了，咱們不是應該扼腕痛惜，那個少年的不可理喻，錯失良機嗎？」

三人幡然醒悟，俱是喟嘆。

少年觀景引來異象，是為玄之又玄的天人感應。世間純粹武夫朝思暮想的大機緣，就這樣給少年一通王八拳給打了回去……

四人都覺得匪夷所思，如此驚豔的武學天才，難道傳道恩師就沒有跟他講過這種最粗淺的事宜？三破境四境或是六境破七境，會有一場天人感應，能夠幫忙穩固境界，必須好好抓住……

四人打破腦袋都不會想到，傳授少年拳法的竹樓老人，曾經走到過武道十境巔峰，他根本不覺得這種事情是什麼機緣，一樣屬於無益於拳法根本的外物，連食之無味、棄之可惜的雞肋都不如！陳平安學他的拳法，就不該走此捷徑。若是光腳老人看到此情此景，一定會開懷大笑，覺得少年做得好，這才是「陳十一」會做的「蠢事」。

在孫嘉樹中午回到祖宅之後，見到陳平安之前，一名孫氏老祖私底下對現任家主笑著打趣道：「你請了一位神仙來做客。」

孫嘉樹好奇詢問，在此隱居三百餘年的老祖便將那場風波說出，孫嘉樹一掌拍在額頭上，無奈道：「真神仙也。」

陳平安和孫嘉樹一起吃飯的時候，他發現孫嘉樹的眼神有些古怪，有點類似自己早些時候看劉灞橋的眼神。

陳平安誤以為是早上那次拳打遊龍給孫氏祖宅帶來了麻煩，問道：「怎麼了？是我早上出拳，驚動了老龍城苻家？給他們發現了蛛絲馬跡？」

孫嘉樹笑著搖頭道：「老龍城鍊氣士和武夫宗師千千萬萬，奇怪的事多了去了。涉及孫氏祖宅，怪事就不顯得奇怪，而且別人不太敢無禮地窺探此地，所以你這次出拳，沒有什麼問題……」說到這裡，孫嘉樹覺得自己有點違心，也替陳平安感到心疼。

到底要不要告訴少年真相？孫嘉樹糾結了半天，最後還是將真相告訴了全然不知錯過了什麼的陳平安。

陳平安聽完之後，默默喝著酒，試探性地問道：「明兒我再去瞅瞅朝霞，還能再看到那些金色蛟龍嗎？」

孫嘉樹被氣笑了：「你覺得呢？」

陳平安嘆了口氣，喝了一大口酒，感慨道：「吃了讀書少的虧啊。」

孫嘉樹看著陳平安，開玩笑道：「怎麼？想著今晚再去河邊釣魚，然後等著明天的日出？」

陳平安驚訝道：「孫嘉樹，你難道看得到人心？」

孫嘉樹哭笑不得擺手道：「我可沒這份能耐，不過聽說咱們商家的老祖宗還真有。」

之後陳平安又帶著魚竿去了河邊，孫嘉樹跟在旁邊提魚簍，路上跟陳平安說了灰塵藥鋪的事情。陳平安說，自己已經破了四境，去不去灰塵藥鋪沒那麼重要了，但是他還是想要去見一見那個熟人。孫嘉樹自然並無不可，說明天就可以動身，他無法隨行，但是會讓家族中一名金丹境供奉充作扈從。

孫嘉樹作為一家之主，手頭有辦不完的事情，自然不可能陪著陳平安枯坐河邊，他孫家要釣的魚，都很大。

孫嘉樹很快就走回祖宅處理家族事務。他坐在桌後，攤開一摞摞帳本，身前擺著一把古色古香的老算盤。算盤瞧著並不出奇，真正出奇之處在於算盤四周蹲著數個拇指大小的金色小人。這些小人與傳說中的銀蟲一脈相承，誕生於金庫，身後長有翼翅，金光燦燦，沒事的時候就喜歡滾來滾去嬉戲打鬧。當孫嘉樹心中快速默念數字之時，就會有金色小人飛掠到算盤珠子上，迅速推動算珠。

祖傳算盤和金色童子都不是俗物，不過書房其餘物件都很樸素平常，就連桌上那盞油燈也是如此，需要孫嘉樹偶爾添加香油。孫家自古就有祖訓：「該省則省，一文銅錢，即是家族根本；該花則花，一擲千金，根本無須眨眼」。

在起身添油間隙，孫嘉樹就會來到視窗眺望河水，小憩片刻。

身為中五境鍊氣士的他，在一次遠望天色後，突然以心聲傳告除自家老祖之外的祖宅供奉：『小賭怡情，三位敢不敢與我賭一把？我若輸了，就拿出一枚小暑錢；若是三位輸了，就再為孫氏祖宅看顧百年？當然，每年孫家該給的俸祿照舊。』

那名樵夫笑道：『孫嘉樹，這誰敢賭？太不公平了。』

孫嘉樹笑道：『我是要賭這個少年此次守夜，還能等來天地異象，如此一來，你們賭不賭？』

『賭！』三個老神仙異口同聲，笑聲爽朗。

輸了不過是三枚小暑錢；贏了，孫家未來百年就多出三個金丹境。如果運氣好，三人之中，甚至會出現一名元嬰境的修士大佬。

想必那三人也知道其中關節，只是三人都不覺得孫嘉樹會贏而已。其實一枚小暑錢，對於三人來說微不足道，他們只是想親自賭贏一回老龍城小財神罷了。

過了一段時間，孫嘉樹笑著從袖中掏出三枚小暑錢，依次排開放在窗臺上，自嘲道：「突然發現，三位可以拿走小暑錢了。」

三人也不客氣，紛紛運用神通，三枚小暑錢憑空消失。最後取走那枚小暑錢的老人，卻是三人之中修為最高、最有望躋身元嬰境的錬氣士。

孫嘉樹微笑不語，不再返回座位，站在視窗，安靜等待陳平安從立樁中睜眼抬頭的那一刻。那些價值連城的金色童子同樣翹首以盼，小傢伙們都有些疑惑，為何這個主人今天如此不愛掙錢了。

東方天空，先是銀灰色，繼而魚肚白，最後朝霞萬里，紅燦燦耀眼，照徹老龍城。天地安寧，東海旭日緩緩升起，雲聚雲散，並無半點異樣。

輸了三枚小暑錢的孫嘉樹笑了笑，不以為意。三個老神仙顯然心情舒暢，紛紛調侃孫嘉樹。

那個孫氏老祖來到書房，大手一揮，暫時隔絕書房與外方天地的連結，笑著安慰道：「如何？服氣了吧？你爺爺早就說過，孫家的偏門財運早就給你的那門神通消耗殆盡了。你啊，就老老實實掙辛苦錢吧。」

孫嘉樹唉聲嘆氣，突然想起一事，一邊走向屋門，一邊笑道：「我去跟祖宅灶房的老宋說一聲，今天早餐，做得平常一些，不要再揮霍那些山珍海味了，反正陳平安那小子也吃不出好壞，說不定他更喜歡尋常的鹹菜饅頭，我就不拋媚眼給瞎子看了，省錢省錢！」

孫氏老祖笑著點頭，望向老算盤上的那些個金色小人兒。老人有些自傲，苻家是比孫家有錢，可要說這些品相最高的招財童子，苻家也就只有一對孿生童子而已，孫家卻有四個之多，其餘老龍城四大姓，也就是范家從一個大王朝的亡國皇帝手中僥倖購買了一個。

早餐時，陳平安狼吞虎嚥地享用那些米粥、饅頭和鹹菜，果然比起先前的胃口要好很多。孫嘉樹坐在桌對面，細嚼慢嚥，胃口比起往日也要好上一些。喝酒，遇上愛喝酒的，吃飯，碰到對胃口的，確實更容易酒足飯飽。

之後陳平安返回河邊真正釣起了魚，斬獲頗豐，老龍城俗稱「白條」的河魚裝了半魚簍，其餘半簍，是黃辣丁、趴地虎等雜魚。

中午吃過一頓魚宴，孫嘉樹讓陳平安覆上一張易容面皮，叮囑了一番，然後讓陳平安跟隨那個元嬰境老祖來到祖宅外邊的一口池塘。孫氏老祖拂袖之後，池水如鏡，裡邊出現一間屋子的景象。

老人示意陳平安只管走上池塘水面，收起養劍葫蘆、只背負劍匣的陳平安，毫不猶豫地一腳踏出。他並未墜入池塘之中，而是踩在了鏡面之上，腳底下的漣漪蕩漾開來。

陳平安走出數步之後，身形驟然消失，如同走入了鏡面之內。下一刻，陳平安在屋內一步跨出，左右張望，四周正是透過水面所見的畫面。

在孫氏祖宅那邊，老人看著尚未平息的水面漣漪，對孫嘉樹嘖嘖稱奇道：「這名大驪少年，好穩的神魂，好重的骨氣，難怪會被劉灞橋當作朋友。」

孫嘉樹笑著搖頭道：「劉灞橋並不是因此而將陳平安視為朋友的。」

老人詢問孫嘉樹：「那你呢？」

孫嘉樹想了想，坦言道：「到底不是相逢於患難，不如劉灞橋和陳平安。」

鏡面那邊，位於老龍城內城，早有人恭候於屋外，正是那名孫家金丹境神仙。他領著陳平安從側面走出一個廣袤庭院，坐上一輛久候多時的馬車，氣勢內斂、返璞歸真的金丹境老神仙，親自擔任馬夫。

馬車最終停在一條巷子的口子上，巷口有一棵年歲不大的槐樹，樹底下有個一邊嗑瓜子一邊翻書的漢子。

陳平安下車後，與那名漢子對視。漢子默不作聲端起板凳，先行一步走入巷子，孫家老人停車在路旁，並未跟隨，開始閉目養神。

到了藥鋪，鄭大風將板凳放在門口，讓陳平安坐著，又去拎了一條板凳過來。一時間門檻那邊人頭攢動，都是過來湊熱鬧的女子，只可惜陳平安戴了一張其貌不揚的面皮，她們很快就沒了興趣，紛紛走回店鋪懶散消磨時光。

鄭大風笑咪咪問道：「既然自己打散了真氣八兩符，為何還要冒險來到這裡？如果我沒有記錯，你跟少城主苻南華結下了深仇大恨，就不怕露餡？到時候孫家可以把自己摘乾淨，你難道以為我會出手救你？」

陳平安問了三個問題：「當年是誰告訴我爹本命瓷的事情？是誰害死我爹？這些跟楊老頭有沒有關係？」

鄭大風臉色平淡，笑著反問道：「如果跟老頭子有關係，你覺得我會告訴你嗎？」

陳平安默不作聲。

鄭大風用那本書搧動清風：「不管你信不信，這件事情，老頭子沒摻和其中，但是我可以明白無誤地告訴你，老頭子當時肯定看到了，只是大概覺得沒意義，不值得，就懶得插手。你要是因此怨恨老頭子，我不攔著你。」

陳平安搖搖頭，苦笑道：「我怨恨這個做什麼？楊老頭什麼性格，我很清楚，從不會欠人，也不讓人欠他，做什麼都是公平買賣。」

鄭大風點點頭，轉頭望向陳平安，咧嘴道：「你能這麼想是最好，省得我拚了事後被老頭子打死、罵死，也要一拳打爛你的頭顱。」

陳平安貌似無動於衷，又或者像是早就猜到了小鎮看門人的脾性。

鄭大風搧著風，繼續說道：「當初那些孩子當中，且不提各自的傳承和陣營，我最看好杏花巷馬苦玄和福祿街趙繇以及泥瓶巷宋集薪。我師兄李二，也就是李柳、李槐他們的爹被豬油蒙了心，最喜歡你。後來你離開驪珠洞天的種種際遇，我大致上有所瞭解，才發現我既看錯了你，也看錯了師兄，以前我覺得你們倆都是缺心眼的傻子，如今才發現是我鄭大風眼瞎。」鄭大風其實想說，其實他李二和你陳平安，才是絕頂聰明的人。

陳平安問道：「楊老頭那邊，我不敢問這些，而且我知道問了也是白問。你這邊，我覺得可以問問看。」

鄭大風笑問道：「怎麼，覺得有一個金丹境鍊氣士護著你，就不用擔心自己的安危了？」

陳平安莫名其妙指了指天上：「楊老頭可以權衡利弊，說不定我問到了要害，他會一巴掌拍死我，但是你鄭大風應該不敢。如果我猜錯了，我也不一定是必死無疑，而且你付出的代價，不會很小。」

陳平安其實是想說鄭大風這個人也是生意人，但是直覺告訴他，這個邋遢漢子的眼界和身分，遠遠不如楊老頭。

不過當陳平安真正開口詢問這些在他心底憋了整整十年的問題時，還是感到濃重的不安。不過他躋身第四境後，已經能夠控制心境，做做樣子，假裝雲淡風輕，還是不難的，而且在鄭大風進鋪子拎板凳的時候，陳平安就已經從包裹裡拿出了養劍葫蘆，開始喝酒。

自己的第四境如果不夠看，還有初一和十五，還有那個孫家的金丹境鍊氣士。

鄭大風看著神色肅穆的少年，嘆了口氣，將那本讓他差點磨破嘴皮子、好不容易再次跟少女借閱的書籍捲成一團，輕輕捶打膝蓋，懶洋洋道：「你這小子越來越惹人厭了。行了，不用提心吊膽了，偷偷繃著個心弦，我都替你累得慌。放心，我不會殺你，如今楊老頭對你挺器重，何況我鄭大風也不至於你問了幾個問題，就對你打打殺殺，我格局再小，也沒小到這個份上。但是那兩個問題，我不會回答，你有本事自己去順藤摸瓜……」說到這裡，鄭大風笑問道：「你怎麼不直接問齊靜春？」

陳平安果然輕鬆許多，他將身後劍匣輕輕靠著牆壁，仰頭喝了一口酒，說了一句讓鄭大風越發疑惑的話：「我怕齊先生會失望。」

鄭大風轉頭嚷嚷了一聲：「梅兒，端兩碟瓜子花生出來待客！」

一名體態豐腴的婦人，笑著端出那兩碟零嘴吃食。當婦人彎腰遞給他碟子的時候，鄭大風故作驚嚇道：「山峰壓我頂，好凶的氣勢啊。」

婦人將兩只碟子往鄭大風手上一摔，趕緊起身，踩了男人一腳，笑臉嫵媚道：「德行！」

鄭大風將一碟花生交給陳平安，自己開始嗑瓜子。

陳平安似乎對於鄭大風的答案早有預料，並沒有感到失落，問道：「你有沒有好一點的劍術祕笈，可以賣？」

鄭大風隨口問道：「是鍊氣士的仙家劍訣，還是江湖上的武學祕笈？」

陳平安直言不諱道：「你應該看得出來，我的那座長生橋早就斷了，想要練劍，只能練習武學劍譜。」

鄭大風也說得直截了當：「最好的武學祕笈，我也能幫你找來，然後以天價賣給你，但是這沒啥意思。我勸你別去碰江湖上所謂的絕世祕笈，我鄭大風自己就是武道中人，知道這裡頭的深淺，既然你現在練拳練得夠好了，別節外生枝，浪費光陰。」

陳平安吃了顆花生米，想了想，跟這個男人誠懇說道：「謝了。就憑這些話，你欠我那五枚銅錢，不用還了。」

鄭大風嘴角抽搐。瞧瞧，這種無趣至極的少年郎，怎麼讓他鄭大風順眼得起來？但是男人的眼神深處，晦澀難明。

鄭大風舒舒服服地伸了個懶腰，有氣無力道：「麻煩你把面皮摘了吧，本來就長得不俊，戴了這麼張面皮，越看越糟心。」

陳平安搖頭道：「你不是知道我跟苻南華的過節嗎？我哪裡敢摘下來，光明正大地逛這老龍城內城？天曉得苻家有什麼術法可以查看城內動靜？如果真有，我這不等於在別人家門口，嚷嚷著快來打死我嗎？」

鄭大風被逗樂了，笑著洩露天機：「行了，楊老頭叮囑過我，只要你自行破開真氣八兩符，我就要保證你在老龍城活蹦亂跳。哪怕你一心求死，大搖大擺去苻城大門口顯擺，我一樣要保證你平平安安離開這座城。」

鄭大風突然嘀咕道：「以前沒覺得，現在才發現你這小子倒是取了個好名字。」

陳平安將信將疑：「你是山巔境武道宗師，還是上五境鍊氣士？」

鄭大風氣笑道：「你當第九境武夫和玉璞境鍊氣士，是路邊大白菜？你走幾步就能看到一堆？老龍城再是三教九流、魚龍混雜，八境武夫和十境地仙都已經可以橫著走了，當然前提是別惹眾怒。只挑釁一家一姓，哪怕是有半仙兵的苻家，也不是沒有周旋的餘地。

那些個元嬰境老祖，第十境鍊氣士而已，在這裡就已算高高在上的老神仙了。」

鄭大風白眼道：「你當這裡是咱們驪珠洞天啊？我堂堂一個八境巔峰的武道大宗師，就只能看看門、收收錢？十一境的阮邛在繼任聖人之前，只能在河邊打打鐵、鑄鑄劍？大驪國師崔瀺進入驪珠洞天，不一樣只能鬼鬼祟祟，以分身示人？」

陳平安突然問道：「你要我揭下面皮，是不是在打什麼主意？」

鄭大風也是個渾不吝的，驚訝道：「這也能看穿？」

一尊青煙凝聚而成的陰神，出現在兩人對面光線陰暗的牆角，冷笑道：「鄭大風現在一腦子糨糊，想不明白護道人和傳道人到底是什麼，就托范家花重金找人算了一卦，卦象為大火之中取得栗，上上大吉。所以他想著讓你身陷險境，到時候他大打出手，再由我護送你離開老龍城。在這期間，他說不定能夠搞清楚這兩個身分，甚至還能順勢破開八境武道瓶頸，剛好符合卦象所言。」

陳平安轉頭看著臉不紅、心不跳的鄭大風：「五文錢，先欠著，你現在就算想還，我也不會收。」

鄭大風道：「五文錢算得了什麼，隨便你。」

陳平安冷笑道：「鄭大風，你真以為我不知道楊老頭的規矩？先前我故意提了一嘴，之後你說了武學和練劍一事，我看你所說不假，才順水推舟，把這筆帳兩清了！如果我沒有猜錯，當時要我送信之人，是楊老頭，要你欠錢之人，也是楊老頭吧？現在是不是悔青腸子了？」

陳平安別好養劍葫蘆站起身，將那個空碟子放在板凳上，對那尊陰神拱手抱拳：「雖然不知道你為何願意道破真相，可能還是楊老頭的意思，但我還是要感謝你！」

陰神點點頭，陳平安大步離去。鄭大風確實如少年所說，的的確確悔青了腸子。

鄭大風冷冷望向那尊極有可能壞了自己大吉卦象的陰神：「是你的意思，還是老頭子的意思？你最好說清楚！」

陰神淡然道：「你猜？」

鄭大風哈哈一笑，瞬間變得雲淡風輕：「你從來不會擅自行事，多半是老頭子的意思了。」

陰神譏笑道：「一個八境巔峰的純粹武夫，神君之徒，竟然跑去相信所謂的卦象，你難道不知道哪怕范家沒有動手腳，可那上上大吉，對你鄭大風而言，會不會乾坤顛倒，成為貨真價實的大凶之兆？」

鄭大風神情凝重起來，抬頭望向那尊陰神，點頭道：「受教了。」

陰神對此不以為然：「既然神君願意讓你獨掌一方，那你就別自作聰明，老老實實做事就是了。」

鄭大風揮揮手道：「給那少年擺了一道，又給你教訓了一通，我煩得很，得離開巷子透口氣。」

陰神消失，鄭大風突然問道：「孫氏祖宅的異象，是不是陳平安破境引起的？」

陰神的冰涼嗓音從牆角陰影中滲出：「應該是。」

鄭大風腋下夾書，拎著板凳和瓜子來到巷口，再次坐在槐樹底下乘涼看美人。

一個身材高大、穿著普通的威嚴男子緩緩走來，身後跟著一名身姿婀娜的年輕女子。男人走到鄭大風身邊，年輕女子站在男人身後，對那個坐在板凳上用書搧風的藥鋪掌櫃，她充滿了好奇。

男人微笑道：「老龍城孫嘉樹的面子，就只值一張遮遮掩掩的面皮。鄭掌櫃，看得很準。」

鄭大風轉頭瞥了眼男人：「苻畦，你連老龍袍都沒有穿，看來不是來下逐客令的。」

男人笑著伸手指了指身後：「我穿不穿老龍袍，在老龍城都無所謂，帶著她來，才是真正的誠意所在。」

既是示威，又是示弱——示威是說在老龍城，苻畦不用親自出手，就能夠驅趕你鄭大風；示弱則是身為老龍城城主的苻畦，願意投其所好，帶上一名雙腿很長的女子，來到鄭大掌櫃眼前。

鄭大風狠狠剮了幾眼女子的美腿，這才轉過頭，繼續對著大街來來往往的人流：「苻畦你口氣這麼大，怎麼不一口氣把雲海吸進肚子裡？」

苻畦臉色難看，他伸手握住了懸掛腰間的一枚玉佩，這才臉色和緩下來。

女子戰戰兢兢，這是她第一次感受到父親如此明顯的怒意。

鄭大風冷笑道：「同樣是生意人，你也配跟我比？」

苻畦一笑置之：「既然鄭掌櫃現在心情不好，那麼有些事情，苻畦稍後再提。」

鄭大風現在的心情何止是不好，簡直就是不好到了極點。

五文錢！就只是市井百姓經常過手的五文錢，好像是壓在他鄭大風心頭的五座大山！費盡心機，小心應對，好不容易成功騙取那少年親口答應，不收取這筆帳。鄭大風其實在少年開口問出那三個問題，以及說出那句看似無心之言的「楊老頭從不會欠人」之後，就已經心知肚明，不用奢望泥瓶巷少年跟自己討要最普通的五文錢了。這個泥瓶巷小兔崽子鬼精鬼精的，不好糊弄！

鄭大風氣得不行，使勁搧動書籍：「難怪我一開始就不喜歡這個傢伙，小小年紀，城府極深，哪裡像個少年？」

鄭大風突然停下埋怨，頹然無力道：「若是尋常少年，哪裡活得到今天。」

這個漢子長吁短嘆，開始心煩意亂地翻動書籍，書頁嘩啦啦響動，一字也沒看進去，他自言自語道：「難道真給那陰神一語中的，我真是自作聰明？」

翻到了書籍一頁，正是〈精誠篇〉，還是一些個濫大街的典故串在一起，大雜燴，然後末尾再裝模作樣添上幾句大道理。在鄭大風這種真正學問深湛的人看來，若是將文章拆分開來，如同這名女子的俊秀眉眼，那名女子的醉人粉腮，其他一名美人的櫻桃小嘴，處處是迷人的風景，可一旦胡亂拼湊在一起，反而不美，整體醜得不堪入目。

鄭大風心不在焉地翻過一頁，正是〈精誠篇〉的最後一點尾巴，還是些大到無邊無際的空泛道理：「相傳古之赤子之心者，往往精誠所至，金石為開。故而正心誠意，是儒家君子的立身之本。又有道家聖人言，不精不誠，不能動人。真者，精誠之至也。這即是天下道教『真人』頭銜的來歷。」

鄭大風很快翻過〈精誠篇〉，下一篇〈忠孝篇〉又被迅速翻過，從頭翻到尾，「啪」一下合上書籍，又開始將書當作扇子搧動清風。

這個漢子，彷彿是將書中的聖人教誨，當作了耳邊風。

他自言自語道：「既然老頭子說我這輩子無望第九境，那我還強求個什麼？都求了這麼多年了，難怪老頭子說我機關算盡太聰明，也就只剩下聰明了。光是跟李二就打了多少次架？宋長鏡不過是跟師兄打了一架就破境了，我其實一開始就明白，求不來的，只是偷偷摸摸心存僥倖罷了。哈哈，如今在這老龍城每天看看美人兒，就在八境等死好了……」

鄭大風閉上眼睛，不再偷窺女子身段的漢子，這一刻有些神色落寞。

一名身材堪稱「雄武」的年輕女子，臉上塗滿了脂粉，穿得花枝招展，她那大臉盤子就能夠鎮宅辟邪。當她停下腳步，看到漢子這般模樣後，覺得有些心疼，心想多半是想要與自己告白又不好意思，要不然自己就別再矜持了，先開口說了，省得情郎難為情？

只是她剛咳嗽一聲，想要潤潤嗓子，那漢子就已經猛然睜眼，拎著板凳跑回了巷子。

她嘆息一聲，摸著自己的臉頰自怨自艾起來，要怪就怪自己的姿容，還是這般動人，傾國傾城。

她猛然驚覺，「哎喲」一聲，原來臉上脂粉給手指搓了下來，她趕緊使勁抹回去。

苻畦沒有以神通帶著女兒返回苻城，而是就這麼悠閒地逛著街回去，身後一駕馬車緩緩跟隨。

女子叫苻春花，是苻畦的長女，與苻畦長子苻東海，都是有望接過家主之位的繼承人之一——既然是家主或者說那件老龍袍的繼承人，那麼必然是天資極好的年輕人。苻畦看似中年，實則已是四百歲高齡，十境修為，雖然比不上風雷園李摶景的那些名頭，可是他身穿老龍袍，加上家族坐擁四件半仙兵，苻畦完全有資格被視為一名貨真價實的玉璞境。

苻春花也已將近三百歲，與兄長苻東海都是成名已久的金丹境，而且擅長搏殺，他們各自護送一艘渡船去往倒懸山百餘年，歷練豐富，遭遇生死一線的險境，早已不是一、兩次了。關鍵是苻家子弟躋身金丹境，就意味著能夠駕馭半仙兵，所以寶瓶洲一直流傳這個說法，判斷苻家鍊氣士的真實境界，需要往上提高半個境界才準確。

苻春花猶豫半天，終於忍不住問道：「爹，為什麼帶我來見此人，而不是帶南華？」

苻畦笑道：「不是早就說過了嗎，是為了表示苻家的誠意。這名鄭掌櫃，喜好長腿美人。諜報上，一清二楚。」

女子顯然不信這套說辭。她也好，兄長苻東海以及弟弟苻南華也罷，都知道一點，他們苦心經營的人脈關係，遠遠不足以知曉寶瓶洲山頂的真正風景。而且他們身處父親苻畦羽翼庇護之下，既是乘涼，也是拘束，他們往往不敢太過越界，以免遭受苻畦的猜忌。

老龍城苻家，看似人人自由散漫，但那些只是無望染指老龍袍的家族廢物，早就死心了，被排斥在家族決策圈之外。事實上，苻家的規矩森嚴，其實半點不比帝王之家遜色。

最近百年，苻東海負責經營與北俱蘆洲的關係，她苻春花則負責東南那個大洲的祕密謀劃，而原本寂寂無聞、碌碌無為的苻南華，直到那次出人意料地被選中去往驪珠洞天，之後才迅猛崛起，家族傾斜了大量的人力、物力給她這個弟弟。顯而易見，家主苻畦對她和苻東海這一百年的生意，並不滿意。

苻春花知道已經問不出結果，就換了一個話題：「要不要我去提醒一聲孫嘉樹？」

苻畦笑道：「孫嘉樹？人家哪怕境界不如妳，可好歹是孫家的一家之主，妳一個金丹境錬氣士，憑什麼敲打他？他家祖宅可還有一個元嬰境的孫氏老祖。另外那個有希望躋身元嬰境的金丹境錬氣士，妳哥哥辛苦拉攏了幾十年，至今才有所鬆動。苻家若是這個時候敲打孫嘉樹，妳覺得那名金丹境還有臉面離開孫氏祖宅，來到咱們苻家嗎？」

苻春花臉色慘白，生怕父親誤以為自己是在坑害兄長。

苻畦微笑道：「不用緊張，我知道妳的性子。其實這次孫嘉樹順勢而為，押注在陳平安身上，也是想要試探我們苻家，估摸著就怕我們不出手敲打他。一旦被孫家得逞，孫嘉樹回到祖宅，擺出一副被苻家仗勢欺壓的模樣，妳信不信，根本不需要孫嘉樹說什麼，那名前途遠大的金丹境，經此一役，便板上釘釘地留在孫氏祖宅那邊了。」

苻春花問道：「難道孫嘉樹就不怕那個少年死在我們手上？」

苻畦抬頭看了眼天幕：「妳會這麼想，也是人之常情。只是哪天妳穿了老龍袍，才有機會知道一些真正的頭頂事。」

苻春花下意識地抬頭看了眼那片雲海。

苻畦笑了笑：「還要更高一些。」

苻春花心神微顫，仰頭望去，充滿了憧憬。

結成金丹客，方是我輩人。在成為金丹境之前，人人都覺得這是一句最快意的豪言，等到真正躋身金丹境，才會發現，這才是鍊氣士的半山腰而已，僅此而已。

苻畦突然說了一句：「比起孫家和孫嘉樹，我苻家和苻畦，魄力還是要大一些的。我現在需要離開老龍城，去迎接幾名北方貴客。妳去找到南華，就說陳平安在孫家祖宅，我想知道他的選擇，這會決定他能否成為老龍城城主，當然也會決定妳有沒有希望穿上老龍袍。希望我回到老龍城的時候，你們已經做出了正確選擇。」

苻畦擺擺手：「妳上車回城。」

苻春花聽命行事，父親已經拔地而起，瀟灑掠入那座雲海大陣，應該是往北方而去。

苻春花顧不得是什麼貴客值得老龍城城主出城迎接，她坐入車廂後，就開始仔細思考這兩個問題：她接下來應該如何選擇才能獲利最豐？弟弟苻南華又會如何選擇？

苻春花發現自己腦中一團亂麻，好像不管做什麼，都能掙到一點，但是距離自己的最佳預期，始終很遠。

苻春花到了弟弟苻南華私邸，仍是沒有頭緒，便字斟句酌，小心翼翼地說出了父親苻畦的那番話，其中有刪有減，有添有加。

苻南華當然不會全信，但是苻畦的大致意思，苻春花不敢胡說。苻南華從頭到尾，仔細聽完了姐姐苻春花的訴說，剛要起身習慣性踱步思考，猛然坐回椅子，淡然道：「我已經想好了，做掉陳平安！」

苻春花笑著扳手指頭：「灰塵藥鋪的鄭掌櫃，最少七境巔峰的武夫，甚至有可能是八境大宗師；與之交好的內城范家，再加上孫嘉樹的孫家，其中有一名祖宅的元嬰境孫氏老祖。雖說，孫家其餘三名金丹境鍊氣士，不是祖宅受難，無須出手，但是到了萬不得已的地步，孫嘉樹多半可以說服三人出手，還有內城的孫氏供奉客卿。南華，你當真不再考慮考慮？」

苻南華臉色淡漠：「我只想如何以最小的代價，宰掉那個大驪少年。」

苻春花又笑道：「你大婚在即，不怕出了變數？而且那少年既然是出身驪珠洞天，就算是大驪子民，你就不怕此事壞了老龍城苻家在大驪皇帝心目中的印象？」

苻南華只是深思不語。

苻春花最後嫣然一笑：「苻南華，你最後想一想，姐姐說這些，到底是希望你毅然出手，還是希望你不要一意孤行呢？」

苻南華只是沉吟不語。

苻春花臉上的笑意越來越淡薄，最後乾脆沒了絲毫笑意，冷冷望向這個橫空出世的弟弟。一個吃掉家族整座金山、銀山也才第六境的廢物，也敢奢望老龍城城主寶座？也配跟自己和苻東海兩個金丹境鍊氣士爭搶那件袍子？

苻南華收回思緒，緩緩起身，動作如行雲流水，氣度雍容，他微微一笑：「苻春花，妳和苻東海那點齷齪事情，可不止妳娘親一人知道。不過我很好奇，苻東海跟妳貼身侍女的那點齷齪事情，妳又知不知道？」

苻春花咧嘴一笑：「好弟弟，等我或是苻東海當了城主，一定好好養著你。」

苻南華彷彿完全沒有聽明白其中的威脅，灑然笑道：「在那之前，咱們姐弟還是要精誠合作，謀劃一下如何殺掉陳平安才是，對吧？畢竟妳現在根本猜不透父親的心思，不清楚我這個抉擇，到底是幫我走向家主之位，還是遠離。更何況父親在考驗我的同時，也在考驗妳，好姐姐，妳可千萬要小心應對啊！」

苻春花瞇起眼，神色陰沉。

苻南華站起身後，轉頭望向大門方向，在心中默默道：『孫嘉樹，你為了一個元嬰境就賣掉一個差點殺掉我的陳平安，這筆買賣，值得嗎？還是說……』

想到這裡，苻南華輕輕搖頭。不可能，孫嘉樹又不是瘋子。可萬一？

苻南華直到這一刻，才開始猶豫起來，心中越來越煩躁。而苻春花望向這個自己看著長大，卻突然變得陌生的弟弟，終於有了一絲忌憚。

苻畦獨自御風北去，在千里之外停下身形，最終落在一艘來自大驪龍泉郡梧桐山的渡船之上。

上邊有一個墨家豪俠許弱，橫劍在身後，還有一個老蛟出身的林鹿書院副山長。有這兩人坐鎮渡船，哪怕是去往倒懸山，都綽綽有餘了。

兩人護送之人，是一對少年男女，準確來說，是大驪皇子宋睦一人。少女名為稚圭，她低眉順眼地跟在自家公子「宋集薪」身後。從頭到尾，少女都沒有看苻畦一眼，可能是苻畦沒有身穿老龍袍，加上這名老龍城城主沒有自報名號，所以她沒有認出？

這艘渡船直接穿過那片城頭上空的雲海，然後落在苻城之內。

苻畦在親自為大驪這一行客人安排好下榻之處後，來到苻南華私邸，發現這個兒子神色萎靡地背靠一根龍繞梁。

苻畦問道：「怎麼苻家上下毫無動靜？」

苻南華抬起頭，望向父親：「我想了很多很多，好像怎麼做，都是錯的。苻家、老龍城、大驪、驪珠洞天、孫嘉樹、苻東海、苻春花……」

苻畦突然笑了起來：「那你知不知道，其實不管你做什麼，你都是下一任的老龍城城主？」

苻南華滿臉呆滯。

苻畦側過身，低下頭，好似在畢恭畢敬地迎接某人。

一個肆無忌憚大口大口地吸收「龍氣」的少女，好似微醺地走入大堂，然後一屁股坐在椅子上。她抬起雙手，輕輕拍了拍手掌，一件龍袍浮現在她身後，霧氣騰騰，像是在以水霧清洗衣物一般。

她站起身，那件龍袍自動穿戴在她身上，上邊的九條雲海金龍，開始活靈活現地流轉游動起來。

她踢掉靴子，盤腿坐在椅子上，披著那件太過寬鬆的龍袍，顯得有些滑稽。

她皺著臉委屈地道：「沒了驪珠洞天的禁制，還要假裝自己是一隻螻蟻，好辛苦啊。沒辦法，我暫時還打不過他們中的某些人，臭道士、阮邛、宋長鏡、那個深不可測的墨家劍修許弱等等等等。唉，總之挺多人的，算了，不提這些。還是這裡好，不愧是當初登陸寶瓶洲的第一處風水寶地……龍氣經過這麼多年維護，還剩下不少，你們苻家做得不壞，以後肯定有賞，大大有賞！」

苻南華看著少女那張挺熟悉的稚氣面孔，然後再轉頭看看滿臉平靜的父親，最後再使勁盯著那件祖傳老龍袍。

苻南華發現之前差點瘋了一回的自己，這次是真的要瘋了。

少女環顧四周：「為了順利來到這裡，我受了好多委屈啊。但是最委屈的是，所謂的順利，還是那個臭道士施捨給我的……」

她突然伸手指向苻南華，厲色道：「你這隻螻蟻，聽說你連一個陳平安都不敢殺！你根本就不配姓……」少女轉頭望向苻畦，「你們姓什麼來著？」

苻畦恭敬回道：「啟稟小姐，我們姓苻。」

少女有些悻悻然，氣焰全無，慵懶地縮在椅子裡，或者說蜷縮在那件龍袍之中。

苻南華距離崩潰，只差一線之隔。

少女低頭打量著老龍袍：「歷史上寶瓶洲九個皇帝的筋骨氣血，嗯，還不錯。」她視線下移，喃喃道：「底端的雲海差了點。」

她眼睛一亮，露出一雙金色瞳孔的詭譎眼眸。

好似猜中少女心思，苻畦苦笑道：「小姐，老龍城上空的那片雲海，近期還不能收入龍袍之中，否則萬眾矚目之下，動靜太大，有心人很容易發現端倪。」

少女嘆息一聲：「我知道輕重。」她醉眼朦朧，像是一個醉酒漢，「到了這裡，真不想再挪窩啊。」

她猛然跳下椅子，輕輕一抖，原本巨大如被褥的老龍袍，立即變得無比合身。

她站在大堂上，望向門外，似乎在猶豫著什麼。

孫氏祖宅，老祖聽到現任家主的計畫後，苦笑道：「當真值得嗎？就不怕此戰之後，孫家一蹶不振，被苻家聯手四家一起吞併了咱們？」

孫嘉樹臉色如常：「我只恨孫家家底不夠大，我孫嘉樹只能賭這麼大。」

孫氏老祖沉默許久，問道：「如果被那少年知曉我們孫家的初衷？」

孫嘉樹眼神堅毅：「他不會知道的，就算他知道了真相，可我孫家為了他付出這麼大的代價，以後他給的回報，註定只多不少。」

孫氏老祖再問：「如此急功近利，當真合適嗎？就不能像那少年的三境破四境，順其自然，水到渠成？」

孫嘉樹搖頭道：「我孫嘉樹一個人，當然能等，可是東寶瓶洲和天下大勢不能等！」

這名孫家的元嬰境老祖唯有嘆息，不再勸說什麼。

在那之後，少年從內城高樓那間屋子，走回孫氏祖宅的池塘。

連日來風和日麗，天下太平。孫嘉樹還是隔三岔五回來一趟祖宅，還是每次回來都要住上一夜，然後跟三名金丹境供奉賭上一次。最早一次是一枚小暑錢，第二次是兩枚，第三次是四枚，第四次是八枚。

最終孫嘉樹賭了四次，輸了四次，在那之後孫嘉樹就不再下注了。而那個陳平安，依舊每天會去守夜釣魚，然後等待旭日東昇、朝霞萬丈的那一刻。

在陳平安住在孫氏祖宅的第二十天，孫嘉樹還在以道家一門坐忘術深入睡眠，突然聽到陳平安在遠處大聲喊道：「孫嘉樹，快看！」

孫嘉樹猛然起身，靴子也不穿，推開窗戶，眺望天空。只見東方雲海之中，又有十數條金色蛟龍洶湧而下，然後又被那個背劍少年以古老拳架一一打回，次次出拳酣暢淋漓，毫不猶豫。

孫嘉樹在這一刻悵然若失，道心失守，幾近崩潰。

所幸孫氏老祖趕緊來到他身邊，伸手重重按住他的肩膀：「嘉樹，無須如此。嘉樹可以四季常青，人卻絕無事事如意，當年為你取這個名字，正是為了今天。」

孫嘉樹臉色發白，喃喃道：「只差一次。」

他的心境雖然趨於穩定，但是他仍失魂落魄，心神不寧。

就好像失去了一整座老龍城。

老龍城內城，灰塵藥鋪外的巷口，鄭大風望了一眼東方朝霞，心神恍惚之間，趕緊掏出那本書籍，翻到一頁，不斷默默朗誦那篇〈精誠篇〉。

當天地異象結束後，鄭大風震碎書籍，不留下任何蛛絲馬跡，走回巷子，哭喪臉道：「傳道人，哈哈，竟是我鄭大風的傳道人……」

孫嘉樹這一晚，本該宴請一個東南大洲的大人物，可是年輕家主臨時起意，讓內城孫府推掉這次接風宴。雖然很不合適，以致那邊的管事破天荒提出了異議，但是孫嘉樹沒有做出任何解釋，在書房中掐斷了老宅與孫府的連結，然後去往後邊的小祠堂。

那邊的管事有些束手無策，孫氏元嬰境老祖不願孫府為難，已經百年光陰不在孫府那邊現身的老人，親自向那名管事面授機宜，這才讓孫府上下吃了一顆定心丸。

沐浴更衣一番的孫嘉樹，獨自站在祠堂內，敬香後，如同面壁思過，沉默不語。

祠堂中除了靈位，牆上還懸掛著一幅幅孫家歷代已逝家主的畫像，多是如今孫嘉樹這般不起眼的裝束。這一代孫氏家主之位，屬於爺傳孫的隔代傳承，孫嘉樹爺爺在卸任家主之後，就去遊歷中土神洲。孫嘉樹以弱冠之齡繼承如此大的一份家業，這些年可謂甘苦自知。

孫嘉樹望著那些掛像。有人在家族危難之際力挽狂瀾，有人開闢出新的商路，有人為家族結識拉攏了上五境修士；有人一生碌碌無為，連累孫家在老龍城抬不起頭；有人決策失誤，害得孫家不斷讓出外城地盤，祖宗家業被蠶食分割；有人誤入歧途，潛心修道，家族大權旁落親戚之手……

孫嘉樹很想知道將來自己被掛在牆上，後世子孫又是如何看待自己，是振臂奮發的中興之祖，還是埋下家族禍根的罪魁禍首，抑或是一個錯失千載難逢良機的蠢貨？

夜幕深沉，那名元嬰境老祖緩緩走入祠堂，沉默許久之後，終於開口安慰道：「事不過三，你願意選擇相信那少年，賭第四次，已經殊為不易，輸在了第五次上，無須如此懊惱。那個有望躋身元嬰境的金丹境供奉，其實願意陪你賭這四次，本就傾向於留在孫氏祖宅，而不是被苻東海拉攏過去。」

孫嘉樹沒有轉身，依舊抬頭凝望著一幅畫像，點頭道：「這一點，我已經想通了，並無太多心結。在押注這件事上，事情沒有變得更好，也沒變得更差，結果我能夠接受。退一步說，我孫家還不至於少了一位未來的元嬰境，就要死要活。」

孫氏老祖欲言又止，涉及孫嘉樹的大道根本，哪怕是他，也不好隨便詢問。其餘三名孫氏祖宅供奉，不管與孫嘉樹個人關係如何好，再好奇那名少年的境界修為，也絕不會主動開口問，而只是當一個樂子在那邊猜測。

孫嘉樹攤開一隻手掌：「我與陳平安相處，從頭到尾，都只是在做生意。不是我不把劉灞橋當朋友，而是陳平安此人太過奇怪，我忍不住要在他身上博一把大的。沒辦法，我孫嘉樹是商人，是孫家家主。原來知道得太多，也不好。」

孫嘉樹轉過頭，舉起那隻手掌：「等到陳平安第二次打退朝霞金龍，等到苻家的按兵不動，讓我一切謀劃落空，反受其害，我才知道自己這次撈偏門錯得離譜，以致我眼睜睜看著自己失去了……一座老龍城。」

哪怕是被世間譽為地仙的元嬰境老祖，也看不出年輕人那隻手掌有任何異樣，但是老人無比確定，孫嘉樹看到的，就是最終的真相。

孫嘉樹滿臉悲愴神色：「若只是少了陳平安一個本就不是朋友的朋友，失去一座老龍城，我孫嘉樹打落牙齒和血吞，照樣能忍！錢跑了，再掙就是。賺錢的能耐，我孫嘉樹絕不會比任何人差！」

老人只能一言不發，靜待下文。

孫嘉樹收起手掌，握緊拳頭顫聲道：「可是經過這番波折，我發現自己的取財之道，原本一直堅信堂堂正正，是毋庸置疑的商家大道，最為契合『正大光明、源遠流長』八字祖訓，卻被才認識不到一個月的陳平安，驗證為偏門小道。商家老祖早就遺言後世，偏財如流水，來去皆快，興勃焉亡也忽焉，故而絕不可取。」

孫嘉樹轉過頭去，不讓老祖看到自己的面容。

元嬰境老人緩緩走到孫嘉樹身邊：「事已至此，難道你就此心灰意冷，什麼事情也不做了？」

孫嘉樹雙手放在嘴邊輕輕呵氣：「苻家莫名其妙地沒有動作，裡外不是人的，只有我孫嘉樹。關鍵是我現在還不確定，陳平安認為我是怎麼樣一個人，他又到底是怎麼樣一個人，這才是問題癥結所在。」

老人皺眉道：「陳平安對你如何，不好說。可他的性情，你還沒有吃透？」

孫嘉樹無奈道：「之前我覺得已經看透，所以哪怕事後他知道了真相，孫家該有的，陳平安不會少了一分，大不了以後形同陌路，老死不相往來。可現在，不好說了。我不確定陳平安對人對己，是否完全一致。」

老人拍了拍孫嘉樹的肩膀：「嘉樹，你很聰明，又有天賦，當個孫氏家主，沒有任何問題，哪怕是現在捅出這麼個婁子，我還是這麼認為。那我今天便不以老祖身分對一個孫氏家主指手畫腳，只以長輩身分對晚輩多說一句，拋開種種算計，家族榮辱，以及寶瓶洲大勢，你到底還是孫嘉樹，是劉灞橋最好的朋友，陳平安又是劉灞橋介紹給你的朋友。你不妨以簡簡單單的朋友之道與之相處，暫時就不要考慮什麼家族了。」

孫嘉樹轉過頭，疑惑道：「可行？」

老人笑道：「不妨試試看，反正事情已經不能再糟糕了。有些事，不是你想躲就躲得掉的。人生在世，遇到一個坎不怕，努力走過去就是了。過不過得去，兩說，你好歹嘗試過。如你所言，孫家還扛得住。」

孫嘉樹還有些猶豫狐疑：「那我試試看？」

老人轉頭望向祠堂外的天色：「去吧。別忘了，今天就是山海龜起航的日子。」

孫嘉樹深呼吸一口氣，轉身離開祠堂，雖然下定決心，年輕人的步伐並不輕鬆。

「這次嘉樹這孩子是真輸慘了、輸怕了。一口氣接連輸了三次，輸小暑錢，錯失一名有望躋身元嬰境的百年供奉。輸給不動如山的苻家，最後輸道心，本心開始動搖，最是致命。換成是我站在他這個位置上，恐怕只會比他更差，心境早已崩碎，連挽回的機會都沒有。」老人不再凝視孫嘉樹的背影，重新望向那些掛像，笑了笑：「有此一劫，也算好事。總好過將來闖下大禍，再難亡羊補牢。太過順風順水，一直自負聰明才智，終歸不是長久之道。諸位以為如何？」

牆壁上一幅幅掛像嘩啦啦作響，似在附和。

苻城內，宋集薪身邊時刻跟隨著那名林鹿書院副山長。

老龍城與大驪的買賣，早於苻南華進入驪珠洞天時就已經敲定。宋集薪此行，不過是以大驪皇子宋睦的身分，象徵性拋頭露面。這一切，既是大驪國師崔瀺的運籌帷幄，更是皇帝陛下的旨意。此次宋集薪由龍泉郡渡口南下老龍城，在大驪京城調養身體的皇帝陛下對宋集薪沒有提出什麼要求，以至宋集薪在渡船上的時候生出一些錯覺——婢女稚圭才是此次遠遊的真正主心骨。

龍泉郡，老龍城。

稚圭，王朱為珠。

宋集薪知道這些他知道的蛛絲馬跡和尚未水落石出的伏線千里已經編織成一張大網，最終會形成一個南下、一個北上的局面。大隋高氏願意退讓一大步，與大驪宋氏結盟；寶瓶洲中部有北俱蘆洲天君謝實，攔腰斬斷觀湖書院對北方地帶的嚴密控制。

雖然書院第一次出手就雷霆萬鈞，扼殺了包括彩衣國、梳水國在內中部十數國蠢蠢欲動的戰爭苗頭，但是宋集薪依稀看出了一條大驪鐵騎的推進路徑，勢如破竹，長驅南下，策馬揚鞭於南海之濱……

宋集薪對此默不作聲，只是看在眼中、放在肚裡。

寶瓶洲形勢有利於大驪宋氏，不等於有利於他宋集薪。不提他跟廟堂重臣、柱國功勳們毫無交集，長春宮還有一個同胞弟弟以及一個死心塌地偏愛幼子的娘娘。當初他去了一趟長春宮，名義上是骨肉分離多年，兒子認祖歸宗後，應當主動問候娘親，但是不管那位娘娘在長春宮表現得如何傷心，宋集薪內心深處，發現自己很難感同身受。

宋集薪當時就像一個沒有七情六欲的木頭人，除了擠出一點淚水，跟那個曾被打入冷宮的權貴婦人就再沒有更多的言語。只是她問一句，宋集薪答一句，不像是母子重聚，反而像是一場生搬硬套的君臣奏對，再加上一個弟弟宋和在旁邊流淚，那次見面，母子三人應該都很彆扭。

宋集薪獨自走在苻家的庭院廊道之中。他說想要自己散步逛逛，林鹿書院副山長便不再跟隨。宋集薪一路上遇見了不少俊朗男子和丫鬟婢女，沒有人知道他的身分，只不過宋集薪腰間的那對老龍翻雲玉佩和老龍布雨玉佩，足夠讓他在苻家暢通無阻。

今天稚圭又不知道跑到哪裡去玩了，劍仙許弱也不知所終，這個據說在中土神洲都有偌大名頭的墨家豪俠，宋集薪一直想要與其結交，但是總覺得對誰都和顏悅色的許弱，其實最不好說話，雙方很難交心。也許哪天等自己走到那個位置上，才會好一些？宋集薪便忍著，以免適得其反。

一路行去，宋集薪欣賞著苻家精心打造的山水園林和亭臺樓閣，看多了便有些無聊。以前他在小鎮那些街巷瞎逛，不管身邊有沒有帶著婢女稚圭，都沒覺得風景如此不耐看。

宋集薪想起稚圭，心中陰霾越來越濃郁。

他很怕有一天，她不再是自己的婢女，一回頭，再沒有她的纖細身影。

就像現在這樣，宋集薪轉過頭，空蕩蕩的廊道，只有不識趣的籠中鸚鵡在那裡說著人話，還是拗口晦澀的老龍城方言。

宋集薪轉身走到鳥籠前，用手指重重敲擊竹編鳥籠：「閉嘴！」

鸚鵡學舌極快極準，回了宋集薪一句寶瓶洲雅言：「閉嘴！」

宋集薪一挑眉頭，又道：「宋睦是大爺。」

那隻五彩鸚鵡默默轉過身去，用屁股對著宋集薪，然後來了一句：「你大爺！」

宋集薪不怒反笑，心情好轉，笑著離去。

苻家有一座登龍臺，是老龍城一處禁地，不在苻城內，而是在老龍城最東邊的海邊大崖上。登龍臺高數十丈，是老龍城最高的建築，一直有個金丹境鍊氣士在此結茅修行，以防外人擅自闖入。

今天苻畦親自領著一名客人登臺觀景，只有嫡子苻南華作陪，再無他人，而且最奇怪的地方是苻畦在登龍臺腳就停下身影，讓那名客人獨自登上高臺。

金丹境鍊氣士跟苻畦恭敬地打過招呼之後，看了眼苻南華，就返回茅屋，繼續感悟大海潮汐，用以砥礪神魂。

苻畦輕聲道：「南華，你之前沒有選擇對陳平安出手，是不是認為孫嘉樹那麼聰明的人，只會做出比你更聰明的舉動？」

苻南華老老實實回答：「除此之外，我始終在捫心自問，若是以老龍城城主的身分對待此事，我應該如何做。是公器私用，還是……」苻南華神色尷尬，不再說下去。

苻畦讚賞道：「如此看來，那天我跟你說的那些話，你是真聽進去了。苻家子孫，不能等到當了城主的那一天，才開始以城主身分行事。這點視野和眼界都沒有，只知道為了一己私欲，打打殺殺，橫行無忌，一旦遇上真正的上五境仙人，莫說是苻家，整座老龍城又算個什麼東西？」

苻南華一狠心，咬牙道：「父親，但是我如今境界低微，將來如何能夠名正言順繼承城主之位？」

苻畦啞然失笑：「如何？用錢砸啊。老龍城苻家別的不說，錢是真不少。你以為當初我是怎麼從金丹境躋身十境元嬰境的？我所消耗的天材地寶，都夠買下孫家在外城的三百里長街了。在那之後，我又是如何一步步走到十境巔峰境的？除了還算勤勉的修行，更多還是用錢堆出來的，不然你以為？」

苻南華目瞪口呆，就這麼簡單？

苻畦雙手負後，抬頭望向那個步步登高的清瘦身影，微笑道：「我看好你之外，她的意見，哪怕只是一句無心之言，還是最重要，形容為一錘定音也不誇張。老龍城苻家有些人和事，你目前無法接觸，但是接下來你會瞭解得越來越多，寶瓶洲山巔的真正風景，也會逐一呈現在你眼前。」

苻南華的眼神炙熱起來。

苻畦笑意晦暗：「然後總有一天，你就會發現四周全是血腥味。」

那個拾級而上的外鄉人，是一個少女。

她走上登龍臺後，滿臉血汙，不斷有血淚從金黃眼眸中流淌而下。

她煢煢孑立，形單影隻，環顧四周。

九大洲、五湖四海，山上、山下，盡是墳塚，皆是仇寇！

這一天陳平安依舊守夜釣魚，然後掐著時辰開始練習劍爐立樁，等到天亮後，又一次睜眼望向東邊的海面上空，只是這次陳平安沒有再惹來金色氣流的下墜。

陳平安咧嘴而笑，站起身朝那邊揮揮手，像是在跟熟人打招呼。

陳平安收起魚竿和魚簍，返回孫家祖宅，結果看到孫嘉樹在河邊等待自己。

他在等陳平安，其實陳平安也在等他孫嘉樹。

鄭大風當初在內城小巷慫恿自己摘掉那張遮掩容貌的面皮，之後更有陰神從中作梗。看似與孫家無關的隻言片語，陳平安稍作咀嚼，就能嘗出裡頭暗藏的殺機。

失望？當然會有。怒火滔天？談不上。

劉灞橋介紹孫嘉樹給自己認識，肯定是好心好意，所以願不願意來到孫氏祖宅，是陳平安自己的選擇。歸根結底，還是陳平安服從了自己趨利避害的本能。回頭來看，這個選擇可能不是最差的，但也不是最好的。

苻家和孫家信奉的商賈之道，其學問宗旨是什麼？孫嘉樹在閒聊之中，其實已經透露過一些。

陳平安對孫嘉樹的印象再次模糊起來，而且內心已經充滿了戒備和審視。

一個人的本性單純淳樸，完全不等同於憨傻遲鈍。要做真正的好人，得知道什麼是壞人。一個好人能夠好好活著，就是對這個世界最大的善意。

這些淺顯的東西，陳平安根本不用書上告訴他。市井巷弄的雞飛狗跳，街坊鄰居的雞毛蒜皮，龍窯學徒的勾心鬥角，不都在講這些？

孫嘉樹看著越行越近的背劍少年，深呼吸一口氣，什麼都沒有說，只是作揖賠禮。

陳平安挪開腳步，避讓了孫嘉樹這個看似無緣無故的賠罪。

孫嘉樹起身後，苦笑道：「陳平安，我已經幫你安排了范家的桂花島渡船，我孫家已經沒有顏面請你登上山海龜。」

陳平安問道：「孫嘉樹，這是為什麼？」

孫嘉樹猶豫片刻，乾脆蹲下身，面朝河水，撿起腳邊的一粒粒石子，輕輕丟入水中：「我之前想要富貴險中求，撈取一筆大偏財。故意隱瞞苻家對老龍城的掌控力度，只讓你戴上那張不足以遮掩所有真相的面皮，然後從那棟苻家盯得很緊的高樓走出，賭的就是性情執拗的苻南華咽不下那口氣，要興師動眾帶人殺你。在那之後，我會拚了半個孫家不要也要保住你陳平安，事後你安然乘船去往倒懸山，就會覺得欠我孫嘉樹一個天大的人情。我相信遲早有一天，孫家得到的回報，只會比失去的更多。」

陳平安還是提著魚竿、拎著魚簍，站在原地，他問了一個關鍵問題：「你怎麼確保我的性命無虞？」

孫嘉樹頭也不回，伸手指了指頭頂道：「有些人間最高處的人和事，苻南華沒資格知道，但是我孫嘉樹作為孫家家主知道，老龍城城主苻畦當然更知道。這場晚輩之間的意氣之爭，我只要押上全部家當，擺出不惜與苻家玉石俱焚的姿態，那麼苻畦就會在狠狠敲打一番孫家之後，在某個火候主動收手。你陳平安當然只會有驚無險，不會死，而我孫嘉樹就能夠趁機跟你成為患難之交。」

直到這一刻，陳平安才滿腔怒火，他臉色陰沉，悄然運轉氣機，將那股怒意死死壓在心湖。

孫嘉樹又丟出一顆石子：「孫家這些年。聲勢正盛，表面上與苻家有了一爭高下的實力，但是我看得稍微遠一點。除了一門心思投靠大驪王朝的苻家，五大姓氏中，范家緊隨苻家之後，其餘三家也各有依附，有觀湖書院、北俱蘆洲的仙家府邸、東南大洲的頂尖豪閥都找到了靠山和退路，唯獨我孫家，一直舉棋不定。我也看中了大驪宋氏，只是我找不到門路。早些年我讓一名金丹境家族供奉去往大驪京城，別說是大驪皇帝，就連藩王宋長鏡的王府大門都進不去。一個生意人提著豬頭找不到廟門的感覺，實在太讓人絕望了。」

陳平安問了第二個問題：「你不把我陳平安當朋友，很正常，那麼劉灞橋呢？」

孫嘉樹肚子裡早就想好的千言萬語，竟然沒有一句能夠回答這個問題。

孫嘉樹滿臉苦澀望向河水，直指人心，不過如此。

暗中觀察此處對話的孫氏老祖，為孫嘉樹捏了一把汗。

孫嘉樹微微低頭，雙手托住腮幫，既然再無應對良策，這個聰明至極的生意人，便乾脆順著本心自言自語道：「我當然是把他當朋友的，但是可能今後只會多了你陳平安一個敵人，少了劉灞橋一個朋友。」

陳平安問了第三個問題：「你之所以說這些，是不敢殺我？怕將來有一天，給人一腳踏平孫氏祖宅？」

孫嘉樹搖頭道：「我不想殺你。」他轉過頭，強顏歡笑，「陳平安，這句話，你信不信？」

陳平安沒有回答。

孫嘉樹站起身，像是卸下了萬斤重擔，不再那麼神色萎靡，終於恢復了幾分老龍城孫嘉樹的風采：「該說的、不該說的，我都說了。之後，不管你陳平安做什麼，我都不會後悔。這點擔當，我孫嘉樹還是有的。」

陳平安嘆了口氣：「拿了行李，我就會去內城灰塵藥鋪，之後乘坐范家桂花島去往倒懸山。」

孫嘉樹點頭道：「好。」

兩人一前一後，默默走回孫氏祖宅，陳平安果真挎好包裹，走上了那條黃泥土路。

孫嘉樹獨自吃著早餐，還是鹹菜、米粥、饅頭。孫氏老祖坐在對面，剛要說話，孫嘉樹說道：「這件事的來龍去脈，我會盡快跟劉灞橋說清楚。」

老人問道：「是怕陳平安搶先告發，到時候更加為難，還是自己的良心難安，不吐不快？」

孫嘉樹停下筷子，用心想了想，坦誠道：「好像都有。」

老人試探性問道：「乾脆一不做、二不休，在桂花島渡船上做點手腳？」

孫嘉樹解開心結後，精神振作不少，笑著搖頭：「不能以一個錯去掩蓋另一個錯，我是再也不敢心存僥倖了。」

聽到這個答覆後，老人也如釋重負，笑道：「那這個悶虧，孫家就算沒白吃。大勢之下，先行一步，當然是最好，但是能夠始終不犯大錯，一樣不容易。已經有了大家大業，就不能總想著孤注一擲，要不得啊。」

孫嘉樹笑道：「家有一老，如有一寶！」

老人站起身：「你慢慢吃，好好調整心態，近期不要再有太大的情緒起伏。」

孫嘉樹放下手中筷子，起身恭送，等到老人走出屋子，他才重新坐下，繼續埋頭吃早餐。

苦味難當。

孫嘉樹若是應對不當，就要被孫氏老祖強行剝奪家主身分。這一點，先前相對而坐的一老一小心知肚明，而且雙方都不覺得有任何不妥。

陳平安走出孫氏祖宅的地盤，來到一處繁華市井，向路人問了路，雇了一輛普通馬車駛向內城。這一次開銷就很正常，畢竟不用跟種種飛禽走獸、蛟龍屬裔的駿馬豪車，在那條大街上同行三百里，由外城進入內城才是一筆不小的花費。

坐上馬車後，反而是陳平安在為車夫指路。車廂內多出了一尊陰神，正是灰塵藥鋪外出現的自稱姓趙的那位，陳平安便尊稱他為趙先生。

到了小巷外，陳平安付過車錢。今天鄭大風沒有在槐樹下，而是坐在藥鋪櫃檯後面發呆。他見著了陳平安也不覺得奇怪，告訴陳平安藥鋪是小，但是藥鋪後邊很大。陳平安掀開門簾，發現這裡竟然是與楊家藥鋪差不多的格局，後邊有個青石板大院子，一樣是正房和兩側廂房，廂房都空著，隨便陳平安挑選。

陳平安選了左手邊一間，在屋內放下劍匣和行囊，只在腰間別了養劍葫蘆。鄭大風學著楊老頭坐在正房外的屋簷下，拿著一支不知道從哪個古董店淘來的老煙杆，坐在板凳上吞雲吐霧。在陳平安看來，老人抽旱煙是深沉如古井；鄭大風抽旱煙，就只有滑稽了。

陳平安坐在屋子門口，說了準備乘坐桂花島渡船一事。鄭大風點點頭說這事很容易，保證范家把他陳平安當自家老祖宗一般供奉起來。然後各自不對脾氣的兩個傢伙，兩兩無言，一個抽旱煙，一個喝著酒，這讓門簾後頭那些個腦袋覺得好生無趣，很快紛紛散去。

鄭大風百無聊賴地抽著旱煙，他實在不知道老頭子為何好這一口，根本沒啥滋味嘛。

鄭大風時不時斜眼瞥一下那個沉悶少年。月有陰晴圓缺，盈虧自有定數，隨著驪珠洞天的破碎下墜，如今這小子的運道不算太差了。只說陳平安這次進入老龍城的時機，若非雲林姜氏和大驪一行先後到來，苻畦未必會如此好說話。

鄭大風突然開口問道：「隨口一問，如果當初齊先生說你陳平安，這輩子都沒辦法躋身第四境，你會如何？」

陳平安思量片刻：「那我應該會認命。」

鄭大風似乎有些意外，然後翻了個白眼，越發覺得沒勁。

就這也能當自己的傳道人？在這種事情上，陳平安跟自己不是一路貨色嗎？

鄭大風不願死心，問道：「認命之後呢？」

這種事情不痛不癢，陳平安就隨口回答：「當然是繼續練拳啊，還能如何？我當時需要靠練拳吊命。再說了，練拳又不只是破境，能夠強身健體，多點氣力總是好事。」

鄭大風瞇起眼，笑問道：「那如果你不小心走到了第三境的瓶頸，看到了第四境的希望，咋辦？」

陳平安轉頭看著這個漢子，差一點就要將梳水國老劍聖的那句口頭禪脫口而出。

他答道：「練拳是好事，破境更是好事，既然都到了瓶頸，當然是想著如何破境。」

鄭大風嘖嘖道：「你難道就不會想起齊先生的蓋棺定論，說你無法躋身第四境？」

陳平安瞪大眼睛，覺得鄭大風這傢伙的腦子肯定給門板夾過。

陳平安喝了口酒：「齊先生的心意初衷定然是想我好的。若破境是壞事，我就忍著；若是好事，而齊先生一開始想錯了，難道我就真不破境了？」

說到這裡，陳平安在心中喃喃道：『如果是這樣，齊先生才會失望。』

鄭大風臉色越來越凝重，已經顧不得抽旱煙：「齊先生怎麼可能會錯？」

陳平安正色道：「如果我……還有機會站在齊先生面前，問先生你會不會犯錯，你覺得齊先生會怎麼回答？」

鄭大風如遭雷擊，雙眼布滿血絲，滿臉痛苦之色，丟了煙杆，雙手直撓頭。

他直愣愣地望向陳平安，大聲喝道：「陳平安！齊先生可有話要你帶給我？說，直接說。有的話，我便心甘情願做你的護道人！十年，一百年都無妨！」

陳平安搖頭道：「沒有。」

鄭大風猛然起身，像一隻熱鍋上的螞蟻，在院子裡瘋狂打轉，腳步紊亂，連一個三境武夫都不如。

陳平安喃喃道：「該不會是走火入魔了吧？」

那尊陰神浮現在陳平安身側，他早已遮蔽了院子這一方小天地的氣象，不會有任何聲音動靜穿過那道門簾。

鄭大風四處亂撞：「齊先生，我聽過你的很多次傳道授業解惑。你一定暗中將玄機說與我聽了，只是我當初不曾領會而已。想想，好好想想，鄭大風，不要急、不要急……」

小院之內，地面上出現一縷縷雜亂罡風，凝聚如劍鋒刀刃，好在有陰神從旁小心翼翼壓制，才沒有擊碎青石板，撞爛廊柱門扉。

陳平安默默喝酒，用心仔細觀看鄭大風和那些奇異景象。

鄭大風滿臉淚水，腳步不停，抬頭望向陳平安：「齊先生可有道理教你，陳平安，你快快說來，不管是什麼，只管說。不管是讀書人三不朽的聖賢大道，還是為人處世的修身齊家，你只管說來……」

陳平安懷抱養劍葫蘆，面無表情地問道：「憑什麼？」

鄭大風的聲音幾近哀號：「你是我的傳道人！陳平安，你才是我鄭大風的傳道人！」

陰神輕聲提醒道：「陳平安，事情不妙。如果鄭大風再這麼下去，極有可能變成一個魂魄分離的武道瘋子，哪怕清醒過來，也一輩子無望山巔境了，而且我未必壓得住他，這間藥鋪，連同這條巷子和臨近街道，恐怕都要被鄭大風全部打爛，死傷無數。」

陳平安的心境其實遠遠沒有臉色那麼平靜。

什麼亂七八糟的傳道人？要他一個剛剛躋身第四境的傢伙，去指點一名八境遠遊境的大宗師？陳平安看著院中越來越多的罡風，如條條溪澗彙聚為江河，形成一道道高達七、八尺的陸地龍捲，所經之處，青石地板悉數崩碎。

陳平安趕緊駕馭養劍葫蘆裡的飛劍十五，從中取出那些刻滿他道理的小竹簡。只能死馬當活馬醫了，他將上邊的文字內容一一說給鄭大風聽，可鄭大風只是痛苦搖頭，說「不對不對」。

鄭大風腳下生風，已經離開地面，像一只斷線風箏胡亂飄蕩，七竅流血，慘不忍睹。

哪怕陳平安將李希聖許多提筆寫在竹樓牆壁上的美好詩詞、文章佳句，竭盡所能記起並大聲說出，鄭大風還是搖頭。此時這個遠遊境武夫已經再也說不出半個字，只能在空中踉蹌出拳，盡量以此維持頭腦中的最後一絲清明。

渡過武道山巔的八、九境之間的關隘被稱為叩心關，比起三、四境和六、七境，風光更加壯闊，卻也更加險峻。至於渡過九、十境之間的關隘，更是恐怖駭人，被譽為撞天門，想要跨出那一步的難度，可想而知。鄭大風知道這一切，所以才會羨慕那個整天渾渾噩噩的師兄李二，才會嫉妒那個一次生死大戰就躋身十境的宋長鏡！

他與李二私底下交手，差點被李二打死的次數，一隻手都數不過來！

為何一個四十歲左右的宋長鏡都可以破境，偏偏一路攀升、勢如破竹直達第八境的鄭大風，就不行？為何老頭子偏偏還要說他此生無望第九境？在他已經不堪重負的心關之上雪上加霜？為何翻過了那篇〈精誠篇〉，見過了傳道人的兩次出拳打退天大機緣，悟透了精誠之意，仍只是瓶頸有所鬆動，卻死活跨不過去？

陰神下意識攥緊拳頭，死死盯住那個幾乎要心神崩潰的鄭大風。這尊陰神好像在猶豫不決，到底要不要毅然出手，但是他始終不敢輕舉妄動，若是他出手阻攔鄭大風發狂，那鄭大風的武道前程就真的毀了。

鄭大風驟然停下身形，懸停在空中，渾身浴血，鮮紅面容模糊不清：「師父，我做不到了，我真的做不到，對不起……」

看著一身鮮血的鄭大風，已經束手無策的陳平安沒來由地想起了一個小姑娘，一年到頭身穿紅棉襖，活蹦亂跳，天真爛漫。記得李槐說過，小姑娘經常會問一些她的先生都回答不上來的問題，而齊先生從不會覺得這有何不對。

陳平安彷彿心有靈犀，輕聲呢喃道：「弟子不必不如師。」

一句細若蚊蚋的自言自語，在鄭大風耳畔，卻響若大潮拍打老龍城。

鄭大風癡癡低頭，望向那根老煙杆。

他依稀記得，從來不願跟他多說什麼的老人，每次透過煙霧冷冷望向自己，每當這種時候，心高氣傲的鄭大風，與之直視的勇氣都生不出來半點。

在今天之前，鄭大風從來沒覺得這有什麼不對。世人不知老頭子的身分來歷，他鄭大風知道；世人不知道老頭子的神通廣大，他無比清楚；世人不知老頭子的輝煌事蹟，他鄭大風還是知道。既然如此，他鄭大風如何能夠以弟子身分和不過八境武夫的修為，去跟那位老人對視？

鄭大風抬起頭，深深呼吸一口氣，伸手抹掉滿臉血跡，輕聲道：「原來如此。」

他沒有豪言壯語，沒有放肆大笑，只是一步步向院子上方的空中御風走去，在心中對自己默念道：『師父，你已在極高處，沒關係，弟子鄭大風，會一步一步走來見你。』

這一天，有人步步登天，直接破開了那片雲海。

踩在高高雲海之上，那人登高望向更高處。

一座老龍城，大風起兮雲飛揚。

——劍來　【第二部】（二）劍符在扁舟　完

高寶書版集團
gobooks.com.tw

DN 294
劍來【第二部】（二）劍符在扁舟

作　　者　烽火戲諸侯
責任編輯　高如玫
封面設計　張新御
內頁排版　賴姵均
企　　劃　何嘉雯

發 行 人　朱凱蕾
出　　版　英屬維京群島商高寶國際有限公司台灣分公司
　　　　　GlobalGroupHoldings,Ltd.
地　　址　台北市內湖區洲子街88號3樓
網　　址　gobooks.com.tw
電　　話　(02)27992788
電　　郵　readers@gobooks.com.tw（讀者服務部）
傳　　真　出版部(02)27990909　行銷部(02)27993088
郵政劃撥　19394552
戶　　名　英屬維京群島商高寶國際有限公司台灣分公司
發　　行　英屬維京群島商高寶國際有限公司台灣分公司
初版日期　2023年10月

本書中文繁體字版由浙江文藝出版社有限公司授權出版。

國家圖書館出版品預行編目(CIP)資料

劍來第二部（二）劍符在扁舟/烽火戲諸侯著. --
初版. -- 臺北市：英屬維京群島商高寶國際有限公
司臺灣分公司, 2023.09
　面;　公分.--

ISBN 978-986-506-818-9（平裝）

857.9　　　　　112014165